Alan Dean Foster

STAR WARS: DAS ERWACHEN DER MACHT

Der Roman zum Film

DAS STAR-WARS-UNIVERSUM IM BLANVALET VERLAG IN CHRONOLOGISCHER REIHENFOLGE

Tim Lebbon: **Der Aufstieg der Jedi-Ritter – Ins Nichts** (26982)

John Jackson Miller: **Der Vergessene Stamm der Sith. Storys** (26931)

Joe Schreiber: **Darth Scabrous** (37938)

John Jackson Miller: **Knight Errant – Jägerin der Sith** (26877)

Drew Karpyshyn: **Darth Bane – Schöpfer der Dunkelheit** (26981) · **Darth Bane – Die Regel der Zwei** (26596) · **Darth Bane – Dynastie des Bösen** (37559)

James Luceno: **Darth Plagueis** (38045) · *James Luceno:* **Schleier der Täuschung** (26854) · *Michael Reaves:* **Darth Maul – Der Schattenjäger** (24315) · *Joe Schreiber:* **Darth Maul: In Eisen** (26983) · *Terry Brooks:* **Episode I. Die dunkle Bedrohung** (6062) · *Greg Bear:* **Planet der Verräter** (35886) · *T. Zahn:* **Die Kundschafter** (36898) · *Alan D. Foster:* **Ein Sturm zieht auf** (37093) · *R. A. Salvatore:* **Episode II. Angriff der Klonkrieger** (6063) · *Karen Traviss:* **Clone Wars** (26635) · *Karen Miller:* **Clone Wars – Wilder Raum** (26636) · *Karen Traviss:* **Clone Wars – Keine Gefangenen** (26637) · *Karen Miller:* **Clone Wars – Im Verborgenen** (26638) · *Karen Miller:* **Clone Wars – Unter Belagerung** (26639) · *Michael Reaves:* **MedStar – Unter Feuer** (26811) · *Michael Reaves & Steve Perry:* **MedStar – Jedi-Heilerin** (26815) · *Matthew Stover:* **Mace Windu und die Armee der Klone** (36292) · *Steven Barnes:* **Obi-Wan Kenobi und die Biodroiden** (36394) · *David Sherman & Dan Cragg:* **Die Feuertaufe** (36163) · *Sean Stewart:* **Yoda – Pfad der Dunkelheit** (24436) · *James Luceno:* **Labyrinth des Bösen** (36226) · *Matthew Stover:* **Episode III. Die Rache der Sith** (6064) · *James Luceno:* **Dunkler Lord. Der Aufstieg des Darth Vader** (36609) · *John Jackson Miller:* **Kenobi** (6009) · *Michael Reaves & Maya Kaathryn Bohnhoff:* **Der letzte Jedi-Ritter** (26959)

Michael Reaves & Steve Perry: **Die Macht des Todessterns** (26566) · *Joe Schreiber:* **Der Todeskreuzer** (37560) · *George Lucas:* **Eine neue Hoffnung [Episode IV]** (6065) · *Kevin Hearne:* **Der Erbe der Jedi-Ritter** (6008) · *James Luceno:* **Tarkin** (6061) · *Chuck Wendig:* **Nachspiel – Der Krieg ist nicht vorbei** (6071) · *John Jackson Miller:* **Eine neue Dämmerung** (6072) · *Paul S. Kemp:* **Die Sith-Lords** (6070) · *Christie Golden:* **Schülerin der dunklen Seite** (6106) · *Chuck Wendig:* **Nachspiel – Lebensschuld** (6105) · *Timothy Zahn:* **Treueschwur** (36980) · **Glücksritter** (26957) · **Einsame Entscheidungen** (37954) · *Martha Wells:* **Imperium und Rebellen – Auf Messers Schneide** (26403) · *James S. A. Corey:* **Imperium und Rebellen – Ehre unter Dieben** (6007) · *Donald F. Glut:* **Das Imperium schlägt zurück [Episode V]** (6066) · *Kevin J. Anderson (Hrsg.):* **Kopfgeld auf Han Solo** (25008) · *James Kahn:* **Die Rückkehr der Jedi-Ritter [Episode VI]** (6067) · *Matthew Stover:* **Luke Skywalker und die Schatten von Mindor** (26599) · *Troy Denning:* **Der Geist von Tatooine** (26842)

Timothy Zahn: **Erben des Imperiums. Jubiläumsausgabe** (26914) · **Die dunkle Seite der Macht** (26407) · **Das letzte Kommando** (26408)

Peter Schweighofer (Hrsg.): **Flucht der Rebellen** (24234) · *Jeff Grubb:* **Die Geißel** (26938) · *Peter Schweighofer & Craig Carey (Hrsg.):* **Kampf um die Neue Republik** (24235)

Aaron Allston: **Operation Eiserne Faust** (35142)

DAS ERBE DER JEDI-RITTER: *R. A. Salvatore:* **1. Die Abtrünnigen** (35414) · *Michael Stackpole:* **2. Die schwarze Flut** (35673) · **3. Das Verderben** (35620) · *James Luceno:* **4. Der Untergang** (35822) · **5. Die letzte Chance** (35883) · *Kathy Tyers:* **6. Planet der Verlorenen** (35983) · *Greg Keyes:* **7. Anakin und die Yuuzhan Vong** (36101) · **8. Die Verheißung** (24302) · *Troy Denning:* **9. Das Ultimatum** (24342) · *Elaine Cunningham:* **10. Jainas Flucht** (24347) · *Aaron Allston:* **11. Rebellenträume** (24370) · **12. Aufstand der Rebellen** (24377) · *Matthew Stover:* **13. Verräter** (24408) · *Walter Jon Williams:* **14. Wege des Schicksals.** Mit Bonus-Roman **Ylesia** (24398) · *Sean Williams & Shane Dix:* **15. Die Ruinen von Coruscant** (24433) · **16. Der verschollene Planet** (24438) · **17. Wider alle Hoffnung** (24459) · *Greg Keyes:* **18. Die letzte Prophezeiung** (24468) · *James Luceno:* **19. Vereint durch die Macht** (24489)

DUNKLES NEST: *Troy Denning:* **1. Die Königsdrohne** (24491) · **2. Die verborgene Königin** (26567) · **3. Der Schwarmkrieg** (26568)

WÄCHTER DER MACHT: *Aaron Allston:* **1. Intrigen** (26603) · *Karen Traviss:* **2. Blutlinien** (26607) · *Troy Denning:* **3. Sturmfront** (26624) · *Aaron Allston:* **4. Exil** (26625) · *Karen Traviss:* **5. Opfer** (26597) · *Troy Denning:* **6. Inferno** (26598) · *Aaron Allston:* **7. Zorn** (26666) · *Karen Traviss:* **8. Enthüllungen** (26684) · *Troy Denning:* **9. Sieg** (26685)

Paul S. Kemp: **Gegenwind** (37743) · *Paul S. Kemp:* **Dunkle Flut** (26885) · *James Luceno:* **Millennium Falke** (37851)

DAS VERHÄNGNIS DER JEDI-RITTER: *Aaron Allston:* **1. Der Ausgestoßene** (26660) · *Christie Golden:* **2. Omen** (26676) · *Troy Denning:* **3. Abgrund** (26677) · *Aaron Allston:* **4. Rückschlag** (26678) · *Christie Golden:* **5. Die Verbündeten** (26679) · *Troy Denning:* **6. Im Vortex** (26680) · *Aaron Allston:* **7. Verurteilung** (26681) · *Christie Golden:* **8. Aufstieg** (26682) · *Troy Denning:* **9. Apokalypse** (26683)

X-WING: *Aaron Allston:* **Gnadentod** (26936) · *Troy Denning:* **Feuerprobe** (26958)

Alan Dean Foster

STAR WARS™

DAS ERWACHEN DER MACHT

Der Roman zum Film

Deutsch von Michaela Link

blanvalet

Die amerikanische Originalausgabe erschien 2016
unter dem Titel »Star Wars™: Catalyst: The Force Awakens«
bei Del Rey, an imprint of Random House, a division of
Penguin Random House LLC, New York.

FSC
www.fsc.org
MIX
Papier aus verantwortungsvollen Quellen
FSC® C014496

Verlagsgruppe Random House FSC® N001967

1. Auflage

Neumarkter Str. 28, 81673 München
Redaktion: Rainer Michael Rahn
Umschlaggestaltung: Isabelle Hirtz, Inkcraft,
nach einer Originalvorlage

JF · Herstellung: wag
Satz: Uhl + Massopust, Aalen
Druck und Bindung: GGP Media GmbH, Pößneck
Printed in Germany
ISBN 978-3-7341-6145-2

www.blanvalet.de

Es war einmal vor langer Zeit
in einer weit, weit entfernten Galaxis …

Erst kommt der Tag,
Dann kommt die Nacht.
Nach Dunkelheit
Scheint durch das Licht.
Es heißt, dass dieser Unterschied
Nur beseitigt wird
Durch die Auflösung des Grau
In verfeinerter Jedi-Sicht.

– Tagebuch der Whills, 7:477

Luke Skywalker ist verschwunden.
In seiner Abwesenheit hat sich
die finstere ERSTE ORDNUNG
aus der Asche des Imperiums
erhoben und wird nicht eher ruhen,
bis Skywalker, der letzte Jedi, vernichtet ist.

Mit Unterstützung der REPUBLIK
führt General Leia Organa
den tapferen WIDERSTAND an.
Sie ist verzweifelt bemüht,
ihren Bruder Luke zu finden
und seine Hilfe zu bekommen,
um Frieden und Recht
in der Galaxis wiederherzustellen.

Leia hat ihren wagemutigsten
Piloten auf eine geheime Mission
nach Jakku geschickt, wo ein alter
Verbündeter einen Hinweis
auf Lukes Verbleib entdeckt hat …

1. Kapitel

Sie brauchte ihn. Und er war nirgends zu finden.

Es gab sonst niemanden, auf den sie sich verlassen konnte. Niemanden wie ihren Bruder. Überhaupt niemanden, jetzt, da die Neue Republik am Rand der Implosion stand, der Zerstörung, des vollkommenen Zusammenbruchs.

Sie hatten gedacht, dass nach dem Sturz des Imperiums alles so einfach sein würde. Alle würden verstehen, dass man Geduld haben musste, Zeit brauchen würde, um wiederaufzubauen, was das Imperium zerstört hatte. Städte, Kommunikation und Handel waren auf dem Wege zur vollen Wiederherstellung. Aber die immateriellen Werte ließen sich in der galaktischen Gesellschaft nur mit Mühe wiederbeleben.

Der Wert der Freiheit zum Beispiel. Der Freiheit, seine Meinung zu sagen, Einspruch zu erheben, zu diskutieren. Sie seufzte. Die Anführer der Rebellion hatten den tiefverwurzelten Drang eines viel zu großen Teils der Bevölkerung unterschätzt, einfach zu tun, was man ihr sagte. Es war viel leichter, Befehle zu befolgen, als selbständig zu denken. Darüber hatten sie argumentiert und debattiert und diskutiert. Bis es zu spät war.

Während sie im Raum auf und ab ging, erhaschte sie

einen Blick auf sich selbst in einem Stück polierten Metalls. Sie wusste, dass sie müde aussah. Manchmal wünschte sie, sie wäre als eine aus dem gemeinen Volk geboren worden, eine gewöhnliche Bürgerin, statt zum planetaren Adel zu gehören. Solche Gedanken führten sie unausweichlich zu Erinnerungen an Alderaan. Ihre Heimatwelt, vor vielen Jahren zerstört, zu Asche verbrannt.

Und ihr eigener Vater hatte dabei eine Rolle gespielt. Es war ein Vermächtnis, dem sie nicht entfliehen konnte. Sie durfte so etwas nicht noch einmal geschehen lassen, auf keiner anderen Welt, bei keinem anderen Volk. Es war ihre Verantwortung, und diese Last wog schwer. Zu schwer?

Einfacher wäre es, wenn sie Hilfe hätte. Die Art Hilfe, die ihr nur ihr Bruder geben konnte. Falls er nicht tot war.

Nein. Gewiss nicht. Wo immer er war – wenn er gestorben wäre, hätte sie sein Dahinscheiden gespürt. Dessen war sie sich sicher. Dessen musste sie sich sicher sein.

Sie hatte einen Hinweis bekommen, einen Fingerzeig. Nicht viel, aber besser als jeder Bericht, der seit einiger Zeit den Weg zu ihr gefunden hatte. Sie wäre der Sache selbst nachgegangen, denn wer war besser geeignet, den Hinweisen auf den Verbleib eines verschwundenen Bruders nachzugehen als dessen eigene Schwester? Als sie genau das vorgeschlagen hatte, war der Aufschrei ihrer Kameraden unter den Führern der Rebellion in der halben Galaxis hörbar gewesen. Widerstrebend hatte sie der Vernunft nachgegeben. Irgendjemand anders würde an ihrer Stelle losziehen.

Man hatte einen bestimmten Piloten vorgeschlagen. Seine Akte war nicht weniger als bemerkenswert, und sie konnte kaum abstreiten, dass ein einzelner Pilot auf Erkundungsfahrt weniger Aufmerksamkeit erregen würde als eine reisende Prinzessin. Also hatte sie zugestimmt.

»Letzten Endes sollte es nicht so schwierig sein, einen einzelnen Mann zu finden«, beharrte einer ihrer Kollegen. »Selbst auf allen bekannten Welten gibt es nur eine begrenzte Anzahl von Verstecken.«

»Für einen gewöhnlichen Mann mag das gelten«, hatte sie erwidert. »Aber wir versuchen nicht, einen gewöhnlichen Mann zu finden. Wir suchen Luke Skywalker.«

Es hatte weitere Differenzen gegeben, vor allem mit anderen Anführern, die den ausgewählten Piloten als noch zu jung für seine wichtige Aufgabe ansahen. Aber am Ende hatten sie Einvernehmen erzielt – ein Triumph der Eintracht.

Einmal mehr betrachtete sie ihr Spiegelbild. Es war einige Zeit her, dass sie im Laufe solcher Auseinandersetzungen nicht die Oberhand behalten hatte.

Sie sah ein schmales, wissendes Lächeln. Zweifellos beruhte ihre Autorität in solchen Dingen auf ihrem schüchternen, zurückhaltenden Wesen. Das Lächeln verblasste. Keine Zeit jetzt für sarkastische Überlegungen, sagte sie sich. Keine Zeit für ausgedehnte, lange Diskussionen. Dazu war die Lage zu verzweifelt. Die skrupellose Erste Ordnung war auf dem Vormarsch und drohte, das labile Tragwerk der schwachen, zunehmend verletzlichen und immer noch in den Kinderschuhen steckenden Neuen Republik zum Einsturz zu bringen.

Wo war ihr Bruder?

Die *Finalizer,* ein Sternzerstörer der *Resurgent*-Klasse, war gewaltig und neu. Sie war in den fernen Orbitalfabriken der Ersten Ordnung geschmiedet und zusammengebaut worden, konstruiert im Geheimen und unberührt von der Rebellion. Unverseucht von dem Virus, den die Neue Republik darstellte, hatten ihre hingebungsvollen und fanatischen

Erbauer sie so entworfen, dass sie mächtiger und technologisch fortgeschrittener war als alles zuvor. Gewiss hatte der neue Widerstand nichts in seinem Besitz, das diesem Schiff Paroli bieten könnte.

Verschwindend klein vor dem Hintergrund des gewaltigen Sternzerstörers starteten vier Transportschiffe aus einem Hangartor an der Seite. Für ihre einfache Aufgabe bedurfte es nicht der umfangreichen Neukonstruktionen, derer man ihr Mutterschiff unterzogen hatte. Denn immer noch erfüllten die Transportschiffe ihre vorgesehene Rolle mit brutaler Effizienz.

Während sie ihren alltäglichen Routinedienst versahen, hatten die Bewohner des Planeten Jakku keine Ahnung, dass ihnen der Besuch von vier Eliteeinheiten imperialer Sturmtruppen bevorstand.

An Bord des Quartetts von Transportern bereiteten sich achtzig weiß gepanzerte Sturmtruppler auf die Landung vor – so, wie es Soldaten überall taten. Flachsereien wechselten mit nervösen Spekulationen darüber, was sie vielleicht erwartete. Adrenalinausschüttung führte zu Ellbogenstößen und gelegentlich einem kameradschaftlichen Klaps auf den Arm eines Nachbarn. Sie kannten einander gut, hatten Vertrauen in ihre Truppe und waren davon überzeugt, dass sie mit allem fertig wurden, was die zweitrangige Welt, auf der sie landen würden, ihnen entgegenwerfen konnte.

Gruppenführer blafften Befehle. Waffen wurden geladen, überprüft und noch einmal überprüft. Flammtruppler stellten sicher, dass ihre Spezialwaffen voll aufgeladen waren. Jeder Sturmtruppler inspizierte die Rüstung eines Nachbarn und überzeugte sich davon, dass die Gelenke versiegelt waren und die Platten dicht anlagen.

Das folgende Schweigen wurde überlagert von einem tiefen Rumpeln, als die vier Schiffe in Jakkus Atmosphäre eindrangen. Irgendjemand machte eine besonders unangemessene Bemerkung und wurde unverzüglich von jenen, die um ihn herumsaßen, zum Schweigen gebracht. Danach war das einzige Geräusch in jedem Transportschiff das Brüllen und Donnern, mit dem sie durch die Turbulenzen der dichten Atmosphäre wie über eine Buckelpiste nach unten flogen.

Eine automatisierte, elektronische Stimme wies alle an: »Auf die Landung vorbereiten!« Gepanzerte Körper spannten sich an. Es gab einen einzigen scharfen Ruck, danach Stille – so tief, dass sie einem Schock gleichkam. Die Waffen wurden fester umfasst, Muskeln angespannt, und in der Kabine richteten sich aller Augen auf die Bugklappe des Transportschiffs. Mit einem kaum hörbaren Summen senkte sich die Klappe auf den Grund.

Es gab kleinere Dörfer auf Jakku. Primitivere, ländlichere. Aber niemand, der über Tuanul hinwegflog oder den Ort durchquerte, würde dort ein Geheimnis vermuten. Und selbst wenn, würde niemand einen Grund finden, dort zu verweilen. Die Welten der Galaxis waren voller Geheimnisse – warum sollte es auf Jakku anders sein. Aber dieses spezielle Geheimnis …

Tuanul war wie die meisten kleinen Gemeinschaften auf Wüstenwelten ein friedlicher Ort. Trotz der auf den ersten Blick erkennbaren Trostlosigkeit gab es die charakteristische Vielfalt heimischer Lebensformen. Ungeachtet des scheinbaren Fehlens sichtbarer Vegetation deutete vereinzeltes Muhen, Wiehern und Maunzen darauf hin, dass Leben selbst dort war, wo es nicht ohne Weiteres ins Auge stach. Ein einzelnes Windspiel erklang, wenn sich gelegentlich eine Brise erhob, ein klimpernder Kontrapunkt zu dem Jaulen und Heulen versteckter nachtaktiver Wüstenbewohner.

Eine Kreatur, die weder den Wunsch noch die Möglichkeit hatte, sich hier zu verstecken, und hier definitiv nicht heimisch war, rollte in östlicher Richtung aus dem Dorf. Sie bestand aus einem abgerundeten Kopf, der beweglich einer viel größeren, ebenfalls frei beweglichen Kugel auflag, war von einem stumpfen Weiß mit auffälligen, orangefarbenen Markierungen und hörte auf den Namen BB-8. Der staubige, rostige Droide war im Moment sehr, sehr besorgt.

Wo ein Mensch nur ferne Sterne am Nachthimmel gesehen hätte, sah seine fortschrittlich kalibrierte, synthetische Optik einen beweglichen Lichtpunkt. Als das Licht sich in vier getrennte Punkte auflöste, stieß der Droide ein erregtes Piepen aus. Was er sah, bedeutete vielleicht nichts, nur …

Das Quartett von Lichtern senkte sich auf eine kontrollierte Art und Weise herab, auf einem offensichtlich wohlberechneten Weg, und verminderte rasch seine Geschwindigkeit. Wenn sie so fortfuhren, würden sie kontrolliert landen, und zwar in … BB-8 führte eine rasche Berechnung durch.

Zu nah. Zu nah, um als Zufall durchzugehen. Ein einzelnes derartiges Licht war ein Grund zur Sorge. Vier deuteten auf Möglichkeiten hin, über die man äußerst besorgt sein musste.

Unter Piepen und Pfeifen, das kybernetischer Panik nahekam, wirbelte der Droide herum und raste zurück zum Dorf. Das hieß, sein Kopf wirbelte herum. Der kugelförmige Körper darunter musste sich nicht umdrehen, nur beschleunigen. So schnell es BB-8 möglich war. Er hätte die Schlussfolgerung, zu der er gelangt war, zwar auch senden können, tat es aber nicht – aus Angst, dass seine Nachricht abgefangen werden könnte. Möglicherweise von denjenigen, von denen er befürchtete, sie könnten sich in der Quelle der vier sich herabsenkenden Lichter befinden.

Zusätzlich zu seiner bunt zusammengewürfelten galaktischen Bevölkerung beherbergte Tuanul eine Vielzahl gebrauchter, aber immer noch wertvoller Maschinen. Ein beträchtlicher Anteil der Dorfbevölkerung verdiente sich seinen bescheidenen Lebensunterhalt damit, diese technische Ausrüstung für den Wiederverkauf in größeren Dörfern und Städten zu modifizieren und zu restaurieren. Als der Droide vorbeischoss, schauten gelegentlich menschliche oder nicht humanoide Handwerker von ihrer Arbeit auf, verwundert über die scheinbar unbegründete Eile des Droiden, der durch die Siedlung raste. Um sich dann mit einem Zucken der Achseln oder entsprechender Körperteile wieder ihren Aufgaben zuzuwenden.

Maschinen in verschiedenen Stadien der Zerlegung und Unordnung verlangsamten BB-8 nicht; er wich ihnen mühelos aus, flitzte zwischen ihnen hindurch. Die Schwärme von Bloggins, denen der Droide begegnete, ließen sich nicht so leicht umgehen. Denn im Gegensatz zu den Maschinenteilen bewegten sie sich nach eigenem Willen und beanspruchten jedes Stück Land oder Sand, auf dem sie sich zufällig gerade aufhielten, lautstark für sich selbst und versuchten, jeden Eindringling abzuwehren. Jedenfalls hatten die vogelähnlichen Kreaturen Einwände gegen den von dem Droiden gewählten Weg. Ihr Picken ignorierte er, und er hätte mitten durch sie hindurchdonnern können. Aber die domestizierten Schwärme lieferten für eine Anzahl der Dorfbewohner Nahrung, und ihre Besitzer wären nicht erfreut darüber, sie plattgewalzt zu sehen.

Also war BB-8 gezwungen, immer wieder auszuweichen, was er mit Geschick und Geduld tat; er piepte und kreischte die Pseudoflieger an, wenn es nötig war, um sich einen Weg ohne Zerstörungen zu bahnen. Endlich lagen die letzten der aufreizenden Tiere hinter ihm. Sein Ziel war nah, und es gab keine Nanosekunde zu verlieren.

Wie die meisten der Hütten in Tuanul war die, der er sich schnell näherte, eine seltsame Mischung von Modernem und sehr Primitivem. Auf vielen der unbedeutenden Wüstenwelten waren Hütten wie diese in ihrer Bauart ebenso von der Not der Bewohner wie von den dürftigen Mitteln bestimmt, die die Umwelt zur Verfügung stellte. Aber obwohl BB-8s angepeiltes Ziel kaum mehr als eine primitive Hütte zu sein schien, enthielt es Elektronik und etliche verborgene Verbesserungen, die das Leben in diesem harten, trockenen Klima mehr als nur erträglich machten.

Obwohl er müde war, versuchte Poe Dameron, sich dies nicht anmerken zu lassen. So viel schuldete er seinem Gastgeber. Außerdem hatte er einen Ruf zu verlieren. Er hatte einen langen Weg zurückgelegt und Schwierigkeiten und Gefahr getrotzt, um in diesem Moment an diesem Ort zu sein – im Auftrag des Widerstands und speziell auf Befehl von General Organa selbst. Er hatte nicht die Absicht, eine kleine Unannehmlichkeit wie Erschöpfung seinen Abschied besudeln zu lassen.

Sein Gesicht, umrahmt von dunklen, dichten Locken, zeigte ein wenig Stolz auf seine Haltung: etwas, das andere, die ihn nicht kannten, vielleicht irrtümlich für Arroganz halten mochten. Zuversichtlich, was seine Fähigkeiten und seine Mission betraf, legte er manchmal eine Ungeduld an den Tag, die lediglich aus dem Verlangen erwuchs, seine gegenwärtige Aufgabe zu erledigen. Seine abgenutzte rote und sandfarbene Fliegerjacke trug er, seit er sich dem Widerstand angeschlossen hatte und in dessen Rängen aufgestiegen war.

Seit seiner Ankunft war Tuanul ihm wenig bemerkenswert erschienen. Ganz anders als sein Gastgeber. Lor San Tekka schien körperlich durchaus imstande zu sein, diversen nicht denkenden Fleischfressern den Kopf abzureißen, aber sein Verhalten war eher das eines Besänftigers, und zwar eines professionellen. In seiner Gesellschaft entspannte man sich sofort. Natürlich vorausgesetzt, dass man keine feindlichen Absichten gegen ihn erkennen ließ. Obwohl er erst vor Kurzem eingetroffen war, hatte der Pilot kaum Zweifel an seiner Analyse.

Jetzt trat Tekka an ihn heran, legte ihm einen kleinen Lederbeutel in die offene Hand und bedeckte diese dann mit seinen beiden Händen. Dazu lächelte er sanft und nickte.

»In diesen Tagen kann ich nicht allzu viel tun. Ich wünschte, es wäre viel mehr.« Er seufzte tief. »Denn es gibt so vieles, was getan werden muss. Aber … dies ist ein Anfang, um die Dinge in Ordnung zu bringen.«

Als der ältere Mann die Hand zurückzog, schloss Poe die Finger um den Lederbeutel. So klein er war, so wichtig …

»Es heißt, diese Karte sei nicht beschaffbar«, bemerkte Poe. »Wie ist es Euch trotzdem gelungen?«

Der ältere Mann lächelte nur, sichtlich nicht bereit, jetzt schon all seine Geheimnisse preiszugeben.

Poe grinste ihn an und akzeptierte es. »Ich habe Geschichten über Eure Abenteuer gehört, seit ich ein Kind war. Es war mir eine Ehre, Euch kennenzulernen. Wir sind dankbar.«

Tekka zuckte die Achseln – wie alte Männer es tun, langsam und bedeutungsvoll. »Ich bin zu weit gereist und habe zu viel gesehen, um die kollektive Qual zu ignorieren, die die Galaxis in einer Flut dunkler Verzweiflung zu ertränken droht. Es muss etwas geschehen; was immer der Preis ist, was immer die Gefahr ist. Ohne die Jedi kann es kein Gleichgewicht der Macht geben, und alles wird der dunklen Seite anheimfallen.«

Obwohl Poe sich seines Wissens um diese Dinge einigermaßen gewiss war, wusste er ebenfalls, dass er nicht einmal ansatzweise in der Lage war, mit jemandem wie Lor San Tekka tiefschürfende Gespräche darüber zu führen. Statt sich zum Narren zu machen, indem er es versuchte, bereitete er sich auf seinen Abschied vor. Denn er musste seinen Auftrag beenden. Beiläufige philosophische Konversation konnte bis zu einem besseren Zeitpunkt warten.

»Der General sucht schon sehr lange danach«, sagte Poe, um ein Ende zu finden.

Tekka lächelte über einen Gedanken, der ihm unwillkürlich durch den Kopf ging. »›General‹. Für mich ist sie von königlichem Blut.«

»Ja, aber nennt sie nicht Prinzessin«, sagte Poe ihm. »Nicht wenn Ihr ihr gegenübersteht. Sie mag es nicht mehr. Sie mag es *wirklich* nicht!«

Er wollte gerade näher darauf eingehen, als eine hektische Metallkugel in den Raum gerollt kam und gerade noch rechtzeitig bremste, bevor sie mit den beiden Männern zusammenstieß. Dann gab sie einen Strom elektronischen Geplappers von sich. Die beiden Männer tauschten einen Blick, dann eilten sie zur Tür der Hütte.

Poe hatte seine Quadnocs in den Händen, noch bevor er zum Halt kam. Er richtete sie auf den Bereich des Himmels, den BB-8 bezeichnet hatte, und ließ den integrierten automatischen Tracker mögliche Ziele in der Nähe aufspüren. Das Gerät fand fast sofort vier. Poe ließ es sinken und sprach, ohne sich umzudrehen, den Blick auf den Horizont gerichtet: »Ohne Euch vorgreifen zu wollen … Ihr müsst Euch verstecken.«

Tekka brauchte keine Quadnocs. Er hatte die hereinkommenden Schiffe bereits aufgrund ihrer Fluggeräusche identifiziert, während sie zur Landung ansetzten. »Ohne nur das Offensichtliche aussprechen zu wollen … du musst gehen.«

Trotz der Wichtigkeit seiner Mission war Poe hin und her gerissen. Er respektierte Lor San Tekka nicht nur, er mochte ihn auch. Wie konnte er ihn hier zurücklassen? »Herr, wenn Ihr nichts dagegen habt, würde ich …«

Der ältere Mann fiel ihm ins Wort. »Aber ich habe etwas dagegen, Poe Dameron. Du hast von deinem Auftrag gesprochen.« Sowohl sein Blick als auch sein Ton wurden hart. »Jetzt erfülle ihn. Verglichen mit dem, was sich in der Galaxis zusammenbraut, sind wir beide kaum mehr als Staubflöckchen.«

Trotzdem zögerte Poe. »Bei allem schuldigen Respekt, einige Staubflöckchen sind wichtiger als andere ….«

»Wenn du Schmeicheleien austeilen willst, schmeichele meinem Gedächtnis. Geh. Sofort! Ich muss mich um die Verteidigung des Dorfes kümmern.« Tekka drehte sich um und ging, ohne zurückzuschauen.

Poe zauderte noch einen Moment länger, dann wirbelte er herum und rannte zum gegenüberliegenden Ende des Dorfes. BB-8 folgte ihm mühelos. Bewaffnete Dorfbewohner mit ernsten Mienen kamen ihm entgegen und liefen an ihm vorbei. Er hatte keine Ahnung, wie der Alarm ausgelöst worden war, und er hielt auch nicht inne, um zu fragen, wie oder warum scheinbar einfache Leute in den Besitz so vieler Waffen gekommen waren. Zweifellos würde Lor San Tekka es wissen. Poe beschloss, ihn zu fragen – eines Tages.

Das Raumschiff, das in einiger Entfernung vom Dorf auf ihn wartete, war gut versteckt unter einem hohen Felsvorsprung. Das würde den X-Flügler nicht vor moderner Suchausrüstung verbergen, das wusste Poe. Er musste den Planeten schnellstens verlassen. Er schwang sich ins Cockpit, während BB-8 sich auf die Position des Kopiloten hieven ließ, und aktivierte hastig die Kontrollen. Die Instrumente erwachten zum Leben. In der Ferne konnte man einen Schwarm zweibeiniger Gestalten in glänzenden weißen Rüstungen auf das Dorf zumarschieren sehen. Sturmtruppler.

Diejenigen Dorfbewohner, die sich bewaffnet hatten, versuchten, sich zu verteidigen. In diesem Kampf war Mut ein schlechter Ersatz für sorgfältige Ausbildung und modernere Ausrüstung. Während immer mehr von ihnen fielen, blieb den Verteidigern keine andere Chance, als sich zurückzuziehen.

Aber der Kampf war schon vorbei, noch bevor er richtig angefangen hatte. Als sie die Hoffnungslosigkeit eines weiteren Widerstands erkannten, ergaben sich die Dorfbewohner in kleinen Gruppen. Mehrere der speziell ausgerüsteten Flammtruppler setzten nichtsdestotrotz Gebäude in Brand; in Ställen und Pferchen gerieten die Tiere in Panik und rissen sich los. Poe entrüstete diese scheinbar grundlose Gewalt. Aber er wusste, dass die Verbreitung von Furcht und Schrecken für die Erste Ordnung lediglich Politik mit anderen Mitteln bedeutete.

Seine zornigen Gedanken wurden unterbrochen von einem Strom ängstlicher elektronischer Meldungen von dem Droiden. »Wir starten, BB-8, wir starten! Gleich ist …« Er drückte auf einen weiteren Schalter.

Landelichter flammten auf, während die Triebwerke heulend zum Leben erwachten. *Weg von dem Überhang und dann volle Kraft,* sagte er sich.

Eine Sekunde bevor er so weit war, wurde das Schiff getroffen.

Die beiden Sturmtruppler hatten sich ungesehen genähert. Wer immer den Angriff geplant hatte, war zu klug gewesen, um sich auf eine simple Frontalattacke zu verlassen. Vielleicht waren diese beiden Teil eines separat gelandeten Trupps oder hatten ein Fahrzeug benutzt, um aus dem Dorf hierherzukommen. Wenn sie mit einem ihrer Blaster das Cockpit trafen, würde er sich über ihre Herkunft keine Gedanken mehr zu machen brauchen.

Andererseits waren sie entweder sehr ehrgeizig oder übermäßig dumm, denn ihr Weg führte sie direkt vor die Bordwaffen des X-Flüglers. Poe schlug auf den Schalter, der eine drehbare Bordkanone aus dem Bauch seines Jägers ausfahren ließ, und feuerte. Die Explosionen der Treffer machten die Umgebung frei von Feinden wie von jeder anderen lebenden Kreatur, die sich unglücklicherweise in unmittelbarer Nachbarschaft aufgehalten hatte.

Nachdem diese Störung beseitigt war, richtete Poe seine Aufmerksamkeit wieder auf die Instrumente des X-Flüglers. Ein ansteigendes Heulen erklang vom hinteren Teil des Schiffes. Mit einem leichten Beben löste es sich aus dem Schutz des Felsüberhangs. Poe, der sich auf dem Pilotensitz angeschnallt hatte, zuckte bei der unerwarteten Vibration zusammen. Es hätte nichts beben dürfen.

Der X-Flügler verharrte, aber das anschwellende Jaulen ging weiter. Nachdem er die Maschinen wieder gestoppt hatte, um weiteren Schäden vorzubeugen, klappte Poe die Haube auf und kletterte hinaus. Er ging zum Heck des Schiffes und starrte auf die jetzt inaktiven Aggregate. Die beiden Sturmtruppler mochten taktisch nicht sehr versiert gewesen sein, aber sie waren gute Schützen gewesen. Die Triebwerke waren schwer beschädigt.

BB-8 kam neben ihn gerollt. Keiner sagte etwas. Es brauchte nichts gesagt zu werden. Sowohl Mann als auch Droide konnten sehen, dass sie in großen Schwierigkeiten steckten.

Im Dorf ging der Kampf weiter, als eine hartnäckige Gruppe seiner Bewohner, die vielleicht nur allzu gut wussten, was die Repräsentanten der Ersten Ordnung mit ihnen im Falle ihrer Kapitulation vorhatten, sich weigerten, ihre Waffen herzugeben. Der Kampf war zwar alles andere als ausgeglichen, aber auch kein Gemetzel, und beide Seiten mussten Verluste hinnehmen.

Ein direkt getroffener Sturmtruppler ging in einer Masse zerschmetterter Rüstung, zerfetzten Fleisches und Blutes zu Boden. Einer seiner Gefährten eilte ihm sofort zur Seite und kniete sich hin, um ihm zu helfen. Ein zerrissener, blutiger Handschuh wurde dem Möchtegernretter entgegengestreckt. Aus der beschädigten Schutzkleidung ragten schockierend nackte Finger hervor.

Die beiden Männer starrten sich durch die Visiere ihrer Helme an. Schockiert erkannte der eine in dem schwer verwundeten Sturmtruppler, der nun in seiner Rüstung verblutete, seinen altvertrauten Kameraden. Sie hatten zusammen trainiert. Hatten Mahlzeiten geteilt, Geschichten, Erfahrungen. Und jetzt teilten sie den Tod miteinander.

Die Schlacht war ganz und gar nicht so verlaufen, wie der noch unversehrte Sturmtruppler es sich vorgestellt hatte.

Verzweifelt streckte der Sterbende die bloße Hand nach

seinem Freund aus und hinterließ blutige Fingerspuren auf dessen Helm und Visier. Dann fielen Hand und Arm, und der Mann regte sich nicht mehr.

Hier war keine Hilfe mehr möglich, begriff der andere Sturmtruppler. Er richtete sich auf und betrachtete die Hölle, in die er geraten war. Die Waffe hing an seiner Seite, unbenutzt. Er stolperte davon, weg von seinem toten Kameraden und dieser blutigen, flehenden Hand.

Während um ihn herum der Wahnsinn tobte, irrte er durch das Dorf und kam sich fast wie der Teilnehmer eines Historiendramas vor. Die entsetzlichen und inzwischen allgegenwärtigen roten Flecken und Lachen auf dem Boden jedoch sprachen dem Hohn. Dies war ganz und gar nicht so wie in seiner Ausbildung, sagte er sich benommen. Anders als in den Simulationen blutete die Realität.

Rauch und Staub erhoben sich von den zerstörten Hütten um ihn herum. Die akustischen Rezeptoren seines Helms fingen die Geräusche ferner Explosionen ebenso auf wie naher Detonationen. Knisternde Flammen stiegen von den Häusern auf, von kleinen Werkstätten und Lagerschuppen.

Als er um die noch intakte Ecke eines Gebäudes kam, ließ ihn eine Bewegung instinktiv seine Waffe heben. Eingeschüchtert schnappte die unbewaffnete Frau, der er gegenüberstand, nach Luft und erstarrte. Den Ausdruck auf ihrem Gesicht würde der Sturmtruppler niemals vergessen: Es war der Ausdruck einer Person, die noch lebte und doch begriff, dass sie bereits tot war. Für einen Moment verharrten sie so: Raubtier und Beute, ein jeder in dem vollen Bewusstsein seines jeweiligen Status. Als er endlich die Mündung des Blasters senkte, konnte sie es offensichtlich nicht glauben; sie fuhr noch für einen langen Augenblick fort, ihn anzustarren.

Ein ohrenbetäubendes *Zischen* veranlasste sie, sich voneinander abzuwenden. Als der Sturmtruppler sich in die Richtung drehte, aus der das Geräusch kam, durchbrach seine Bewegung die verängstige Lähmung der Frau. Sie wirbelte herum und floh. Die Raumfähre, die jetzt zur Landung ansetzte, war viel imposanter als diejenigen, mit denen der Sturmtruppler vertraut war; sie hatte an den Seiten lange, jetzt fast vollständig hochgeklappte Flügel, die ihr ein fledermaushaftes Aussehen verliehen. Die Laderampe wurde geöffnet, um eine einzige Person aussteigen zu lassen. Hochgewachsen, dunkel, in einen Umhang gehüllt und mit einem hinter einer Metallmaske verborgenen Gesicht ignorierte die Person das immer noch wogende Chaos der Schlacht und ging schnurstracks und ohne das geringste Zögern auf Lor San Tekka zu.

Verblüfft über die Gleichgültigkeit des Neuankömmlings hinsichtlich der Schlacht um ihn herum, erschrak der Sturmtruppler, als ein scharfer Stoß von hinten ihn vorübergehend das Gleichgewicht kostete. Ein Vorgesetzter sah ihn an. Und war kurz angebunden.

»Zurück zu Ihrer Einheit. Es ist noch nicht vorüber.«

Der Gegenstand seines Zorns nickte zur Bestätigung, eilte davon und fragte sich, was die Ankunft dieser einzelnen Person bedeuten mochte. Obwohl er es nicht wagte, sich danach zu erkundigen.

Für einen gewöhnlichen Sturmtruppler wie ihn war Unwissenheit nicht einfach ein abstrakter Wert. Sie war Vorschrift.

Zumindest für den Augenblick, begriff Poe, war der X-Flügler nicht flugfähig. Wenn er sich gewisse kritische Komponenten zusammenschnorren und entsprechendes Werkzeug auftreiben konnte, dann würde er vielleicht, nur vielleicht … Aber es gab eine weitaus wichtigere Sache, um die er sich kümmern musste.

Er nahm das kleine Artefakt, das Tekka ihm in einem Lederbeutel übergeben hatte, aus seiner Hülle. Nachdem er kurz an BB-8 herumgefingert hatte, schob der Pilot es ins Innere des Droiden. Ein bestätigender Piepton verkündete, dass es sicher verstaut war. Dann wandte Poe sich dem brennenden Dorf zu.

»Entferne dich so weit von hier, wie du kannst«, befahl er seinem mechanischen Gefährten. »Ganz gleich, in welche Richtung.« Als die ängstliche elektronische Antwort des Droiden andeutete, dass dieser zögerte, dem Befehl nachzukommen, legte Poe mehr Nachdruck in seine Stimme.

»Ja, ich werde so viele von diesen Eimerköpfen erledigen, wie ich kann. BB-8, ich werde wiederkommen und dich holen. Geh! Mach dir keine Sorgen, es wird alles gut werden. Wo immer du schließlich landest, ich werde dich finden.«

BB-8 zögerte immer noch. Aber als der Pilot sich wiederholten Nachfragen gegenüber gleichgültig zeigte, drehte der Droide endlich um und rollte schnell davon, über den Sand und weg von dem Dorf. Er schaute nur ein einziges Mal zu dem X-Flügler und dem Piloten um. Sehr zu BB-8s Bedauern konnte er gegen einen klaren Befehl nur protestieren, ihm aber nicht zuwiderhandeln.

Die hochgewachsene, in einen Kapuzenumhang gehüllte Gestalt, deren Ankunft der unter Schock stehende Sturmtruppler beobachtet hatte, ignorierte auf ihrem Weg zu Lor San Tekka erschrockene Sturmtruppler und bewaffnete Dorfbewohner gleichermaßen. Tekka seinerseits blieb stehen und wartete, sobald er die Gestalt entdeckt hatte. Der

Dorfälteste wusste, mit wem er es zu tun bekam – und dass es keinen Sinn hatte wegzulaufen. Er fand sich mit seinem Schicksal ab.

Der Passagier aus dem Shuttle musterte Tekka von Kopf bis Fuß, ganz so, wie man in einem Museum eine Relique betrachten würde. Tekka hielt diesem Blick gelassen stand. Die schwarze Maske mit ihrer geschlitzten Stirn und dem dicken, schnauzenähnlichen Atemapparat bedeckte das Gesicht des Mannes, den er als Kylo Ren kannte. Früher einmal hatte er das Gesicht hinter der Maske gekannt. Früher einmal hatte er den Menschen gekannt. Jetzt war für San Tekka nur die Maske übrig geblieben. Metall statt Mann.

Ren sprach als Erster und ohne zu zögern, als habe er dieses Treffen seit einiger Zeit erwartet. »Der große Glücksritter. Und doch am Ende gefangen.« Obwohl die Stimme aus einer menschlichen Kehle kam, hatte sie – von der Maske verzerrt – einen Übelkeit erregend, körperlosen Klang.

Tekka hatte nichts Geringeres erwartet. »Während dir weitaus Schlimmeres widerfahren ist.«

Worte hatten keinen Einfluss auf die Maske oder das, was dahinter lag, soweit Tekka erkennen konnte. Es gab keine Reaktion, keine Entrüstung, nur Ungeduld.

»Ihr wisst, weshalb ich gekommen bin.«

»Ich weiß, wo du herkommst.« Lor San Tekka hätte nicht unbesorgter wirken können, wäre er auf einem Bergkamm gesessen und hätte vor dem Sonnenuntergang über den Sko'rraq-Bergen meditiert. »Aus einer Zeit, bevor du dich Kylo Ren nanntest.«

Hinter der Maske erklang ein Knurren: wild, aber immer noch menschlich. »Vorsicht. Die Karte, die zu Skywalker führt. Wir hören, dass Ihr sie erworben habt. Und jetzt werdet Ihr sie der Ersten Ordnung übergeben.«

Vom Rand des Dorfes aus, zu dem er zurückgekommen war, konnte Poe jetzt die Auseinandersetzung beobachten. Tekka erkannte er selbst von hinten und bei schlechtem Licht. Der hochgewachsene, maskierte Besucher war ihm unbekannt. Er mühte sich mitzubekommen, wovon sie sprachen, aber ohne sich näher heranzuschleichen und sich umherstreifenden Sturmtrupplern auszusetzen, konnte er nur zuschauen.

»Du gehörst nicht dorthin.« Gelassen, in sachlichem Ton und ohne Furcht, sprach Tekka die Wahrheit aus gegenüber der Lüge, die vor ihm stand. Er wollte Licht in das Dunkel bringen. Eine schwache Hoffnung, aber er musste es versuchen. »Die Erste Ordnung ist eine Frucht der dunklen Seite. Du gehörst nicht dazu.«

Die Ungeduld aufseiten des Besuchers wandelte sich in Verärgerung. »Wie kann ein Gespräch so schnell so ermüdend werden?« Der Mann deutete mit einer schwungvollen Bewegung seines langen Arms auf die Grenzen des Dorfes. »Macht aus einer einfachen Übergabe nicht eine Tragödie für diese Leute.« Jetzt troff die Stimme hinter der Maske vor blankem Sadismus. »Hat Eure Anwesenheit hier sie nicht bereits genug gekostet?«

»Ich habe meinen Frieden mit diesen Leuten und diesem Ort vor langer Zeit geschlossen. Die eigentliche Tragödie ist, dass du dich von deinem wahren Erbe abgewandt hast.«

Ren versteifte sich kaum merklich, als er sich vorbeugte. »Genug des dummen Geplänkels.« Er streckte eine Hand aus. »Alter Mann, gebt es mir.«

Poe konnte aus den Gesten und Bewegungen beider Männer genug erraten, um zu vermuten, worüber gesprochen wurde. Und um sich das endgültige, unausweichliche Ergebnis vorzustellen.

»Nein«, murmelte er leise. »Nein, nein, nein …« Ohne sich weiter zu bemühen, verborgen zu bleiben, und ohne auf seine eigene Sicherheit zu achten, verließ er seine Deckung und ging auf die beiden zu.

»Du kannst es versuchen«, antwortete Tekka mit stillem Trotz, »aber du kannst deine Wahrheit nicht leugnen.«

Kylo Ren schien für ihn zu wachsen. Zorn loderte hinter der Maske auf. Ein Lichtschwert in einer Hand des Maskierten erwachte lodernd zum Leben, ein kaum stabiler, dunkelroter Stab, der bemerkenswert war wegen der beiden kleineren Projektionen am Griff: Die Waffe eines Killers, der Fetisch eines Henkers. »Wie wahr.«

Glänzendes, schneidendes Licht durchbohrte Lor San Tekka.

2. Kapitel

Poe sah, wie das Schwert zum Leben erwachte. Sah, wie es seinen tödlichen Bogen beschrieb. Die Zeit schien sich zu dehnen, während er beobachtete, wie das Schwert sich herabsenkte. Halb wahnsinnige, gänzlich machtlose Gedanken rasten ihm durch den Kopf. Er hörte sich brüllen, spürte, wie er seinen Blaster hob und feuerte. Zu spät, zu langsam, sagte er sich mutlos, noch während er weiterschoss.

Kylo Ren, der die Drohung wahrnahm, reagierte sofort. Er hob scharf einen Arm und zeigte mit der Handfläche auf den unbekannten Angreifer. Die Geste war lediglich die physische Manifestation von etwas unendlich Mächtigerem und gänzlich Unsichtbarem. Sie fing die Entladung der Waffe des Piloten ab, ließ sie mitten in der Luft erstarren wie eine solide Barriere. Hinter der Maske verfolgten Augen von übernatürlicher Intensität den Angriff zu seiner Quelle.

Anfänglich angetrieben von purem Zorn, stellte Poe jetzt fest, dass er sich nicht mehr bewegen konnte. Sein Herz hämmerte, seine Lunge pumpte, aber die übrige Muskulatur gehorchte seinem Kommando nicht mehr. Er war so effektiv gelähmt wie durch den Schuss eines Blasters.

Zwei Sturmtruppler packten ihn und zerrten ihn vorwärts, bis er hilflos vor dem kalten Ren stand. Hätten sie ihn nicht festgehalten, wäre Poe einfach umgefallen. Trotzdem versuchte er, tapfer zu sein. »Wer redet zuerst?«, fragte Poe und ließ seine Stimme unbefangen klingen. »Du oder ich?«

Lor San Tekkas Mörder, der sein Lichtschwert deaktiviert und wieder in seinen Gürtel gesteckt hatte, musterte den Gefangenen lässig. Poes Nerven bebten, als das Gefühl langsam in seine Arme und Beine zurückkehrte. Rens Blick ruhte auf den Details der Kleidung des Piloten.

»So wie es aussieht, ein Pilot des Widerstands.« Er nickte knapp. »Durchsucht ihn. Gründlich.«

Einer der Sturmtruppler, der Poe vorwärtsgezerrt hatte, klopfte ihn auf nicht allzu sanfte Weise ab. Der andere Sturmtruppler zog ein kleines Gerät aus seinem Gürtel und ließ es langsam der Länge nach über den Gefangenen wandern, vom Kopf bis zu den Füßen. Die Untersuchung dauerte nicht lange.

»Nichts«, erklärte der erste Sturmtruppler und nahm Habtachtstellung an.

Poe blinzelte zu dem Sturmtruppler empor, der die Hände benutzt hatte. »Gut gemacht.«

Der solchermaßen angestachelte Sturmtruppler vergaß sich für einen Moment und trat dem Gefangenen die Beine weg. Poe landete hart auf den Knien, immer noch trotzig.

Der andere Sturmtruppler gestikulierte mit dem Instrument in seiner Hand. »Hier ebenso, Sir. Er hat nichts in sich als die zu erwartenden Essensreste.« Er zögerte nicht. »Soll ich ihn auslöschen?«

Kylo Ren ließ sich seine Enttäuschung nicht anmerken. In solchen Zeiten waren vorübergehende Verzögerungen nicht unerwartet. Am Ende würde sich alles auf befriedigende Weise regeln.

»Nein. Nehmt ihn mit.« Eine kurze Pause, dann: »Intakt und funktionsfähig.«

Offensichtlich enttäuscht zerrten die beiden Sturmtruppler Poe davon. Ren beobachtete sie einen Moment lang und erwog Möglichkeiten. *Später,* sagte er sich. Für den Moment gab es andere Details, um die er sich kümmern musste. Er erlaubte seinen Gedanken, kurz abzuschweifen, und bedauerte es, dass so viel Zeit mit Belanglosigkeiten verschwendet worden war.

Als Kylo Ren sich ihr zuwandte, nahm die Chefin der Spezialeinheiten, eine Frau in schwarzem Cape, das ihren Rang anzeigte und lose an ihr herabfiel, Haltung an. Ihre Rüstung glänzte in dem schwachen Licht wie poliertes Silber.

»Ihre Befehle, Sir?«, murmelte sie.

Kylo Ren betrachtete die lichterloh brennende Umgebung. Er hatte bereits zu viel Zeit hier verbracht, und das Ergebnis war nur teilweise befriedigend. Solche Verzögerungen missfielen ihm. »Töten Sie alle, Hauptmann Phasma, und durchsuchen Sie das Dorf. Jede Hütte, jeden Schuppen und jedes Versteck. Wenn Ihre Truppen es dem Erdboden gleichgemacht haben, durchsuchen Sie den Erdboden. Mit Scannern und Detektoren. Sie wissen, wonach Sie Ausschau halten müssen.«

Ein kurzes Nicken, dann drehte sie sich um. Eine Reihe von Sturmtrupplern stand vor den versammelten überlebenden Dorfbewohnern. »Auf mein Kommando!« Waffen wurden erhoben. Die Reaktionen der Dörfler waren typisch. Einige traten vor, unverschämt bis zum Schluss. Andere fielen auf die Knie. Es gab Gewimmer und Weinen und trotzige Schreie. Nichts davon dauerte sehr lange.

»Feuer!«

Es war kein Massaker. Im Lexikon der Ersten Ordnung war es nicht mehr als die vorgeschriebene Züchtigung. Angemessene Vergeltung dafür, dass sie jemandem, der zur Fahndung ausgeschrieben war, Zuflucht gewährt hatten. Es kam auf den Inhalt der Lektion an, nicht auf die Anzahl der Betroffenen. Es dauerte weniger als eine Minute.

Als es vorüber war, nur noch das gelegentliche Geplauder zwischen den Sturmtrupplern und dann und wann ein scheußliches Kichern zu hören waren, zerstreute sich die Truppe, um ein letztes Mal die Trümmer zu durchsuchen. Ein Sturmtruppler mit einer blutverschmierten Gesichtsmaske, der allein dastand, erschrak, als ihm jemand eine Hand auf die Schulter legte. Obwohl die Hand einem Kameraden gehörte, entspannte sich der erste Sturmtruppler nicht.

»Du hast ja gar nicht geschossen. Problem mit dem Blaster?«

Automatisch nickte der andere. Sein Kamerad gestikulierte wissend und schlug ihm auf die Schulter. »Gib ihn ab, wenn wir zum Stützpunkt zurückkommen. Sollen sich die Techniker drum kümmern, und du holst dir einen neuen.«

»Danke, das werde ich tun.«

Kaum war sein hilfsbereiter Kollege davongegangen, um sich wieder seiner eigenen Einheit anzuschließen, erstarrte der Sturmtruppler beim Anblick einer hochgewachsenen, dunkel gewandeten Gestalt, die entschlossen auf den fledermausartigen Shuttle zuschritt. Obwohl er sich selbst den stummen Befehl gab, sich in Bewegung zu setzen und sich abzuwenden, war es ihm unmöglich.

Kylo Ren drehte sich um und blickte den Soldaten an. Der Sturmtruppler sah nur Licht, das von einer Maske reflektiert wurde, und seine eigene Angst.

Er weiß es. Er muss es wissen. Und ich bin … tot.

Aber das war er nicht. Der Blick währte kaum eine Sekunde. Dann setzte Ren sich wieder in Bewegung, tief in Gedanken versunken. Auf dem Rückweg zu seinem Schiff sah er einen Blaster auf dem Boden liegen. Er gehörte dem Piloten des Widerstands, der nahe daran gewesen war, ihn zu töten. Sobald er in seiner Reichweite war, berührte er ihn – aber nicht mit den Händen. Der Blaster hob sich scheinbar aus eigenem Antrieb und flog durch die Luft, krachte gegen ein nahes Gebäude und erschreckte einen müßigen Sturmtruppler, der das Pech hatte, in der Nähe zu stehen, beinah zu Tode.

Die Säuberung des Dorfes erstreckte sich auch auf dessen Umgebung, wo eine Schar Sturmtruppler gerade damit fertig geworden war, den dort zurückgelassenen beschädigten X-Flügler zu durchsuchen. Nachdem sie alles getan hatten, was sie mit der vorhandenen Ausrüstung tun konnten, bereiteten sie sich darauf vor, zu ihren Einheiten zurückzukehren. Mit Spezialgeräten hätten sie den Jäger des Widerstands in seine Einzelteile zerlegen können, aber man hatte ihnen nicht befohlen, so vorzugehen.

»Da ist nichts«, erklärte der letzte des Quartetts, als er aus dem Cockpit des Jägers stieg. »Der übliche Müll des Widerstands; das ist alles. Tiefenscans zeigen nichts im Rumpf oder anderswo.«

Sobald er außer Reichweite war, aktivierten seine Gefährten die beiden schweren Waffen, die sie auf das Versteck gerichtet hatten. Nach zwei Explosionen waren sowohl von dem Schiff als auch von dem Felsvorsprung nur noch Trümmer übrig.

Das Krachen des explodierenden X-Flüglers hallte über die steinigen Einöden und Dünen. Aus großer Entfernung schaute ein einsamer kugelförmiger Droide zurück, während er seine Flucht fortsetzte. Wenn er hätte schneller rollen können, hätte der verängstigte Droide das getan.

Im Gegensatz zu weit verbreiteten Vorurteilen sind Wüstenwelten bei Nacht nicht still. Wenn das Licht schwindet, erwacht eine gänzlich andere Ökologie zum Leben. BB-8, der sich mit größerer Vorsicht bewegte, versuchte, nicht bei jedem Heulen innezuhalten, jedem Fiepen, jedem Scharren krallenbewehrter Füße auf nacktem Fels. Es gab Dinge in den leeren, wilden Regionen unterentwickelter Planeten, die einen einsamen Droiden mit Freuden zerlegt hätten, nur um zu sehen, was ihn ticken oder rollen ließ, das wusste er. Bei dem bloßen Gedanken an eine solche Begegnung lief er Gefahr, dass sein inneres Gyroskop ihn wild umherkullern ließ.

Droiden wie er waren nicht für unbewohnte Orte bestimmt, und er wünschte sich verzweifelt, andere von seiner Art zu finden. Oder, wenn das nicht möglich war, sogar Menschen.

Die Fesseln, die Poe in dem Truppentransporter getragen hatte, wurden ihm abgenommen, sobald er und seine Wärter von Bord gingen. Auf dem Sternzerstörer gab es keinen Grund, den Gefangenen physisch einzuschränken. Anscheinend amüsierten seine Begleiter sich – oder vielleicht waren sie lediglich ungeduldig, aus ihrer Rüstung herauszukommen. Jedenfalls scheuchten sie ihn mit einer, wie er fand, unnötigen Grobheit voran. Nicht dass Sturmtruppler für ihre individuelle Diplomatie bekannt gewesen wären. Wenn man bedachte, wen er zu erschießen versucht hatte, wusste er, dass er sich glücklich schätzen sollte, in einem Stück an Bord gebracht worden zu sein.

Ein physischer Seinszustand, das wusste er, der sich jeden Moment ändern konnte.

Auf der anderen Seite der riesigen und beeindruckenden Landebucht stiegen andere Sturmtruppler aus, dankbar, dass nicht mehr von ihnen bei der Expedition gefallen waren, und voller Vorfreude auf ein wenig Ruhe und eine Mahlzeit. Erpicht, die Schlacht unten noch einmal zu durchleben, achteten sie nicht auf einen der ihren, der zurückfiel. Als er sich davon überzeugt hatte, dass niemand ihn beachtete, drehte der Sturmtruppler sich um und rannte zurück in den noch offenen Transporter. Er nahm seinen Helm ab und übergab sich in den nächsten Müllbehälter. Das Entsetzen in seinen Zügen war mit Händen zu greifen. Glücklicherweise war niemand da, der seine Schande hätte bezeugen können.

Doch war jetzt jemand hinter ihm.

Angst wich kaltem Grauen, als er Hauptmann Phasma erkannte. Wie viel hatte sie gesehen? Wie viel wusste sie? Zu viel, wie sich herausstellte.

Unnahbar und doch befehlend deutete sie auf das Gewehr, das er noch in der Hand trug. »FN-2187. Ich höre, Sie hatten Probleme mit Ihrer Waffe. Seien Sie bitte so nett, sie dem Technikteam Ihrer Division zur Inspektion zu übergeben.«

»Ja, Hauptmann.« Wie es ihm gelang zu antworten, ohne zu stammeln, wusste er nicht. Instinkt statt Ausbildung, beschloss er. Selbsterhaltungstrieb.

»Und wer hat Ihnen die Erlaubnis erteilt, diesen Helm abzunehmen?«

Er schluckte hörbar. »Es tut mir leid, Hauptmann.«

Er spürte ihren Abscheu, während er sich mühte, den Helm wieder aufzusetzen. »Melden Sie sich sofort bei meiner Kompanie«, befahl Phasma.

Wie er leider wusste, verhieß das nichts Gutes.

Es war ein Friedhof der Technik.

Berge von Metall, Haufen aus Plastikderivaten, Ozeane von zerbrochener Keramik bildeten ein gespenstisches Industrieödland, das zu betreten niemand wagte aus Angst, sich zu vergiften, sich zu schneiden oder für immer zu verirren. Niemand bis auf einige wenige, für die Wagemut ebenso ein Sinn war wie der Gesichtssinn oder das Gehör.

Ein solches Individuum klammerte sich insektenartig an eine dunkle Metallwand, die gespickt war mit vorstehenden Sensoren, Manipulatoren und anderen verrottenden Mechanismen. Außer einer leichten Schutzbrille mit grünen Gläsern, Gesichtsmaske, Handschuhen und grauer Wüstenkleidung trug die emsige Gestalt einen geräumigen Rucksack. Der Multifunktionsstab, den sie über den Rücken geschnallt hatte, machte die Arbeit in der beengten und gefährlichen Umgebung nicht einfacher. Mit unterschiedlichen Werkzeugen löste die Sammlerin die kleinen Geräte von der Metallwand ab. Eins nach dem anderen fand seinen Weg in die Tasche, die unter der schlanken Gestalt hing.

Als die Tasche voll war, band die Sammlerin sie zu und machte sich an den gefährlichen Abstieg, vorbei an scharfen Vorsprüngen und klaffenden Lücken in der Wand. Als sie den Fuß des metallischen Canyons erreicht hatte, hob sie ein größeres Teil auf, das sie zuvor dort deponiert hatte, und ging, gekrümmt unter der schweren Last, auf einen fernen Streifen Sonnenlicht zu.

Vor der Metallhöhle schob die Sammlerin die Brille auf die Stirn und blinzelte im hellen Wüstenlicht. Sie war fast zwanzig, hatte dunkles Haar, noch dunklere Augen und einen Anflug von etwas Tieferem im Inneren. Sie hatte eine Frische an sich, die die harsche Landschaft um sie herum nicht hatte eliminieren können. Jeder, der sie anschaute, hätte sie für weich gehalten – eine ernsthafte Fehleinschätzung.

Es war ein respektables Tagewerk gewesen, genug um sicherzustellen, dass sie heute Abend zu essen hatte. Sie löste eine Feldflasche von ihrem Gürtel, wischte sich den Schweiß vom Gesicht und trank.

Nachdem die Flasche nichts mehr hergab, hängte sie sie wieder an den Gürtel. Ihre Tasche und das einzelne größere Stück Elektroschrott lag inzwischen auf einem Blech, das sie wie einen Schlitten vor sich den Hang einer Düne hinabgleiten ließ. Hinter sich ließ sie das riesige Triebwerk eines havarierten Sternzerstörers alter Bauart zurück. Zu groß, um ihn zu zerschneiden, seine Technologie obsolet, hatte man ihn einfach hier in der Wüste zurückgelassen. In dem extrem trockenen Klima würde er noch in Jahrtausenden so daliegen. Eine willkommene Beute für Schrottsammler wie Rey, die sich auf das Ausschlachten solcher Riesen spezialisiert hatte.

Ein zweites Blech diente dem Mädchen selbst als Schlitten, um den Erträgen ihres Tagewerks hangabwärts zu folgen. Sie beherrschte diese Art der Fortbewegung gut genug, um weder von dem Blech zu fallen noch mit den Trümmern zusammenzustoßen, die den Hang übersäten.

Am Fuß der Düne stand sie auf und klopfte sich ab. Ihre sandfarbene Kleidung war in der Wüste unabdingbar; sie musste sie vor der Sonne schützen und ihre Körperfeuchtigkeit bewahren. Außerdem war sie billig und leicht zu flicken. Dasselbe ließ sich über den klobigen, zerbeulten Speeder sagen, den sie in der Nähe geparkt hatte. Wenn irgendetwas für das geschundene, verrostete Gefährt sprach, dann das zweistöckige Zwillingstriebwerk. Da die eine oder andere der Maschinen dazu neigte, jederzeit auszufallen, war ihre Verdoppelung vor allem der Redundanz wegen nützlich und weniger, weil sie etwa höheres Tempo oder mehr Agilität verschafft hätte.

Nachdem sie ihre Neuerwerbungen an dem Speeder befestigt hatte, schwang sie sich auf den Fahrersitz. Einen ängstlichen Moment lang schien es, als würde keiner der beiden Motoren anspringen. Dann nahm einer und schließlich der andere brüllend seinen Dienst auf. Das war ihr Leben, sinnierte Rey, eine Abfolge ängstlicher Momente, unterbrochen nur von gelegentlicher Panik. Das war der Preis für den Versuch, in einer provinziellen Welt zu überleben, die so hart und unversöhnlich war wie Jakku.

Während sie durch die Wüste raste, ließ sie sich von den Sensoren des Speeders zwischen endlosen Reihen und Haufen zerstörter Sternenschiffe hindurchleiten, zwischen obsoleter oder unwiderruflich beschädigter Militärausrüstung, zivilen Gerätschaften, die ihr Verfallsdatum weit überschritten hatten, und sogar vor langer Zeit abgewrackten imperialen Schiffen.

Die Instrumente blinkten. Barriere voraus: zu viele Trümmer, als dass sie sich hindurchmanövrieren könnte. Sie kannte die Stelle. Obwohl es mehr Kraft kosten würde, war an dieser Kreuzung ein weiter und potenziell gefährlicher Umweg die einzige Alternative. Zumindest würde in der Höhe die Luft kühler sein.

Der Speeder erhob sich über das verrottete Metall und stieg so weit auf, wie es notwendig war. Nur zum Spaß flog sie eine Rolle, ein kleiner Augenblick des Rausches in einer ansonsten stumpfsinnigen Existenz. Als sie herauskam, war der Vorposten Niima deutlich sichtbar. Niima: Zentrum der Galaxis, Schmelztiegel mannigfaltiger Kulturen, der seinen ungezählten Bewohnern eine nie endende Abfolge von Unterhaltung, Bildung und vergnüglichen Ablenkungen bot.

Ihr Lächeln war Hohn. Niima war eine funktionierende Achselhöhle von einer Stadt und mehr nicht. Ein Ort, an dem niemand Fragen stellte und an dem alle still und leise ihren eigenen Angelegenheiten nachgingen. Niima war einfach groß und weit genug entwickelt, dass es, wenn man auf der Straße tot umfiel, eine fünfzigprozentige Chance gab, dass sich jemand die Mühe machte, den Leichnam aufzusammeln und an einen einheimischen Proteinrecycler weiterzugeben oder an einen Einäscherer oder einen Beerdigungstechniker, falls einer von Letzteren Teil der persönlichen Philosophie des Opfers war, es dies auf seiner Identitätskarte vermerkt hatte und ein Vermögen greifbar war, um für die bevorzugte Art der Entsorgung aufzukommen.

Anderenfalls würden die Wüsten von Jakku sich zu gegebener Zeit um die Überreste kümmern, und zwar ohne Ansehen der Tugenden des Verblichenen.

Solange sie arbeiten konnte, hatte Rey nicht die Absicht, ein solches Schicksal zu erleiden. Natürlich hatte niemand diese Absicht. Aber wenn der Tod irgendetwas zeigte, dann die Vielzahl seiner Methoden, die oft überraschend und manchmal erheiternd waren. Sie parkte ihren Speeder, dann lud sie ihre Beute ab und schleppte sie in das Gemeinschaftsgebäude, das für diesen Zweck errichtet worden war und allen offenstand. Niemand bot ihr an, ihr bei der schweren Last zu helfen. In Niima waren Jugend und Geschlecht keine Barriere für nachbarschaftliche Gleichgültigkeit.

Sobald sie das mit Planen bedeckte, schattige Gebäude erreicht hatte, packte sie die Ergebnisse ihres Tagewerks aus, lehnte ihren Stab an den Arbeitstisch und begann ihre Beute zu putzen. Beim Verkauf war der äußere Schein wichtig. Die Bergung verlangte so große Anstrengungen, dass ein wenig Polieren und Wienern demgegenüber kaum ins Gewicht fiel. An anderen Tischen taten andere Schrottsammler es ihr gleich. Menschen und Nichtmenschen kommunizierten frei, machten Bemerkungen über die Funde anderer und tauschten Klatsch und Tratsch, größtenteils im einheimischen Dialekt. Wenn sie nicht freundlich miteinander plauderten, mühten sie sich herauszufinden, wo ihre Konkurrenten die beste Beute fanden.

Außerdem waren sie nicht darüber erhaben, einander zu bestehlen, wenn die Gelegenheit sich bot. Rey behielt ihre Waren genau im Auge.

Als sie von ihrer Arbeit aufschaute, fiel ihr Blick zufällig nach draußen. Die Zweibeinerin, deren Bewegungen ihre Aufmerksamkeit erregt hatten, war menschlich. Eine Frau, gekleidet in Tücher aus tiefem Braun, das beinahe in Purpur überging, mit einem Band aus türkisfarbenen Ornamenten über den Augen und Fingerspitzen. Auf der offenen Rampe eines Schiffes stehend betrachtete sie ihre Umgebung. Einen Moment später erschien ein ähnlich gekleideter und geschminkter Junge und gesellte sich zu ihr. Ein vertrauliches Gespräch entspann sich zwischen den beiden, und währenddessen strich die Erwachsene dem Kind durchs Haar. Als Rey sich wieder ihrer Arbeit zuwandte, merkte sie selbst nicht, dass die Bürste, mit der sie ein schmales Stück Elektronik bearbeitete, praktisch die liebkosenden Handbewegungen der Frau draußen imitierten.

Einer von Unkar Plutts Assistenten trat an sie heran, blaffte sie an und deutete mit seinem Stab auf sie, um klar zu machen, dass es in ihrem besten Interesse wäre, sich auf ihre Arbeit zu konzentrieren und nicht ablenken zu lassen. Ohne Mutter und Kind weiter zu beachten, machte Rey sich wieder an ihre Arbeit.

Nachdem sie früher als erwartet fertig wurde, ging sie durch das Zelt zum Tauschschalter. Er bestand aus dem Wrack eines kleinen Sandkriechers, dunkelbraun von Rost und Alter, und war umgeben von Haufen jüngst eingetauschter Bauteile. Das Wrack hatte sogar ein festes Blechdach. In Niima war der unangenehmste Teil des Schrottsammelns die Entgegennahme von Bezahlung. Dies lag nicht an der Qualität der Speisen, die man im Tausch gegen seine Funde erhielt, sondern am Charakter des Individuums, das sie verteilte.

Die klobige Gestalt, die vor ihr saß und sie etwas überragte, war nicht menschlich. Der stämmige Körperbau des Croluten endete oben in einem dicken, fleischigen, unbehaarten Schädel, dessen herausragendstes Merkmal eine breite, flache Nase war. Die Nasenhöhle reichte bis ganz nach oben und hinein in den kahlen Kopf, auf dem eine Metallkappe throhnte. Eine einzelne Schicht Fleisch floss wie ein zweiter Hals hinab. Lose, schwarze Hosenbeine steckten in schweren Arbeitsstiefeln, während das langärmlige, braune Hemd Mühe hatte, zusätzliche Halsschichten aufzunehmen. Von Hals und Schultern hingen dem Herrn des Zeltes ein halbes Dutzend zweifarbiger Metallplättchen bis unter die dicken Knie herab. Alle Muskeln an seinem Leib lagen unter einer dicken Schicht Speck gut verborgen.

Rey war bewusst, dass dieses Wesen sich auf ihre gelegentlichen geschäftlichen Begegnungen freute, aber sie konnte das Gleiche nicht von sich behaupten. Da es sich nicht vermeiden ließ, ihm dabei nicht nur zuzuhören, sondern ihn auch anzusehen, bemühte sie sich immer, den Tausch so schnell wie möglich abzuwickeln.

Unkar Plutt dagegen war entzückt, ihre Begegnungen soweit in die Länge zu ziehen, wie sie es ertragen konnte. Er nahm sich immer Zeit, wenn er ihre Stücke untersuchte, und ließ den Blick langsam über alles wandern, was sie ihm vorlegte, damit sie warten musste. Erst wenn die Grenzen gewöhnlicher Höflichkeit bereits mehr als deutlich überschritten waren, ließ er sich dazu herab, ihre Gegenwart zur Kenntnis zu nehmen.

»Rey. Ein anständiges Angebot, wenn auch nichts Bemerkenswertes. Heute bekommst du eine viertel Portion.«

Sie gab ihm nicht die Befriedigung, sich ihre Enttäuschung anmerken zu lassen, sondern nahm nur die beiden Päckchen in Empfang, die in der Transferschublade vor ihm erschienen. Ein durchsichtiges Päckchen enthielt beigefarbenes Pulver; das andere enthielt einen solideren Brocken von etwas Grünem.

»Braves Mädchen«, belobigte Plutt sie.

Sie antwortete nicht, sondern drehte sich um und ging so schnell sie konnte, ohne ihn auf die Tatsache aufmerksam zu machen, dass seine Gegenwart sie anwiderte. Sie konnte seine Blicke in ihrem Rücken spüren, bis sie aus dem großen Zelt heraus war.

Draußen auf den Salzebenen von Jakku gab es als Schutz vor der Sonne nur die Zuflucht, die man sich selbst eingerichtet hatte. Reys Speeder war ein bedeutungsloser Punkt vor dem Hintergrund der feurigen, untergehenden Masse, als sie auf dem Weg zu ihrem Heim das Tempo drosselte und anhielt. Sie stieg ab und ließ den Speeder stehen. Es war nicht nötig, ihn abzuschließen. Es kam kaum jemand hierher, und wer immer kam, darunter die Piraten und Banditen, die die Wüsten heimsuchten, würde kein so altmodisches und zerbeultes Gefährt wie ihren Speeder stehlen.

Sie packte ihre Sachen aus und ging auf den improvisierten Eingang zu, der in den Bauch eines halb zerstörten AT-AT-Läufers führte. Dieses uralte, vor sich hin rostende Militärgerät war Reys Zuhause.

Nachdem sie ihre Ausrüstung und ihre Vorräte sorgsam in die selbst gebauten Schränke und Regale geräumt hatte, vergaß sie nicht, einen Strich in die Innenwand zu ritzen. Sie machte sich schon lange nicht mehr die Mühe, die Striche zu zählen, die sich jetzt auf Tausende beliefen.

Hier und da fand sich in ihrer Unterkunft etwas Selbstgemachtes, ein Werk trotziger Individualität, das dazu beitrug, die Trostlosigkeit des Ortes zu mildern: eine handgefertigte Puppe aus dem Stoff eines orangefarbenen Fliegeranzugs, ein Strauß getrockneter Wüstenblumen; ein Kissen auf dem Bett, das sie die Arbeit eines Tages gekostet hatte.

In einer improvisierten Pfanne zischelte bereits das grüne Zeug. Rey öffnete das Päckchen mit beigefarbenem Pulver und kippte es in eine Dose, die zur Hälfte mit Wasser gefüllt war. Sie rührte kurz, dadurch wurde die Mixtur aktiviert; sie dehnte sich aus und nahm die Form eines Brotlaibs an. Rey schob das gekochte Fleisch aus der Pfanne auf einen Teller und nahm den Laib Brot dann aus seinem Behälter. Nachdem sie sich hingesetzt hatte, machte sie sich über beides her, als hätte sie seit Wochen nichts mehr zu essen bekommen. In letzter Zeit hatte es allzu viele Mahlzeiten wie diese gegeben.

Nach dem Essen leckte sie den Teller ab, bevor sie ihn beiseitestellte. Dann stand sie auf und trat an ein Fenster mit Blick in Richtung Niima. Der Kondensstreifen eines einzelnen aufsteigenden Schiffes streifte das flache, dunkle Blau des Abendhimmels wie Kreide auf einer Tafel. Rey wischte sich den Mund ab und drehte sich zu einem Regal um, auf dem ein alter, schwer beschädigter Helm der Rebellen lag.

Sie starrte ihn einen Moment lang an, dann ergriff sie ihn und setzte ihn auf.

Immer noch mit dem Helm auf dem Kopf ging sie hinaus in die sich abkühlende Luft. Heute Abend gibt es nicht viel zu sehen, dachte sie. Die Sonne ging unter. Morgen früh ging sie wieder auf. Und ein weiterer Tag brach an, monoton wie sein Vorgänger und so viele Tage davor.

Sie versuchte, an etwas anderes zu denken – etwas, das sich verändert hatte, etwas, das anders schien –, und sei es auch nur, um zu verhindern, dass ihr Geist verkümmerte. Aber da war nichts. Es gab nichts Neues. Gewiss nichts, was Stoff für Tagträume hergab. Auf Jakku änderten sich die Dinge nicht.

Auf dem Markt wurde gelegentlich über den Aufstieg einer neuen Macht in der Galaxie gesprochen. Eine Organisation, die sich selbst »Erste Ordnung« nannte. Entschlossen und gnadenlos. Niemand schien sonst viel darüber zu wissen. Nichts, worüber sie sich hier Sorgen zu machen brauchte, das wusste sie. Was immer es war, und was immer es repräsentierte, es würde nicht in diese provinzielle, entlegene Welt kommen. Niemand kam nach Jakku.

Sie war allein.

Etwas quiekte. Es war kein Treibsand.

Sie stand schnell auf und nahm den Helm ab. Das Quieken konnte nicht aus dessen lange toter Elektronik gekommen sein. Noch während sie die Kopfbedeckung untersuchte, quiekte es wieder. Ein hysterisches, panisches Piepsen. Sie wirbelte herum, lief zurück in die Unterkunft und kam einen Moment später mit ihrem Stab wieder heraus. Das Piepsen erklang jetzt ständig.

Rey lief auf den Kamm der nächsten Düne und verharrte kurz bei dem ebenso eigenartigen wie unerwarteten Anblick. Ein in einem groben Netz aus heimischen Pflanzenfasern gefangener, kleiner kugelförmiger Droide versuchte sich zu befreien und gab dabei die panischen Laute von sich. Er schien auch kaum Aussicht auf Erfolg zu haben, da er über keinerlei Gliedmaßen verfügte. Ein Teedo – diese Rasse zählte zu den Ureinwohnern Jakkus – auf einem stämmigen, vierfüßigen Lasttier mit rechteckigem Helm mühte sich, den beinlosen, aber überaktiven und ungehorsamen Droiden ruhigzustellen.

Wenn man sich, was irgendeinen Vorgang auf diesem Planeten betraf, nicht sicher war, konnte man vernünftigerweise stets davon ausgehen, dass etwas Ungehöriges geschah. Das wusste Rey so gut wie jeder andere hier. Bis sie die Einzelheiten der Konfrontation verstand, die sie jetzt miterlebte, war es auf jeden Fall richtig, sie zunächst einmal zu beenden.

»Tal'ama parqual!«

Jedwede Bewegung erstarb, als sowohl der Teedo wie auch BB-8 innehielten, um sich ihr zuzuwenden.

»Parqual! Zatana Tappan-aboo!«

Der Teedo, der sich Mühe gab, gleichzeitig sein Reittier mit dem schweren Kopf und seinen Gefangenen unter Kontrolle zu halten, brüllte durch das Mundstück des Helms, der seinen Reptilienschädel bedeckte. Seine Haltung war entschieden unversöhnlich, sogar bedrohlich. In der Zwischenzeit drehte der gefangene Droide seinen Kopf schnell vor und zurück und versuchte, sowohl Teedo als auch den Menschen im Blick zu behalten.

Rey war sofort gekränkt, nicht nur über den Ton des Teedos, sondern über seine Sprache. Sie verletzte massiv die Regeln üblicher Höflichkeit, wie sie zwischen den Wüstenbewohnern gepflegt wurde, um das schwierige Zusammenleben in dieser feindlichen Umwelt überhaupt möglich zu machen. Der Reiter des Lasttieres hätte es besser wissen müssen; seine ungemäßigten Worte führten dazu, dass Rey sich spontan zum Handeln entschloss. Sie stieg bis zu dem Reiter hinab, zog ihr Messer und begann das Netz aufzuschneiden.

»Namago!«, knurrte sie. *»Ta bana contoqual!«*

Als er bemerkte, dass er seine Beute verlieren würde, entfesselte der Teedo einen Strom einheimischer Schimpfwörter. Keins davon hatte auch nur die geringste Wirkung auf Rey, die weiter an dem Netz schnitt, bis der Eingeborene sie mit einer Verunglimpfung bedachte, die in jeder Sprache abscheulich gewesen wäre. Sie hielt in ihrem Tun kurz inne, drehte sich zu der in Tücher gehüllten Kreatur um, gestikulierte mit ihrem Messer und spie ihre Antwort förmlich aus.

»Noma. Ano tamata, zatana.«

Die in die Länge gezogene Antwort des Teedos wäre in keiner von hundert zivilisierten Welten druckreif gewesen. Der unwirsche Plünderer drehte den metallbedeckten Kopf seines Reittiers und verschwand in die Richtung, aus der er gekommen war. Sobald er in sicherer Entfernung war, befreite sich BB-8 aus den Resten des Netzes und begann, ihm laut und herausfordernd hinterherzupiepen.

»Scht«, beeilte Rey sich, den Droiden zum Schweigen zu bringen. »Fordere ihn nicht heraus. Genug Beleidigungen können den Verstand eines jeden Wesens überwältigen, selbst den eines Teedos.« BB-8 verstummte unverzüglich. Gemeinsam sahen die beiden dem Lasttier nach, bis es mit seinem Reiter außer Sicht geriet.

Eine elektronische Frage erregte ihre Aufmerksamkeit. Rey kniete sich neben den fragenden Droiden.

»Er ist nur ein Teedo. Ein Eingeborener. Tatsächlich ist

er mir gar nicht so unähnlich.« Ihr Gesichtsausdruck verzerrte sich. »Nur dass dieser besonders unhöflich war. Er wollte dich wegen deiner Einzelteile.« Sie beugte sich leicht vor, während sie den oberen Rand des Kopfes des Droiden studierte. »Deine Antenne ist verbogen.« Während sie die versengten Kennzeichnungen auf ihrem leise piependen, neuen Bekannten untersuchte, wurde ihr Interesse immer wacher. »Woher kommst du?«

Der Droide piepte eine Antwort. Rey schürzte die Lippen und schüttelte den Kopf.

»Ich weiß nicht, was das bedeutet.« Eine Abfolge von Pieptönen folgte. Diesmal lächelte sie. »Oh. Geheim. Wirklich? Nun, ich auch. Großes Geheimnis.« Sie stand auf und ging zu ihrem Quartier zurück. »Ich werde mein Geheimnis für mich behalten, und du kannst deins behalten.« Sie hob einen Arm und gestikulierte. »Der Vorposten Niima liegt in dieser Richtung. Halte dich von den Kelvinbergen fern. Mach einen Bogen um die Versinkenden Felder weiter nördlich, wenn du nicht im Sand verschwinden willst. Sonst gibt es nichts zu beachten. Je näher du Niima kommst, umso weniger wahrscheinlich ist es, dass du einem marodierenden Teedo über den Weg läufst.«

Mit leisem Piepen begann der Droide ihr zu folgen und blieb nur stehen, als sie scharf zu ihm herumfuhr.

»Folge mir nicht. Du darfst nicht mit mir kommen. Ich will niemanden bei mir haben. Verstehst du das?« Mehr Gepiepe, deutlich ängstlicher diesmal. Sie wurde wütend. »Nein! Und frag mich nicht noch einmal. Ich bin nicht deine Freundin. Ich habe keine Freunde. Wir sind auf Jakku. Niemand hier hat Freunde. Es gibt nur andere Überlebende.« Sie drehte sich noch einmal um und ging mit langen Schritten davon.

Das Piepen, das jetzt erklang, war geprägt von unverkennbarer Verzweiflung, ergreifend genug, um sie innehalten zu lassen. Sie drehte sich ein weiteres Mal um und schaute zu dem flehenden Droiden zurück. Sie mochte es – ihn – nicht. Ihre Zuneigung zu den meisten Maschinen erstreckte sich auf ihren Tauschwert in Nahrung. Aber irgendwie tat ihr dieser kleine, hilflose Droide leid. Zumindest, das sagte sie sich, schien dieser harmlos genug zu sein. Und ungeachtet ihrer Warnung gab es keine Garantie, dass der Teedo nicht vielleicht zurückkommen würde.

Sie nickte widerstrebend Richtung Droide. Sofort rollte er neben sie. Gemeinsam gingen sie zu ihrer Behausung.

»Morgen früh«, sagte sie energisch, »gehst du.« Ein antwortendes Piepen nahm ihre Entscheidung zur Kenntnis. »Na schön, gern geschehen.« Ein weiteres Piepen, das sie zum Lachen brachte. »Ja, es gibt hier eine Menge Sand. BB-8? Okay. Hallo, BB-8. Mein Name ist Rey. Nein, nur Rey.« Immer noch weiteres Gepiepe, und ihr Lächeln verschwand. »Hör mal, du wirst doch nicht die ganze Nacht reden, oder? Denn das wird nicht funktionieren. Du weißt, dass auch Menschen Wiederaufladung brauchen. Wir stöpseln uns nicht ein, wir schlafen.« Ein zweites bestätigendes Quieken. »Gut. Behalte das im Kopf, und wir werden bis morgen zurechtkommen. Leise.«

Ein einzelnes Piepsen blieb in der trockenen Wüstenluft hängen, als sie hinter der Düne verschwanden.

3. Kapitel

Die Zelle hatte keine Gitterstäbe. Sie waren nicht nötig. Ein Gefangener konnte auf dem Schiff nirgendwohin gehen. Selbst wenn es anders gewesen wäre – der einzige Bewohner der Zelle war fest an seinen Stuhl gefesselt und außerstande, mehr zu tun, als den Kopf zu drehen. Poe wusste, dass er sich hätte geschmeichelt fühlen sollen. Sie gingen keine Risiken mit ihm ein. Aber er konnte nur daran denken, dass er versagt hatte.

Er war so tief in seine Depression versunken, dass er kaum reagierte, als sie ihn schlugen. Die Schläge wurden mit geübtem Geschick verabreicht und waren dazu bestimmt, Schmerz zuzufügen, aber keinen dauerhaften Schaden zu hinterlassen. Er wurde zu unterschiedlichen Zeiten des Tages und auf verschiedene Teile seines Körpers geschlagen. Er tat sein Bestes, den Schmerz auszublenden, geradeso wie es ihm gelang, die Fragen auszublenden. Denn er wusste nicht, dass dies nur eine Vorbereitung war: um ihn etwas weichzuklopfen für den, der ihn wirklich verhören würde.

Dieses ehrfurchtgebietende Individuum erschien allzu bald. Poe, der diesen Mann nach dem Angriff auf das Dorf wiedererkannte, warf sich in einem letzten Versuch, sich loszureißen, gegen seine Fesseln. Da ihn das den Rest seiner Kräfte kostete, war er danach restlos erschöpft und hilflos. Und das war nur gut, tröstete er sich. Denn ein Kampf gegen die Gestalt, die jetzt vor ihm stand, wäre bestenfalls kontraproduktiv gewesen. Kampf und Widerstand waren jedoch zwei verschiedene Dinge, und er beschloss, den verbliebenen Rest seiner Energie auf Letzteres zu konzentrieren. Zweifellos konnte sein Inquisitor seine Entschlossenheit spüren. Lächelte die maskierte Gestalt? Es ließ sich unmöglich sagen.

Während die Begrüßung seines Inquisitors alles andere als eine Herausforderung war, war der Sarkasmus hinter Kylo Rens Worten schlicht genug.

»Ich hatte keine Ahnung, dass wir den besten Piloten des Widerstandes an Bord haben. Es war töricht, dass du dich mit deinem nutzlosen Anschlag auf mein Leben offenbart hast. Rache ist wenig mehr als ein pubertäres Zugeständnis an persönliche Eitelkeit. Selbst wenn du nicht so langsam und schlecht vorbereitet gewesen wärest, hättest du Tekka nicht mehr helfen können. Bequem?«

Poe gab sein Bestes, lässig zu klingen. »Nicht wirklich.« Er gestikulierte, so gut er konnte, mit einer gefesselten Hand. »Das Quartier lässt einiges zu wünschen übrig.«

»Ich bedaure, dass das notwendig ist. Die Fesseln sind in meiner Anwesenheit überflüssig. Aber die anderen, die du bereits kennengelernt hast, verfügen nur über höchst primitive Fähigkeiten, und weiterer Trotz deinerseits würde ihnen unnötige Anstrengungen abverlangen.« Er beugte sich über den Gefangenen. »Keine dieser Unannehmlichkeiten muss notwendig sein. Wir wollten beide das Gleiche von dem alten Mann. Vielleicht war er dir gegenüber entgegenkommender als mir gegenüber.«

Poe tat so, als denke er ernsthaft über den Vorschlag

nach, bevor er phlegmatisch antwortete: »Ihr solltet vielleicht Eure Technik überdenken. Es ist schwer, einen Toten zur Kooperation zu bewegen.«

Ren trat zurück und ragte über dem Gefangenen auf. »Eine Binsenweisheit, über die du vielleicht selbst nachdenken möchtest. Aber es ist jämmerlich. Nicht wahr? Du und ich, beide bei der Verfolgung eines Geistes.« Sein Ton verdüsterte sich. »Wo hast du es gelassen?«

Poe schaute unschuldig zu ihm auf. »Wo habe ich was gelassen?«

»Bitte. Alle Zeit ist knapp, und meine ganz besonders. Es wird schneller gehen und weniger peinlich sein, wenn wir auf kindischen Unsinn verzichten.«

Poe machte sich bereit. »Der Widerstand wird sich von Euch nicht einschüchtern lassen.«

»Also schön, wie du willst. In diesem Raum gibt es keinen ›Widerstand‹. Nur den Piloten Poe Dameron. Und mich.«

Eine Hand streckte sich nach dem gefesselten Gefangenen aus. Stumme Qual folgte kurz darauf.

»Sag es mir«, murmelte Ren. »Sag es mir.«

General Hux erwartete ihn. Wie vorauszusehen, hatte das Verhör nicht lange gedauert, und der Erfolg stand schon vorher unzweifelhaft fest. Ganz gleich, wie entschlossen ein Gefangener war, ganz gleich, welche Vorsätze er gefasst hatte, Rens Verhöre förderten unausweichlich die gleichen Resultate zutage.

Der Mann mit dem metallbedeckten Gesicht betrachtete den General, und die Stimme, die hinter der Maske hervorkam, war leidenschaftslos. »Der Pilot hat es nicht. Die Karte zu Skywalkers Aufenthaltsort befindet sich in einem Droiden. Einer gewöhnlichen BB-Einheit.«

Hux war offenkundig erfreut, obwohl Ren das nichts bedeutete.

»Das macht es einfach. Die Anweisungen sind in einem Droiden, und der Droide ist immer noch auf dem Planeten.«

»Selbst ein einzelner Planet bietet ungezählte Möglichkeiten für ein Versteck«, bemerkte Ren.

Hux bestritt dies nicht. »Das stimmt, aber die Welt unter uns ist primitiv. Einen einzelnen Droiden wird es zu Einrichtungen für seine Art ziehen. Davon hat Jakku wenig genug.« Er drehte sich um und schmiedete Pläne. »Mit ein wenig Glück brauchen wir ihn vielleicht nicht einmal selbst zu suchen.«

Sogar für einen Droiden war der Vorposten namens Niima wenig beeindruckend. BB-8 nahm alles in sich auf und speicherte jede Einzelheit für eine mögliche zukünftige Verwendung. Nichts, was der Droide sah, war ermutigend.

Nachdem Rey ihn von ihrem Speeder abgeladen hatte, warf sie sich wieder die von der Beute eines neuen Tages dick gewölbte Tasche über den Rücken. Sie beäugte den unentschlossenen Droiden und deutete mit dem Kopf auf einen Teil der Stadt.

»In Bucht drei findest du einen Händler namens Horvins. Lass dich von seinem Aussehen nicht abschrecken – er ist ein ziemlich anständiger Kerl. Könnte bereit sein, dich mitzunehmen, wohin immer du willst. Also …« Sie hielt einen Moment lang inne, dachte nach und zuckte dann die Achseln. »Leb wohl.«

Sie hatte nur wenige Schritte getan, als eine Reihe von Pieplauten sie veranlasste, sich wieder umzudrehen. Sie lachte. »Oh, wirklich? Du kannst jetzt nicht gehen? Ich dachte, du müsstest irgendein Ziel erreichen.«

Die elektronische Antwort war klagend und ängstlich, aber nicht das, was sie erwartet hatte. Sie ging zurück und kniete sich hin, um in das dunkle Auge des Droiden zu schauen.

»Gib nicht auf. Er wird vielleicht noch kommen. Wer immer er ist. Geheim. Glaub mir, ich weiß alles über das Warten.«

Der Droide piepte fragend.

»Auf meine Familie. Sie wird zurückkommen. Eines Tages.« Sie versuchte zu lächeln und scheiterte kläglich.

BB-8 bewegte sich so nah heran, wie das Protokoll es gestattete, und piepte leise – was sie veranlasste, sich plötzlich zu erheben, sichtlich verärgert über die Frage.

»Was? Nein! Ich weine nicht.« Als sie diesmal davonging, schaute sie nicht mehr zurück.

Das brauchte sie auch nicht zu tun. Der Droide ignorierte ihre Ermahnungen, zockelte unter ständigem Piepen hinter ihr her und verärgerte sie mit beunruhigender Beharrlichkeit.

»Ich habe nicht geweint!«, fuhr sie fort zu beteuern. »Nur weil ein wenig Wasser aus einem Auge fließt, bedeutet das nicht, dass man weint. Check deine Informationen, du Niete.« Sie rieb sich das fragliche Auge. »Nichts als ein Körnchen Sand. Diese ganze Welt ist nichts als ein großes Körnchen Sand.« Nach der Bemerkung des Droiden zu diesem Thema wusste sie nicht, ob sie lachen oder weinen sollte.

»Nein, BB-8. Ich habe keine Welt in meinem Auge.«

Aber ihre Augen fuhren fort zu tränen, während sie tiefer in die Stadt hineinging, und sie gab den Versuch auf, den Droiden dazu zu überreden, sie in Ruhe zu lassen.

Vielleicht werden die Dinge sich eines Tages ändern, sagte sie sich geistesabwesend, während sie in der Schlange darauf wartete, dass sie an die Reihe kam. Natürlich holte die Wirklichkeit sie bereits wieder ein, als sie an die Spitze kam und ihre Waren ablud. Sie verbarg ihren Abscheu, der sie zu überwältigen drohte. Eines Tages, vor dem Tod des Universums, würde Unkar Plutt vielleicht ein Bad nehmen.

Der Kaufmann nahm sich wie üblich viel Zeit, um ihre Beute zu inspizieren, aber seine Aufmerksamkeit galt tatsächlich dem rundlichen Droiden, der leicht seitlich versetzt hinter ihr stand.

»Zwei Interlifts. Ich werde dir eine viertel Portion geben. Für beide zusammen.«

Sie reagierte sofort. »Letzte Woche hat jeder eine halbe Portion gebracht, und du hast gesagt, dass du noch mehr brauchst.« Sie deutete auf die beiden Geräte. »Und hier sind zwei.«

Plutts Fleisch kräuselte sich. »Die Bedingungen haben sich geändert.« Er hievte eine der Komponenten hoch und betrachtete sie blinzelnd. »Außerdem fehlt dem hier eine Membran. Ich bezahle nicht gern für unvollständige Ausrüstung.« Bevor sie weitere Einwände erheben konnte, beugte er sich vor. »Aber was ist mit dem Droiden?«

»Was soll mit ihm sein?«, fragte sie argwöhnisch.

»Gehört er zu dir?« Plutt lächelte. Was noch schlimmer war als seine gewohnte gleichgültige Miene. »Ich werde für ihn bezahlen. Er sieht aus, als würde er funktionieren.«

Hinter ihr begann BB-8 furchtsam zu piepen. Rey ignorierte ihn.

»Vielleicht tut er das.«

»Warum bietest du ihn dann nicht zusammen mit den Interlifts an?« Plutt sabberte praktisch. Normalerweise war das ein Signal für sie zu fliehen, solange sie ihren Magen noch unter Kontrolle hatte. Diesmal ignorierte sie die Galle.

»Wie du schon sagtest, er funktioniert.« Sie sprach mit einstudierter Gleichgültigkeit. »Einen funktionierenden Droiden kann ich im Haus immer gut gebrauchen.«

Plutt war anderer Ansicht. »Den da? Welchen Nutzen könnte er für jemanden wie dich haben? Er hat keine Arbeitsarme.«

»Vielleicht gefällt mir die Gesellschaft. Du hast gesagt, du würdest zahlen. Wie viel?«

Plutt, dessen Freude offenkundig war, konnte sich nicht bezähmen. »Sechzig Portionen.«

Irgendwie gelang es ihr, ihre Reaktion auf ein einzelnes Muskelzucken zu beschränken. Sechzig Portionen würden ihr Nahrung geben für … für … eine sehr lange Zeit. Zeit genug, um andere Arbeiten zu erledigen, die lange vernachlässigt worden waren. Zeit genug, um zu entspannen und ihre Knochen auszuruhen. Zeit genug, um – Muße war ein Wort, das vor langer Zeit aus ihrem Vokabular verschwunden war.

Zornig piepend stieß BB-8 sie von hinten an. Der Droide hatte das Gespräch von Anfang an verfolgt, und es gefiel ihm nicht, welche Wendung es genommen hatte, es gefiel ihm überhaupt nicht.

»Still«, murmelte sie.

Entweder verstand der Droide nicht, oder er ignorierte bewusst ihre Anweisungen. Da sie wenig Geduld mit aufmüpfigen Mechanismen hatte, beugte sie sich vor und tippte eine Sequenz auf BB-8s Kopf ein. Sofort glitt dieser Teil des Droiden zur Seite, bis er den Boden berührte. Es kam kein weiterer Laut mehr von ihm.

Das künstliche Bewusstsein war ausgeschaltet, und der Droide war jetzt nicht mehr als ein stummes Gerät, eine Kugel voll Schrott. Aber anscheinend eine, die von einem gewissen Wert war, sagte sie sich. Wie viel war das Ding wert? Bevor sie sich auf irgendetwas einließ, musste sie das herausfinden.

»Einhundert Portionen.«

Plutt war offensichtlich überrascht über die Gegenforderung und genauso eindeutig unglücklich. Nicht dass das Feilschen ihm fremd war. Plünderer und Schrottsammler zettelten regelmäßig Auseinandersetzungen über den Wert ihrer Funde an. Nur von dieser bestimmten Sammlerin hatte er es nicht erwartet, vor allem nicht, wenn man bedachte, was er bereits angeboten hatte. Es spielte keine Rolle. Nichts spielte im Moment eine Rolle, außer diesen Droiden in seinen Besitz zu bringen. Also setzte er wieder ein Lächeln auf.

»Deine Kühnheit hat deine Größe stets übertroffen, Rey. Ich habe das immer an dir bewundert.«

»Ja, ja. Ich bin wunderbar. Haben wir einen Deal oder nicht?« Sie hielt ihr Gesichts ausdruckslos.

»Wie kann ich der Macht deiner Persönlichkeit widerstehen?«, entgegnete er mit gespieltem Schrecken. Hundert sollen es sein.« Auf seinem zerbeulten Thron drehte er sich um. »Wie du dir vorstellen kannst, werde ich einen Moment brauchen, um die hundert Portionen abzuzählen. Hab bitte Geduld.«

Rey konnte es kaum glauben. Er hatte das Gegenangebot akzeptiert. Sie hatte es nur gemacht, um den Ausdruck auf seinem Gesicht zu sehen, und nicht im Traum daran gedacht, dass er bereitwillig zustimmen würde. Hundert volle Portionen! Eifrig öffnete sie ihre Tasche, um sich darauf vorzubereiten, den erwarteten Segen in Empfang zu nehmen. Es würde eine schwere Last sein, die zu schleppen ihr allerdings nichts ausmachen würde. Ihr Jubel reichte so weit, dass sie mit dem verabscheuten Plutt plauderte.

»Was wirst du mit dem Droiden machen? Er bewegt sich recht flott, aber wie du bereits bemerkt hast, fehlen ihm Arbeitsarme.«

»Oh, ich behalte ihn nicht selbst.« Plutt sprach geistesabwesend, während er fortfuhr, Nahrungsportionen neben seinem Sitz aufzustapeln. »Gewisse Parteien haben sich nach einem solchen Droiden erkundigt. Es geht mich nichts an, wofür sie ihn wollen. Kluge Händler interessieren sich nicht allzu sehr für die Motive ihrer Kunden.« Er sah sie an. »Wenn ich es herausfinde, werde ich dir die Höflichkeit erweisen, es dich wissen zu lassen. In der Zwischenzeit möchte ich gern denken, dass dieses Geschäft für uns beide gut sein wird. Das ist schließlich die beste Art von Geschäft.« Als er begann, Päckchen in die Transferschublade zu legen, machte sie Anstalten, sie entgegenzunehmen.

»Braves Mädchen.« Sein Ton verströmte mehr als Habgier. Seine Stimme hatte einen Eifer, der neu war, selbst für Unkar Plutt. Einen Eifer, der Triumph zum Ausdruck brachte.

Es kostete sie echte Mühe, den ersten Stapel Essenspäckchen loszulassen und die Hand zurückzuziehen. Sie schaute auf den bewegungslosen Droiden hinab und dachte gründlich nach. Schließlich blickte sie wieder zu dem Händler auf.

»Eigentlich – steht der Droide nicht zum Verkauf. Ich habe einen Fehler gemacht.« Sie zwang sich, die Essenspäckchen wieder in die Transferschublade zu schieben.

Plutt war außer sich, und jeder Gedanke an Selbstbeherrschung zerstob. Als er die Stimme hob, schauten andere Sammler im Raum von ihrer Arbeit auf. Selbst für den leicht reizbaren Kaufmann war der Ausbruch außerordentlich.

»Schätzchen«, brüllte er, und sein Ton strafte seine Wortwahl Lügen, »der Handel war bereits abgemacht!«

Mit einem gepressten Grinsen wiederholte sie seine früheren Worte. »Die Bedingungen haben sich geändert.« Sie beugte sich nach unten und aktivierte den Droiden wieder. BB-8s Kopf schwang sofort in seine natürliche Position oben auf dem runden Körper. Hätte der Droide Augenlider besessen, hätte er geblinzelt.

»Die Bedingungen haben …« Plutt sah aus, als würde er explodieren. »Du glaubst, du kannst mir schnippisch kommen, Mädchen? Du glaubst, du kannst hier Spielchen spielen? Für wen hältst du dich?«

Sie richtete sich mit so viel Stolz auf, wie sie zusammenbringen konnte. »Ich bin eine unabhängige Unternehmerin, Schrottsammlerin der Metallländer, frei von Verpflichtungen und in niemandes Besitz. Am wenigsten in dem eines unbedeutenden Händlers namens Plutt.«

»Du bist … Du bist …« Der Kaufmann versuchte, sich zusammenzureißen. »Du hast nichts. Du bist nichts!«

»Ganz im Gegenteil«, schoss sie zurück, »Ich habe dir gerade gesagt, wer ich bin. Und zu der Frage, was ich habe: Da wären zum Beispiel meine Freiheit und mein Stolz.« Zustimmendes Gemurmel erhob sich hinter ihr aus der Umgebung der Arbeitstische. Sie hatte laut gesagt, was ihre Kollegen und Landsleute ungeachtet ihrer Spezies alle sagen wollten, aber nicht zu sagen wagten. Zumindest nicht Plutt in sein hässliches Gesicht.

Ohne jeden Anschein von Bescheidenheit aufrechterhalten zu wollen, trat Rey einen Schritt auf den Schalter zu und schoss auf den Kaufmann dahinter einen so stählernen Blick ab, dass der sichtlich zusammenzuckte. BB-8 reagierte mit einem bewundernden Piepen. Rey widerstand dem Drang, die Kugel beruhigend zu tätscheln, und beendete die Tagesgeschäfte mit Unkar Plutt.

»Der Droide steht nicht zum Verkauf.« Mit diesen Worten drehte sie sich um und ging auf den Ausgang des großen Zelts zu, und der aufgeregt piepende Droide hielt mühelos mit ihr Schritt.

Plutt schaute ihr nach. Er begann sich zu beruhigen, während sein Geist systematisch arbeitete. Die Konfrontation wäre beinahe irreparabel eskaliert. Ein solcher Kontrollverlust sah ihm gar nicht ähnlich. Im Laufe von Verhandlungen schrie und brüllte er oft und zerschmetterte gelegentlich etwas Geschirr. Aber dabei blieb er stets berechnend. Es ging nur ums Geschäft. Nur um Profit. Niemals um etwas Persönliches. Nicht einmal jetzt, da die entzückende, aber respektlose Rey beteiligt war. Das war ein Jammer, überlegte er, während er nach einem Kommunikator griff.

Eine Stimme antwortete. Ohne den gerade eingetroffenen Schrottsammler zu beachten, der sich zaghaft näherte, wandte Plutt sich ab und begann leise zu sprechen.

»Ich habe einen Job für euch.« Mit der freien Hand schlug er auf die Klappe des Tauschschalters und ließ den Sammler mit seinem Sack voller Waren ratlos davor zurück.

In sich zusammengesunken und an den Stuhl gefesselt, atmete Poe noch immer. Darüber hinaus scherte es ihn nicht länger, was mit ihm geschah. Es war nicht seine Schuld, sagte er sich immer wieder. Für eine gewöhnliche Person, wie stark auch immer sie sein mochte, war es einfach nicht möglich, sich der Erforschung seines Geistes durch eine Kreatur wie Kylo Ren zu entziehen. Er hatte es versucht. Sein Versagen war keine Schande. Es kümmerte ihn nicht sehr, was sie jetzt vielleicht mit ihm machen würden, obwohl er es erraten konnte. Nachdem er das wenige von Wert gegeben hatte, was er besessen hatte, war er nicht länger von Nutzen für sie. Über die Waffensysteme des X-Flüglers wusste die Erste Ordnung bereits alles, und als bloßer Pilot würde man nicht von ihm erwarten, dass er etwas über militärische Bewegungen oder Taktiken verraten konnte. Er hatte sich entbehrlich gemacht. Nein, nicht entbehrlich. Weniger als das. Er war jetzt unbedeutend. Daher bezweifelte er, dass sie ihn leben lassen würden. Er würde nichts zu essen bekommen, aber er würde vielleicht zu einer Mahlzeit für andere werden.

Als sich die Tür der Zelle mit einem Zischen öffnete und ein Sturmtruppler eintrat, hob er den Kopf. Endlich, dachte Poe, es würde bald vorüber sein. Er konnte sich darauf freuen, von weiteren quälenden Gedanken befreit zu werden. Die Worte des Sturmtrupplers an den einzigen Wachposten im Raum überraschten ihn jedoch.

»Ich bringe den Gefangenen zu Kylo Ren.«

Poe sackte in seinem Sitz zusammen. Was wollten sie denn noch von ihm? Alles von Wert, absolut alles, was er gewusst hatte, war ihnen jetzt bekannt. Hatten sie irgendetwas übersehen? Ihm fiel nichts ein. Aber andererseits funktionierte sein Verstand im Moment auch nicht richtig.

Der Wachposten wunderte sich ebenfalls. »Man hat mir nichts davon mitgeteilt. Warum sollte Ren den Wunsch haben, den Gefangenen außerhalb der Zelle zu befragen?«

Die Stimme des Neuankömmlings verdüsterte sich. »Wollen Sie an Kylo Rens Motiven zweifeln?«

»Nein, nein, das habe ich nicht gemeint! Ich …« Ohne ein weiteres Wort machte der Wachposten sich daran, den Gefangenen von seinen Fesseln zu befreien. Es dauerte doppelt so lang wie üblich, da der Mann in seiner plötzlichen Nervosität unsicher herumnestelte.

Das Protokoll verlangte, dass der Sturmtruppler seine Waffe die ganze Zeit auf den Gefangenen gerichtet hielt, während sie zusammen den Flur entlanggingen. An einem anderen Ort und zu einer anderen Zeit hätte Poe vielleicht den Versuch in Erwägung gezogen, den Blaster an sich zu reißen. Aber er war viel zu geschwächt, um darüber auch nur nachzudenken. Der Sturmtruppler wirkte genauso tüchtig und effizient wie alle anderen seiner Art und gab durch nichts zu erkennen, dass er in seiner Wachsamkeit nachließ.

Ein grober Stoß mit der Waffe ließ Poe stolpern und beinahe fallen. Er war so erschöpft, dass er nicht einmal einen Einwand erheben oder einen Fluch murmeln konnte.

»Hier herum«, befahl der Sturmtruppler scharf.

Der Gang, in den sie kamen, schien ungewöhnlich schmal und schlecht beleuchtet zu sein. Anders als in dem Flur, den sie gerade verlassen hatten, begegneten sie keinerlei Personal. Weder Sturmtrupplern noch Technikern oder Mitgliedern der restlichen Raumschiffbesatzung.

Eine behandschuhte Hand auf seiner Schulter brachte ihn zum Stehen. Poe musterte seine klaustrophobische Umgebung. Ein eigenartiger Ort für eine Hinrichtung, dachte er resigniert. Anscheinend würden sie an ihm ein Exempel statuieren.

Die Worte des Sturmtrupplers kamen leise und schnell. »Hör genau zu und pass gut auf. Du tust genau das, was ich sage. Ich kann dich hier wegbringen.«

In Poes misshandeltem Geist regte sich so etwas wie Erkenntnis. Er drehte sich um und starrte die Maske des Sturmtrupplers an. »Wenn … Was? Wer bist du?«

Anstelle einer Antwort nahm der Sturmtruppler seinen Helm ab – einen Helm, von dem das Blut gewischt worden war, das die suchende Hand eines sterbenden Kameraden darauf verschmiert hatte im Laufe eines kleinen Gefechtes in einem entlegenen Winkel des Planeten Jakku.

»Willst du endlich still sein und mir einfach zuhören? Dies ist deine Rettung. Ich helfe dir bei der Flucht.« Als der verblüffte Poe nicht antwortete, schüttelte der Sturmtruppler ihn energisch an den Schultern. »Kannst du einen TIE-Jäger fliegen?«

Poe starrte den dunkelhäutigen jungen Mann weiter an, fand aber wenigstens seine Stimme wieder. »Was geht hier vor? Gehörst du zum ... zum Widerstand?«

»Was?« Der Sturmtruppler deutete auf ihre Umgebung. »Bist du verrückt? Was glaubst du, wie lange jemand mit Sympathien für den Widerstand sich auf einem Schiff wie diesem halten würde? Man steht unter ständiger Beobachtung. Man zwinkert auch nur auf die falsche Weise, und bevor man weiß, wie einem geschieht, hat man die Psy-Tecs auf dem Hals. Nein, ich befreie dich nur.« Er warf einen nervösen Blick durch den schmalen, dunklen Flur. »Kannst du einen TIE-Jäger ...«

Poe, der lange alles, was Hoffnung ähnelte, aufgegeben hatte, brauchte mehr als einen Augenblick, um sie wiederzufinden. »Ich kann alles fliegen. Mit Flügeln, ohne Flügel, mit oder ohne Propeller, über und unter Lichtgeschwindigkeit – zeig es mir einfach. Warum hilfst du mir überhaupt?«

Der Sturmtruppler antwortete, während er nervös den Flur entlangschaute. »Weil es das Richtige ist.«

Poe schüttelte den Kopf. Das kaufte er dem Mann keine Sekunde lang ab. »Kumpel, wenn wir das durchziehen wollen, müssen wir ehrlich zueinander sein.«

Der Sturmtruppler starrte ihn lange Sekunden an. »Ich brauche einen Piloten.«

Poe nickte. Ein breites Grinsen zeichnete sich auf seinen Zügen ab. »Nun, jetzt hast du mich.«

FN-2187 war verblüfft über Poes schnelle Zustimmung. »Ja?«

»Ja«, bestätigte Poe. »Wir werden es durchziehen. Das heißt, wenn du mich in irgendetwas hineinsetzen kannst, was fliegt.«

Der Sturmtruppler setzte sich den Helm wieder auf den Kopf. Für einen Moment hing das ganze Unternehmen an einem dünnen Faden der Glaubwürdigkeit. Werde ich hereingelegt, fragte Poe sich. Machte man ihn, da er nicht länger benötigt wurde, zum Gegenstand eines grausamen psychologischen Tests, nur um ihn am Ende zu entsorgen? Doch der Sturmtruppler hatte etwas an sich, das Poe das Gefühl gab, ihm vertrauen zu können. Sein Benehmen, sein Aussehen – da war etwas, das sagte: »Versuch dein Glück mit diesem Burschen, und du wirst es nicht bereuen.«

Der Sturmtruppler zeigte zurück in die Richtung, aus der sie gekommen waren. »Hier entlang. Und versuch, nicht so positiv auszusehen. Optimismus passt nicht zum Profil eines Gefangenen.«

Poe senkte gehorsam den Kopf und setzte eine möglichst griesgrämige Miene auf.

Einmal brach, als sie wieder in den Hauptflur kamen, der Anflug eines Lächelns durch, um schnell im Keim erstickt zu werden.

Je länger sie von niemandem abgefangen wurden und niemand infrage stellte, ob sie da sein durften, wo sie gerade waren, umso mehr wagte Poe zu hoffen. Was sie versuchten, grenzte an Wahnsinn. Eine Flucht aus dem Gewahrsam der Ersten Ordnung und erst recht von einem Sternzerstörer war fast unmöglich.

Fast.

Die bloße Undurchführbarkeit des Ganzen wirkte sich zu ihren Gunsten aus. Er konnte kein Gefangener sein, der zu fliehen versuchte, weil Gefangene einfach nicht flohen. Genauso wie Sturmtruppler nicht desertierten, um eine solche Flucht möglich zu machen.

Gewöhnliche Sturmtruppler waren eine Sache; die Gruppe von Offizieren, die auf sie zukam, als sie den Hangar betraten, war etwas ganz anderes. Den Kopf immer noch entschlossen gesenkt, spannte Poe die Muskeln an und rang darum, ihnen nicht in die Augen zu sehen. Der Sturmtruppler an seiner Seite stieß ihn sanft mit dem Ende seines Blasters an und murmelte gepresst: »Bleib ruhig, bleib ruhig.«

Poe schluckte, als die Offiziere näher kamen – und vorbeigingen.

»Ich bin ruhig«, flüsterte Poe.

»Das war ein Selbstgespräch«, erklärte der Sturmtruppler, während sie ihren Weg zum anderen Ende des Hangars fortsetzten.

»Oje«, wisperte Poe, ebenfalls zu sich selbst.

»Benimm dich, als wärest du ängstlich«, riet der Sturmtruppler ihm. »Als würdest du in dein Verderben gehen.«

Poe schluckte. »Danke für den Tipp.«

Das kleine Raumfahrzeug, dem sie sich näherten, war ein TIE-Jäger der Spezialeinheiten. Poe konnte nicht anders – er hob den Blick und betrachtete es forschend. Wenn man von seinem Ursprung absah, konnte man seinen dunklen Winkeln eine tödliche Schönheit nicht absprechen. Niemand stand in der Nähe; keine Techniker, keine Wartungsleute und keine Wachen. Welchen Grund konnte es auch geben, auf einem Sternzerstörer einen Jäger bewachen zu lassen? Die Eingangsluke stand offen. Sie war offen und einladend. Man musste sich zwingen, nicht loszurennen. Es ließ sich nicht sagen, ob der Jäger funktionsfähig war und ob er von automatisierter Hangar-Security überwacht wurde. Der Hangar war natürlich zum Weltraum hin verschlossen. Anderenfalls wäre er nicht in der Lage gewesen, über solche Dinge nachzugrübeln, da er dann ein kalter, toter Proteinchip gewesen wäre, der durch den Weltraum schwebte. Wie konnte man das massive Zugangsportal öffnen?

Immer eins nach dem anderen, sagte er sich. Gehe zuerst zu dem Schiff. Dann an Bord. Finde heraus, ob es funktionstüchtig ist.

Ein Technikdroide kam quer durch die Halle auf sie zu. Poe spürte, dass der Sturmtruppler an seiner Seite sich verkrampfte. Sie behielten Tempo und Richtung bei. Der Droide tat das Gleiche. Er war jetzt sehr nah, seine Optik mühelos dazu in der Lage, die feinen Details von Gefangenem und Eskorte aufzulösen. Was würden sie tun, wenn der Droide begann, Fragen zu stellen?

Da die Befragung eines Gefangenen und eines Wachpostens nicht zum Protokoll des Technikdroiden gehörte, ging er weiter, ohne auch nur eine beiläufige Frage zu piepen.

4. Kapitel

Das Innere des Jägers war makellos. Droiden und Techniker hatten ganze Arbeit geleistet, sodass Pilot und Schütze sich nur noch hineinsetzen mussten. Der Pilot, der sich jetzt im Cockpit niederließ, würde klarkommen. Ob das auch für den Schützen galt, musste sich noch erweisen.

Poe schlüpfte aus seiner blutverschmierten, einengenden Jacke und untersuchte die Kontrollen vor sich. Einige waren ihm von seiner Ausbildung her bekannt, während derer die Piloten – so weit wie möglich – mit den Jägern und Schiffen der Ersten Ordnung und den älteren des Imperiums vertraut gemacht wurden. Was er nicht sofort erkannte, würde er wahrscheinlich bald herausfinden – oder einfach nicht benutzen. Ein moderner Jäger wie dieser würde natürlich alle möglichen Pilotenfehler verzeihen; die Bordcomputer waren so ausgelegt, dass sie im Zweifelsfall die Sicherheit des Fahrzeugs garantierten. Poe ging einfach von dem aus, was er für das Wahrscheinlichste hielt. Dass der Jäger selbst jedwede kleine Fehleinschätzung seinerseits korrigieren würde.

Kleine Fehleinschätzung. Er musste das verdammte Ding immer noch fliegen.

Eine Bewegung hinter ihm lenkte seine Aufmerksamkeit auf seinen Begleiter. Der Sturmtruppler hatte seinen Helm abgenommen, nahm auf dem Sitz des Schützen Platz und bemühte sich, seine Umgebung zu verstehen. Poe versuchte, Zuversicht und Ruhe zu vermitteln, während er auf einige Knöpfe drückte. Ein Sirren ertönte vom Heck des Jägers.

»Ich wollte immer schon mal eins von diesen Dingern fliegen«, bemerkte Poe. »Kannst du schießen?«

»Alles, was für Bodentruppen bestimmt ist, ja. Blaster.«

Poe fand, dass sein Gefährte keineswegs zuversichtlich klang. »Dasselbe Prinzip! Nur dass Reichweite und Zerstörungskraft wesentlich größer sind. Der Schalter auf der linken Seite sollte zwischen Kanonen, Flugkörpern und Strahlgeschützen umschalten. Die Instrumente auf der rechten Seite sind die automatische Zielerfassung, und mit dem Abzug löst du den Schuss aus.«

Der Sturmtruppler beugte sich leicht vor und versuchte zu begreifen, was er sah und was der ehemalige Gefangene ihm sagte. Es gab allerdings weitaus mehr Schalter als die besagten. Um welche musste er sich wirklich Sorgen machen?

»Das ist alles sehr kompliziert«, gestand er, »und ich bin mir nicht sicher, wo ich anfangen soll. Vielleicht kannst du dir einen Augenblick Zeit nehmen und mir einige Dinge erklären?«

Befreit von seinen Fesseln und aus der Gefangenschaft war Poe nicht in der Stimmung für gemächliche Anleitungen. Zum einen bezweifelte er, dass er die Chance dazu haben würde. Es würde sich jetzt jede Sekunde irgendjemand fragen, warum der Jäger der Spezialeinheiten mit geschlossener Luke seine Triebwerke startete.

»Keine Zeit«, brüllte er zurück. »Sieh es als eine Art Training on the Job!«

Er bediente die nur halb vertrauten Kontrollen und brachte den Jäger dazu abzuheben. Unglücklicherweise hing das Raumfahrzeug noch immer an seinen Versorgungsschläuchen und Kabeln. Ein Kabel straffte sich sirrend und hielt den TIE-Jäger fest.

Im Hauptkontrollraum für Hangar sechs wandte ein verwirrter Techniker sich von seiner Konsole ab und richtete das Wort an den Offizier, der dicht hinter ihm vorbeikam.

»Sir, wir haben einen nicht genehmigten Abflug von Dock zwei.«

Der Oberst der Ersten Ordnung blieb stehen, drehte sich um und schaute durch das große Sichtfenster in den Hangar. Am gegenüberliegenden Ende war ein Jäger bemüht, sich von seinen Versorgungskabeln zu befreien. Seine merkwürdigen Flugbemühungen und die Tatsache, dass er noch an Kabeln hing, deuteten auf schwere Pflichtversäumnisse hin. Oder auf das Undenkbare.

»Stellen Sie eine Verbindung zu diesem Jäger her. Alarmieren Sie die Flottenkontrolle, benachrichtigen Sie General Hux und halten Sie diesen Jäger auf!«

Überall auf der *Finalizer* machte sich Verwirrung breit. Abteilungen wurden verständigt, die normalerweise nicht gebraucht wurden, wenn das Schiff im Orbit eines friedlichen Planeten kreiste. Dienstfreies Personal wurde vom Komm-Alarm geweckt. Widersprüchliche Befehle gingen zwischen verwunderten Abteilungen hin und her. Die große Mehrheit jener, die alarmiert wurden, reagierte langsam und widerstrebend, zuversichtlich, dass es um nicht mehr als eine Übung ging.

Keine solchen Illusionen plagten die hastig versammelten Sturmtruppler, die sich abmühten, die schwere Waffenplattform auf dem Hangardeck in Position zu bringen. Das Knallen der Kabel, die von dem TIE-Jäger abgerissen wurden, machte allen klar, dass es auf jede Sekunde ankam. Der zuständige Offizier schrie, aber kein Befehl konnte die Waffe schneller scharf machen, als die Boot-Sequenz es zuließ. Es würde noch ein oder zwei Momente dauern, bis sie feuerbereit war.

Poe, der die Bedrohung sah, die auf der anderen Seite des Hangars vorbereitet wurde, gab seinem Begleiter einen dringenden Rat. »Okay … Jetzt wäre ein guter Zeitpunkt, um mit dem Schießen anzufangen.«

Hinter ihm wanderte der Blick des abtrünnigen Sturmtrupplers verzweifelt über die Vielzahl von Kontrollen vor ihm. »Ich werde mein Bestes tun. Ich bin mir nicht sicher, ob ich …«

Eine massive Welle von Blasterfeuer aus dem primären Arsenal des TIE-Jägers erfüllte den Hangar. Dessen Waffenkonsolen wurden zerschmettert. Sturmtruppler und mobile Kanonen wurden ausgelöscht. Geparkte TIE-Jäger wurden zertrümmert, Fragmente von Rümpfen und Flügeln prallten von Boden, Decke und Wänden ab. Eine weitere Salve demolierte den Kontrollraum des Hangars. Wo noch Momente zuvor Ruhe geherrscht hatte, herrschten jetzt Chaos, Angst und Feuer.

Letzteres wurde gelöscht, als der Jäger abhob, sich auf seiner Achse drehte und Poe den Abflugmodus des TIE-Jägers aktivierte. Er war zuvor von der Hangarkontrolle blockiert worden, aber als FN-2187 das Operationszentrum hatte implodieren lassen, fielen alle von dort ausgeführten Kontrollen aus. Der TIE-Jäger der Spezialeinheiten hatte keine

Mühe, das Problem zu lösen, und erteilte automatisch die notwendigen Anweisungen.

»Tut mir leid, Jungs!«, brüllte der Sturmtruppler, der auf dem Stuhl des Schützen saß, obwohl ihn niemand hörte außer Poe. Der Jäger beschleunigte, löste sich von der Flanke des Sternzerstörers und hinterließ einen schrottreifen Hangar mit zerstörten TIE-Jägern und toten Sturmtrupplern.

Poe gefielen die Instrumente des Jägers immer besser. Binnen kurzem war seine Stimmung von Fatalismus in Euphorie umgeschlagen. Er lebte nicht nur, er war nicht nur frei – er hatte auch einen Jäger! Und was für einen: einen TIE-Jäger der Spezialeinheiten. Während er an dem riesigen Zerstörer entlangschoss, war er sich einer Sache absolut sicher: Niemand würde ihn je wieder zu einem Gefangenen der Ersten Ordnung machen.

»Dieses Ding ist wirklich agil.« Er schüttelte bewundernd den Kopf. Schöne Ingenieurskunst kannte keine Politik. »Ich werde diese Chance nicht vergeuden: Ich bin einigen Leuten auf diesem Schiff eine kleine Rückzahlung schuldig. Wir werden so viele Waffensysteme lahmlegen wie möglich.«

Der Sturmtruppler hatte erwartet, dass sie sich so weit und so schnell aus dem Staub machen würden, wie es mit dem TIE-Jäger möglich war. »Sollten wir nicht so bald wie möglich auf Lichtgeschwindigkeit gehen?«

Ein gepresstes, freudloses Grinsen glitt über Poes Züge. »Irgendjemand auf diesem Schiff hat mich den besten Piloten des Widerstands genannt. Ich möchte den Betreffenden nicht enttäuschen. Mach dir keine Sorgen. Ich werde uns in Position bringen. Bleib einfach am Ball und orientiere dich an mir.« Er hielt nur kurz inne. »Wie wäre es damit? Immer, wenn du den Zerstörer im Visier hast, schießt du auf ihn.«

Immer noch unglücklich über die Richtung, die ihre Flucht genommen hatte, entspannte FN-2187 sich kaum merklich. »Das kann ich tun.«

Dies war kein Schiff, sagte Poe sich, während er die manuellen Kontrollen erprobte. Es war ein Teil von ihm. Eine Verlängerung seines eigenen Körpers. Als das riesige Sternenschiff das Feuer auf sie eröffnete, wirbelte er den TIE-Jäger herum und wich den Strahlen mithilfe der Jägersensoren und eigener Intuition aus. Er brachte sie unter das Mutterschiff, tänzelte vor und zurück durch Lücken und Öffnungen und vollführte Manöver, die nur die besten Piloten zustande brachten. Manche kamen ihm selbst unglaublich vor. Poe scherte sich nicht darum. Er war frei, und er flog.

Hinter ihm gab der abtrünnige Sturmtruppler Schuss für Schuss ab und löste in einem Rausch willkürlicher Zerstörung Explosionen aus, die auf dem riesigen Schiff unter ihnen nur Panik und Verwirrung zur Folge haben konnten. Vor ihm ragten zwei Kanonen aus dem Sternzerstörer – aber der Sturmtruppler schien es zufrieden zu sein, wahllos auf ihre Umgebung zu schießen. Das musste sich ändern, fand Poe, sonst würden sie den Sprung in die Lichtgeschwindigkeit nicht schaffen.

»Verdammt, ein Ziel kommt auf dich zu. Rechts von mir, links von dir. Siehst du es?«

Die Zielerfassung brachte die Batterie schwerer Waffen auf einen der Schirme des Sturmtrupplers. »Halte Kurs.« Er machte sich bereit und gab Feuer genau in dem Moment, als er das Ziel mitten im Visier hatte. Die ganze Geschützstellung explodierte in einer Feuerkugel. Trümmer wirbelten um sie herum, während Poe sie direkt durch die Zone der Zerstörung steuerte; die Schilde des Jägers wehrten alles ab, dem er nicht direkt ausweichen konnte.

Außerstande, an sich zu halten, stieß der Sturmtruppler ein Brüllen aus, das im Cockpit widerhallte. »Ja! Hast du das gesehen?«

Poe trieb den TIE-Jäger um die Flanke der *Finalizer.* »Ich hab dir doch gesagt, dass ich es draufhabe! Wie heißt du?«

»FN-2187.«

»FN was?«

»Das ist der einzige Name, den sie mir gegeben haben.«

Die Sehnsucht in der Stimme des Sturmtrupplers war allzu menschlich. Das und noch etwas mehr. Etwas, das ihn angetrieben hatte, inmitten Hunderter und Tausender seiner Kollegen aus dem vertrauten Bereich von Training und Reglementierung auszubrechen, etwas, das einen außerordentlichen Funken von Individualismus in ihm entzündet hatte. Poe wusste, dass dieser Funke in dem Mann hinter ihm glühte, und er machte es sich jetzt zu seiner Aufgabe, dafür zu sorgen, dass er nicht verglomm. Doch wo sollte er anfangen?

»Wenn das der Name ist, den man dir gegeben hat, dann werde ich ihn nicht benutzen. ›FN‹, hm? Ich werde dich Finn nennen. Kommst du damit klar?«

Hinter ihm dachte der Sturmtruppler nach. Ein entzücktes Lächeln breitete sich langsam auf seinem Gesicht aus. »Ja, ›Finn‹. Das gefällt mir! Aber jetzt hast du mir etwas voraus.«

»Wie bitte?«

»Ich kenne deinen Namen nicht. Wenn du mir sagst, dass du RS-736 oder so heißt, werde ich ernsthaft verwirrt sein.«

Der Pilot musste lachen. »Ich bin Poe. Poe Dameron.«

»Freut mich, dich kennenzulernen, Poe!«

»Freut mich, dich kennenzulernen, Finn!« Poe bereitete sich darauf vor, einmal mehr in das Herz des Sternzerstörers einzutauchen, eine Mücke, die einen Bantha angriff.

Aber es war eine Mücke mit einem sehr gemeinen Stich.

Auf der Hauptbrücke der *Finalizer* spähte General Hux' Leutnant Mitaka über die Schulter. Obwohl es auf einem so riesigen Schiff wie dem Sternzerstörer keine einzelne zentrale Kommandostation geben konnte, kam Mitakas Konsole einer solche Position so nahe, wie das überhaupt möglich war.

Hux konnte kaum glauben, was man ihm gemeldet hatte. Der Gefangene war nicht nur entkommen, sondern hatte es auch geschafft, sich einen Weg in einen Hangar zu bahnen, an Bord eines voll ausgestatteten und abflugbereiten Jägers zu gelangen und sich seine Freiheit zu erkämpfen. Und er hatte nicht einfach irgendeinen Jäger gestohlen, sondern einen TIE-Jäger der Spezialeinheiten. Wenn er den Beweis dafür nicht direkt vor der Nase gehabt hätte, würde Hux etwas Derartiges nicht für möglich gehalten haben.

Ein kaum merkliches Beben durchlief das Deck. Mitakas Stimme war ruhig, aber Hux entging nicht, wie sehr den dunkelhaarigen Leutnant das, was er sah, erschütterte. »Sie haben eine ganze Stellung von Abwehrgeschützen zerstört. Und sie greifen weiter an. Sie fliehen nicht.«

Hux verstand das nicht. Es war unbegreiflich. Gefangene flohen aus Gefängnissen, sie blieben nicht da, um ihre Wärter anzugreifen. Die Tat schmeckte nach dem unerschütterlichen Wunsch, Selbstmord zu begehen. Was er aber über den entflohenen Gefangenen wusste, deutete stark auf ein

Verlangen zu leben hin. Was hatte ihn verändert? Oder, dachte Hux, war das Profil, das die Psy-Tecs erstellt hatten, einfach falsch gewesen?

Förmliches Profil hin oder her, in einem Punkt war er sich jetzt sicher: Sie hatten diesen Piloten des Widerstands, der kurz vor dem körperlichen und emotionalen Kollaps stand, total unterschätzt.

»Fahren Sie die Geschütze auf der Unterseite aus!«

»Werden aktiviert«, antwortete Mitaka.

Hux wusste, dass die Sensoren des Sternzerstörers die Bordwaffen daran hindern würden, Ziele zu beschießen, die sich zu nah am Schiff befanden. Außerordentlicher Pilot, der er war, würde der geflohene Gefangene das sicher wissen. Wahrscheinlich verließ er sich geradezu darauf und blieb deshalb so dicht an der Oberfläche des Zerstörers, statt sein Heil in kopfloser Flucht zu suchen. Jetzt verließ Hux sich darauf, dass der Pilot bei seiner Strategie blieb. Denn je länger er sich in der unmittelbaren Nähe des Zerstörers hielt, umso mehr Streitkräfte konnte man gegen ihn aufbieten, und umso geringer würde die Chance sein, dass ihm eine zweite, dauerhaftere Flucht gelang.

Hinter ihm erklang eine Stimme: unverkennbar, beherrscht und offensichtlich missgestimmt. »Ist das der Pilot des Widerstands?«

Hux drehte sich zu Kylo Ren um. Außerstande, an der metallischen Maske vorbeizusehen, außerstande, Augen oder Mund wahrzunehmen, konnte man sich nur auf subtile Veränderungen in Stimme und Ton verlassen, um zu versuchen, die Stimmung des hochgewachsenen Mannes zu erraten. Hux wusste sofort, dass Kylo Ren ebenso fassungslos war wie er selbst – wenn nicht noch bestürzter.

»Ja, und er hatte Hilfe.« Obwohl es Hux widerstrebte, das

zuzugeben, hatte er keine andere Wahl. »Einer von unseren eigenen Männern. Wir checken gerade die Register, um zu identifizieren, welcher Sturmtruppler es war.«

Während die alles verbergende Maske es schwer machte zu erkennen, worauf Ren sich konzentrierte, galt sein Augenmerk offensichtlich nicht dem General. »FN-2187.«

Es nervte Hux, dass Kylo Ren es geschafft hatte, die Identität des abtrünnigen Sturmtrupplers vor ihm selbst zu ermitteln. Aber andererseits hatte Ren Zugang zu sehr vielen Aspekten von Wissen, von dem gewöhnliche Sterbliche wie er ausgeschlossen waren. Er hätte weitere Fragen gestellt, aber der größere Mann hatte sich bereits umgedreht und war davongegangen. Rens Gleichgültigkeit war viel beunruhigender, als es ein direkter Vorwurf hätte sein können. Hux schüttelte die Begegnung ab und richtete seine Aufmerksamkeit wieder auf den Bildschirm des Leutnants.

»Geschütze der Unterseite bereit«, meldete der Leutnant.

»Feuer«, befahl Hux.

Eine Detonation folgte der anderen, während die Waffensysteme der *Finalizer* sich mühten, den dahinschießenden TIE-Jäger von den Trümmern zu isolieren, inmitten derer er tanzte. Poe wechselte ständig seine Flugbahn, tat niemals etwas Berechenbares und benutzte die Zerstörung, die er und sein Gefährte bereits angerichtet hatten, um die Zielerfassung der schweren Waffen zu verwirren. Obwohl weitere Trümmer weitere Tarnung boten, wusste Poe, dass er nicht ewig so weitermachen konnte. Zu guter Letzt würden die umherfliegenden Teile durch die Geschütze des Zerstörers zu Gries und dann zu Staub zertrümmert werden. Und wenn der TIE-Jäger keine Deckung mehr fand, würde er sich schließlich einen mächtigen Laserpuls einfangen. Das wäre dann das Ende des Spiels. Bevor das geschah, mussten sie wegkommen.

Zweifellos wartete jeder Schütze und jeder Operator sämtlicher Waffensysteme auf dem Sternzerstörer nur darauf, dass der gestohlene Jäger sich so weit von dem mächtigen Schiff löste, um den Sprung auf Lichtgeschwindigkeit einzuleiten. Sie würden ihre Aufmerksamkeit weg vom Schiff und dem Planeten auf die große Dunkelheit richten. Damit dass er stattdessen Kurs auf Jakku nahm, würde niemand rechnen.

Als er den TIE-Jäger donnernd auf die Wüstenwelt unter sich zulenkte, streckte Finn eine Hand aus und schlug ihm auf die Schulter. »Warte – das ist nicht richtig! Wo willst du hin?«

Hinter ihnen feuerten die Waffen des Sternzerstörers planlos einige Salven. Das große Schiff würde sehr wenig Zeit benötigen, all seine Feuerkraft auf den fliehenden Jäger zu konzentrieren. Aber sehr wenig Zeit war alles, was ein Pilot wie Poe brauchte.

»Du meinst, wo wir hinfliegen? Zurück nach Jakku, dorthin.« Als wäre die braun-gelbe Kugel, die vor ihnen schnell größer wurde, nicht Fingerzeig genug, dachte er. Aber er konnte Finns Verwirrung verstehen. Was sie taten, ergab keinen Sinn. Aber er wusste, dass es immer das Beste war, jede Berechenbarkeit zu vermeiden. Selbst wenn es ein klein wenig Wahnsinn bedeutete.

»Was? Jakku? Nein, nein, nein! Poe, wir müssen raus aus diesem System!« Der TIE-Jäger schwankte wie verrückt, während die Schüsse von dem Zerstörer dicht an ihnen vorbeizischten und Poe darum kämpfte, nicht in die automatische Zielerfassung der auf sie gerichteten Geschütze zu geraten. Finns Stimme wurde ruhiger, aber nur geringfügig.

»Oh, okay, ich kapiere es. Wir tauchen in die Atmosphäre ein, fliegen zur anderen Seite des Planeten und gehen von dort aus auf Lichtgeschwindigkeit, außer Sichtweite des großen Burschen, richtig? Richtig? Sag mir, dass ich recht habe, Poe.«

Poe machte sich nicht die Mühe, den Kopf zu schütteln, und konzentrierte sich auf die Kontrollen des Jägers. »Ich muss meinen Droiden holen, bevor die Erste Ordnung ihn in die Finger bekommt!«

Finns Augen weiteten sich. »Deinen Droiden? Was hat ein Droide mit unserer Flucht zu tun?«

»Es geht nicht um Flucht. Bei dieser ganzen Angelegenheit geht es nicht um Flucht.«

»Du hättest mich auch täuschen können.« Finn, der sich ein wenig benommen fühlte, sackte in seinem Sitz zurück. »Du musst diesen Droiden, wirklich, wirklich, *wirklich* gern haben.«

»Er ist eine BB-Einheit. Einmalig. Orange und weiß. Absolut einzigartig und absolut unbezahlbar.«

Finns Stimme schwoll aufs Neue an. »Es ist mir gleich, welche Farbe er hat! Es ist mir gleich, selbst wenn er sich unsichtbar machen könnte! Kein Droide kann so wichtig sein!«

Poe stieß ein wissendes Grunzen aus. »Dieser ist es, Kumpel.«

»Okay«, konterte Finn, »Du sagst, er sei wichtig. Jetzt sage ich dir, was wichtig ist, *Kumpel.* Wichtig ist, von der Ersten Ordnung und ihren Repräsentanten so schnell wie möglich wegzukommen! Das ist wichtig. Jedenfalls für mich.« Er senkte die Stimme. »Ich habe dir das Leben gerettet, Poe. Du bist mir zu allermindest meines schuldig. Wenn wir nach Jakku zurückkehren, sterben wir.«

»Das ist ein Risiko, das wir eingehen müssen.« Die Haltung des Piloten war unerschütterlich. »Hier geht es nicht um mein Leben oder deins. Es tut mir leid, Finn, aber es stehen weitaus größere Dinge auf dem Spiel. Es sind Kräfte in Bewegung, denen wir uns stellen müssen. Bedauerlicherweise scheine ich mittendrin zu stecken. Es ist eine Verantwortung, der ich mich nicht entziehen kann – nicht entziehen werde. Es tut mir leid, dass du jetzt darin verwickelt wirst, aber daran kann ich nichts ändern.«

»Es kümmert mich nicht, wie wichtig dein Droide ist oder womit du es zu tun hast. Für dich und für mich ist Jakku nur ein anderes Wort für Tod.«

Poe konnte Finns Logik nicht bestreiten, daher ignorierte er sie – genau wie er alle Vernunft beiseitegeschoben hatte, als er in dem fruchtlosen Versuch, Lor San Tekka das Leben zu retten, in das Dorf geeilt war.

Natürlich, rief er sich ins Gedächtnis, hatte sich das auch nicht besonders gut entwickelt. Aber er war eben ehrlich und ehrbar. Er hatte dem Widerstand einen Eid geleistet, und er hatte nicht die Absicht, diesen Eid jetzt zu brechen. Ganz gleich wie schlecht die Chancen standen. Er holte tief Luft. Obwohl es einen Protokollbruch bedeutete, verdiente Finn, es zu wissen.

»Mein Droide hat eine Karte, die zu Luke Skywalker führt.«

Finn brauchte einen Moment – einen langen Moment –, bis ihm die volle Bedeutung dieser Erklärung aufging. »Du nimmst mich auf den Arm! Skywalk… Ich hätte dich niemals retten sollen!«

Noch während er sprach, wurde der Jäger – trotz aller Anstrengungen Poes – von einem Schuss getroffen. Im Cockpit stieben Funken, denen eine Eruption von beißendem Rauch und Gasen folgte. Aus den Triebwerken des Jägers loderten Flammen, und er geriet außer Kontrolle. Aus einem Sinkflug wurde ein Absturz.

Finn stellte seine Suche nach Zielen ein, die er unter Feuer nehmen konnte, denn seine Instrumente waren inzwischen vollkommen tot. Hustend und um Luft ringend brüllte er dem Piloten zu: »Alle Waffensysteme ohne Funktion! Meine Kontrollen sind tot! Wie ist es bei dir?«

Es kam keine Antwort, bis auf das jetzt unablässige Schrillen der Alarmsirenen des Jägers. Finn wedelte gegen den zunehmend dichter werdenden Rauch an, während er sich zu seinem neuen Freund mühte – um dann entsetzt zurückzuprallen.

Poe saß reglos da, die Augen waren geschlossen. Blut strömte ihm übers Gesicht.

»Nein – neiiiin! Poe!«

Keine Reaktion von dem bewusstlosen Piloten. Finn musterte ihn in dem engen, rauchigen Cockpit, und seine eigenen Augen füllten sich in Reaktion auf die zunehmend schlechte Luft mit Tränen. Er konnte nicht einmal erkennen, ob der andere Mann noch lebte. Die Schwärze des Weltraums war jetzt fort; stattdessen war draußen nun die immer näher kommende Wüstenlandschaft Jakkus zu sehen. Selbst wenn er irgendwie Poes Platz hätte einnehmen können – Finn wusste, dass er, der nicht einmal einen unbeschädigten Jäger sicher landen konnte, auch nicht den Hauch einer Chance hatte, ihn in diesem Zustand sicher herunterzubringen.

Er fand jedoch den Schalter für seinen Schleudersitz, der für den Fall eines völligen Versagens der Bordelektronik deutlich markiert war. Finn legte die Hand um den Griff und zog, so fest er konnte. Weder die zusätzliche Muskelkraft noch das überschüssige Adrenalin waren notwendig. Der Griff bewegte sich glatt und ohne Widerstand. Einen Moment später wurde er aus dem TIE-Jäger gerissen. Das Universum wirbelte wild um ihn herum, und für einen kurzen Moment füllte sich sein Blickfeld mit alternierenden Eindrücken von gelber Wüste, blauem Himmel und weißen Wolken.

Dann wurde er ohnmächtig.

Auf dem Kommandodeck der *Finalizer* wandte General Hux sich von Mitakas Station ab und wanderte von Konsole zu Konsole. Er befragte eine Reihe von Technikern und Offizieren der Waffenkontrolle. Die Angst, die sich in ihm aufgebaut hatte, die er aber zu zügeln vermocht hatte, machte Erleichterung Platz, als ein Techniker zu ihm aufschaute, um ihm Meldung zu erstatten.

»Sie sind getroffen worden.«

Hux' Gesichtsausdruck blieb neutral. Er musterte die Konsole des Technikers, und sein Blick huschte schnell von einer Sichtanzeige zur nächsten. Die Details, die hereinkamen, schienen schlüssig zu sein, aber in dieser Angelegenheit gab es keinen Raum für bloß neunundneunzigprozentige Sicherheit; keinen Raum für analytische Mehrdeutigkeit.

»Zerstört?«

Die Antwort des Technikers, als er seine Instrumente studierte, bestätigte den Verdacht des Generals. »Nur manövrierunfähig, wie es scheint.«

Hux beugte sich weiter vor. »Er könnte versuchen, uns abzuschütteln.«

»Wenn er das tut«, berichtete der Techniker, »nimmt er große Risiken in Kauf. Sensoren zeigen Teile des Jägers, die abbrechen. So etwas kann der Pilot nicht willkürlich auslösen; es muss das Ergebnis eines Treffers sein, der dem Jäger ernsthaften Schaden zugefügt hat.« Er hielt einen Moment inne, dann fügte er hinzu: »Ich halte an meiner ursprünglichen Meinung fest, Sir. Niemand würde freiwillig einen solchen Sinkflug in diesem Winkel durchführen.«

»Also schön«, räumte Hux ein. »Sie sind manövrierunfähig – vielleicht endgültig. Wo wird der Jäger aufschlagen?«

Noch einmal analysierte der Techniker seine Anzeigen. »Der Jäger wird auf seinem gegenwärtigen Kurs irgendwo im goazonischen Ödland aufschlagen. Aus unserer Entfernung und angesichts der Besonderheiten der dortigen Topografie ist es unmöglich, den genauen Winkel und die Geschwindigkeit beim Aufschlag zu berechnen.«

Hux nickte nachdenklich. »Sie sind wegen des Droiden zurückgekehrt. Das ist die einzige Erklärung, die einen Sinn ergibt. Anderenfalls hätten sie versucht, Lichtgeschwindigkeit zu erreichen, sobald der Pilot genug davon gehabt hätte, uns zu reizen.« Er zuckte die Achseln. »Es spielt jetzt keine Rolle mehr. Oder zumindest wird es keine Rolle mehr spielen, sobald das Ende dieser bedauernswerten Störung bestätigt ist. Schicken Sie einen Trupp zu dem projizierten Schauplatz der Bruchlandung und lassen Sie nicht nur die Trümmer scannen, sondern auch das umliegende Gebiet. Wenn sie keine Leichen finden können, dann lassen Sie sie die Trümmer einsammeln. Ich werde nicht glauben, dass der Pilot und der Verräter beide tot sind, bis ich greifbare biologische Beweise dafür habe.« Sein Ton verdüsterte sich nur leicht, aber es war genug, dass der Techniker sich wünschte, der General würde seine Wanderschaft fortsetzen.

»Biologische Spuren sind akzeptabel«, murmelte Hux, »aber zwei Totenschädel wären besser.«

Finn hatte das Gefühl, er würde mehr Zeit brauchen, aus dem eingekapselten Schleudersitz herauszukommen, als die Kapsel von dem Jäger bis zur Oberfläche des Planeten benötigt hatte. Die Clips und Schnallen, die Riemen und der Schaum, die dazu gedacht waren, ihn in einem Stück landen zu lassen, schienen ihn jetzt erfolgreich daran zu hindern, jemals wieder auf seine eigenen zwei Füße zu kommen. Es gab eine gewisse Reihenfolge, die eingehalten werden musste – zuerst diese Kontrolle, dann dieser Knopf, dann jenes beiseiteschieben –, bevor die Ausrüstung dazu überredet werden konnte, ihn loszulassen.

Endlich gelang es ihm, sich aus dem Gewirr der Sicherheitsausrüstung zu befreien. Taumelnd entfernte er sich davon und betrachtete seine Umgebung. Seine Laune sank. Er lebte, aber wenn er die Landschaft um sich herum als Maßstab nahm, würde das nicht lange so bleiben.

Sanddünen erstreckten sich in alle Richtungen. Irgendwie schienen blauer Himmel und Sand jetzt furchteinflößender als die Schwärze des Weltraums. Die Kriegsschiffe, die größtenteils sein Zuhause gewesen waren, waren versiegelte, ökologisch kontrollierte kleine Welten. Alles, was man brauchte, war unmittelbar zur Hand. Nahrung, Wasser, Unterhaltung, Schlafquartiere: Alles war nicht mehr als einige wenige Schritte entfernt. Es war recht ironisch, dass jemand, der sich in der Unendlichkeit des Weltraums wohlfühlte, plötzlich einen Anflug von Agoraphobie erlitt.

Er schaute himmelwärts und erwartete, ein oder zwei landende Schiffe zu ihrer Verfolgung aus den Wolken fallen zu sehen. Aber er sah nur zwei Vögel nach Süden schweben. Sie sahen, befand er unbehaglich, zu groß aus, als dass sie Pflanzenfresser sein könnten. Zumindest umkreisten sie nicht die Stelle, wo er gelandet war – oder ihn. Noch nicht.

Noch etwas anderes manifestierte sich über den östlichen Dünen. Rauch. Der Wind war abgeflaut, sodass der Rauch in einer Säule senkrecht aufstieg. Irgendjemand machte an diesem gottverlassenen Ort ein Feuer oder …

Während er noch mit den letzten Resten seiner Rüstung kämpfte, setzte er sich in Richtung Rauch in Bewegung. Eigentlich konnte niemand den Absturz des Jägers ohne Schleudersitz überlebt haben. Aber eigentlich konnte auch niemand von einem Weltraumschiff der Ersten Ordnung entkommen, und trotzdem hatten sie genau das getan.

Der Sand saugte an seinen Füßen, während er zu den Trümmern des TIE-Jägers stolperte. »Poe! Sagen Sie etwas, wenn Sie mich hören können! Poe!« Er erwartete keine Antwort, aber er hoffte auf eine.

Der TIE-Jäger der Spezialeinheit war robuster gebaut als andere Schiffe seiner Klasse, und so hatte er die Bruchlandung – wenn auch stark beschädigt – überstanden. Trümmer von dem Aufprall hatten sich über ein weites Gebiet verteilt. Darauf bedacht, sich nicht an den scharfen Metallsplittern zu schneiden, arbeitete er sich durch Hitze, Flammen und Rauch vor, bis er das Cockpit erreichte. Es lag zerschmettert und offen da. Finn, der versuchte, die Augen gegen den Rauch abzuschirmen, trat näher. Etwas … da ragte etwas aus den Trümmern heraus. Ein Arm.

Ungeachtet der Hitze und der züngelnden Flammen griff Finn hinein, bis er es zu fassen bekam. Zuerst ein Arm, dann beide, dann zog er – und hatte keinen Arm, keinen Körper in seinen Händen: nur Poes Jacke. Frustriert warf er sie beiseite und versuchte, in das zerstörte Cockpit zu steigen. Wabernder Rauch und sengende Hitze machten es ihm unmöglich, auch nur etwas zu sehen, geschweige denn, sich hineinzuzwängen.

»Poe!« Seine Beine begannen unter ihm nachzugeben. Aber sie waren nicht eingeknickt; der Boden war weggebrochen. Als er hinabschaute, sah er, dass der Sand unter ihm wegglitt. Seine Füße waren bereits halb bedeckt. Er versank. Vor ihm begannen die Trümmer des Schiffes tiefer in die Kuhle zu gleiten, in der sie gelandet waren. Sand kroch die Flügel hinauf und griff nach dem offenen Cockpit. Wenn er nicht von dem Treibsand wegkam, würde er mit dem TIE-Jäger untergehen. Er begann hektisch rückwärts zu laufen und brüllte das verschwindende Schiff an.

»POE!«

Der Jäger versank. Wie tief, ließ sich nicht sagen. Vielleicht nur knapp unter die Oberfläche, dachte er, während er sich mühte, sicheren Tritt zu finden. Vielleicht viel, viel tiefer.

Je mehr Sand den Jäger bedeckte, umso schneller sank das Schiff, bis es innerhalb weniger Sekunden vollkommen verschwunden war. Dem Schiff schlossen sich die meisten der Trümmer an, die bei der harten Landung abgerissen waren. Da war nichts. Nichts, das zeigte, dass …

Eine heftige Explosion unter seinen Füßen ließ ihn rückwärts taumeln. Für einen Moment loderte die Feuerkugel aus dem Sand in einem zornigen Schwarz und Rot auf, bevor sie sich in der Atmosphäre auflöste. Als er seinen Tritt wiederfand, stolperte er vorwärts. An der Stelle des verschwundenen TIE-Jägers lagen nur noch wenige kleine Trümmerteile im Sand. Es gab keine Spur von einem anderen menschlichen Wesen.

Aller Energie beraubt und überwältigt, begann Finn, in den Sand zu treten, als könne er dort etwas finden, etwas freilegen – irgendetwas, das vertraut oder ermutigend war. Aber jeder Tritt brachte nur noch mehr Sand zum Vorschein. Er schaute sich wild um und sah nur die stillen Dünen. Es war, als hätte nichts diesen Ort jemals berührt; gewiss nicht die Hand der Zivilisation.

Er war entkommen. Er hatte überlebt. Er war intakt und anscheinend unversehrt gelandet. Und so wie es aussah, war er genauso tot, als wäre nichts von alledem je geschehen. Er atmete tief ein, dann schrie er den leeren Planeten an, wohl wissend, dass niemand da war, um ihn zu hören.

»ICH WEISS … NICHT …, WAS ICH TUN SOLL!«

5. Kapitel

Es schien unmöglich, dass der Tag noch heißer wurde. Doch an diesem Tag voller Unmöglichkeiten war Finn nicht überrascht, als die Hitze sich immer weiter intensivierte. Er blinzelte in den grellen Schein der Sonne und sah nichts vor sich als Sand. Sand, hie und da unterbrochen von einer Salzfläche, gefolgt von noch mehr Sand. Nichts als Sand zu seiner Linken, Sand zu seiner Rechten, Sand hinter ihm …

Etwas kam auf ihn zu, scharfe Umrisse lösten sich aus einer fernen Fata Morgana. Ein anschwellendes, unregelmäßiges Heulen begleitete die schnell größer werdende Vision. Ein Fahrzeug! Irgendeine Art von Gefährt hier draußen in diesem verwünschten Nichts, und es kam auf ihn zu! Taumelnd hob er die Arme und begann so laut zu brüllen, wie seine ausgedörrte Kehle es zuließ.

»Hey! Hier! Hierher! Hey!« An diesem Punkt scherte es ihn nicht, wer auf dem Ding saß, nicht einmal, wenn es sich um Anhänger der Ersten Ordnung gehandelt hätte. Irgendetwas, irgendjemand, solange der Betreffende etwas Wasser erübrigen konnte.

Der Speeder war groß, verbeult und gerammelt voll mit

Schurken, die verschiedenen Spezies angehörten – keine davon bekannt für ihr Mitgefühl. Sie brüllten ihm etwas zu und machten rüde Gesten und schossen vorbei, ohne auch nur das Tempo zu drosseln – und hinterließen in ihrem Schlepptau nur trockenen Staub und höhnisches Gelächter.

»Danke!« Dem ausgesprochenen Sarkasmus fügte er eine spöttische Verbeugung hinzu. »Oh ja, freundliche Mitreisende, vielen herzlichen Dank! Tausend Dank!« Er fuhr fort, vor sich hin zu brabbeln, benutzte Worte und Ausdrücke von einem halben Dutzend Welten, die in Gegenwart eines Offiziers zu seiner sofortigen Degradierung geführt hätten.

Es war nicht notwendig, sich noch länger um so etwas Sorgen zu machen, das wusste er. Er war kein Soldat im Dienst der Ersten Ordnung mehr. Sollte er sich jemals wieder unter deren Anhängern befinden, wäre es seine geringste Sorge, dass man ihn für die Benutzung von Schimpfwörtern tadelte.

Wo war er? Sein Weg zwischen den Dünen hindurch führte ihn nirgendwohin. Er brauchte ein Ziel, einen Endpunkt. Er hob den Blick. Um es zu finden musste er seine Umgebung besser erkennen können.

Es gab körperliche Aufgaben, die ehrfurchtgebietender waren als das Erklimmen einer steilen Sanddüne, aber nur wenige waren genauso frustrierend. Einen Schritt rutschte er zurück für jeweils zwei nach oben, und das auch nur, solange man nicht den Tritt verlor und bis ganz an den Fuß des Sandhügels zurückrutschte. Entschlossen, es nach oben zu schaffen, kämpfte Finn weiter, seine Beine brannten, bis er endlich auf dem Kamm der Düne stand. Sein erster Blick auf seine Umgebung war so entmutigend, wie er es befürchtet hatte: noch mehr Sand, aufeinandergetürmt zu verschieden großen Dünen. Aber zu seiner Linken, in der Ferne, war das …, konnte das sein …

Ja! Eine Siedlung! Welcher Art, wusste er nicht, aber in einer Siedlung würde es Wasser und etwas zu essen geben und Zuflucht vor der Sonne. Wenn er außerordentliches Glück hatte, war sie vielleicht sogar das Ziel der misstönenden Gruppe, die in dem Speeder so achtlos an ihm vorbeigerauscht war. Er hätte nichts dagegen gehabt, einigen dieser prahlerischen Burschen abermals zu begegnen – natürlich nachdem er sich erfrischt hatte und wieder zu Kräften gekommen war. Er begann vorsichtig auf der anderen Seite der Düne, die er unter solchen Schmerzen erklommen hatte, mit dem Abstieg. Zumindest hatte er jetzt ein Ziel.

Er war noch nicht bereit, sich Hoffnung zu gestatten.

Die dreidimensionale Darstellung war nichtssagend: die restlos unauffällige persönliche Vorgeschichte und ein ebenso unauffälliger Ausbildungsgang als Sturmtruppler. Nichtsdestoweniger betrachtete Hux all das eingehend. Wenn er auf der Suche nach einer Anomalie ein psychologisches Profil analysierte, hielt er Ausschau nach kleinen Hinweisen. Irgendetwas im Schriftverkehr, ein bevorzugtes Zitat, sogar die Körperhaltung des fraglichen Individuums: All diese Dinge konnten genügen, um auf eine Erklärung für das unerklärliche Benehmen des Sturmtrupplers hinzuweisen. Er erwartete nicht, ein Foto von FN-2187 zu finden, auf dem er ein Schild mit der Aufschrift hochhielt: »Ich werde durchdrehen, einen Gefangenen befreien und einen TIE-Jäger stehlen.« Wenn es irgendwelche Hinweise auf ein mentales Ungleichgewicht oder Sympathien für den Widerstand in den Akten des Sturmtrupplers gab, erwartete Hux, dass sie subtil sein würden, nicht augenfällig.

Aber bisher war da nichts. Nichts, was darauf schließen ließ, dass FN-2187 eines Tages abtrünnig werden würde. Nichts, was darauf hindeutete, dass er irgendetwas anderes war als der Durchschnitt seiner Art, nicht anders als seine Kameraden. Nichts, das ihn als Person, als Soldaten zu etwas Besonderem machte.

Für Hux war die Tatsache, dass FN-2187 als ein todlangweiliger, gewöhnlicher Soldat erschien, beunruhigender, als wenn seine Geschichte voller halb verräterischer Reden oder psychotischer Episoden gewesen wäre. Es legte nahe, dass es unter den Truppen noch mehr wie ihn geben mochte. Sie durften nicht erfahren, was er getan hatte. Psy-Techs arbeiteten bereits hart daran, jene zu beraten, die mit ihm in Berührung gekommen waren, sei es durch wenig bemerkenswerte tägliche Kontakte oder im Verlauf seiner gewalttätigen Flucht. Der ganze Zwischenfall musste unter den Teppich gekehrt werden, damit sich kein Keim einer Infektion in den Reihen seiner Leute verbreitete.

Wenn es eine Sache gab, die eine kompetente Streitmacht nicht gebrauchen konnte, das wusste Hux, dann waren es unvorhergesehene Ausbrüche von Individualität.

Die in Chrom gewandete Gestalt, die neben ihm stand, spiegelte das Licht der Hologramme wider.

»Nichts Bemerkenswertes«, sagte Phasma. »FN-2187 war meiner Kompanie zugeteilt worden und hat einiges an zusätzlicher Spezialausbildung erhalten.«

Hux schüttelte langsam den Kopf, während er weiter die Unterlagen durchsuchte. Wenn irgendetwas in der Geschichte von Sturmtruppler FN-2187 herausragte, dann war es seine außerordentliche Banalität. »Keine früheren Anzeichen irgendwelcher Abweichungen. Nicht einmal Widerworte seinen Vorgesetzten gegenüber. Er muss vor lauter Durchschnittlichkeit praktisch unsichtbar gewesen sein.«

»Dies war sein erstes Vergehen.« Phasma zeigte nichts anderes als professionelles Interesse an der Episode oder an dem Mann. »Sein einziges Vergehen.«

Kylo Ren betrat den Raum und stellte sich neben sie. »Auch wenn Sie den Fehler in Ihren Trainingsmethoden aufspüren, wird uns das nicht in den Besitz des Droiden bringen.« Obwohl seine Maske seinen Gesichtsausdruck verbarg, war der Zorn, der unter seinem gelassenen Benehmen siedete, beinahe mit Händen greifbar.

»Und doch gibt es größere Sorgen«, beharrte Hux. Hux' drohende Körpersprache machte klar, dass er nichts für den Neuankömmling übrig hatte. Das Gefühl beruhte auf Gegenseitigkeit; keiner der beiden gab sich auch nur die geringste Mühe, seine Verachtung zu verbergen.

»Nicht für mich.«

Typisch Ren, dachte Hux. *Egozentrisch, arrogant, gleichgültig, was die Interessen anderer betrifft.*

»Der Oberste Führer hat sehr klar gemacht, dass der Widerstand die Karte, die zu Skywalker führt, nicht in die Hände bekommen darf. Wir sollen den Droiden fangen, wenn wir können. Ihn zerstören, wenn wir müssen.«

Ren dachte über die Worte des Generals nach. »Eine einfache Aufgabe, so scheint es jedenfalls. Finde einen einzigen Droiden. Wie tüchtig sind Ihre Soldaten, General?«

Hux wandte sich von der Holo-Akte des Sturmtrupplers ab. Er respektierte Ren und dessen Fähigkeiten, aber er hatte keine Angst vor ihm. Man stieg in den Streitmächten der Ersten Ordnung nicht bis zum Rang eines Generals auf, indem man Furcht zeigte.

»Ich werde nicht zulassen, dass Sie meine Methoden in Frage stellen.«

»Und welche Methoden wären das, General? Die Methoden, die es einem gewöhnlichen Sturmtruppler ermöglichen, allein einen wichtigen Gefangenen aus seiner Zelle zu befreien, ihn zu einem dienstbereiten Hangar zu bringen und ihm dabei zu helfen, sich seinen Weg in die Freiheit zu erkämpfen? Welche Methoden lehren solche Fähigkeiten? Offensichtlich sind zumindest einige Ihrer Truppen in Hochverrat geübt. Vielleicht sollte Führer Snoke erwägen, eine Armee von Klonen einzusetzen.«

Nur mit großer Mühe konnte Hux an sich halten. »Meine Männer erhalten eine außergewöhnliche Ausbildung. Sie sind von Geburt an darauf programmiert, einander, ihren Offizieren und der Ordnung gegenüber loyal zu sein. Das Auftauchen einer einzelnen Anomalie gibt Ihnen nicht das Recht, Methoden in Zweifel zu ziehen, die durch lange ...«

Ren unterbrach die leidenschaftliche Verteidigungsrede des Generals. »Dann sollte es ja kein Problem sein, dafür zu sorgen, dass die Karte nicht in die Hände des Widerstands fällt. Oder?«

»Wieder diese Karte. Die nach allem, was ich weiß, möglicherweise gar nicht existiert.«

Rens Stimme verdüsterte sich so sehr, dass Phasma einen Schritt zurückwich. »Ich denke nicht, dass mir Ihre Andeutungen gefallen, General. Sie wären gut beraten, solche Gedanken für sich zu behalten. Sie wären gut beraten, sie gar nicht erst zu denken.«

Hux gab nicht klein bei. »Meine Pflicht ist es, mit jedem Jota an Information, jedem Stück Material und jedem einsatzfähigen Sturmtruppler unter meinem Kommando für die Erste Ordnung zu kämpfen. Darauf habe ich meinen

Eid geleistet.« Sein Blick blieb auf die Maske gerichtet. »Von irgendwelchen Rücksichten auf nebensächliche Interessen einzelner Individuen war dabei keine Rede – wie groß deren selbst empfundene Wichtigkeit auch sein mag. Vorsicht, Ren, dass Ihre persönlichen Interessen nicht direkten Befehlen von Führer Snoke in die Quere kommen.«

Wenn Kylo Ren von der Kühnheit des Generals beleidigt war, ließ er es sich nicht anmerken. Als wäre nichts Unziemliches zwischen ihnen vorgefallen, sprach er weiter. »Haben Sie und Ihre Techniker die Nahaufnahmen des Gebiets betrachtet, in dem der gestohlene TIE-Jäger aufgeschlagen ist? In dieser Region gibt es nur eine einzige Siedlung von Belang: den Vorposten Niima. Und der ist gleichzeitig der nächste Ort, den man von dem Dorf aus erreichen kann, das wir zerstört haben. Wenn der Droide noch funktioniert, würde er instinktiv versuchen, sich dort zu verstecken.«

Dankbar für die Gelegenheit, das Thema zu wechseln und etwas Positives berichten zu können, antwortete Hux in einem zugänglicheren Ton: »Ich pflichte Ihnen bei. Außerdem haben wir die Rüstung des Verräters gefunden. Sie liegt entlang einer gut sichtbaren Fußspur in den Dünen. Einer Spur, die wohl nach Niima führt.« Er lächelte Ren dünn an. »Ein Kommando ist bereits unterwegs.«

»Gut. Es freut mich zu sehen, dass Sie sich persönlich dieser Sache angenommen haben, General. Den Droiden zu bergen – vorzugsweise unversehrt.«

Bevor Hux abermals Einwände erheben konnte, drehte Ren sich um und verschwand zurück in die Richtung, aus der er gekommen war. Wenn er den Hass des Generals spürte, entschied er sich dafür, nicht darauf zu reagieren.

Jakkus Sonne hatte ihn dehydriert und gefoltert – aber sie hatte ihn nicht besiegt. Noch nicht. Was war das bisschen Sonne, sagte Finn sich, für jemanden, der der Ersten Ordnung getrotzt, deren Gefangenen befreit und auf einem Sternzerstörer Chaos gestiftet hatte? Das war es, was sein Gehirn sagte.

Sein Körper schrie sein Missvergnügen über seine Qualen heraus und drohte jeden Moment mit Zusammenbruch, als er endlich in den Vorposten Niima hineinstolperte. Alte Raumschifftrümmer ragten um ihn herum auf; Relikte besserer Zeiten, Boten vergangener Weltraumreisen. Kaufleute und Händler beäugten ihn abschätzig. Finn hatte nichts Wertvolles bei sich außer seinen Organen, und nach seinem Äußeren zu schließen, war sein Inneres wahrscheinlich auch nicht in bestem Zustand. Einige Schrottsammler deuteten auf ihn und scherzten. Andere, die unter der glühenden Wüstensonne Ähnliches erlitten hatten, brachten murmelnd ihr Mitleid zum Ausdruck. Das war alles, was dem Fremden an Hilfe angeboten wurde. Der Außenposten Niima verhätschelte die Schwachen nicht.

Etwas Niedriges, Fettes und Hässliches trank aus einem großen, offenen Wassertrog. Finn starrte die Kreatur an und konnte sich nicht vorstellen, was ein solches Geschöpf zu bieten hatte, damit ihm jemand etwas zu trinken gab. Es sah weder freundlich noch essbar aus. Es war ihm egal. Es war das Wasser, für das er sich interessierte, und es war das Wasser, zu dem er hinüberlief.

Er tauchte die zusammengelegten Hände hinein, zog die schmutzige Flüssigkeit in den Mund und hielt sie dort fest, um zu nippen. Das Wasser fühlte sich auf seinen Lippen wunderbar an. Es schmeckte schrecklich, als es seine Kehle hinunterfloss. Er spuckte angewidert aus. Aber sein

Körper erzwang sich sein Recht, auch wider besseres Wissen. Obwohl er gegen einen Brechreiz ankämpfte, trank er. Der hässliche Klumpen vierbeinigen Fleischs, von dem er später erfahren sollte, dass man ihn als Happabor bezeichnete, beäugte ihn stumpf, ignorierte ihn ansonsten jedoch. Vermutlich fand ihn der untersetzte Vierfüßler genauso abstoßend wie Finn ihn.

Als Rey sich neben BB-8 kniete, piepte der leicht erregbare Droide wie wahnsinnig.

»Ruhig, ruhig – du wirst deine Zellen entleeren!« Sie tätschelte die gewölbte Metallflanke neben ihr. »Und gern geschehen. Dass ich dich nicht verkauft habe.« Sie sah keinen Grund hinzuzufügen, dass sie sehr, sehr nah daran gewesen war, genau das zu tun. »Okay, hör auf, dich bei mir zu bedanken. Jetzt zu dieser anderen Sache: Du wirst dich beruhigen und langsam sprechen müssen.« Weiteres hektischen Piepen ließ sie gereizt antworten: »Das ist keine hinreichende Information, BB-8. Ich kann dir nicht helfen, wenn du mir nicht sagst, auf wen du wartest.«

Der Droide hielt inne. Dachte er nach?, fragte sie sich. Oder ging ihm – wovor sie ihn gewarnt hatte – der Strom aus? Aber als er endlich antwortete, reagierte sie mit spontaner Empörung.

»Ob du mir vertrauen kannst? Was denkst du denn?« Sie stand auf, frustriert und ziemlich wütend. »Erzähl es mir oder nicht. Ich habe keine Zeit für Spielchen.«

Der Droide kam näher und stupste sie sanft an. Sie tat kurz so, als würde sie sein Flehen ignorieren, bevor sie wieder nachgab. »Ja, ja, ich verstehe. Du wartest auf deinen Herrn. Wer? Wie bitte?« Der Droide wiederholte den Namen. »Poe.« Sie zuckte gleichgültig die Achseln. »Der Name sagt mir nichts. Sollte er?«

Außerstande, seine eigene Frustration richtig zum Ausdruck zu bringen, begnügte BB-8 sich damit, sich mehrmals um die eigene Achse zu drehen. Als er damit aufhörte, begann er zu erklären. Trotz ihrer einstudierten Gleichgültigkeit lauschte Rey aufmerksam dem stetigen Strom sorgfältig komponierter Piep- und Quieklaute.

»Ja, ich weiß, was die Rebellion war, und ja, ich habe vom Widerstand gehört.« Ihr Gesichtsausdruck wurde ernster, während der Droide fortfuhr. »Die Erste Ordnung. Sie sind schrecklich. Gerüchten zufolge hat eine ihrer Spezialeinheiten ein heiliges Dorf ganz in der Nähe hier angegriffen, jenseits der Kelvinschlucht.« Bei BB-8s nächster Reihe von Pieplauten musste sie allerdings die Maske der Gleichgültigkeit fallen lassen. Sie starrte den kugelförmigen Droiden ungläubig an.

»*Da* kommst du her?«

Sie hätte den Droiden weiter befragt, wäre es nicht zu einer Störung gekommen. Sie erkannte in den beiden Figuren, die sich ihnen näherten, zwei von Plutts Schlägern. Sie blieben stehen und ragten über ihr auf: Zwillingsmassen morbiden Fleisches, eingehüllt in billige Wüstenkleidung. Selbst ihre Gesichter waren vollkommen bedeckt. Plutt hatte diese beiden nicht geschickt, um eine höfliche Nachricht zu übermitteln. Mit einem Blick auf BB-8 bestätigte der ihr am nächsten Stehende ihren Argwohn sehr schnell.

»Plutt will Droiden. Wir nehmen Droiden. Frau nicht einmischen.«

»Der Droide gehört mir«, schoss sie zurück. »Ich habe ihn nicht verkauft. Plutt weiß das.«

»Du hast recht«, stimmte der andere Ganove zu. »Plutt

weiß. Du hast nicht verkauft. Also nimmt er.« Sein Gefährte zog bereits einen Sack über BB-8. Als Rey ihn daran hindern wollte, packte der andere Sprecher sie am Arm.

Finn wusste nicht, ob das Happabor es müde war, sich den Platz mit dem Zweifüßler zu teilen, oder ob es einfach freundlich war, als es ihn umwarf. Die Geste war so unbestimmt, dass Finn nicht erkennen konnte, ob es ein bewusster Kopfstoß war oder nur ein liebevoller Stupser. Was immer die Motive der Kreatur waren, sie riss ihn von den Füßen.

Diese neue Perspektive gab ihm eine exzellente Sicht auf die Konfrontation, die auf dem nahen Marktplatz gerade begann. Er runzelte die Stirn. Die junge Frau, die von zwei viel größeren Individuen belästigt wurde, setzte sich zur Wehr. Er stand auf und machte impulsiv Anstalten, ihr zu helfen. Doch je näher er kam, umso unbesorgter wurde er.

Trotz des Größenunterschieds zwischen dem Mädchen und ihren Widersachern sah es so aus, als bräuchte sie keinerlei Beistand von außen.

Eine Drehung und ein kurzes Zucken, und plötzlich fand sich der Rohling, der sie am Arm festgehalten hatte, auf dem Boden wieder. Als der andere seinem gestürzten Kumpan zu Hilfe eilte, fand er sich am falschen Ende einer Folge von Tritten, Schlägen und Hieben mit dem Stab wieder, den das Mädchen schwang. Binnen Kurzem lagen beide Rüpel bewusstlos da.

Beeindruckt, aber immer noch von dem Wunsch erfüllt zu helfen, zog Finn den halb geschlossenen Sack von dem Besitz, der anscheinend der Grund für den Disput gewesen war. Der Anblick dieses Streitobjekts war unerwartet. Ein kugelförmiger Droide.

Der genau Poes Beschreibung entsprach.

Während das Mädchen beruhigend auf den Droiden einredete, schüttelte dieser sich, drehte den Kopf und sah Finn. Worauf er zur Seite zuckte und zu piepen begann, als hätte jemand seinen Rationalitätschip herausgezogen. Dieses kybernetische Streitgespräch beunruhigte Finn nicht halb so sehr wie der Ausdruck, der auf das Gesicht des Mädchens trat. Sie hätte sich über seinen Versuch, ihr behilflich zu sein, freuen sollen. Stattdessen spürte und sah er nichts als wachsende Feindseligkeit.

»Hey, was ist los? Ich bin nur gekommen, um zu helfen. Nicht dass du meine Hilfe gebraucht hättest.« Er deutete auf die beiden bewusstlosen Schläger. »Das bedeutet nicht, dass ich dir nicht geholfen hätte …«

Sie hob wortlos ihren Stab und kam auf ihn zu.

Er wich aus, mit knapper Not, und rannte los, versuchte, irgendwie durch die Stände und über den Marktplatz zu kommen, während er sich fragte, was er getan hatte, um sie gegen sich aufzubringen. Die Wendung der Ereignisse verwirrte ihn einigermaßen. Er hatte ihr nur behilflich sein wollen. Dann hatte der Droide ihn gesehen und etwas gesagt, das sie erregt hatte, und jetzt rannte er. Wieder einmal.

Auf seinem improvisierten Weg prallte er an diverse Auslagen und brachte einen Markthändler nach dem anderen gegen sich auf. Und nachdem er mehrere Haken geschlagen hatte und sich endlich in Sicherheit glaubte, stieß er mit dem Ende dieses Stabes zusammen und stürzte zu Boden. Nicht dass ein schwerer Hieb notwendig gewesen wäre, um ihn in die Knie zu zwingen. Er war ja immer noch vollkommen erschöpft von seinem Marsch durch die Wüste.

Er lag außer Atem auf dem Rücken, und es war ihm ziemlich egal, ob er ohnmächtig wurde, als er zu ihr aufschaute.

Sie hielt den Stab über ihn, bereit, abermals zuzuschlagen, falls es notwendig war.

»Weshalb die Eile, *Dieb?«*

Gesegnete Bewusstlosigkeit würde warten müssen, so schockiert war er über die unerwartete Anklage. *»Was …?«* Bevor er sich näher äußern konnte, kam BB-8 schnell an seine Seite gerollt, fuhr einen Teleskoparm aus und erteilte ihm einen beträchtlichen elektrischen Schlag. Mächtig genug, um Finn hochschnellen zu lassen.

»Au! Hey, was … Lass das, Frau!« Er schaute zu dem Mädchen auf.

»Bleib unten, oder ich schlage dich noch einmal. Die Jacke!« Sie stach ihn mit dem spitzen Ende ihres Stabes. »Der Droide sagt, du hättest sie gestohlen!«

Finn, der dringend etwas zu essen und sauberes Wasser brauchte, musste sich zunächst damit begnügen, tief durchzuatmen. »Hör mal, ich will nicht mit dir streiten. Mein Tag war schon so mies genug. Also würde ich es wirklich zu schätzen wissen, wenn du mich nicht als Dieb … *Au!«* Er funkelte den Droiden an, der ihm einen zweiten Stromschlag versetzt hatte. »Lass das!«

»Na schön.« Rey war weder beeindruckt noch willens, im Zweifelsfalle für den Reisenden zu entscheiden. »Beweis es. Wenn du sie nicht gestohlen hast, wie bist du dann in ihren Besitz gelangt?« Sie deutete auf BB-8. »Die Jacke gehört seinem Herrn.«

Finn brauchte etwas länger, um zu verarbeiten, was er hörte. Dann stellte er fest, dass es perfekt zu dem passte, was er sah. Das Mädchen, der erregte Droide, die Jacke, die er trug … Sie verdienten eine Erklärung. Er erwog, die Neuigkeiten auszuschmücken oder irgendwie abzumildern. Am Ende traf er eine harte Entscheidung: die Wahrheit zu sagen. Er sah den bekümmerten Droiden gelassen an und schaute dann zu dem unnachgiebigen Mädchen empor.

»Sein Herr ist tot.«

Ihre Reaktion machte klar, dass weder das Mädchen noch der Droide eine so unverblümte Antwort erwartet hatten. Noch eine so definitive. Als Rey die Spitze ihres Stabes senkte, fuhr Finn fort.

»Sein Name war Poe Dameron.« Er konzentrierte seine Aufmerksamkeit auf BB-8. »Richtig?« Kein einziges streitlustiges Piepen kam von dem jetzt stillen Droiden. »Die Erste Ordnung hat ihn gefangen genommen. Ich habe ihm zur Flucht verholfen.« Finn sprach leidenschaftslos, gleichmäßig. »Ich habe ihn aus seiner Zelle befreit. Gemeinsam haben wir einen TIE-Jäger gestohlen und der Ordnung ein wenig Schaden zugefügt.«

Er zeigte auf BB-8. »Wir konnten nicht aus dem System fliehen«, sagte er, »weil er dich finden musste.« Ein leises, beinahe klagendes Piepen kam von dem Droiden. »Wir sind abgeschossen worden und haben eine Bruchlandung gemacht. Ich konnte mich mit dem Schleudersitz retten. Ich weiß, dass Poe es nicht gelungen ist, weil ich seine Jacke noch im Jäger gefunden habe. Ich habe versucht, ihm zu helfen, aber ich bin nicht an ihn herangekommen. Der elende Sand hat das Schiff einfach in die Tiefe gezogen. Hätte mich mitgenommen, wenn ich mich nicht in Sicherheit gebracht hätte. Ich habe versucht, ihm zu helfen. Es tut mir leid …«

Der einzige Unterschied zwischen tiefer Trauer bei einem Droiden und einem organischen Wesen ist der Mangel an flexiblem Ausdruck bei Ersterem. Bekümmert und mit langsamen Bewegungen rollte BB-8 davon. Rey schaute dem kleinen Droiden nach, dann richtete sie ihre Aufmerksamkeit wieder auf Finn. Ihre Feindseligkeit hatte gemäßigter Bewunderung Platz gemacht.

»Du bist einem Schiff der Ersten Ordnung entkommen *und* hast einen TIE-Jäger gestohlen?«

Finn nickte heftig. »Einen Jäger der Spezialeinheiten. Poe war Pilot. Ich habe die Waffen bedient.«

Sie musterte ihn eindringlicher. »Also – du gehörst zum Widerstand?«

Wenn er sich ansah, wie sie diesen tödlichen Stab umklammert hielt und der Blick ihrer dunkelbraunen Augen sich in ihn hineinbohrte, fiel es Finn leicht, die richtige Antwort zu finden, auch wenn es nicht die Wahrheit war.

»Natürlich«, sagte er und richtete sich auf. »Ich gehöre zum Widerstand, ja. Ich gehöre zum Widerstand. Wer sonst hätte einem Piloten des Widerstands geholfen, vor der Ersten Ordnung zu fliehen, wenn nicht ein anderes Mitglied des Widerstands? Es überrascht mich, dass du überhaupt fragst.«

Sie entspannte sich und stützte sich leicht auf den Stab. »Hierher kommen sonst nur Händler und Unruhestifter. Ich bin noch nie zuvor einem Widerstandskämpfer begegnet.«

Es war schwierig zu stolzieren, ohne sich zu bewegen, aber Finn schaffte es. »Nun, so sehen wir aus. Einige von uns. Andere sehen anders aus. Jetzt, da du einen kennengelernt hast – was hältst du von uns?«

Rey schürzte die Lippen. »Vielleicht bist du an der Bordkanone eines TIE-Jägers sehr gut, aber deine Nahkampftechnik ist stark verbesserungsbedürftig.«

Er sackte leicht in sich zusammen. »Ich bin aus der Übung.«

Obwohl sie das seltsam fand, ließ sie es auf sich beruhen und deutete auf den trauernden Droiden. »BB-8 sagt, er sei in einer geheimen Mission unterwegs.« Der Droide drehte sich prompt auf seiner Achse und piepte sie an. »Er sagt, er müsse zum nächsten Stützpunkt des Widerstands zurückkehren.«

Das zumindest verstand Finn. »Ja. Anscheinend trägt er eine Karte bei sich, die zu Luke Skywalker führt, und alle sind verrückt danach, sie in die Hände zu bekommen.«

Ein Stirnrunzeln zeigte sich auf ihrem Gesicht, als sie über diese Erklärung nachdachte. Sie beäugte ihn zweifelnd.

»Luke Skywalker? Ich dachte, er wäre bloß ein Mythos.«

6. Kapitel

Finn starrte das Mädchen an. War das ihr Ernst? Natürlich war Jakku tiefste Provinz, aber trotzdem …

»Wirklich?«, war alles, was ihm dazu einfiel. Er hätte vielleicht noch mehr hinzugefügt, wäre da nicht die plötzliche Unterbrechung durch einen Strom erregter Pieplaute gewesen.

Rey drehte sich zu dem Droiden um. »Was ist los?« Sie schaute auf, vorbei an dem jetzt besorgten Finn. »Da drüben?«

Er folgte ihrem Blick und konnte in einiger Entfernung die massigen Gestalten der beiden Schläger ausmachen, die das Mädchen angegriffen und versucht hatten, den Droiden zu stehlen. Sie waren nicht allein. Die Sonne glänzte auf der leuchtend weißen Rüstung von zwei Sturmtrupplern. Einer der angeschlagenen Raufbolde zeigte in Finns Richtung.

Finn nahm Rey an der Hand und zog sie mit sich rückwärts in das Labyrinth aus Zelten und improvisierten Marktständen.

»Hey!«, protestierte sie, ließ sich aber von ihm mitziehen. »Was soll das?«

»BB-8, komm mit!«, brüllte Finn. Im Gegensatz zu Rey brauchte der Droide keine Aufforderung.

Einen Augenblick später löschten zwei Blaster-Explosionen alles an der Stelle aus, an der sie gerade noch gestanden hatten. Eine dritte traf eine Reinigungseinheit, die sofort Rauch und ätzende Dämpfe auspie. Finn, der immer noch Reys Hand festhielt, flitzte zwischen den Ständen hindurch und wich entrüsteten Händlern und Stapeln von Waren gleichermaßen aus. Inzwischen kämpfte Rey gegen seinen Griff an.

»Lass mich los!«

»Wir müssen weiter! Ich weiß, wie sie ...« Eingedenk dessen, was er ihr gesagt hatte, brach er ab und begann von Neuem. »Ich meine, als Kämpfer des Widerstands bin ich vertraut mit dem Vorgehen der Sturmtruppler. Wir im Widerstand haben Kenntnis von solchen Dingen.« Während er weiterrannte, deutete er mit dem Kopf zurück in die Richtung, aus der sie gekommen waren. »Diese beiden würden uns am liebsten identifizieren, wenn von uns nur noch rauchende Trümmer übrig sind. Spart ihnen die Mühe, Fragen stellen zu müssen.«

»Das bestreite ich nicht!« Es gelang ihr endlich, ihre Finger aus seinen zu befreien. »Ich weiß, wie man rennt, ohne dass du meine Hand hältst!« Sie kam schlitternd zum Stehen und deutete scharf nach links. *»Hier entlang!«*

Eine weitere Explosion von hinten verfehlte sie nur knapp. Inzwischen hatte sich auf dem Marktplatz eine allgemeine Panik ausgebreitet. Wer nicht davonlief, war bemüht, seine Ware zu schützen. Diese Bemühungen verlangsamten die Sturmtruppler, hielten sie aber nicht auf.

Rey und ihre Gefährten hockten sich in ein größeres Zelt voller Maschinenteile, Kisten mit Bergungsgut und anderen mechanischen Trümmern. Sie spähte vorsichtig durch eine Lücke in dem Schrotthaufen, hinter dem sie Zuflucht gesucht hatten, und murmelte Finn drängend etwas zu.

»Sie schießen auf uns beide! Warum schießen sie auf *mich?* Ich habe nichts getan!«

Finn wusste genau, warum sie auf sie schossen, und er fühlte sich schrecklich deswegen. Aber er konnte nichts tun. Nicht jetzt.

»Sie haben dich mit mir gesehen. Jetzt bist du auf ihrer Liste.«

Ihre Lippen wurden schmal. »Vielen Dank dafür. Auf welcher Liste?«

Er antwortete nicht direkt. »Du bist mir hinterhergejagt, nicht ich dir!« Ohne sich aus der Deckung zu wagen, bemühte er sich, in ihrer Umgebung irgendeine brauchbare Waffe zu entdecken. »Verkauft hier irgendjemand Blaster?« Als ausgebildeter Sturmtruppler fühlte er sich ohne Waffe nackt. Obwohl er den Stab des Mädchens zu spüren bekommen hatte, ging dieser Stab, was ihn betraf, als eine lokale Kuriosität durch und nicht als eine richtige Waffe.

Hinter ihm zitterte BB-8 leicht. Seine Antennen waren beide voll ausgefahren und leicht nach Osten geneigt. Rey musterte den Droiden stirnrunzelnd. »Bist du okay?«

Finns Sinne waren weniger sensibel als die des Droiden, aber nicht weniger geschult. Mann und Maschine lauschten beide auf etwas, das dem Mädchen entging. Verwirrt verlagerte sie ihre Aufmerksamkeit von einem zum anderen.

»Was gibt es? Was ist los? Ich höre sie…«

Finn brachte sie mit einer Geste zum Schweigen und lauschte aufmerksam. Sie wollte Einwände erheben, besann sich eines Besseren und verstummte. Hinter ihm geriet BB-8 zunehmend in Erregung. Ohne ein Wort rollte der Droide herum und rannte nach hinten in den Lagerbereich. Finn reagierte fast genauso schnell, ergriff Reys Hand und zog sie hinter sich her. Wie zuvor, als sie versucht hatte, sich loszureißen, hielt er sie fest umfasst.

»Hey! Nicht schon wieder! *Nimm nicht immer meine Hand!*«

Die Explosion zerlegte direkt hinter dem flüchtenden Trio das Lager bis auf den Grund, als einer der beiden TIE-Jäger, die BB-8 und Finn hatten kommen hören, im Tiefflug feuerte. Die Erschütterung warf Rey zu Boden. Sie richtete sich ängstlich wieder auf und spuckte Dreck aus. Die Wüste war voller Gefahren, und das Schrottsammeln hatte seine eigenen Risiken, aber daran war sie gewöhnt. Eine gelegentliche Begegnung mit Dieben war ein Berufsrisiko. Also hatte sie es regelmäßig mit feindseligen und hungrigen Kreaturen der Ödländer zu tun. Die Erkenntnis, dass TIE-Jäger der Ersten Ordnung vielleicht ausgeschickt worden waren, um einen einzelnen Kämpfer des Widerstands aufzuspüren und auszulöschen, machte ihr unmissverständlich klar, dass es hier um viel mehr ging und ihre bisherigen Erkenntnisse nicht mehr zählten. Dieser Finn musste wichtiger sein, als es den Eindruck machte, befand sie.

Wo war Finn überhaupt?

Sie fand ihn in der Nähe, bewusstlos. Sie packte seine Jacke und rollte ihn herum. Der kugelförmige, weiß-orangefarbene Droide gesellte sich einen Moment später zu ihr.

Sollte sie Finn schütteln? Ihren Bioinjektor für Notfälle benutzen? Sie war keine Ärztin: Ihre medizinische Ausbildung beschränkte sich auf das, was sie in einem Leben, in dem sie sich um sich selbst hatte kümmern müssen, gelernt hatte. Die falsche Anwendung konnte, das wusste sie, seinen Zustand noch verschlechtern.

Es blieb ihr erspart, eine Entscheidung zu treffen, als er zu sich kam und blinzelnd seine Umgebung betrachtete, bevor er seine Aufmerksamkeit auf Rey richtete. Er schluckte und schaffte es hervorzustoßen: »Bist du heil geblieben?«

Ihr wurde klar, dass dies in ihrem gesamten kurzen Leben das erste Mal war, dass jemand ihr diese Frage stellte. »Ja«, murmelte sie. Ihre Aufmerksamkeit wanderte zwischen der am Boden liegenden Gestalt neben ihr und dem blauen Himmel hin und her, der abrupt tödlich geworden war. »Ich bin heil geblieben. Und du?«

Er spähte an sich hinab und richtete sich auf. Alles, was von Bedeutung war, schien intakt und an Ort und Stelle zu sein. »Ich glaube, ja. Aber es hat nicht viel gefehlt.«

Sie stand auf und streckte ihm eine Hand hin. Er betrachtete ihre Hand, sah ihr mit seinen dunklen Augen kurz ins Gesicht und nahm dann ihr Hilfsangebot dankbar an.

»Komm mit«, sagte Rey. Sie drehte sich um und rannte los, und der dankbare Finn ließ sich von ihr führen.

Um sie herum herrschte totales Chaos. Explosionen hatten Zelte und Gebäude zerrissen, Kaufleute, Händler, Sammler, Wartungsarbeiter und alle anderen Unbeteiligten suchten panisch Schutz. Den Stab jetzt über den Rücken geschnallt, führte Rey ihre Gefährten auf die sandige Freifläche, die der Stadt als Landeplatz diente. Als Finn zurückschaute, wendeten die beiden TIE-Jäger gerade. Er hatte keinen Zweifel, wonach sie suchten.

»Gibt es hier nicht irgendwo einen Unterschlupf?«

Rey schüttelte den Kopf und brüllte: »Nichts, das stark genug wäre, den Waffen eines TIE-Jägers standzuhalten!«

»Wir können ihnen nicht davonlaufen!« *Das ist richtig,* sagte er sich. *Stärke ihr Vertrauen in dich, indem du das Offensichtliche verkündest.*

Sie zeigte auf das viermotorige Schiff, auf das sie zuliefen. »In diesem Quadjumper entkommen wir ihnen vielleicht!«

Finn schüttelte den Kopf. »Ich bin Schütze. Wir brauchen einen Piloten!«

»Wir haben einen!«

Er starrte sie an. *»Du?«* Obwohl ihre Jugend und ihr wahrscheinlicher Mangel an Erfahrung ihn beunruhigten, wusste er, dass er nicht in der Position war, Einwände zu erheben. Wie dem auch sei, was konnte schon schlimmstenfalls passieren? Sie würden beim Start eine Bruchlandung machen, statt von verfolgenden Schiffen der Ersten Ordnung pulverisiert zu werden?

Sie waren immer noch gefährlich weit von dem Quadjumper entfernt und schrecklich ungeschützt auf dem offenen Landeplatz. Ein weiteres Schiff ragte rechts von ihnen auf.

»Wie wäre es mit *dem* Schiff da, das ist näher! Dann kämen wir schneller außer Sicht!«

Rey beachtete das andere Schiff nicht weiter. »Das ist Schrott! Wir brauchen etwas, das richtig fliegt und nicht nur vom Boden aufsteigt – wenn wir Glück haben!«

Sie duckten sich gleichzeitig, als die beiden TIE-Jäger über ihnen wegdonnerten. Aber statt auf die winzigen Gestalten zu schießen, richteten die Bordschützen ihr Feuer auf das Ziel der Flüchtlinge. Der Quadjumper ging in einem Flammenball auf; seine Einzelteile wurden in alle Richtungen geschleudert, während die Detonation den Landebereich versengte. Finn und Rey warfen die Hände hoch und beschirmten die Gesichter gegen die Hitze und die fliegenden Trümmer. Als sie die Hände wieder sinken ließen, war nichts mehr übrig von dem Quadjumper als ein rauchendes Häufchen Schutt. Rey reagierte sofort und realistisch.

»Gut. Dann also der Schrott!«

Sie wechselten die Richtung und rannten zu dem anderen Schiff. Obwohl es zum Schutz vor dem Sand teilweise von mehreren Planen bedeckt war, stand die Laderampe offen. Finn hielt nur kurz inne, um einen Blick auf die Identifikationsplakette zu werfen, die innen in der Druckausgleichskammer befestigt war. *»Mi... lke«,* las er laut vor. »Was zur Hölle bedeutet das?«

Vor ihm schrie Rey, ohne sich umzudrehen: »Vielleicht das Schiff eines Gauners. Das könnte eine gute Sache sein. Vielleicht ist es in der Lage, schneller zu fliegen als so ein verkrüppelter Wüstenschlepper.«

»Wenn wir Glück haben«, murmelte Finn und wiederholte ihre frühere Bemerkung, während er und BB-8 ihr folgten.

Rey schlug auf eine Schalttafel an der Wand, noch bevor ihre Gefährten sicher an Bord waren. Zu ihrer großen Erleichterung funktionierte sie. Die Rampe hinter ihnen schloss sich und rastete ein. Die Anlage des Schiffes war klar, und sie fanden das Cockpit sofort. Rey warf ihren Stab beiseite und ließ sich auf den Pilotensitz fallen, noch während sie die Instrumente musterte und mehrere Kontrollen aktivierte. Zu ihrer großen Überraschung erwachte die Konsole vor ihr sofort zum Leben. Sie tippte auf Visualisierung.

»Der Platz des Schützen ist unten!«

Finn drehte sich um und ging zu dem Bereich, auf den sie deutete. »Hast du dieses Ding jemals geflogen? Oder etwas Ähnliches?«

Während BB-8 zuschaute, antwortete sie: »Ich habe alle möglichen Schiffe geflogen, aber diese alte Kiste hat seit Jahren niemand mehr geflogen!«

»Was bringt dich dann auf die Idee, dass sie abheben wird?«, rief er.

Ihre Antwort war grimmig. »Wenn es dir lieber ist, können wir ja aussteigen und versuchen, über die offene Landebahn zu entkommen, während man auf uns schießt!«

Da Finn darauf nichts zu erwidern wusste, ließ er sich hinuntergleiten und schnallte sich auf dem Sitz des Bordschützen an. Zu seinem Schrecken reagierte der Sitz auf sein Gewicht, indem er nach links schnellte. Er konnte sich gerade noch an den Kontrollen festhalten.

»Hey, immer mit der Ruhe!« Mittels der intuitiv bedienbaren Kontrollen gelang es ihm rasch, die Bordwaffen seinem Willen zu unterwerfen. »Ich schaffe es, ich schaffe das.« Wenn überhaupt, so stellte er schnell fest, war die Zielerfassung und Feuerkontrolle hier simpler und primitiver als die, die er in dem TIE-Jäger der Spezialeinheiten bedient hatte.

Rey ging schnell die Standardsequenz vor dem Abheben durch, aktivierte das volle Spektrum relevanter Instrumente und lehnte sich zurück. Ein leises Jaulen erhob sich vom Heck des Schiffes. Rey griff nach der Kontrolle, die, wie sie hoffte, all ihre eiligen Vorbereitungen zum Erfolg führen würde. Eins von drei Dingen würde geschehen, wenn sie darauf drückte, das wusste sie: Sie würden abheben, das Schiff würde in die Luft fliegen, oder es würde überhaupt nichts passieren. Keine guten Chancen, aber andere hatten sie nicht. Sie holte tief Luft und schlug auf den Schalter. »Ich schaffe das, ich schaffe das …«

Am Heck des alten Schiffs loderten die lange unbenutzten Triebwerke auf. Mit vollem Schub hob sich das Schiff in den leuchtend blauen Himmel Jakkus – aber nicht besonders effizient. Während es aufstieg, zerfetzte es Planen, schwankte wild und krachte beinahe zurück auf den Boden. Rey, die mit den unvertrauten Kontrollen rang, schaffte es gerade rechtzeitig, das Schiff zu stabilisieren, um in das Stadttor zu krachen, das einzige Beispiel architektonischen Stolzes des Außenpostens Niima.

Unten tauchte die feistgesichtige Gestalt Unkar Plutts aus einem eingestürzten Gebäude auf, um in den Himmel zu schreien. *»He! Das gehört miiiiir!«*

Rey fand das als Schrott geschmähte Schiff überraschend empfänglich für manuelle Steuerung, zog es zunehmend optimistisch herum und beschleunigte, preschte von dem Landeplatz weg. Die beiden TIE-Jäger, die auf sie geschossen hatten, machten sich sofort an die Verfolgung.

Rey steuerte himmelwärts, erleichtert, die wachsende Macht des Schiffes zu spüren, während sie sich von der Oberfläche des Planeten entfernten. Finn, der die Waffensysteme zu enträtseln versuchte, brüllte ihr etwas zu und hoffte, dass entweder seine angespannte Stimme oder ein internes Kommunikationssystem dafür sorgen würde, dass Rey ihn verstand.

»Bleib dicht am Boden! Das ist unsere einzige Chance! Sobald wir außerhalb der Atmosphäre sind, werden sie uns ausmanövrieren und zur Strecke bringen, bevor wir es bis auf Lichtgeschwindigkeit schaffen können – falls dieses Ding überhaupt so schnell fliegt. Und fahr die Schilde hoch – falls sie funktionieren!«

»Die Schildkontrollen sind auf der anderen Seite der Konsole«, schoss sie zurück. »Nicht so einfach ohne einen Kopiloten!«

Unter ihr fuhr Finn fort, mit dem höchst sensiblen, wild umherschwingenden Geschütz zu kämpfen. »Versuch erst mal, in diesem Ding zu sitzen!«

Da sie begriff, dass es unmöglich war, vom Pilotensitz aus an die richtigen Schalter zu kommen, ließ Rey ihre Kontrollen für einen Moment los. Sie würde es manuell machen müssen, das wusste sie. Sobald man ein Schiff auf Autopilot schaltete, würde jeder Verfolger den Kurs leicht berechnen können und es in null Komma nichts vom Himmel holen. Da waren die wilden Kursschwankungen, die sich prompt einstellten, als sie sich weit zur Kopilotenseite hinüberbeugte, wesentlich sicherer.

»BB-8, halt dich fest!«

Ihre Warnung kam zu spät für den Droiden. Wild piepend purzelte er in Richtung Decke, als das Schiff herumwirbelte.

Sie reckte die Finger und schaffte es gerade eben, die Schildkontrollen zu erreichen und zum Leben zu erwecken, und dabei musste sie mehrere Büschel außergewöhnlich langer, rauer brauner Haare wegwischen, die jemand auf der Konsole hinterlassen hatte. Erleichtert ließ sie sich wieder in den Pilotensitz fallen, übernahm erneut die Steuerung und stabilisierte das Schiff.

»Ich gehe jetzt auf Tiefflug«, rief sie eingedenk Finns Rat.

Sie ließ das Schiff im Sturzflug auf die Wüste zurasen, fing es im letztmöglichen Moment ab und ließ es über den Boden kreischen, wobei sie die Kämme von mindestens zwei Dünen streifte. Beide TIE-Jäger versuchten, das Manöver nachzuahmen, während sie ihnen mit hoher Geschwindigkeit folgten, und schossen an ihnen vorbei, außerstande, rechtzeitig das Tempo zu drosseln. Sie schafften es jedoch beide, das alte Schiff kurz unter Feuer zu nehmen. Ohne ihre Schilde hätten diese Zwillingsexplosionen vielleicht das Ende bedeutet. Genau wie seine Triebwerke erwiesen sich die Schilde des gestohlenen Schiffs als unerwartet robust.

Tougher, als es aussieht, dachte Rey, während sie sich bemühte, zu beschleunigen und auszuweichen. Der ursprüngliche Besitzer hatte offensichtlich einige ernsthafte und wahrscheinlich illegale Modifikationen an seinem Schiff vornehmen lassen, die auf zahlreichen Welten zu Geld- oder möglicherweise Haftstrafen führen würden. Sie beschloss, diesem Individuum überschwänglich zu danken, sollte sie jemals die Gelegenheit haben, die betreffende Person kennenzulernen. Vorausgesetzt, sie überlebte die nächste Stunde.

Ein weiterer Treffer erschütterte das Schiff, und Rey schaffte es nur mit knapper Not, einem in der Wüste aufragenden Sandsteinfelsen auszuweichen. Sie schluckte und schrie, so laut sie konnte.

»Wie wär's mal mit einer kleinen Attacke, Bordschütze? Vielleicht bevor sie uns gleichmäßig in der Wüste verteilt haben? Hast du vor, irgendwann das Feuer zu erwidern? Halt dich fest, BB-8, halt dich fest!«

In dem zylindrischen Korridor piepte der Droide wie wahnsinnig, während er an den Wänden hinaufrollte, über die Decke und überallhin, nur nicht dorthin, wo er sein wollte. Seine eingebauten Gyroskope arbeiteten an der Grenze ihrer Belastbarkeit.

»Ich hab's gleich!«, rief Finn zurück. Einen Moment später erwachten die Waffensysteme unter seinen Händen endlich zum Leben. Er drehte das Geschütz und begann, auf ihre Verfolger zu schießen. Das primitive Zielsystem war unbeholfener als alles, mit dem er trainiert oder das er studiert hatte, und seine Schüsse gingen fehl.

Eine weitere Detonation erschütterte das Schiff. Wenn ihre Schilde nicht gewesen wären, das wusste er, wären von ihnen inzwischen nur noch Trümmer übrig. Die Lippen aufeinandergepresst, fuhr er fort zu schießen. Die Verfolger näherten sich ihnen weiter, beinahe geringschätzig, was die Verteidigungsbemühungen ihrer Beute betraf.

»Wir brauchen Deckung!«, brüllte er, während er weiter feuerte. »Schnell!«

»Wir werden gleich welche kriegen!«

Obwohl sie über kaum mehr als Theorie verfügte, wenn es darum ging, im freien Weltraum zu manövrieren und zu kämpfen, hatte Rey jede Menge Erfahrung damit, sich auf der wasserarmen Oberfläche von Jakku zu verteidigen. Zumindest in der Nähe des Vorpostens Niima war sie mit jedem Dünenfeld vertraut, mit jeder Schlucht, jedem Krater und jeder Felswand. So dicht wie möglich am Boden stieg sie nur kurz auf, um über Felsen und Dünen hinwegzuhuschen – einmal so knapp, dass sie einen Felsbrocken aus einem Grat mitriss. Nicht bereit, Entfernung zu opfern, um an Höhe zu gewinnen und von oben anzugreifen, blieben die beiden TIE-Jäger dicht hinter ihr.

Nur noch ein kleines Stückchen, sagte sie sich, während sie sich grimmig auf die Kontrollen konzentrierte. *Halt sie nur noch ein kleines Weilchen länger fern.* Sie flog auf ihre Lieblingsstelle zum Schrottsammeln zu: den Schiffsfriedhof. Sollten sie doch versuchen, ihr dort hinein zu folgen! Sie flog so tief, dass sie eine Furche durch den Sand zog.

Durch einen glücklichen Zufall kreuzte die Bahn von Finns Geschossen den Flugweg eines der TIE-Jäger gerade in dem Augenblick, da dessen Schilde ohne Energie waren. Ein Teil des Jägers wurde dadurch abgesprengt, während der Pilot sich bemühte, den Rest in der Luft zu halten.

»Wow!« Finn erlaubte sich einen triumphierenden Aufschrei, ohne die Waffenkontrollen loszulassen. An sich selbst gewandt, fügte er leiser hinzu: »Verdammt, das war Glück.«

»Hübscher Schuss!« Reys Lob erreichte ihn von oben. Er akzeptierte es stumm, ohne Zeit darauf zu verschwenden zu erklären, dass sein Erfolg ebenso sehr auf ihrer unberechenbaren Flugweise beruhte wie auf seinen bescheidenen Fähigkeiten als Schütze.

Als Rey sie in das riesige Feld herrenloser Raumschiffe und anderer Wracks lenkte, krachte der beschädigte TIE-Jäger gegen einen der Metallberge und zerbarst. Wie aus dem Nichts erschien eine Bande von Schrottsammlern und fiel über die Trümmer her. Niemand machte sich die Mühe, das Cockpit des abgestürzten Schiffs abzusuchen, um festzustellen, ob der Pilot den Zusammenstoß vielleicht irgendwie überlebt hatte.

Verfolgt von dem übrig gebliebenen Jäger flog das Schiff im Slalom durch das kolossale Trümmerfeld. Funken stoben auf, als Rey turmhohe Metallwände streifte, aber der Rumpf des gestohlenen Schiffes hielt. Finn wurde auf dem Bordschützensitz hin und her geschleudert und versuchte, den verbliebenen Verfolger im Auge zu behalten, während ihm die Oberfläche des Planeten immer wieder bedenklich nahe kam.

Zu nahe kam ihm nach seinem Geschmack die Explosion des nächsten Treffers. Sie versetzte den Geschützturm in wilde, unkontrollierte Drehung.

Als er sich endlich wieder stabilisierte, hatte sein erschütterter Benutzer entsetzt festgestellt, dass der Turm sich in Vorwärtsstellung festgeklemmt hatte. Er ließ sich in keine Richtung mehr drehen. Gleichzeitig erklangen Alarmsirenen überall im Schiff und deuteten darauf hin, dass mehr als nur der Geschützturm Schaden davongetragen hatte.

»Geschütz unbeweglich nach vorn gerichtet«, brüllte er nach oben. »Ich kann es nicht bewegen. Du musst unseren Verfolger abschütteln!«

Doch eine weitere Explosion erschütterte ihr Schiff. Rey

wusste, dass trotz ihrer Schilde der nächste Treffer ihr letzter sein würde. Sie hatten schließlich einen Frachter gestohlen, kein Kriegsschiff.

Vor ihnen lag die gigantische Masse eines havarierten Supersternzerstörers. Sie trieb das Schiff hinunter, hinein in die klaffende Lücke, die einst eins der Triebwerke beherbergt hatte. Wenn sie hoffte, mit diesem Manöver ihren verbliebenen Verfolger abzuschütteln, irrte sie sich. Ohne zu zögern flog der Pilot des überlebenden TIE-Jägers hinter ihr her.

Aus den Fenstern seines Geschützturms starrte Finn ungläubig auf die Metallwände, die auf beiden Seiten in aberwitzigem Tempo an ihnen vorbeizurasen schienen.

»Tun wir das wirklich?«

Inzwischen schlugen die Flanken ihres Schiffes ständig Funken, während Rey es durch eine zunehmend schmale Passage nach der anderen jagte. Nicht einmal ein ehemaliges Besatzungsmitglied würde mit den Korridoren vertraut sein, die sie wählte. Aber sie hatte sich nicht anhand eines Diagramms ein Bild gemacht: Sie kannte sie aus eigener Anschauung, nachdem sie sie einzeln und zu Fuß oder mit Kletterausrüstung inspiziert hatte.

»Mach dich bereit!«, schrie sie ihm zu.

Finn nickte energisch. »Okay, okay! Ich bin bereit!« Dann runzelte er die Stirn. »Bereit wofür?«

Ich muss das exakt timen, sagte Rey sich, während sie sich vorbereitete. Und wenn Finn nicht bereit war, wäre das Manöver, das sie versuchen wollte, wirkungslos. Sie würden so sicher abgeschossen werden, wie Unkar Plutt seine Schrottsammler unterbezahlte. Finn verließ sich auf ihre Fähigkeiten; jetzt musste sie sich auf seine verlassen.

Helles Licht erschien am Ende des Service-Korridors,

durch den sie flog. Eine weitere Salve von dem unablässigen Piloten des TIE-Jägers ließ ihr Schiff beinahe gegen die Decke des Korridors krachen, und Rey schaffte es erst im letzten Moment, den Kurs zu korrigieren. Es blieb keine Zeit, Anzeigen zu überprüfen, um festzustellen, ob irgendein kritischer Teil des gestohlenen Schiffes beschädigt worden war. Es zählte nur, dass sie noch in der Luft waren und die Kontrollen weiter auf ihre Berührung reagierten.

Dann waren sie draußen, flogen in strahlendem Sonnenlicht. Sobald das Schiff aus den rostenden Eingeweiden des alten Supersternzerstörers auftauchte, nahm sie alle Kraft zurück und wendete das Raumschiff.

Glücklicherweise war Finn als ausgebildeter Sturmtruppler an wilde Bewegungen von Raumfahrzeugen gewöhnt. Also behielt Finn nicht nur den spärlichen Inhalt seines Magens bei sich, sondern auch seine Fassung und Reaktionsfähigkeit.

Jetzt flogen sie wieder direkt auf das gigantische Wrack zu und hatten den verbliebenen TIE-Jäger direkt vor sich im Visier. Er reagierte sofort. Ob es das plötzliche und unerwartete Auftauchen ihres Schiffes war oder der Schock nach diesem selbstmörderischen Manöver – jedenfalls ging das Feuer des Jägers ins Leere.

Finn dagegen traf sein Ziel.

Rey drehte das Schiff weg von der Masse des Supersternzerstörers, als der verbliebene TIE-Jäger in Flammen aufging, Tempo und Höhe verlor und unter ihnen auf den Wüstenboden krachte. Die jubelnde Rey bediente einige Schalter und ließ das Schiff in die Wolken steigen. Diese und die sonnenversengte Oberfläche von Jakku fielen bald hinter ihnen zurück und machten der kalten und doch tröstlichen Schwärze des Weltraums Platz.

Zuversichtlich, dass sie die vorübergehende Kontrolle des Schiffes jetzt dem Autopiloten überlassen konnte, ohne befürchten zu müssen, dass man sie ins Visier nahm, schlüpfte sie aus ihrem Geschirr und eilte aus dem Cockpit. Dabei kam sie an BB-8 vorbei, der nach den akrobatischen Flugkunststückchen der vergangenen Minuten erst jetzt wieder in der Lage war, sich zielgerichtet zu bewegen.

»Geht es dir gut?«, fragte sie im Vorbeigehen. Mehrere kurze, schroffe Pieplaute bestätigten, dass es ihm tatsächlich gut ging, während sie außerdem übermittelten, dass die Erfahrung, die sie gerade durchlebt hatten, weniger angenehm gewesen war.

Sie fand Finn in der Frachtkabine, wo er versuchte, seine Atmung zu regulieren, während er von seinem Adrenalinhigh herunterkam. Er drehte sich zu ihr um und schenkte ihr ein breites, entwaffnendes Grinsen.

»Das nenne ich eine Pilotin!«

»Danke.« Sie zuckte die Achseln. »Ich habe fast seit ich laufen kann jede Art von Schrott geflogen, den man sich vorstellen kann.« Jetzt war sie an der Reihe zu lächeln. »Apropos, das nenne ich einen Bordschützen! Ich war etwas in Sorge, dass du nicht mehr würdest reagieren können.«

»Du hättest mir sagen können, was du vorhast. Hätte mir vielleicht das eine oder andere Herzklopfen erspart.«

Sie schüttelte den Kopf. »Keine Zeit. Ich musste die Kurve fliegen, fast sofort, nachdem ich auf die Idee gekommen war. Ich konnte mich nur auf deine Fähigkeit verlassen, auf das Manöver zu reagieren.«

Er nickte. »Gut, dass meine Hände vor Schreck an den Kontrollen wie festgefroren waren. Da brauchte ich nur noch abzudrücken, als ich ihn im Visier hatte.«

»Du hast ihn mit dem ersten Schuss erwischt!«

Sein Lächeln machte einer Spur Selbstzufriedenheit Platz. »War ein ganz guter Schuss, wie?«

»Perfekt!«, sagte Rey. Beide verfielen in Schweigen, bis er murmelte: »Warum sehen wir …«

»Warum wir uns so ansehen? Ich weiß nicht …«

Die möglicherweise unbequeme Antwort wurde ihnen erspart durch BB-8, der herangerollt kam und eine Reihe unablässiger Pieptöne von sich gab. Rey kniete sich neben den erregten Droiden auf den Boden.

»Hey, beruhig dich! Dir geht es gut, uns allen geht es gut. Zumindest für den Moment.« Sie deutete auf Finn. »Alles wird sich bestens entwickeln. Er gehört zum Widerstand, und er wird dich nach Hause bringen. Wir beide werden dich nach Hause bringen.« Sie ließ eine Hand über die gewölbte Flanke des Droiden gleiten. »Ich werde dich jetzt nicht im Stich lassen. Nicht nachdem ich die Bezahlung abgelehnt habe, die Plutt mir angeboten hat.« Weitere Pieplaute, auf die sie antwortete: »War nur ein Scherz. Der Preis hat keine Rolle gespielt. Es hat mir einfach viel bedeutet, diesem aufgeblähten Bastard etwas abzuschlagen, das er so dringend wollte.«

Nachdem sie den Droiden beruhigt hatte, richtete sie ihre Aufmerksamkeit wieder auf ihren Bordschützen. »Ich weiß nicht mal, wie du heißt.«

Verblüfft begriff er, dass er in diesem Punkt genauso unwissend war. »FN-2 … Finn. Ich heiße Finn. Und wie heißt du?«

»Ich heiße Rey.« Als sie diesmal lächelte, schmolzen alle Spuren der harten, wüstengestählten Schrottsammlerin dahin. Es war ein süßes Lächeln, dachte er. Warm. Er wiederholte den Namen und genoss die Art, wie seine Lippen sich teilten, als er die eine Silbe murmelte.

»Rey…«

Er hätte viel mehr gesagt, aber diesmal war es das Schiff selbst, das sie unterbrach. Am anderen Ende des Frachtraums schoss eine Bodenplatte explosionsartig bis an die Decke. Es zischte; Dampf begann den Raum zu füllen und drohte, die Kapazität der Luftreinigungsanlage zu überfordern.

Rey zögerte nicht. Ungeachtet des daraus hervorquellenden Dampfes nahm sie die Öffnung im Deck näher in Augenschein. Finn trat neben sie. Er vermutete, dass das ausströmende Gas nicht toxisch war; anderenfalls lägen sie inzwischen bewusstlos oder sterbend auf dem Deck. Er versuchte, an dem Nebel vorbei etwas in der Tiefe zu erkennen.

Sie versuchte zu sehen, während sie gleichzeitig die Augen abschirmte. »Ich weiß nicht. Ich hoffe nur, es ist nicht der Motivator. Ein Schiff von diesem Alter und dieser Klasse muss einen haben.« Sie setzte sich und ließ beide Beine in die Öffnung gleiten.

Finn starrte sie an. »Du willst da runter? Ohne auch nur zu wissen, was das Problem ist?«

Sie sahen einander fest in die Augen. »Die einzige Möglichkeit herauszufinden, was das Problem ist, besteht darin, dort hinunterzugehen. Es sei denn, du hast eine bessere Idee?«

Er schüttelte widerstrebend den Kopf. »Ich bin wirklich gut darin, Dinge in die Luft zu sprengen. Nicht so gut darin, sie wieder zusammenzusetzen. Bist du dir sicher, dass ich nichts tun kann?«

Sie versuchte zu lächeln, konnte es aber nicht. »Fass nichts an, dessen Funktion du nicht vollkommen verstehst, solange ich unten bin – und wenn du eine Menge Geschrei und Gefluche hörst, dann gib acht.«

Er dachte nach. »Du willst, dass ich dich dann hochziehe?«

Diesmal brachte sie tatsächlich ein Lächeln zustande. »Nur, wenn ich bloß schreie und nicht fluche.« Mit diesen Worten ließ sie sich hinabgleiten. Ihre schlanke Gestalt wurde schnell von dem heraufquellenden Dampf eingehüllt.

7. Kapitel

Das Panoramafenster des externen Beobachtungsportals auf dem Sternzerstörer *Finalizer* gab jedem, der davorstand, einen ungestörten Blick auf die Unendlichkeit des Weltraums. Sonnen und Nebelflecken, Rätsel und Mysterien – alles war vor dem Betrachter ausgebreitet. Es war ein Ausblick, der Ehrfurcht und Inspiration wecken sollte, und nur dafür gab es das Portal, denn für profanere Zwecke reichten Monitore aus.

Kylo Ren war schweigend in den Anblick versunken. Er war in Kontemplation ausgebildet worden, war geübt in Reflexion und konnte stundenlang ohne Pause meditieren.

Aber er verlor die Geduld.

Leutnant Mitaka, der sich ihm von hinten näherte, konnte nur eine hochgewachsene, in ein Cape gehüllte Gestalt sehen, deren Silhouette sich vor dem Hintergrund der Sterne abzeichnete. Er freute sich nicht darauf, Meldung erstatten zu müssen. Aber es gehörte zu seinen Pflichten, und er hatte keine andere Wahl. Es war auch nicht das erste Mal, dass er einem ranghöheren Offizier schlechte Neuigkeiten zu überbringen hatte. Aber Kylo Ren war anders. Nicht direkt ein ranghöherer Offizier, sondern etwas anders.

In diesem Moment wäre Mitaka lieber irgendwo in der zivilisierten Galaxis gewesen als allein in einem Raum mit Kylo Ren.

Die in das Cape gehüllte Gestalt drehte sich nicht um. Kylo Ren brauchte sich nicht umzudrehen. Mitaka war klar, dass Ren sich seines Eintreffens ebenso bewusst war, als hätte er ihn näher kommen sehen. Er verfolgte den Leutnant mit etwas anderem als Augen.

»Gibt es etwas zu berichten, Leutnant? Oder sind Sie genau wie ich hergekommen, um die Aussicht zu bewundern?«

»Sir?«

Eine behandschuhte Hand hob sich, um auf das Panorama voller Licht und Energie vor ihnen zu deuten. »Schauen Sie sich das an, Leutnant. So viel Schönheit unter solchem Aufruhr. In gewisser Weise sind wir nichts als unendlich kleine Reflexionen desselben Konflikts. Es ist die Aufgabe der Ersten Ordnung, die Unordnung aus unserer eigenen Existenz zu entfernen, damit der Zivilisation die Stabilität zurückgegeben werden kann, die Fortschritt ermöglicht. Eine Stabilität, die es unter dem Imperium gegeben hat, von der Rebellion aber in Anarchie verwandelt wurde – ein Erbe der sogenannten Republik. Diese Stabilität wird nun von uns wiederhergestellt werden. Künftige Historiker werden dies als die Zeit betrachten, da eine starke Hand der Zivilisation die Herrschaft des Gesetzes zurückgebracht hat.«

Mitaka unterließ es zu erwähnen, dass die Republik ihre eigenen Gesetzeskodizes entwickelt hatte. Das zu erwähnen wäre … taktlos gewesen, und er bezweifelte, dass Ren in der Stimmung für irgendeine Art von politischer Diskussion war. Er nahm Haltung an und präsentierte seinen kurzen Bericht.

»Sir. Trotz unserer besten Bemühungen waren wir außerstande, den Droiden BB-8 auf Jakku sicherzustellen.«

Jetzt drehte Ren sich doch um. Mitaka wäre es lieber gewesen, er hätte es unterlassen. Er fand es immer beunruhigend, die Metallmaske unter der Kapuze betrachten zu müssen.

»Er wurde zerstört? Sagen Sie mir nicht, Leutnant, dass der Droide zerstört wurde.«

Mitaka schluckte hörbar. »Nein, Sir. Zumindest nicht, soweit wir feststellen konnten. Berichte vom Boden deuten an …«

Er wurde unterbrochen. »Keine Ergebnisse durch Luftüberwachung?«

»Zwei TIE-Jäger haben den Bergungstrupp begleitet. Der Kontakt zu beiden ist abgebrochen, und es wird vermutet … es wird vermutet, dass sie auf unerwartete Schwierigkeiten gestoßen sind.«

Ren lachte leise und höhnisch. »Sie reden um den heißen Brei herum wie ein Senator. Sprechen Sie weiter.«

»Berichte von unseren Sturmtruppen im Bodeneinsatz legen nahe, dass der Droide sich einer Gefangennahme durch Flucht an Bord eines gestohlenen corellianischen Frachters, eines YT-Modells, entzogen hat. Es ist ein älteres Schiff, aber in den Händen eines tüchtigen Piloten ein sehr leistungsfähiges.«

Untypischerweise färbte ein Anflug von Unsicherheit Rens Antwort. »Der Droide hat einen Frachter gestohlen?«

»Nicht direkt, Sir. Wiederum gemäß dieser vorläufigen Berichte hatte er Hilfe.« Mitaka brach der Schweiß aus. »Wir haben keine Bestätigung, aber kurze Sichtungen unserer Sturmtruppler in Verbindung mit dem Ort einer früheren Bruchlandung führen uns zu der Vermutung, dass Sturmtruppler FN-2187 vielleicht …«

Er brach ab, als Ren nach dem Lichtschwert an seinem

Gürtel griff, die Waffe aktivierte und die grell rote Lichtklinge hoch erhob. Mitaka, der ein schnelles Ende erwartete, schloss die Augen. Nach einem Moment, als sein Kopf immer noch auf seinem Hals saß, wagte er es, sie wieder zu öffnen. Ren drosch auf die Konsole vor ihm ein, auf die Wände, auf das Deck, schlug lange Linien blutenden Metalls in das Gewebe des Schiffs. Sein Zorn war schrecklich anzusehen. Mitaka bemühte sich, vollkommen reglos zu bleiben, seine Atmung zu kontrollieren und so unsichtbar wie möglich zu werden. Ob durch Zufall oder Plan, Ren verschonte ihn.

Der größere Mann schaltete das Lichtschwert aus und drehte sich zu dem Überbringer schlechter Neuigkeiten um. Er sprach vollkommen gelassen, als wäre dieses wahnsinnige, zerstörerische Wüten nicht mehr gewesen als ein kurzes Zwischenspiel: eine Illusion.

»Sonst noch etwas?«

Er hatte zumindest den schlimmsten Teil des Berichtes überliefert, wusste Mitaka. Und er lebte noch. Er gestattete sich, sich kaum merklich zu entspannen.

»Die beiden wurden auf ihrer Flucht begleitet und wahrscheinlich unterstützt von einer dritten Person, vermutlich aus dem Ort. Einem Mädchen.«

Eine schwarz behandschuhte Hand packte den erschrockenen Leutnant und zog ihn gewaltsam heran. Das metallische Visier war jetzt geschlossen und näher, als Mitaka ihm je gewesen war. Während der Offizier in diesem gnadenlosen Griff um Atem rang, nahm Kylo Rens Stimme einen Tonfall an, tiefer und bedrohlicher als alles, was der Leutnant je gehört hatte.

»Welches … *Mädchen?«*

Finn, der vor der Öffnung im Deck kniete, mühte sich, in dessen Tiefen hinabzuspähen. Das ständige Zischen von entweichendem Dampf machte es schwer, irgendetwas anderes von unten zu hören oder zu sehen. Er hätte auch gern den plärrenden Notfallalarm abgeschaltet, wagte aber nicht, sich zu entfernen, während Rey noch unten und außer Sicht war. Aber er vertraute dem Droiden auch nicht genug, um ihn damit zu beauftragen – weil er befürchtete, der Roboter könnte vielleicht auf den falschen Schalter drücken. Obwohl Droiden seiner Baureihe über einen sehr großen Speicher verfügten, bezweifelte Finn, dass er Informationen über die Schaltpläne eines alten Frachters enthielt. Außerdem hatte dieses spezielle Schiff eine beträchtliche Menge an Modifikationen erfahren, die vielleicht nicht alle freundlich auf uneingeladene Besucher reagierten. Sprengfallen zum Beispiel. Während Rey unten außer Sichtweite arbeitete, fragte er sich, ob sie die gleiche Möglichkeit erwogen hatte.

Vielleicht würden sie mit der falschen Einstellung das Schiff in die Luft sprengen. Oder das Schiff, das von sich aus auf eine unbekannte Programmierung reagierte, mochte sie in die Luft sprengen. Er hoffte, dass sie den Fängen der Ersten Ordnung nicht entkommen waren, nur um sich selbst zu eliminieren.

Ein Kopf tauchte auf, umringt von Dunst. Schweiß strömte Rey übers Gesicht. »Es ist der Motivator. Ich brauche einen Harrisschlüssel!« Sie deutete hinter ihn. »Such dort.«

Er drehte sich um, entriegelte den Lagerbehälter, auf den sie gedeutet hatte, und begann, ihn zu durchstöbern. Als Sturmtruppler war er dazu ausgebildet, mit gewissen Notfällen fertigzuwerden. Diese schlossen Probleme mechanischer Natur ein, beispielsweise grundlegende Reparaturen an einem Speeder und anderen bodennahen Transportmitteln. Daher wusste er, wonach er suchen musste. Er hoffte nur, dass er den passenden Schraubenschlüssel fand.

»Wie schlimm ist es?«, brüllte er zu ihr hinunter, während er weiter das Durcheinander in dem Behälter durchsuchte und im Stillen den unbekannten Besitzer des Schiffes verfluchte. Wer immer es war, er war kein Genie, wenn es um Ordnung ging. Die Werkzeuge und Ersatzteile füllten den Behälter auf eine denkbar willkürliche, desorganisierte Weise. »Wenn wir überleben wollen«, hallte Reys Stimme von unten, »schlecht genug!«

Ein unangenehmer Ruck durchzuckte das Schiff und erinnerte Finn an ihre sich schnell verschlechternde Situation. »Hör mal, sie machen *jetzt* Jagd auf uns, wir müssen *jetzt* raus aus diesem System! Je länger wir unter Lichtgeschwindigkeit bleiben, umso größer ist die Chance, dass sie uns orten werden. Wäre nicht so ideal, wenn wir einem Zerstörer davonfliegen müssten!«

Rey ignorierte ihn und blickte zu dem Droiden. »BB-8 hat gesagt, dass er mir den Standort des Widerstandes mitteilen würde, sobald ich ihn unbedingt kennen müsste. Wenn ich euch beide hinbringen soll, muss ich ihn jetzt erfahren!«

Sie verschwand wieder nach unten, ließ Finn und den Droiden abermals allein zurück. Da die Reparaturen sie jetzt vollauf beschäftigten, würde er sie in dieser Sache wohl noch eine Weile hinhalten können. Aber das würde die unausweichliche Offenbarung nur aufschieben. Er konnte natürlich lügen, etwas erfinden – irgendetwas. Mit dem Namen irgendeines Systems herausplatzen, irgendeines realistischen Bestimmungsorts. Irgendetwas, um aus dieser Welt und von der Aufmerksamkeit der Ersten Ordnung fortzukommen. Ein schneller Seitenblick zeigte, dass der Droide ihn beobachtete. Das würde auch nicht funktionieren, denn wenn schon nichts anderes, würde BB-8 ihm widersprechen. Die einzige Antwort, die genügen würde, war die Wahrheit, und die kannte er nicht. Er wandte sich dem Droiden zu.

»Also, pass auf: Wir müssen wissen, wo sich der Stützpunkt des Widerstands befindet. Du hast Rey gehört. Sie denkt, dass sie uns dorthin bringen kann – aber du musst uns sagen, wo es ist.« Der Droide stieß eine Reihe schneller, leiser Pieplaute aus. Finn winkte ungeduldig ab.

»Ich spreche deine Sprache nicht, aber ich denke, ich habe das Wesentliche verstanden. Du hast mich gerade beschuldigt, dass ich nicht zum Widerstand gehöre, nicht wahr?« Der Körper des Droiden beugte sich leicht nach vorn: ein mechanisches Nicken. »Richtig. Gut, nur unter uns – nein, tu ich nicht. Ich bin ein gewöhnlicher Sturmtruppler, der zum Überläufer geworden ist. Durch meine Taten habe ich gegen meinen Eid verstoßen. In den Augen der Ordnung macht mich das zu etwas, das schlimmer ist als ein Widerstandskämpfer. Ich weiß nichts vom Widerstand. Ich habe nur Geschichten und Gerüchte und Propaganda der Ersten Ordnung gehört. Aber ich kann unterscheiden, was richtig ist und was falsch. Das ist der Grund, warum ich die Dinge getan habe, die ich getan habe. Das ist der Grund, warum ich mich hier und jetzt in diesem Schlamassel befinde.« Er hielt inne, um Luft zu holen.

»Ich will nur weg von der Ersten Ordnung. Es ist mir egal, wo ich ende, solange es weit entfernt von ihrem Einfluss ist. Aber du erzählst uns, wo der Stützpunkt ist, und ich werde dir helfen, zuerst dorthin zu kommen, bevor ich irgendetwas für mich selbst oder auf eigene Faust unternehme.«

Er sah dem Droiden direkt in dessen optische Sensoren. »Abgemacht?«

BB-8 legte den Kopf schräg und sagte nichts. Finn schämte sich nicht zu flehen.

»Droide, *bitte.*«

Er hielt dem Blick stand, bis eine erschöpfte Rey wieder auftauchte. »Pilexschrauber, schnell!« Als Finn zu dem Lagerbehälter zurückkehrte und von Neuem zu suchen begann, nutzte sie den Moment, um ihn einmal mehr zu befragen. »Also, ich habe es nicht gehört. Wo ist euer Stützpunkt? Wo ist unser Bestimmungsort?«

Während er erneut den Haufen von Werkzeugen und anderen Dingen durchwühlte, murmelte er dem Droiden angespannt zu: »Los, BB-8. Sag es ihr.«

Nichts kam von dem Droiden. Kein Geräusch, kein Summen. Finn war am Rand der Verzweiflung, als der kugelförmige Roboter endlich eine kurze Sequenz von Pieplauten ausstieß. Rey wirkte überrascht.

»Im Ileenium-System?«

Der erleichterte Finn, der das erforderliche Werkzeug gefunden hatte, reichte es ihr. »Ja, im Ileenium-System.« Wo zur Hölle war das Ileenium-System?, fragte er sich. »Genau da. Lass uns diese Kiste reparieren und so schnell wie möglich dorthin fliegen, hm?«

»Ich tue hier unten mein Bestes.« Rey verschwand wieder. Sobald sie außer Sicht war, sah der dankbare Finn BB-8 an und reckte die Daumen hoch. Der Droide antwortete, indem er in Imitation der Geste des Menschen eine Elektrode hochhielt.

Rey tauchte bald wieder auf, ohne sehr viel entspannter zu wirken als zuvor. »Panzerdichtung, schnell! Wenn ich das Schiff wieder in Gang bringe, werde ich euch zwei am Ponemah-Terminal absetzen. Weiter fliege ich nicht. Ponemah ist immer noch neutrales Territorium. Ihr solltet von dort aus in der Lage sein, Kontakt zu Vertretern des Widerstands aufzunehmen.«

Zum dritten Mal wühlte Finn in dem unordentlichen Werkzeugkasten. »Was ist mit dir? Was wirst du tun? Wenn irgendjemand außer diesen beiden Jägerpiloten dich mit uns zusammen gesehen hat, ist dein Bild überall in diesem Quadranten verbreitet worden! Falls die Erste Ordnung dich nicht selbst findet, werden Kopfgeldjäger jeden Hafen nach dir absuchen. Es ist besser für dich, bei uns zu bleiben.« Er warf BB-8 einen schnellen Blick zu. »Der Widerstand wird dich beschützen.«

Sie schüttelte den Kopf. Dampf drang um sie herum nach oben, wenn auch nicht mehr so viel wie zuvor, bemerkte Finn.

»Ich muss zurück nach Jakku!«

»Zurück nach Jak… Warum wollen alle zurück nach Jakku? Dort ist nichts! Sand und Schutt und Felsen und Sand und Treibsand und Sand… Ich kapiere es nicht!« Er hob etwas auf, das wie ein Klebstoff aussah, und drehte sich um, um es ihr hinzuwerfen.

»Nein, das meine ich nicht!« Sie streckte die Hand aus, aber ihre Haltung war nicht allzu sicher, und ihre Hand wedelte immer wieder herum. Er tat sein Bestes, ihren Anweisungen zu folgen, und griff nach etwas anderem. »Nein! Das, auf das ich zeige!«

»Ich versuche es ja! Und du zeigst nicht besonders genau, weißt du?« Sein Ärger überwog beinahe seine Angst.

»Das da meine ich! Wenn wir das Leck hier unten nicht abdichten können, wird der Antriebstank überlaufen und das Schiff mit giftigem Gas fluten.«

Er versuchte es mit einer anderen Tube.

»Nein.«

Noch einer.

»Nein – die da, links von dir! Nein!«

BB-8 schob sich neben Finn und benutzte den Kopf, um auf die richtige Tube hinzuweisen. Hoffnungsvoll griff Finn danach. »Das hier?«

Inzwischen war er überrascht, als er statt eines gebrüllten »Nein!« ein nachdrückliches »Ja!« zu hören bekam. Er warf ihr die Dichtungsmasse zu und beobachtete, wie sie sie mühelos auffing und wieder nach unten verschwand. Er ließ den Werkzeugkasten stehen, kehrte zu der Öffnung im Deck zurück und rief ihr nach unten zu: »Du bist Pilotin. Du kannst überall unterkommen. Warum zurückkehren? Hast du Familie dort? Auf Jakku? Einen festen Freund? Einen süßen festen Freund?«

Als der Dampf endlich weniger wurde und dann ganz verschwand, hörte auch der nervige Alarm auf. Rey kehrte in den nun stillen Frachtraum zurück. Mit der überfälligen Antwort.

»Das Warum geht dich gar nichts an.«

Ein plötzliches Flackern der Lichter machte allen beginnenden Streitereien ein Ende. Die Beleuchtung wurde dunkler, erlosch jedoch nicht. BB-8 piepte nervös.

»Das kann nicht gut sein«, murmelte Finn.

»Nein, kann es nicht«, stimmte Rey zu, während sie aus der Öffnung im Boden kletterte. Gemeinsam kehrten sie ins Cockpit zurück.

Diesmal setzte Finn sich auf den Platz des Kopiloten. Vor eine tote Konsole. Auch ohne Pilotenausbildung ließ sich schlussfolgern, dass eine tote Konsole nichts Gutes für den Weiterflug verhieß.

»Es ist der Motivator, nicht wahr? Das Ding, das dir solche Sorgen gemacht hat.« Als sie nicht antwortete, beschleunigte sich sein Herzschlag. »Oder ist es etwas noch Schlimmeres?«

Rey, die sich auf die Konsole vor ihr konzentrierte, antwortete, ohne von dem Instrument aufzuschauen. »Den habe ich repariert; dies ist etwas anderes.« Ohne große Hoffnung ckeckte sie mehrere Schalter, bevor sie sich mutlos zurücklehnte. »Irgendjemand hat sich hier bei uns eingeklinkt. Alle unsere Kontrollen werden überschrieben. Sie haben sogar die Kontrolle über die lebenserhaltenden Maßnahmen übernommen. Die einfachste Methode, um uns zu ein wenig Kooperation zu ermutigen.«

»Wer hat die Kontrolle über uns?«

Sie klopfte auf den Scanner, um ihn daran zu erinnern, dass es sinnlos war; sie konnte nur hilflos die Achseln zucken.

Da durch die Frontscheiben nichts zu sehen war, verließ Finn seinen Platz und ging zu der oberen Beobachtungskuppel.

»Siehst du irgendetwas?«, rief sie ihm zu.

»Ja.« Es war nicht nötig, es zu erklären. Sie würde es bald selbst sehen. Seltsamerweise erlaubte es ihm der Anblick, sich endlich zu entspannen. Es hat keinen Sinn, sich allzu sehr anzustrengen, wenn alle Hoffnung erloschen ist.

Das andere Schiff war gigantisch, ein riesiger, massiger Frachter. Die Tore zum Frachtraum standen offen, und vor diesem gewaltigen Rachen erschien ihr gestohlenes Schiff nicht größer als eine Fluchtkapsel. Mit toten Instrumenten, stillgelegten Triebwerken und Waffensystemen wurde das gelähmte Schiff unausweichlich in die riesige Höhle hineingezogen.

Ein besiegter Finn kehrte ins Cockpit zurück und ließ sich auf den Sitz des Kopiloten sacken, den Blick starr geradeaus gerichtet. »Es ist die Erste Ordnung. Sie haben uns. Es ist alles vorbei, Rey.« Hinter ihnen piepte BB-8 fragend. Da er nichts Ermutigendes zu sagen hatte, antwortete Finn gar nicht.

Sie würden nicht zum Ileenium-System fliegen, das wusste er. Nicht jetzt. Die Wahrscheinlichkeit, dass sie auch nur nach Jakku zurückkehren würden, war unendlich gering. Ihr Schicksal würde an Bord des Schiffes entschieden werden, das sie gegenwärtig in seinen Bauch zog. Und der Entscheidung würde rasch der Vollzug folgen. Wenn die Erste Ordnung irgendetwas war, dann effizient.

So nah. Trotz dessen was er getan hatte, trotz seiner eigenen persönlichen Rebellion, die beinahe Erfolg gehabt hätte, war nichts bei der ganzen Sache herausgekommen. Nutzlos. Poe Dameron war tot. Schon bald würden er und dieses arme Mädchen dem Piloten folgen. Was immer BB-8 an Karten oder anderen Informationen enthielt, würde man dem kleinen Droiden mit Gewalt entlocken, danach seine Speicher löschen und seine KI-Einheit entfernen. Der Rest landete wahrscheinlich auf dem Schrott. Finn ächzte leise. Das war mehr, als er und Rey sich erhoffen konnten. Jetzt konnte er sich nur noch bei ihr dafür entschuldigen, dass er sie in einen Schlamassel hineingezogen hatte, der eine Konsequenz seines eigenen Tuns war. Er konnte diese Wahrheit denjenigen verständlich zu machen versuchen, die über ihn Gericht halten würden. Konnte sich für sie einsetzen. Aber als ein ehemaliger Sturmtruppler der Ersten Ordnung wusste er, dass seine Worte, wie beredt sie auch sein mochten, Rey nur so viel Zeit verschaffen würden, wie er brauchte, um sie auszusprechen. Er war verbittert und resigniert.

Er wusste außerdem, dass er, wenn er die Chance bekäme, alles wieder ganz genauso machen würde. Das Einzige, was ihn von seinen Kameraden trennte, das Einzige, was ihn als Individuum definierte, war seine unerschütterliche Vorstellung davon, was richtig war. Das zumindest konnte er mitnehmen.

»Was tun wir jetzt?«, fragte Rey neben ihm. Sie versuchte immer wieder, die Schalter zu betätigen, doch es hatte keinen Sinn. »Es muss doch irgendetwas geben.«

Er konnte immer noch nicht in ihre Richtung schauen. »Wir können sterben.«

Sie weigerte sich, das zu akzeptieren. »Es muss andere Möglichkeiten als den Tod geben!«

Er seufzte tief. »Sicher. Wir könnten fliehen – wenn die Triebwerke sich aktivieren ließen. Wir könnten versuchen zu kämpfen – wenn die Blaster funktionierten. Wir könnten in den Materietransporter treten – wenn es so etwas gäbe.« Er schüttelte klagend den Kopf. »Nein, wir sind tot. Wir haben nicht einmal Handwaffen, um zu versuchen, eine Gefangennahme hinauszu…« Er brach abrupt ab. Jetzt drehte er sich doch zu ihr um.

»Als du vorhin unten gearbeitet hast: Du sagtest etwas über flüchtige Chemikalien? Die sich vermischen und giftige Gase bilden können?«

Sie beäugte ihn unsicher. »Ja, aber das habe ich repariert. Jetzt vermischt sich nichts mehr.«

Sein Ton war bedächtig, sein Blick starr. »Kannst du die Reparatur rückgängig machen?«

Sie brauchte einen Moment, um zu begreifen, worauf er hinauswollte. Als sie verstand, erhellte sich ihre Miene. Gemeinsam verließen sie das Cockpit und gingen zurück in den Frachtraum, dicht gefolgt von BB-8.

Die Notfallmasken, die sie aus ihren Halterungen nahmen, waren für den Fall gedacht, dass die Luft zum Atmen knapp wurde. Sie waren definitiv nicht dazu bestimmt, Raumanzüge für Exkursionen in den Weltraum zu ersetzen. Aber für den Plan, der Finn vorschwebte, sollten sie ihren Zweck erfüllen. Rey und Finn arbeiteten zusammen und schafften es, den Droiden in einen Servicebereich unter Deck zu zwängen. Sobald alle drei den kurzen Abstieg sicher bewältigt hatten, zog Finn die abgesprengte Bodenplatte über sie. Glücklicherweise hatte sie sich in einem Stück gelöst und würde wohl kaum von anderweitig beschäftigten Eindringlingen bemerkt werden. Zumindest nicht sofort. Es würde genügen müssen.

Neben ihm arbeitete Rey hart daran, die Ergebnisse ihrer früheren Reparatur rückgängig zu machen.

»Wird das die Sturmtruppler ausschalten?«, fragte sie sich laut, während sie mit den Werkzeugen hantierte, die sie zuvor benutzt und zurückgelassen hatte.

»Standardhelme sind dazu bestimmt, Rauch zu filtern, nicht Toxine. Um mit Letzterem fertigzuwerden, muss ein Sturmtruppler einen von mehreren Spezialfiltern einsetzen, je nach der spezifischen Verseuchung. Die Identifikation ist die Aufgabe von ein oder zwei Zugführern. Nachdem sie dieses Schiff an Bord ihres Schiffes gebracht haben, bezweifle ich, dass irgendjemand auf die Idee kommen wird, es auf atmosphärische Schadstoffe zu überprüfen. Es ist ja etwas anderes als ein Angriff zu Land oder ein erzwungener Zutritt zu einem feindlichen Kriegsschiff. Dies ist nur ein alter Frachter. Hier wird vermutlich keinerlei Verteidigung durch die Besatzung erwartet, geschweige denn ein Giftgas.«

Rey war offensichtlich beeindruckt. »Ihr Jungs vom Widerstand kennt euch wirklich aus.«

Er lächelte unbehaglich. »Du weißt doch, wie man sagt: Kenne deinen Feind.«

Abrupt erstrahlte die Innenbeleuchtung des Schiffes wieder in voller Stärke. Sie hörten das gedämpfte Knarren, mit dem die Rampe des Schiffs heruntergelassen wurde.

»Da kommen sie«, flüsterte Finn. »Beeil dich!«

»Ich beeile mich ja!« Sie befingerte geschickt die Versiegelung, die sie angebracht hatte.

»Ich meine, du sollst dich wirklich beeilen!«

»Ich habe die Dichtung angebracht, um uns am Leben zu erhalten, nicht um ein feindliches Eindringen zu bekämpfen«, zischte sie zurück, während ihre Hände flogen. »Ich habe es so gemacht, dass es eine Zeitlang hält. Erwarte nicht von mir, dass ich es binnen Minuten auseinandernehme! Sieht dies aus, als würde ich mir Zeit …«

»Chewie, wir sind zu Hause«, hörte Finn einen Mann sagen. Dann wurde die Deckplatte über ihnen weggerissen. Die Hände zur Kapitulation erhoben und in der Hoffnung, dass man sie wenigstens nicht sofort erschießen würde, schauten sie in das Gesicht eines Mannes, der … kein Sturmtruppler war.

Der Mann, der den Blaster auf sie richtete, trug keinen Helm und nicht einmal eine Schutzbrille. Wie ungehalten er war, ließ sich seinem Gesicht leicht ablesen, einem Gesicht, das gefurcht war von Wissen, gealtert durch Erfahrung und weltenmüde – charakteristisch für jemanden, der den Fuß auf Dutzende von Welten gesetzt hatte. Seine Augen waren haselnussbraun, sein graues Haar zerzaust, und er zeigte den Gesichtsausdruck eines Mannes, der zu viel gesehen hatte und gezwungen gewesen war, sich allzu oft mit Idioten abzugeben. Ungeachtet seines augenscheinlichen Alters zitterte die Hand nicht, die den Blaster hielt. Finn, der ihn beäugte, hatte das Gefühl, den Typus zu kennen, wenn auch nicht den Mann selbst. Seine einzige Angst war, dass er vielleicht zuerst schießen und erst später Fragen stellen würde. Glücklicherweise tat er das nicht.

»Wo sind die anderen?« Während es in der Haltung des Mannes vielleicht Risse gab, gab es in seiner Stimme keine. »Wo ist euer Pilot?«

Die Hände immer noch erhoben, schluckte Rey. Wer war dieser Eindringling mit dem harten Gesicht, und wo waren die Sturmtruppler der Ersten Ordnung? »Ich ... ich bin die Pilotin.«

Ohne zu blinzeln und mit offensichtlicher Ungläubigkeit schaute der Mann Rey an. »Du?«

Sie nickte. »Wir sind nur zwei.« Sie nickte einmal nach links. »Wir beide und der Droide.«

Eine zweite Gestalt erschien neben dem Mann, der sie befragte. Er war ebenfalls definitiv kein Sturmtruppler und außerdem viel, viel größer als sein Gefährte mit dem Blaster. Eine Folge von Lauten kam zwischen dicken Lippen hervor, etwas halb zwischen einem Stöhnen und einer Frage.

»Nein, es ist wahr«, antwortete Rey. »Wir sind die Einzigen an Bord.«

Finn starrte sie an. »Moment mal – du verstehst dieses Ding?«

Der Mann kam Rey zuvor und warnte sie: »Und ›dieses Ding‹ kann dich verstehen, also nimm dich in Acht.« Während er mit der Waffe immer noch in ihre Richtung zielte, trat er zurück. »Kommt da raus. Hier herauf. Keine krummen Sachen. Wir haben euch im Auge.« Seine Aufmerksamkeit konzentrierte sich auf Rey, und er lächelte beinahe. Als er es tat, war ein Anflug von etwas halb Spielerischem in seinem Benehmen. Aber nur ein Anflug. Und der Blaster, mit dem er weiter in ihre Richtung zielte, hatte nicht das Geringste an Weichherzigkeit an sich.

Als er aus dem Servicekorridor trat, sah Finn zu dem Gefährten des Mannes auf. Und auf und auf.

Ungeduldig gestikulierte der Mann mit der Mündung seines Blasters. »Wo habt ihr dieses Schiff gefunden?«

»Hier.« Sie sah keinen Grund, nicht die Wahrheit zu sagen. »Ich meine, unten auf dem Planeten. Im Außenposten Niima, um genau zu sein.«

Dem Mann klappte vor Ungläubigkeit der Unterkiefer herunter, und er starrte sie an. »Auf Jakku? Diesem Schrottplatz?«

»Danke!«, sagte Finn. »Schrottplatz!«

Der Mann, der sie gefangen hielt, wandte jetzt den Blick von ihnen ab und richtete das Wort an seinen turmhohen Gefährten. »Ich hab dir gesagt, dass wir den Westen des Gebietes noch einmal hätten absuchen sollen. Reines Glück, dass wir in der Nähe waren, als das Schiff aktiviert wurde und seine Kennung sendete.« Er wandte sich wieder Rey zu. Sie versuchte, das ungleiche Paar vor ihr zu verstehen, und scheiterte kläglich.

»Wer hatte es?«, fuhr er fort. »Ducain?«

Wieder dachte sie, warum Ausflüchte machen? »Ich habe es einem Schrotthändler namens Unkar Plutt gestohlen.«

»Wem?«

»Sehen Sie.« Rey ging ein Risiko ein und ließ die Hände sinken, damit sie die Arme ausbreiten konnte. »Ich bin mir nicht sicher, was die Einzelheiten betrifft. Ich bin nicht in Plutts private Geschäfte eingeweiht. Aber Gerüchten zufolge hat Plutt dieses Schiff den Irving-Jungs gestohlen, die es ihrerseits Ducain gestohlen haben.«

»Der es mir gestohlen hat!«

Zusätzlich zu dem Ärger war nun die Stimme des Mannes von gerechter Entrüstung erfüllt. Für Rey klang es ein wenig erzwungen. Dieser Mann war definitiv kein Sturmtruppler oder etwas in der Art und war es auch nie gewesen. Sie hatte den Eindruck, er sei ihr in gewisser Weise ähnlich. Ein wenig Geschäftsmann, ein wenig Hochstapler, ein wenig Abenteurer. Und da er älter war, war es nur vernünftig anzunehmen, dass er von all diesen Dingen ein wenig mehr gewesen war als sie selbst. Was seine Absichten in Bezug auf sie und Finn waren, konnte sie noch nicht erraten. Aber die Tatsache, dass er Unkar Plutt nicht kannte, sprach definitiv für ihn. Er würde sie wohl kaum sofort ausliefern oder versuchen, sie an jemanden zu verkaufen, den er nicht kannte. Wo er in Bezug auf die Erste Ordnung stand, blieb abzuwarten. Bisher kam er ihr zumindest nicht wie jemand vor, der ein übertriebenes Interesse an Politik hatte.

Ihre hastigen Spekulationen, was die möglichen Motive dieses Mannes betraf, wurden unterbrochen, als er einen Schritt auf sie zutrat. Finn spannte die Muskeln an, aber weder der Blaster noch die freie Hand des Mannes hoben sich.

»Nun, sag ihm, wenn du ihn wiedersiehst, dass Han Solo sich gerade den *Millennium Falken* für immer zurückgeholt hat!«

Er wirbelte herum, steckte den Blaster in sein Halfter und ging zum Cockpit, seinen hochmütigen Kameraden an seiner Seite. Entweder war er zufrieden mit ihren Antworten, dachte Rey, oder es scherte ihn nicht. Er wandte ihnen den Rücken zu, während er in die gegenüberliegende Richtung ging, sodass weder Finn noch Rey die Veränderung seines Gesichtsausdrucks mitbekamen, der jetzt nur noch ein breites Grinsen war. Nicht dass es eine Rolle spielte. Es war nicht sein Aussehen, das ihnen Ehrfurcht abnötigte: Es war sein Name.

Han Solo.

Eine Legende der Rebellion gegen das Imperium. Händler, Pirat, Hochstapler und außerordentlicher Kämpfer. Es war schwer zu glauben, dass er real war, dachte Finn. Solo war zum Leben erwachte Geschichte.

Nicht länger bedroht von der Waffe oder auch nur in dem Frachtraum gefesselt, als wäre ihre Anwesenheit weniger als bedeutungslos, tauschten Rey und Finn einen Blick.

»Was jetzt?« Finn deutete in Richtung des Korridors, der zum Cockpit führte. »Er … er hat uns einfach uns selbst überlassen.«

»Wir könnten darauf warten, dass einer von ihnen zurückkommt«, schlug sie vor.

Er nickte langsam. »Ja, das könnten wir tun. Einfach hier sitzen und warten.«

Ohne ein weiteres Wort rannten sie zum Cockpit.

8. Kapitel

Finn und Rey holten das ungleiche Paar im Korridor ein. Beseelt von dem verzweifelten Wunsch, mit dem Mann zu reden, der sie gefangen genommen hatte – wenn er es denn tatsächlich getan hatte, schließlich beachtete er sie gar nicht mehr –, versuchte Finn, sich an dem behaarten, zweifüßigen Berg vorbeizuzwängen, der ihm den Weg versperrte. Besagter Berg ignorierte Finns schwächliche Bemühungen allerdings.

Nachdem es ihr gelungen war, an der anderen Seite vorbeizuschlüpfen, konnte Rey ihre Ungläubigkeit kaum bezähmen. »Dies ist der *Millennium Falke?* Ich habe nicht … Ich habe die Verbindung nicht hergestellt, als wir ihn gestohlen haben … als wir an Bord gekommen sind.« Sie konnte sich nicht verkneifen, den Piloten anzustarren. Schließlich kam es nicht jeden Tag vor, dass man in der Galaxis einer lebenden Legende begegnete. Tatsächlich war er ihre erste lebende Legende. Für eine lebende Legende, überlegte ein Teil von ihr, war sein Aussehen ziemlich zerzaust. Beinahe so sehr wie das seines Gefährten.

»Sie sind Han Solo«, sagte sie und sah ihn von der Seite an.

Diesmal tauchte statt eines Lächelns ein Grinsen auf:

teils erheitert, teils wissend und vielleicht ein klein wenig bitter. »Ich war es einmal.«

Finn war gleichermaßen wie vor den Kopf geschlagen. Direkt hier vor ihm, nah genug, um ihn zu berühren, stand eine gefeierte Gestalt aus alter Zeit. Nun, korrigierte er sich, jedenfalls aus einer aufrührerischen Zeit. Er bezweifelte, dass das Individuum, das sie zornig mit einem Blaster in der Hand zur Rede gestellt hatte, als »alt« bezeichnet werden wollte. Und die turmhohe Masse Struppigkeit, die sein Gefährte war ... wie war noch gleich sein Name? Er kramte in seiner Erinnerung und dachte darüber nach, was er über Geschichte wusste. *Slew...* irgendetwas, das war es. Nein, korrigierte er sich. Das war kein passender Name für einen – wie nannte sich die Spezies noch gleich? Ookie? Wieder versuchte er, sich zu erinnern.

Chewbacca. Chewbacca der Wookie. Und Han Solo. Der Han Solo. Oder zwei außerordentlich begabte Lügner. Obwohl wenn das, woran er sich erinnerte, zutraf, war »begabter Lügner« ohnehin eine Beschreibung für Han Solo.

»Han Solo?«, fragte er zögernd. »Der General der Rebellion?«

»Nein«, unterbrach Rey ihn halb anklagend, halb bewundernd. »Der Schmuggler!«

»Huh?« Wenn er zuvor schon verwirrt gewesen war, wusste Finn jetzt wirklich nicht mehr ein noch aus. Ohne nachzudenken richtete er das Wort an die zottelige Masse, die vor ihm hertorkelte. »War er nicht ein Kriegsheld? Im Kampf gegen das Alte Imperium?«

Obwohl der Wookie etwas Kehliges und Unverständliches von sich gab, glaubte Finn, das Wesentliche davon zu verstehen. Etwas in der Art wie: »Yeah, ich schätze – irgendwie...« Natürlich konnte der Riese gleichermaßen bestätigt haben, was Rey gesagt hatte. Da er unmöglich wissen konnte, ob seine Intuition oder die Identifikation des Mädchens korrekt waren, trottete er verwirrt hinterdrein. Es kam ihm nicht in den Sinn, dass beide gleichermaßen zutreffend sein könnten.

Rey konnte es sich nicht verkneifen, sich umzuschauen; sie sah das Schiff, das sie gestohlen hatte, jetzt in einem ganz neuen Licht. Kein Wunder, dass es voller Modifikationen gewesen war! Kein Wunder, dass es ungewöhnliche Schnelligkeit und Manövrierfähigkeit bewiesen hatte.

»Der *Millennium Falke.*« Sie konnte das Staunen nicht aus ihrer Stimme heraushalten. »Dies ist das Schiff, das den Flug nach Kessel schneller geschafft hat als die meisten anderen.«

»Als alle anderen.« Han, der das Cockpit vor den anderen betrat, ließ den Blick über die Konsole schweifen. Eine Welle von irgendetwas überflutete den rechtmäßigen Besitzer des *Millennium Falken.* Nicht Nostalgie. Dazu fehlte ihm die Veranlagung. Aber da war definitiv irgendetwas. Möglicherweise die Erinnerung an alte Freundschaften oder an lang vergangene Abenteuer oder exotische Ziele, die er einst besucht hatte. Höchstwahrscheinlich die versäumten finanziellen Gelegenheiten. Er trat vor, legte die Hände auf die Hauptkonsole und nahm eine Anzeige nach der anderen in den Blick.

Was zum Teufel war das?

Er bewegte sich leicht nach rechts, berührte zwei der Kontakte und wurde mit einer Anzeige belohnt, die alles andere als erfreulich war.

»Hey! Irgendein Moofmelker hat an der Zündungsleitung einen Kompressor installiert!«

»Das war Unkar Plutt.« Rey sah, wie Finn ihr einen Blick

zuwarf, und schaute beschämt weg. »Ich habe einige Zeit damit verbracht, mir alle Schiffe dort anzusehen. Größtenteils bei Nacht. Es war eine Möglichkeit, mehr herauszufinden. Ich war vorsichtig, und es hat sich ohnehin niemand groß dafür interessiert, da ich niemals etwas weggenommen oder ausprobiert habe.« Ihre Miene hellte sich auf. »Das hat es erheblich leichter gemacht, als wir dieses Schiff geklaut haben. Obwohl es nicht meine erste Wahl war.«

Han nickte wissend. »Das kann ich verstehen. Welcher Schwachkopf schließt einen Kompressor an eine Zündung?«

Sie nickte zustimmend. »Ich fand das auch falsch. Bringt zu viel Druck auf den Fluss des Hyperantriebs.«

»... Druck auf den Fluss des Hyperantriebs«, wiederholte Han, der gleichzeitig zum selben Schluss gekommen war. Für einen Moment wirkte er verwirrt und gerade eine Spur neugierig. Wer war dieses Mädchen, das so kenntnisreich über Flussraten und Zündungsdruck sprach? Seine Neugier währte nicht lange. Zu viele andere Dinge von größerer Bedeutung gingen ihm durch den Kopf.

»Chewie, setz sie in irgendeine Schüssel und schick sie nach Jakku zurück. Oder an irgendeinen anderen Ort in der Nähe, an den sie gehen wollen.«

»Warten Sie, nein!« Rey ging auf ihn zu. Ein strenger Blick ließ sie wie angewurzelt stehen bleiben, konnte sie aber nicht zum Schweigen bringen. »Wir brauchen Ihre Hilfe!«

Er legte die Stirn in Falten. »Meine Hilfe?«

Sie gab nicht klein bei, sondern deutete auf den stumm beobachtenden BB-8. »Dieser Droide muss so bald wie möglich zum nächsten Stützpunkt des Widerstands gelangen. Er trägt eine Karte in sich, die zu dem gegenwärtigen Aufenthaltsort von Luke Skywalker führt!«

Ein ganz seltsamer Ausdruck legte sich über die Züge des Besitzers des *Falken.* Binnen eines Augenblicks und in Antwort auf Reys bekümmerte Bitte schien alle Härte aus ihm zu verschwinden. Für einen Moment war er nicht länger auf dem Schiff. Er war nicht einmal im Jakku-System, sondern irgendwo anders. Außerstande, den Mangel an Reaktion zu ertragen, ergriff Finn das Wort.

»Sie sind doch der Han Solo, der mit der Rebellion gekämpft hat? Wenn ja, dann haben Sie ihn gekannt.«

»Ihn gekannt?« Der harte Blick war jetzt verschleiert, die starke Stimme sanft geworden. »Ja, ich habe Luke gekannt.«

»Nun«, fuhr Finn fort, »vielleicht könnten Sie …«

Er brach ab, als ein fernes metallisches Dröhnen sie in dem *Falken* erreichte. Han kehrte jäh in die Gegenwart zurück und war wieder ganz geschäftsmäßig, als er finster in Richtung Laderampe schaute.

»Oh, das ist übel. Da wird doch wohl kein Rathar freigekommen sein?« Ohne ein weiteres Wort verließ er das Cockpit und eilte in die Richtung zurück, aus der er gekommen war. Alle anderen folgten ihm, und BB-8 bildete die Nachhut. Weder Rey noch der Droide hatten auch nur die leiseste Ahnung, was los war. Finn wusste es und wünschte, er hätte es nicht gewusst. Obwohl er niemals einen Rathar gesehen hatte, wusste er ein wenig über diese Spezies Bescheid. Ein wenig, das war ihm klar, war mehr als genug. Er hatte Mühe, mit dem Besitzer des *Falken* Schritt zu halten, der sich mit überraschender Schnelligkeit bewegte. Nicht unähnlich seinem Schiff, begriff der Sturmtruppler.

»Warten Sie, warten Sie«, flehte er den älteren Mann an.

Han ignorierte ihn und stieg aus dem *Falken* auf eins der Servicedecks des riesigen Frachters, um direkt auf die nächste Kontrollkonsole zuzuhalten.

»Warten Sie. Ich will wissen, ob ich mich nicht verhört habe. Ein *was* ist freigekommen?«

»Ein Rathar«, antwortete Han schroff.

»Nein.« Finn schüttelte den Kopf. »Sie transportieren doch keine Rathars.«

Han sprach, ohne innezuhalten. »Ich transportiere Rathars.«

Auf und oberhalb der Konsole erschien eine ganze Reihe von Bildern, die den riesigen Frachter von innen und außen zeigten. Eines der Letzteren offenbarte das Herannahen eines nichtmilitärischen Transporters. Das schlanke Schiff glitt langsam am Rumpf des Frachters entlang wie ein Parasit, der nach einem leichten Weg sucht, in seinen potentiellen Wirt einzudringen. Finn, dem der Typ des fremden Schiffes nicht bekannt war, konzentrierte sich stattdessen auf Han. Der Gesichtsausdruck des Piloten zeigte, dass er nicht erfreut war.

»Sie kennen den Ankömmling«, sagte Finn. Es war keine Frage. »Nach Ihrem Gesichtsausdruck zu schließen, sind Sie über diesen Besuch nicht glücklich.«

»Das kannst du laut sagen«, entgegnete Han. »Es ist die Guavianische Todesgang.« Er schaute zu dem Wookie hinüber, der bestätigend stöhnte. »Ja. Sie müssen uns von Nantoon aus verfolgt haben. Man sollte meinen, das Reisen durch den Hyperraum würde die Leute abschütteln. Nicht diese Typen. Das ist nicht gut. Sie sind beharrlich. Ich hasse das.«

»Was hassen Sie?«

Han sah ihn nicht an. »Wenn jemand, der uns töten will, uns findet.« Zusammen mit dem Wookie ging er zu einer runden Öffnung, die in einen anderen Korridor führte. Einmal mehr blieb Finn und Rey nichts anderes übrig, als ihnen zu folgen.

»Was ist ein Rathar?«, fragte Rey. Sie eilten jetzt durch einen Gang, der wie der Rest des schwerfälligen Frachters schon bessere Zeiten gesehen hatte. Farbspritzer und ein alter Fleck ersetzten effizientere Indikatoren, während nicht identifizierbare Kisten und Haufen von Ausrüstung scheinbar willkürlich in Ecken und an Wände verteilt waren.

Han antwortete ihr schließlich. »Du willst eine wissenschaftliche Beschreibung? Sie sind groß, gefährlich und hässlich.«

»O-kaaay«, antwortete sie. »Warum sollte irgendjemand etwas Großes, Gefährliches und Hässliches wollen? *Wer* sollte etwas Großes, Gefährliches und Hässliches wollen? Und bereit sein, dafür zu bezahlen?«

Wo zur Hölle war dieser Zugang?, fragte Han sich. Das Mädchen hatte eindeutig eine Menge Fragen. »Manche Leute haben komische Hobbys«, erklärte er, während er schnell weiterging. »Einige sind Sammler. Es gibt welche, die galaktische Währungen sammeln, andere, die alte Schnapsbehälter sammeln, und einige, die gern Holos von berühmten Entertainern sammeln. Je mehr Geld die Leute haben, so scheint mir, umso größer sind die Sachen, die sie gern sammeln. Es gibt sogar eine Handvoll, die Exemplare biologischer Spezies sammeln. Die mit Geld sammeln lebende Exemplare. Die ohne Geld werden Wissenschaftler.« Er gestikulierte, und sie bogen um eine Ecke.

Finn rückte näher an Rey heran. »Ich weiß von einer Sache, die alles vollkommen erklärt, was du jemals über Rathars wissen wolltest.« Sie beäugte ihn erwartungsvoll. »Hast du schon mal was von dem Trillia-Massacker gehört?«

Sie schüttelte den Kopf. »Nein.«

»Gut«, antwortete er. Denn diese Sache war so abscheulich und abartig, dass er sich lediglich versichern wollte, dass sie nichts darüber wusste.

»Also«, fuhr sie fort und richtete ihre Aufmerksamkeit wieder auf Han, der zumindest bereit zu sein schien, ein wenig mehr zu erläutern, »Sie bringen diese Rathars zu einem Sammler?«

Er nickte. »Ich habe drei, die an König Prana gehen. Könige sammeln nicht nur gern, sie prahlen auch gern mit ihren Sammlungen. Wie es scheint, steht Prana im Wettstreit mit dem Regenten des Mol'leaj-Systems. Der Regent hat keinen einzigen Rathar in seinem Privatzoo. Ebenso wenig wie irgendjemand sonst.«

»Das hat gute Gründe«, murmelte Finn.

»Also habe ich diesen Vertrag bekommen, Prana welche zu besorgen. Drei Stück. Es war schwere Arbeit. Ich erwarte einen Bonus, und ich bin nicht bereit, das alles nur wegen der Guavianischen Todesgang aufzugeben.«

»Drei!« Finn konnte kaum glauben, was er hörte. »Wie haben Sie sie an Bord gebracht?«

Han schaute zu ihm hinüber. »Ich könnte euch erzählen, dass Chewie und ich uns einen Haufen von ihren Lieblingsspeisen besorgt, diese an einen Stock gebunden und die Rathars so in den Frachtraum gelockt haben. Aber das wäre ein Lüge. Sagen wir einfach, ich hatte früher eine größere Crew.«

Chewbacca, der mühelos nebenherging, stöhnte zustimmend. Hinter Finn piepte BB-8 eine Frage, auf die der Wookie mühelos antwortete. Dann begannen der Droide und der Wookie eine Schnellfeuerkonversation, deren Lautstärke Finn Kopfschmerzen bereitete.

Er fragte sich, warum Han mitten in einem wenig bemerkenswerten Bereich des Flurs alle stehen bleiben ließ, bis ihr Führer einen versteckten Wandschalter aktivierte und sich eine Luke im Boden öffnete. Han bedeutete ihnen hinabzusteigen.

»Bleibt unter Deck, bis ich euch wieder hochrufe. Und geht nicht auf Wanderschaft: Dieses Schiff ist groß genug, um sich darin zu verirren, und es gibt Bereiche, die ihr gar nicht sehen wollt.« Er lächelte dünn. »Ein Teil der Fracht würde sich freuen, euch zu sehen, aber ihr würdet diese Fracht nicht sehen wollen. Und denkt nicht einmal daran, wieder den *Falken* zu stehlen.«

Rey deutete auf den wartenden Droiden. »Was ist mit BB-8?«

»Er wird bei mir bleiben. Wenn er euch so wichtig ist, wird das dafür sorgen, dass ihr keine Mätzchen macht. Ich bin mir immer noch nicht sicher, ob ich euch eure Geschichte abkaufen soll.«

Ein leichtes Frösteln überlief Finn. Es war einfach genug gewesen, das Mädchen zu täuschen, aber diesen Han Solo? Wenn er einen Fehler machte, ein falsches Wort sagte, würde er wahrscheinlich hinausgeworfen werden – ohne Raumanzug. Er würde noch genauer darauf achten müssen, was er sagte. Wenn Han herausfand, dass er einen Sturmtruppler an Bord hatte …

Nein, korrigierte Finn sich. Einen ehemaligen Sturmtruppler. FN-2187 war tot. Er war *Finn,* und er war nicht länger ein Soldat der Ersten Ordnung. Und der beste Pilot des Widerstands konnte zu seinen Gunsten aussagen! Wenn er nur am Leben gewesen wäre …

Bevor sie ganz in der Luke verschwand, hielt Rey inne, um zurückzuschauen. »Was geschieht jetzt?«

Hans Haltung wurde ein wenig sanfter. »Wenn ich die Gang losgeworden bin, könnt ihr euren Droiden zurückhaben und euch auf den Weg machen.« Er schaute zu BB-8 hinüber. »Ich bin es gewohnt, mit Droiden umzugehen.«

»Die Rathars.« Finn konnte sich die Frage nicht verkneifen. »Wo sind sie untergebracht?«

Ein donnerndes Geräusch erklang hinter ihm. Er zuckte zusammen und stolperte zu der offenen Luke hinüber. Hinter einem übergroßen, dreifach verstärkten Fenster erschien eine orangefarbene Kugel. Finn nahm an, dass es einfach ein Auge war, aber es war trotzdem groß, gefährlich und hässlich. Finn schlug das Herz bis zum Hals.

»Nun, einer ist dort«, erklärte Han lässig. »Oder jedenfalls ein Teil von einem.« Zum zweiten Mal rammte etwas Massives die gegenüberliegende Wand, und das Deck erzitterte unter ihren Füßen. »Nicht besonders helle, die Rathars. Man sollte meinen, sie hätten inzwischen kapiert, dass sie nicht aus ihren Gefängnissen ausbrechen können, aber sie donnern gegen die Wände, seit Chewie und ich sie an Bord gebracht haben. Sie scheinen nicht müde zu werden.«

»Vielleicht wollen sie einfach was zu fressen.« Es war Finn gelungen, sich zu beruhigen.

Han warf ihm einen Blick zu. »Meldest du dich freiwillig?«

Für einen Moment fragte Finn sich, ob ihr Führer das vielleicht wirklich ernst meinte. Dann lächelte Han. »Keine Sorge. Ich glaube sowieso nicht, dass ein Rathar dich fressen würde. Du bist nicht seine natürliche Beute. Er würde dich Stück für Stück zerlegen und dann die Teile gründlich durchkauen, ja. Aber nicht fressen. Jetzt geht nach unten. Und seid still.«

»Was werden Sie tun?«, fragte Rey von der Luke aus. »Ich habe noch nie von einer Guavianischen Todesgang gehört, aber es klingt nicht wie etwas, mit dem ein einzelner Mann fertigwerden kann.« Sie deutete mit dem Kopf auf Chewbacca. »Nicht einmal ein einzelner Mann und ein Wookie.«

Han zuckte die Achseln. »Ich werde das Gleiche tun, was ich immer tue. Mich herausreden.« Daraufhin stieß sein gewaltiger Gefährte eine Reihe kurzer, scharfer Ächzer aus. Han schaute stirnrunzelnd zu ihm empor. »Das ist so unfair! Komm mit.« Wieder das widerspenstige Stöhnen. »Natürlich tue ich das – bisher.« Sie gingen im Gang zurück in die Richtung, aus der sie gekommen waren, und die ganze Zeit über stritten sie.

»Ja, ich tue es«, hörten Rey und Finn Han sagen, als er und Chewbacca um die nächste Ecke bogen. »Jedes Mal.«

Sie waren allein am Zugang zum unteren Deck. Bis auf die tobende Monstrosität auf der anderen Seite der Glaswand, wie Finn sich beklommen ins Gedächtnis rief. Glücklicherweise hatte das Geschöpf seine fruchtlosen Versuche, sich zu befreien, aufgegeben.

»Was jetzt?«, hörte er sich fragen.

Rey, die in der Öffnung der Luke stand, spähte hinab. »Wir befolgen seine Anweisungen. Schließlich ist er Han Solo. Er muss wissen, was er tut.«

Hans Gedanken machten Überstunden, als er und Chewie auf die Frachtbucht zugingen, durch die das Schiff der Gang sich höchstwahrscheinlich inzwischen Zugang verschafft hatte. Auf einem Kriegsschiff oder selbst auf dem *Falken* konnte man sich gegen unerwünschten Besuch schützen. Aber der schwerfällige Frachter, der gegenwärtig unter seiner Obhut stand, war bedauerlicherweise so eingerichtet, dass ungehinderter Zugang von außen jederzeit möglich war. Das sollte als Sicherheitsmaßnahme verhindern, dass eine närrische Besatzung sich im Weltraum selbst ausschloss und dann nicht mehr auf das Schiff zurückkommen konnte. Eine Sicherheitsvorkehrung, die Han Solo in diesem Augenblick zutiefst bedauerte.

Nicht dass die Guavianer, wenn ihnen der Zutritt verwehrt worden wäre, gezögert hätten, sich ihren Weg hinein freizusprengen. Zumindest würde der große Frachter auf diese Weise nicht beschädigt werden. Was mit ihm und Chewie geschah, blieb abzuwarten.

Kein Problem, sagte er sich immer wieder. *Du hast es schon hundertmal hinter dich gebracht, mit allen möglichen Widersachern von einfachen Helfern bis hin zu Hutts. Bleib einfach ruhig und gefasst und verwirre sie mit Weltraumstaub.*

Sie schafften es nicht bis in die Frachtbucht. Tatsächlich brauchten sie nicht nach der Gang Ausschau zu halten, weil die Gang sie fand. Er und Chewie hatten Rey und Finn kaum zurückgelassen, als sich ein rundes Portal im Korridor vor ihnen öffnete, um sechs Gestalten einzulassen, alle humanoid: fünf Mitglieder eines Sicherheitsteams, das Helme und rote Uniformen trug, und einen Mann in einem Anzug. Han erkannte Bala-Tik sofort: selbstbewusst, erfahren und im Moment praktisch berstend von kaum gezähmtem Zorn. Han neigte den Kopf leicht zu seinem Gefährten und flüsterte zuversichtlich: »Ich regele das. Überlass es mir.«

Chewbacca hustete etwas aus, das in feiner Wookie-Gesellschaft nicht wiederholbar gewesen wäre.

»Han Solo«, erklang die abgehackte Stimme des Bandenführers, »du bist ein toter Mann.«

Kein sehr vielversprechender Anfang, das musste Han zugeben. Nicht dass er etwas anderes erwartet hätte. Der Anführer der Gang war nicht der Typ, der Zeit mit Nettigkeiten vergeudete. Mit einem breiten Lächeln nickte er zurück.

»Bala-Tik! Willkommen an Bord. Es ist immer schön, einen alten Geschäftsfreund zu sehen. Wo liegt das Problem?«

Sein Besucher war nicht erheitert. »Das Problem ist, dass wir dir für diesen Job Fünfzigtausend geliehen haben.«

Finn spähte durch das Gitter über ihnen und spitzte die Ohren, um zu hören, was sich im Flur zutrug.

»Kannst du sie sehen?«, fragte eine ängstliche Rey.

Er schüttelte den Kopf. »Nein. Sie sind zu weit entfernt. Ich kann hören, dass sie reden, aber ich kann kein Wort verstehen. Zumindest schießen sie nicht aufeinander. Noch nicht.«

Rey dachte nach. »Wenn sie Han und Chewbacca auf einem so großen Schiff so schnell gefunden haben, lässt das darauf schließen, dass sie zumindest Lebensformdetektoren mit kurzer Reichweite haben. Sobald also einer von ihnen auf die Idee kommt, nach weiteren Besatzungsmitgliedern zu suchen, werden sie uns finden.« Sie sah sich um. »Wir werden hier sicher genug sein, weil wir einem der Rathars nahe sind, aber wenn sie anfangen, Anzeigen zu analysieren, werden sie uns von der Fracht trennen.« Sie deutete mit dem Kopf auf den Servicekriechgang. »Ich werde nicht hier sitzen und darauf warten, wie ein Mithuk aus seinem Bau gezogen zu werden. Der *Falke* steht in dieser Richtung.« Sie setzte sich in Bewegung.

Finn zögerte. »Han hat ausdrücklich gesagt, dass wir nicht daran denken sollen, den *Falken* zu nehmen.«

Sie schaute zu ihm hinüber. »Er redet mit einer Guavianischen Todesgang. Es ist nicht unvorstellbar, dass aus höflichen Gesprächen unkontrolliertes Blasterfeuer wird. Falls das geschieht und Han den Kampf verliert, hätte ich gern eine Chance, den Konsequenzen auszuweichen. Wie zum Beispiel, an die Rathars verfüttert zu werden. Kommst du mit?«

»Ich bin direkt hinter dir«, erwiderte er eifrig. Gemeinsam robbten sie durch den Kriechgang.

Han lächelte, während er eine vorbereitete Antwort abspulte; Bala-Tiks wahrscheinliche Reaktion hatte er vorausgesehen. »Sicher, richtig. Fünfzigtausend. Eine bescheidene Investition, mit der du einen dicken, fetten Profit machen wirst. Zahlen sich nicht all meine geschäftlichen Unternehmungen aus?«

»Nein«, antwortete der Anführer der Guavianischen Gang schroff.

Han breitete die Hände aus. »Natürlich tun Sie das! Ich habe niemals auch nur mit einer einzigen Unternehmung Geld verloren.«

»Doch, das hast du.« Bala-Tik war gnadenlos.

»Hey, jeder, der mit mir Geschäfte macht, bekommt sein Geld zurück, selbst wenn ich verliere.«

»Nein, das stimmt nicht.« Gnadenlos und kalt. Kalt, wie es nur das Oberhaupt einer Guavianischen Todesgang sein kann.

Han reagierte mit übertriebenem Kopfschütteln und schaute zu dem Wookie auf. »Kannst du das glauben, Chewie? Aus reiner Herzensgüte und Respekt vor allem, was diese Person repräsentiert, bringe ich ihm die Investition des Jahres, und er kann mich nur verspotten!« Er richtete seine Aufmerksamkeit wieder auf den stummen Bala-Tik. »Ich erwarte Dank, und alles, was ich bekomme, sind Beleidigungen. Ich brauchte nicht zu dir zu kommen. Ich hätte mit diesem Deal zu jedem gehen können, und jeder hätte sich auf die Chance gestürzt, einen Fuß in die Tür zu bekommen. Aber nein: Ich habe das Geschäft dir angeboten. Und das ist mein Dank?« Sein Ton wurde herausfordernd.

»Was ist los, Bala-Tik? Willst du deinen Anteil am Gewinn nicht haben?«

»Ich will meine Fünfzigtausend zurück«, blaffte der Bandenführer.

Han verdrehte die Augen. »Schön, schön! Wenn du es so haben willst.«

»Der Kanjiklub will ebenfalls seine Fünfzigtausend zurück.«

Han starrte ihn an. »Was?«

»Der Kanjiklub«, wiederholte Bala-Tik gelassen. »Du hast dir von ihm auch Fünfzigtausend geliehen.«

Han bemühte sich, ruhig zu bleiben, obwohl er nicht verhindern konnte, dass ein wenig Farbe aus seinem Gesicht wich. »Das ist eine Lüge! Wer hat dir das erzählt?«

»Der Kanjiklub«, erwiderte Bala-Tik, ohne auch nur mit der Wimper zu zucken.

Han drehte sich ungläubig im Kreis, und seine Stimme war voller Entrüstung. »Ach, ich bitte dich! Du kannst doch diesen kleinen Freaks nicht trauen!«

Rey und Finn waren auf dem Servicedeck lautlos bis unter die Eindringlinge vorgedrungen. Zumindest, sagte Finn sich, konnten sie jetzt sehen und hören, was vor sich ging.

»Sie haben Blaster«, flüsterte Rey.

Finn nickte. »Eine ganze Menge.«

Über ihnen setzte Han den Dialog fort. »Komm schon, Bala – wie lange kennen wir uns jetzt schon?«

Der Gangführer hatte nicht die Absicht, sich von glattzüngigem Gerede verführen zu lassen. Vor allem nicht, wenn große, geliehene Summen im Spiel waren. »Die Frage ist, wie viel länger wir einander noch kennen werden? Nicht lange, denke ich. Es sei denn, wir bekommen unser Geld zurück. Und wir wollen es jetzt zurück.«

»Die Rathars sind hier, an Bord dieses Schiffes«, schoss Han zurück. »Ich weiß, es hat ein wenig länger gedauert, als ich versprochen habe …«

»Viel länger«, unterbrach Bala-Tik ihn. »Viel zu lange.«

»… aber ich habe sie, und König Prana wartet darauf – nein, er ist erpicht darauf – zu bezahlen. Hab nur noch etwas Geduld. Du wirst dein Geld zurückbekommen, plus den versprochenen Profit.«

Bala-Tik wurde ungeduldig. »Das sagst du. Das hast du auch gesagt, als du dir das Geld geliehen hast. Das sagst du jetzt seit einiger Zeit via Komm. Dann bist du verstummt. Hast es versäumt, auf meine Nachrichten zu antworten.«

»Ich war beschäftigt«, informierte ihn ein verärgerter Han, »damit, Rathars zu fangen.«

»Das sagst du. Ohne jede Kommunikation haben wir nicht gewusst, was du tust. Mit unserem Geld. Wir haben das Schlimmste vermutet.«

Han lächelte von Neuem. »Und jetzt kennst du die Wahrheit. Du bist hier, ich bin hier, und die Rathars für König Prana sind hier. Du glaubst, es sei billig, Rathars zu jagen? Ich habe dieses Geld ausgegeben. Ich habe dieses Geld benutzt. Lass mich einfach die Ware ausliefern, dann bekommst du dein Geld. Komm mit mir, wenn du willst.«

Die Augen des Bandenführers wurden schmal. »Mit dir kommen? Wir sollen versuchen, dir im Hyperraum zu folgen? Damit du uns abschütteln und einen Umweg zu König Prana nehmen kannst, um das Geld allein zu kassieren und wieder zu verschwinden? Ich glaube nicht. Ich vertraue dir nicht länger, Solo.« Er deutete auf seine Männer. »Wir vertrauen dir nicht. Also, gib uns unser Geld zurück. Der Kanjiklub will seine Investition ebenfalls zurückhaben.«

Hans Antwort war voller Frustration. »Ich habe es dir bereits gesagt: Ich habe nie ein Geschäft mit dem Kanjiklub gemacht!«

Bala-Tik zuckte die Achseln. »Sag das dem Kanjiklub.« Er deutete an Han und Chewbacca vorbei.

Beide spähten zurück in die Richtung, aus der sie gekommen waren. Am anderen Ende desselben Gangs öffnete sich ein weiteres Portal. Eine zusätzliche Truppe bewaffneter Eindringlinge erschien, und Hans Gesicht verlor noch ein wenig mehr Farbe. Obwohl die Neuankömmlinge ganz anders aussahen als die Guavianer, erkannte er sie sofort am Flickwerk ihrer Rüstung und schweren Montur.

Eine Horde des Kanjiklubs.

Ihr Anführer, ein langhaariges und anrüchiges Individuum mit grimmigem Gesicht, das auf mindestens sechs Welten gesucht wurde, löste sich aus der Gruppe, um ihn zur Rede zu stellen. Zum zweiten Mal in allzu kurzer Zeit begrüßte Han einen unwillkommenen Eindringling mit einem Lächeln, das ebenso breit wie falsch war.

»Tasu Leech! Schön, dich zu sehen!«

Han wusste ganz genau, dass Tasu Leech sich niemals dazu herablassen würde, Basic zu sprechen, daher überraschte es ihn nicht, als der Mann in einer anderen Sprache antwortete – einer Sprache, mit der Han glücklicherweise vertraut war. »Falsch, Solo. Es ist nicht schön. Es ist vorbei für dich und deinen Kameraden.« Leech hob die Waffe in seiner Hand und zielte damit in den Gang.

Chewbacca knurrte eine Antwort, was Han veranlasste, leise vor sich hin zu murmeln.

»Nicht jetzt, Chewie! Das wird nicht helfen.« Han holte tief Luft. »Männer! Ihr werdet alle bekommen, was ich versprochen habe. Die Ware ist hier, der Käufer wartet. Ich muss nur noch liefern. Habe ich je zuvor nicht geliefert?«

Tasu Leech, der die Hände bedächtig und langsam bewegte, aktivierte demonstrativ seine Waffe. »Zweimal.«

Han runzelte die Stirn. Leech hatte natürlich recht, aber Han hatte nicht die Absicht, das zuzugeben. »Zweimal?«

»Dein Spiel ist alt«, rief Bala-Tik vom anderen Ende des Gangs. »Du hast es zu oft gespielt. Die Ausreden sind dir schon vor vielen Jahren ausgegangen. Zu oft, zu viele Ausreden. Jeder kennt sie inzwischen. Ich stehe hier vor dir und kann aus dem Gedächtnis die Ausreden aufsagen, die du vorbringen wirst, bevor du sie alle selbst aussprechen kannst. Du bist müde, Han Solo. Müde und alt, genau wie dein Spiel. Es gibt in der Galaxis niemanden mehr, den du beschwindeln kannst.«

»Keinen Ort mehr, an dem du dich verstecken kannst«, fügte Leech hinzu, um nicht übertroffen zu werden. »Für gewöhnlich weiß ein seniler alter Narr, wann er aufhören muss. Aber manchmal muss man ihn halt aus dem Spiel nehmen.« Er hob seine Waffe.

»Warte mal!« Etwas hatte Bala-Tiks Aufmerksamkeit erregt. Er trat einige Schritte vor und spähte zwischen Han und Chewbacca hindurch. Die kleine, kugelförmige Gestalt, die dort saß, bewegte sich leicht nach rechts und versuchte, sich weiter hinter dem Wookie zu verstecken. »Diese BB-Einheit – es heißt, dass die Erste Ordnung nach genauso einer sucht. Begleitet von zwei Flüchtigen.«

Han blieb bemerkenswert gleichgültig. »Davon höre ich zum ersten Mal.«

Unten bemühte Rey sich um einen besseren Blick und suchte Halt an einem Querträger. Bedauerlicherweise war er alt und schwach. Unter ihrem Gewicht zerbrach er und fiel klirrend aufs Deck.

Alle auf dem Deck über ihnen reagierten sofort auf das

Geräusch. Tasu Leechs Stellvertreter, ein wenig liebenswerter Charakter namens Razoo Qin-Fee trat vor.

»Durchsucht den Frachter«, befahl Bala-Tik.

Nachdem er einen Illuminator aktiviert hatte, ging ein anderes Mitglied des Kanjiklub den Korridor entlang und richtete das Licht in jede Nische und jede Öffnung in den Wänden und dem Boden.

Rey und Finn begannen zu laufen, weg von dem Licht und durch den Kriechgang. »Das ist vielleicht unser Ende«, bemerkte Rey.

»Schon möglich.« Finn hielt mit ihr Schritt. »Tatsächlich würde ich sagen, dass es unter den gegebenen Umständen beinahe wahrscheinlich ist.«

»Stimmt«, murmelte sie zurück. »Versuch, optimistisch zu sein.«

Er deutete nach oben. »Wir haben keine Waffen, wir verlassen uns auf die schnelle Zunge eines alten Schmugglers, der vielleicht ein General der Rebellion war oder vielleicht auch nicht, und wir sind zwischen einem Haufen mörderischer Kanjikluber und einer Guavianischen Todesgang gefangen. Tut mir leid, wenn ich nicht optimistisch klinge.«

»Bleib in Bewegung!«, blaffte sie. »Vielleicht haben wir ja Glück.«

»Das sollten wir besser«, murmelte er zur Antwort, »denn wir haben sonst nichts, was für uns spricht.«

Ursprünglich darauf vorbereitet, Solo niederzuschießen, wo er stand, verspürte Bala-Tik jetzt das Verlangen nach Antworten auf einige Fragen. Es hatte keine Eile, den Schmuggler und den Wookie zu töten. Sie waren im Gang gefangen und würden nirgendwohin gehen.

»Sei kooperativ, Solo, und wir können vielleicht eine Lösung finden.«

Han, dem eine Rettungsleine zugeworfen wurde, wie kurz sie auch sein mochte, war dankbar für die Chance, auf Zeit zu spielen. »Was willst du wissen, Bala? Wie ich schon sagte, ich weiß nichts über das Interesse der Ordnung an einem BB-Modell oder an einigen mutmaßlichen Flüchtlingen.«

»Na schön«, antwortete der Gangführer. »Wir werden es einfach halten. Woher hast du den Droiden?«

»Er gehört mir, daher habe ich ihn.« Han hielt Bala-Tiks Blick gelassen stand.

Der Gangführer ließ sich weder einschüchtern, noch war er erfreut.

»Ich fürchte, das ist keine zufriedenstellende Antwort.« Er lächelte gefährlich. »Wie du sagtest, Han, wir kennen einander seit langer Zeit. Und in all dieser Zeit habe ich nie gehört, dass du die Gesellschaft von Droiden suchst, ganz gleich welcher Bauart oder welchen Modells. Und gewiss nicht, dass du einem Droiden gegenüber einen solchen Beschützerinstinkt entwickelst.«

»Wer sagt, ich hätte ihm gegenüber einen Beschützerinstinkt?«

Bala-Tik gestikulierte. »Die BB-Einheit versucht, sich hinter dir zu verstecken.«

Han schaute zurück und schob den Droiden mit einem Bein an, schaffte es aber nicht, BB-8 dazu zu bringen, seine Position aufzugeben. »Es ist mir egal, wo er sich hinstellt. Es gehört nicht viel dazu, einen Droiden zu erschrecken, Bala.«

Der Gangführer nickte zustimmend. »Vor allem einen, der möglicherweise von der Ersten Ordnung gesucht wird.«

Während Han und der Gangführer stritten, hielt Rey so abrupt in ihrem Rückzug inne, dass Finn beinahe mit ihr zusammenprallte.

»Was ist jetzt schon wieder los?«, fragte er. »Bitte, sag mir, du seiest über zwei Pulsgewehre gestolpert.«

Sie starrte auf einen Teil der Wand. »Vielleicht etwas noch Besseres.« Sie klopfte auf einen Deckel über einer Konsole der Wand. »Wenn dies eine Kontrolle für diesen Korridor ist, könnte ich vielleicht die Programmierung aufheben. Das würde die Notfallsequenz auslösen und in dieser Sektion alle Sicherheitsluken schließen. Wir könnten beide Gangs gefangensetzen!«

Finn dachte nach. »Die Sicherheitstüren von hier unten aus schließen? Wird das nicht Han und Chewbacca ebenfalls gefangen setzen?«

Sie war jetzt ganz aus dem Häuschen. »Ja, aber sie werden von den Gangs getrennt sein. Wir können herausfinden, wie wir an sie herankommen, nachdem wir die Guavianer und den Kanjiklub neutralisiert haben.«

Er nickte begeistert. »Dann los. Was haben wir zu verlieren?«

Sie öffnete die Konsole, legte die Elektronik darunter frei und machte sich an die Arbeit. Werkzeuge hätten es vereinfacht, aber das System war für ein rasches und müheloses Reset ausgelegt. Finn half ihr, so weit sie ihn ließ.

Über ihnen gingen Bala-Tik die Fragen und die Geduld aus. »Genug Blabla.«

»Bantha? Jetzt willst du einen Bantha?«, fragte Han. »Drei Rathars reichen dir nicht?«

»Wir werden den Droiden mitnehmen«, erklärte Bala-Tik entschieden. »Und du wirst uns unser Geld zurückgeben.«

»Oder deinen Leichnam.« Razoo Qin-Fee sprach, während er mit der Leuchte weiter die Ecken des Gangs absuchte. »Deine Entscheidung, Solo.«

Mitglieder beider Gangs lachten. Han lachte mit ihnen,

wenn auch unbehaglich. Selbst wenn er dafür sorgen konnte, dass Bala-Tik weiterredete, waren die Kanjis geradezu berüchtigt schlechte Zuhörer. Und ihm gingen langsam die klugen Sprüche aus.

Dann begannen die Lichter zu flackern. Das Gelächter erstarb, und Kanji und Guavianer betrachteten gleichermaßen unsicher die jetzt sporadische Beleuchtung. Von Weitem hörte man ein an- und abschwellendes Klicken und Knirschen, wie die Schreie von Tausenden mechanischer Insekten. Hans Augen weiteten sich. Während Chewie neben ihm stöhnte, murmelte er leise: »Ich habe ein ganz schlechtes Gefühl bei dieser Sache.«

Abrupt wurde die Beleuchtung im Gang heller als je zuvor. Unten lehnte Rey sich von der jetzt modifizierten Konsole zurück.

»Uh-oh.«

Finn schaute von ihr zu der Konsole und wieder zurück. »Uh-oh, was?« Sie drehte sich zu ihm um, eine Spur bleich im Gesicht. »Uh-oh. Falscher Kontakt. Ich habe nichts geschlossen. Ich habe alles geöffnet.«

Er beugte sich dicht über die offene Konsole und studierte die inneren Linien. »Kannst du es wieder so machen, wie es war?«

Sie schüttelte schnell den Kopf. »Ich habe das Reset absichtlich geschützt, damit niemand es überschreiben kann. Oben im Gang sind ja vielleicht weitere Konsolen, mit denen die Sperren sich wieder hätten öffnen lassen können. Nur dass sie sich jetzt nicht schließen werden – und alles andere wird ebenfalls weit offen stehen.«

Finn starrte sie an, einen einzigen Gedanken im Kopf, ein einziges Wort auf den Lippen. *»Rathars.«*

9. Kapitel

»Genug jetzt«, knurrte Bala-Tik. Er blickte zu seinen Männern. »Neuer Plan! Tötet sie und nehmt den Droiden mit.«

Han und Chewbacca sahen sich wild um, aber in dem glattwandigen Flur konnten sie nirgendwo Deckung suchen, sich nirgendwo verstecken. Han schloss die Augen.

Gleichzeitig erschien etwas Monströses hinter den Guavianern. Es war so groß, dass es kaum in den Frachtkorridor passte. Dicke Tentakel schnellten hervor und rissen zwei Mitglieder der Gang hoch. Die beiden schrien, während sie zerquetscht wurden. Die übrigen richteten ihre Waffen auf den Angreifer und schossen, was das Zeug hielt. Aber die Treffer ließen den Rathar nicht einmal zusammenzucken. Klugerweise zogen sich Bala-Tik und die anderen Überlebenden zurück.

Han öffnete ein Auge. Er drehte sich um und erwartete, dass ihn statt des Feuers der Guavianer, das ihn nicht erreicht hatte, eine Salve vom Kanjiklub niederstreckte. Nur dass hinter diesem ein weiterer Rathar erschienen war und den Klub mit ohrenbetäubendem Brüllen dezimierte. Chewbacca stieß eine Reihe kurzer, abgehackter Ächzer aus.

»Ernsthaft!«, brüllte Han. »Komm!« Zusammen rannten sie zu einem Seitengang. Unter den wachsamen Blicken beider Gangs hätten sie es niemals geschafft. Aber alle verbliebenen Gangster waren nun anderweitig beschäftigt.

Während fehlgeleitete Schüsse um sie herum in den Kriechgang krachten, das Metall zerfurchten und den Boden zum Glühen brachten, krochen Finn und Rey um ihr Leben.

»Das war ein Fehler!«, heulte Finn und ignorierte den Schmerz in seinen Händen und Knien.

»Ein riesiger!«, stimmte Rey zu.

Über ihnen stieß Han beinahe mit einem der Guavianer zusammen, der vor dem Rathar floh. Während er vergebens auf das Monster schoss, machte er Bekanntschaft mit Hans Faust. Taumelnd versuchte er, seine Waffe auf die neue Bedrohung zu richten, nur um von den starken Armen des Wookies dem Rathar zum Fraß vorgeworfen zu werden. Ein Tentakel packte den unglücklichen Gangster, noch bevor der Mann auf dem Boden aufschlagen konnte.

»Andere Richtung«, keuchte Han. Chewie stöhnte, während BB-8 hektisch piepte. Sie nahmen einen Durchgang, der zumindest im Augenblick frei von Guavianern, Kanjis und Rathars war.

Andernorts huschte Razoo Qin-Fee an zwei Guavianern vorbei, die ihm entgegengerannt kamen. Ihre Eile ließ ihn stutzen, sodass er beobachten konnte, wie ein anderer Kanjiklubber aus der gleichen Richtung auf ihn zukam, bis ein Tentakel in dessen Kielwasser erschien, um den Unglücklichen zu packen und außer Sicht zu reißen. Razoo kam zu dem Schluss, dass er in die falsche Richtung unterwegs war, machte kehrt und ging zurück. Auf dem Weg traf er zwei überlebende Mitglieder seiner Gruppe. Ein hastiger

Wortwechsel ergab, dass beide Enden des Gangs zu meiden waren. Deshalb nahmen sie eine Abzweigung – woraufhin der dritte Rathar das Paar packte, mit dem Razoo sich gerade beraten hatte. Er feuerte auf die Kreatur, mit dem gleichen ungenügenden Ergebnis wie zuvor, und rannte davon. Es ist ein großes Schiff, sagte er sich. Es musste irgendwo einen Ort geben, der vor den ausgebrochenen Rathars sicher war. Wenn die Rathars allerdings zwischen ihm und seinem eigenen Schiff waren, würde er vielleicht nicht mit dem Leben davonkommen. Wenn sie als Rudel zusammenarbeiteten, würden die Fleischfresser ihn und jeden seiner Gefährten zur Strecke bringen. Denn das war ihre Spezialität: Auch wenn sie sich sonst nur wie vernunftlose Fressmaschinen benahmen und kein sehr großes Gehirn hatten, arbeiteten sie im Rudel wirklich sehr effizient zusammen. Und sie waren schnell. Es war schwer zu glauben, wie schnell etwas von dieser Größe sich bewegen konnte.

Nein, er war mit Bestimmtheit tot, es sei denn, er konnte sie irgendwie umgehen und so zu der Stelle zurückkehren, wo sein Schiff angedockt hatte. Während er rannte, in panischer Angst vor dem, was ihm an der nächsten Ecke oder im nächsten Korridor begegnen mochte, war sein einziger Trost, dass diesen unaussprechlichen Ausbund von Betrug, Han Solo, gewiss gerade das gleiche Schicksal ereilte – und das zwischen den Kiefern seiner eigenen Fracht.

Es war ein schwacher Trost, aber in dieser ernsten Situation klammerte er sich daran.

Finn öffnete zaghaft eine Luke und schaute in den hell erleuchteten Korridor. Nichts. Er drehte sich um und blickte in die andere Richtung.

Nichts. Keine boshaft plaudernden Kanjiklubber, keine

schwer bewaffneten Guavianer, und am wichtigsten, keine geifernden Rathars mit ihren zahlreichen Gliedmaßen. Er kletterte hinaus, signalisierte Rey mit einer Geste, dass die Luft rein war. Dann zeigte er in eine Richtung und sagte: »Zum *Falken* geht es da entlang!«

Sie zögerte. »Bist du dir sicher?«

»Nein! Aber wir können nicht hierbleiben und auf Kanjiklubber und Guavianer warten. Irgendetwas müssen wir versuchen.«

Er war dankbar, aber kaum überrascht, wie mühelos sie mit ihm Schritt hielt, als sie durch den langen Gang rannten. Das Leben als Schrottsammlerin auf Jakku stellte sicher, dass sie zumindest in ebenso guter körperlicher Verfassung war wie ein durchschnittlicher Sturmtruppler.

»Diese Rathars«, fragte sie ihn, »wie sehen sie aus?«

Als sie um die Ecke des Gangs kamen, hielten sie inne, weil sie Mitglieder der Todesgang mit dem Gegenstand ihrer Frage kämpfen sahen. Der Rathar war riesig und rund, bedeckt mit lichtempfindlichen, orangefarbenen Kugeln und bestand größtenteils aus Tentakeln und Zähnen. Rey hob sich eine Hand vor den Mund und hielt den Atem an, gleichzeitig fasziniert und entsetzt von dem Anblick.

»So sehen sie aus.« Finn beugte sich vor und ergriff ihren Arm, und diesmal kümmerte es ihn nicht, ob sie Einwände erhob. Zurück in die Richtung, aus der sie gekommen waren, um eine weitere Ecke – nur dass sie diesmal nicht schnell genug stehen blieben.

Ein Tentakel schlang sich Finn um die Taille, und der Rathar, der sich für ein so riesiges Wesen mit unglaublicher Schnelligkeit bewegte, eilte mit seiner schreienden Beute davon.

»FINN!«

Obwohl das Geschöpf zu groß und zu schnell für sie war, jagte sie ihm hinterher.

Finn, der verzweifelte Anstrengungen unternahm, sich loszureißen, begriff, dass er geradeso gut mit einem Stahlkabel hätte ringen können. Kein Hämmern mit den Fäusten oder Treten mit angezogenen Beinen bewirkte auch nur die leiseste Reaktion bei der Kreatur. Er verfiel sogar darauf zu versuchen, in die Tentakel zu beißen. Das harte, gummiartige Fleisch erwies sich als undurchdringlich.

»Finn!«

Rey hatte ihn nicht nur aus den Augen verloren, jetzt war der Rathar so weit vorausgestürmt, dass sie Finns Hilfeschreie nicht länger hören konnte. Es war ohnehin eine nutzlose Übung. Was passierte, wenn sie sie einholte? Der Rathar hatte mehr Anhängsel als genug, um sie ebenfalls in seine Gewalt zu bringen, ohne Finn loszulassen. Trotzdem rannte sie weiter und hielt ein Auge offen nach irgendetwas, das sie benutzen konnte.

KONTROLLRAUM HILFSDECK

Sie war schon an der Tür vorbeigelaufen, als ihr die volle Bedeutung der Worte bewusst wurde.

Sie rannte zurück und schlug mit einer offenen Hand auf den Öffnungsschalter. Einen schrecklichen Moment lang geschah gar nichts, und sie hatte Angst, dass das betreffende System ausgeschaltet war. Dann glitt die Tür beiseite und ließ sie ein.

Rey ignorierte ganze Reihen von Instrumenten und ging zu einer Gruppe von Monitoren. Das System war keinesfalls ausgeschaltet, sondern voll aktiviert. Da waren klare Bilder von regloser Fracht, leeren Lagerräumen, dem *Mil-*

lennium Falken, den Schiffen der Todesgang und des Kanjiklubs und …

Finn, den der Rathar durch einen Hauptgang zerrte. Auf eine verlassene Kreuzung zu.

Eine Hand über dem hoffentlich richtigen Schalter beugte sie sich zu dem Monitor vor, beobachtete, wartete und hoffte, dass das Sicherheitsschott dort schneller reagieren würde als die Tür, die zu diesem Kontrollraum geführt hatte. *Warte,* sagte sie sich, weil sie den Verdacht hatte, dass sie, wenn sie diese Chance vermasselte, vielleicht keine weitere bekommen würde. Zumindest keine weitere, Finn in einem Stück zu retten.

Der Rathar verlangsamte sein Tempo, schob sich vorwärts und schaute in beide Querflure. Kein Wunder, dass sie so gefährlich waren, überlegte sie, während sie das Geschöpf auf dem Monitor verfolgte. Nachdem die Kreatur sich überzeugt hatte, dass die Flure leer waren, schob sie sich weiter und zog den zunehmend geschwächten Finn hinter sich her.

Rey senkte die Hand auf den Schalter. Ein Indikator wechselte von Grün nach Rot. Auf dem Monitor knallte ein Sicherheitsschott mit befriedigendem Tempo herab. Der Rathar reagierte fast sofort – aber nicht schnell genug, um zu verhindern, dass einer seiner Tentakel von der herabsausenden Stahltür abgetrennt wurde wie von einem Fallbeil. Der Tentakel, so hatte sie berechnet, der Finn festhielt. Das zornige, schmerzerfüllte Kreischen des Rathars war entsetzlich. Sie beachtete es kaum, während sie zusah, wie ein benommener Finn sich auf die Füße mühte und sich von der amputierten Gliedmaße des Rathars befreite, die ihn immer noch umklammert hielt.

Als sie eintraf, war er noch etwas benommen, aber frei.

»Er hat dich nicht erwischt«, sagte er unnötigerweise. »Er hatte mich!« Er drehte sich um. »Aber da war ein Sicherheitsschott, das genau im richtigen Moment heruntergeschoss …«

»Glück«, antwortete sie. »In welcher Richtung stand noch gleich der *Falke?«*

Für einen Moment beäugte er sie unsicher, außerstande, ganz das Gefühl abzuschütteln, dass es etwas gab, das sie ihm nicht erzählte. Doch jetzt war keine Zeit für Fragen. Er streckte die Hand aus.

»Wir müssen dort entlang – hoffe ich.«

In einem anderen Gang redete Bala-Tik mit einem von seiner Gang. »Dieses Ding hat zwei meiner Männer geholt.« Als er das sagte, kam ein Tentakel herbeigeglitten, um sich um einen weiteren schreienden Verbündeten zu schlingen. »Drei«, korrigierte der Guavianer sich.

Wenn sie nicht bald etwas unternahmen, das wusste er, würde keiner von ihnen lebend von diesem verfluchten Frachter herunterkommen. Während er sich zurückzog und hinter sich feuerte, drängte sich ihm einfach die Frage auf, wie Solo, dieser wertlose Verkäufer trügerischer Pläne, das überhaupt geschafft hatte. Auch nur einen Rathar zu fangen, galt als beinahe unmöglich. Drei abzuschleppen und sie dann lebend und in guter Verfassung an Bord eines Schiffes zu bekommen, schien gänzlich unvorstellbar.

Wahrscheinlich, dachte ein zunehmend verzweifelter Bala-Tik, als er einen weiteren wirkungslosen Schuss abgab, hatte Solo es fertiggebracht, indem er sie alle bis zu einem Zustand vollkommener Besinnungslosigkeit bequasselt hatte.

Am anderen Ende des Hauptfrachtgangs hatte sich der Gegenstand der Flüche des Guavianers zusammen mit

Chewbacca und BB-8 verschanzt. Mehrere Mitglieder beider Gangs hatten auch im Angesicht des von den Rathars erzeugten Irrsinns unerwartete Entschlossenheit gezeigt und die kleine Gruppe weiter verfolgt. Ihr beharrliches Feuer hinderte den Menschen, den Wookie und den Droiden daran, den mit Fracht gefüllten offenen Laderaum zu durchqueren, um das wartende, scheibenförmige Schiff an dessen anderem Ende zu erreichen.

Diese Männer wollten wirklich ihr Geld zurückhaben, dachte Han, während er und Chewbacca mit den Waffen der Ratharopfer, die sie auf der Flucht aufgesammelt hatten, das Feuer erwiderten.

Nachdem er so weit gekommen war, hatte er nicht vor aufzugeben. Er schlüpfte hinter den Wookie und deutete auf das Frachtdeck. »Nichts wie weg. Gib uns Deckung.«

Chewbacca stöhnte seine Zustimmung und ließ eine grimmige Salve los, während Han, der ebenfalls schoss, über die Ladefläche zu dem *Falken* hinüberrannte. BB-8 kam mit ihm und entschied sich klugerweise dafür, den Menschen zwischen sich selbst und dem Feuer des Eindringlings zu halten. Sobald er sein Schiff erreicht hatte, aktivierte Han über externe Notfallkontrollen den Zugang. Zum ersten Mal seit einiger Zeit verspürte er eine gewisse Erleichterung, als die Laderampe sich glatt senkte. Er drehte sich um und brüllte quer durch den Frachtraum: »Chewie, wir sind drin! Komm!«

Der Wookie ließ ein Brüllen hören, das sowohl Zustimmung zu Hans Ruf bedeutete als auch Trotz gegenüber ihren verbliebenen Feinden, dann drehte er sich um und rannte zu dem wartenden Schiff hinüber – nur um von einem Glückstreffer der ihn verfolgenden Guavianer hinten an der Schulter getroffen zu werden. Der Aufprall ließ ihn aufs Deck krachen.

Mit einem leisen Fluch ließ Han BB-8 zurück und eilte seinem verletzten Kopiloten zu Hilfe. Ein einziger wohlplatzierter Schuss erledigte den Guavianer, der Chewbacca getroffen hatte.

»Steh auf! Chewie, steh auf!« Han versuchte, seine Aufmerksamkeit zwischen dem verletzten Wookie und den Gangmitgliedern aufzuteilen, die versuchten, aus dem Korridor gegenüber auszubrechen. Er schob einen Arm unter Chewbacca und spannte alle Muskeln an. Es war, als versuchte er, einen Berg hochzuheben. Einen großen, schweren, behaarten, stinkenden und übel blutenden Berg. Einen, den er ebenso wenig zurücklassen würde wie sein Schiff oder sich selbst.

Gemeinsam schleppten sich die beiden die Rampe hinauf, der stolpernde Chewie immer noch gestützt von Han. In diesem Moment war das Letzte, was einer von ihnen zu hören erwartete, eine vertraute, freundliche Stimme.

»Han!«

Rey und Finn hatten es ebenfalls über das offene Ladedeck zum *Falken* geschafft. Als sie die Rampe hinaufrannten, gab Han ihnen bereits die ersten Befehle.

»Schließ die Luke hinter uns!«, wies er Rey an, die zur Antwort nickte. Finn blaffte er an: »Du kümmerst dich um Chewbacca!« Han überließ dem anderen Mann das Gewicht seines verletzten Kopiloten und stürmte die Rampe hinauf.

Finn, der unter der Last des Wookies beinahe zusammenbrach, tat mannhaft sein Bestes, um den stöhnenden Chewbacca aufrecht zu halten, während sie beide den Rest des Weges die Rampe hinauftorkelten.

»Wie mache ich das?«, rief der Sturmtruppler dem Piloten nach. Erfolglos. Han antwortete nicht.

Chewbacca dagegen stöhnte, bellte und schnaubte Vorschläge. Der willige Finn, der keinen der Vorschläge verstand, nickte trotzdem freundlich zu jedem einzelnen.

»Das ist richtig ... Klar ... Ja, das werde ich tun ... Kein Problem.« Finn zuckte zusammen, als der Wookie stolperte, und musste den letzten Rest seiner Kraft aufbieten, um sie beide aufrecht zu erhalten.

Wenn er auf mich fällt, überlegte er besorgt, *ist alles vorbei.*

Irgendwie schafften sie es zur Behandlungsecke. Finn half Chewbacca in die gepolsterte Nische, die als Bett diente, schob den Wookie hinein und begann, in den Kisten mit medizinischer Ausrüstung zu stöbern, die auf dem Boden standen. Damit wurde er fertig, und er fühlte sich erheblich weniger hilflos als bei dem Versuch zuvor, Rey zu helfen. Zur Ausbildung eines jeden Sturmtrupplers gehörte auch die Versorgung von Wunden, wie man sie auf dem Schlachtfeld davontrug. Hoffentlich würde die Schulterverletzung des Wookies keine besonderen Überraschungen bereithalten.

Im Cockpit schlug Han auf einen Schalter nach dem anderen und erweckte den *Falken* zum Leben. Mit jedem grünen Licht, das aufflammte, wurde es auch ein wenig in seinem eigenen Leben heller. Er war verblüfft, als Rey erschien und sich, ohne auf eine Einladung zu warten, auf Chewbaccas Platz setzte.

»Hey, was tust du da?« Er deutete zurück in Richtung Frachtraum. »Passagiere nach hinten.«

Sie ließ die Finger über Konsolenschalter gleiten und sprach, während sie kaum in seine Richtung schaute. »Unkar – der Mann, der als Letzter Ihr Schiff hatte – hat auch eine Treibstoffpumpe einbauen lassen. Wenn wir sie nicht aktivieren, werden wir nirgendwohin kommen.« Sie sah mitfühlend zu ihm hinüber.

»Ich hasse diesen Kerl«, murmelte Han. »Ich kenne ihn nicht einmal, aber ich hasse ihn.«

»Sie brauchen ihn auch nicht zu kennen.« Rey fuhr fort, die Instrumente auf ihrer Seite des Cockpits einzuschalten. »Ich werde ihn für Sie hassen. In der Zwischenzeit könnten Sie einen Kopiloten gebrauchen.«

Han sah sie stirnrunzelnd an. »Ich habe einen. Er ist dort hinten.« Er hob die Stimme und schrie in Richtung Frachtraum: »Richtig? Ich habe einen Kopiloten?« Ein Brüllen des Schmerzes beantwortete seine Frage.

»Komm schon, Chewie: Das ist nur eine Fleischwunde!«, hörte Han Finn sagen. Diese Bemerkung löste weiteres Gebrüll aus, erheblich gestresster und erfüllt von etwas, das an Ärger grenzte.

»Na schön!«, rief Han zurück. »Wie du willst!« Hans Hände flogen über die Schalter. »Die Treibstoffpumpe ist in Betrieb. Achte auf den Schub an deiner Seite. Wir werden auf Lichtgeschwindigkeit springen.«

Sie wusste eine Menge über Schiffe, über alle Arten von Schiffen. Aber sie hatte nie von einem Manöver gehört, wie er es gerade vorgeschlagen hatte.

»Aus dem Frachtraum dieses Schiffes heraus? Ist das überhaupt möglich?«

Er war jetzt ganz eins mit dem *Falken* und auf die Instrumente konzentriert. »Ich beantworte diese Frage niemals, bevor ich es getan habe.«

Weitere Diskussionen darüber, ob es möglich war, aus dem Stand in den Hyperraum zu springen, wurde von etwas Riesigem, Hungrigem und Reizbarem unterbrochen, das auf dem Schiff landete. Schweres Dröhnen durchdrang das Cockpit und ließ darauf schließen, dass sich etwas in seine Richtung bewegte. Dies wurde einen Moment später von Reys Schrei bestätigt, mit dem sie auf das Erscheinen eines riesigen Mauls reagierte, das die ganze Frontscheibe einnahm. Das mit Zähnen gefüllte Maul gehörte einem Rathar, der lebende Nicht-Rathars in dem Schiff wahrnahm und nun versuchte, alle Hindernisse zwischen ihnen zu zernagen. Dazu geschaffen, vor Meteoreinschlägen zu schützen, erlitt das Fenster keinen unmittelbaren Schaden. Rathars waren jedoch bemerkenswert beharrlich, und Frustration führte sie nur dazu, ihre Bemühungen zu verdoppeln. Wie der Rest von ihnen waren ihre Mäuler außerordentlich robust. Aber Han hatte nicht die Absicht, lange genug zu warten, um festzustellen, ob sich das Fenster oder die Zähne des Rathars als widerstandsfähiger erweisen würden.

»So habe ich mir diesen Tag nicht vorgestellt«, murmelte er. »Schilde hochfahren und einstellen.«

Rey bediente die Schalter. »Erledigt.« Sie sah zu ihm hinüber. »Ziemlich kräftige Schilde für einen corellianischen Frachter.«

»Die Corellianer bauen sie so, wie ich sie mag.« Unter seinen geschickten Händen leuchteten weitere Instrumente auf. »Natürlich habe ich ihn hier und da ein wenig frisiert. Du wirst es bestimmt nicht glauben, aber es gibt einige Leute, die mich nicht mögen.«

»Schwer vorstellbar«, murmelte sie.

Als sie sahen, dass der *Falke* zum Abflug vorbereitet wurde, nutzte ein Quartett von Gangstern die Chance, aus der Deckung hervorzukommen, um auf das Schiff zu feuern. Obwohl ihre Schüsse von den Schilden des *Falken* abgefangen wurden, hörte man die Detonationen im Innern.

Soweit Han erkennen konnte, war alles bereit. Es blieb nichts mehr zu tun, als es zu versuchen. Er brüllte in Richtung Behandlungsbucht: »Haltet euch fest dahinten! Wir verschwinden – schnell!«

Finn, der Chewbaccas Verletzung inzwischen versorgt hatte, stöberte in den Tiefen der Erste-Hilfe-Kisten nach einem stärkeren Schmerzmittel.

»Kein Problem!«, rief er zurück – in dem vollen Bewusstsein, dass es, nach den Erfahrungen des bisherigen Tagesverlaufs zu schließen, höchstwahrscheinlich mehr als eines geben würde. Während er also nichts Geringeres erwartete, suchte er weiter nach etwas, um Chewbaccas Ungemach zu lindern, noch während die Schilde des Schiffes zusätzliche Schüsse aus den Waffen der Guavianer absorbierten.

»Komm schon, Baby«, murmelte Han, »lass mich nicht im Stich.« Er zog am Haupthebel für den Hyperdrive.

Nichts.

»Was?«

Rey griff auf seine Seite der Konsole und aktivierte gelassen eine Kontrolle, die er nicht beachtet hatte, dann sagte sie sachlich: »Kompressor.«

Er funkelte sie an, aber nur für einen Moment. Als er zum zweiten Mal den Hebel der Antriebskontrolle langsam zurückzog, schenkte er ihr ein schwaches Lächeln.

Ein riesiger, überwältigender Donner erfüllte den Frachtraum des Riesenschiffes, als die Triebwerke des *Falken* aufbrüllten. In der Absicht, den Falken zu stürmen, hatten die überlebenden Gangster sich bedauerlicherweise direkt hinter die Triebwerke begeben. Als diese anliefen, verschwanden die Guavianer. Ebenso wie der Flur hinter ihnen und die Wände darum herum und eine ganze Menge mehr. Alles in allem verschwand eine respektable Menge an Stahl, Plastik, Keramik und Aluminium – insgesamt allerdings nur ein kleiner Teil des gigantischen Frachters – im energetischen

Rückstoß des schnellen Abflugs des *Falken*. Der Rathar fiel einfach auseinander, als der *Falke* durch ihn hindurchsprang und verräterische Schmierflecken hinterließ.

In einem anderen Teil des Frachtschiffs, sicher abgeschlossen hinter den Notfallschotts, die sich nach der Beschädigung der Schiffshülle durch den nicht lehrbuchmäßigen Abflug des *Falken* schlagartig herabgesenkt hatten, verschwendete der etwas angeschlagene und zornige Bala-Tik keine weitere Zeit damit, seinen Männern nachzuweinen, sondern stellte mit dem noch intakten Kommunikationssystem des Frachters eine intragalaktische Fernverbindung her. Nach dem explosiven Start des *Falken* war sein eigenes Schiff nicht mehr in der Verfassung, die Verfolgung aufzunehmen. Das Gleiche galt für das Schiff der Kanjiklubber. Aber … andere würden dem *Falken* vielleicht folgen können. Wenn er sich nicht holen konnte, was Solo ihm schuldete, war da immer noch die Möglichkeit, für Informationen belohnt zu werden.

Nachdem die Verbindung hergestellt war, sprach er in das Mikrofon. »Mein Name ist Bala-Tik. Ich bin ein guavianischer Händler. Meine persönliche Geschichte kann von jedem, der sich die Mühe macht, sie sich anzusehen, leicht überprüft werden. Mein Ruf ist ebenfalls überprüfbar. Ich gebe bekannt, dass das Individuum namens Han Solo sich wahrscheinlich im Besitz des Droiden befindet, der der Gegenstand einer Suche durch die Erste Ordnung ist. Und dass der Droide und Solo sich zusammen mit einer unbekannten Anzahl von Verbündeten gegenwärtig an Bord des Schiffes befinden, das als *Millennium Falke* bekannt ist: Ziel unbekannt. Ich beanspruche hiermit jedwede Belohnung, die auf Informationen ausgesetzt wurde, die zur Ergreifung des besagten Droiden durch die Erste Ordnung führen.«

Er beendete die Verbindung. Seine Information und sein Anspruch waren unterwegs. Mehr konnte er nicht tun. Und bis er entweder sein eigenes Schiff wieder flottgemacht oder jemanden dafür bezahlt hatte, dass er zu dieser Ruine von einem Frachter kam und ihn abholte, saß er hier fest.

Mit, so rief er sich unbehaglich ins Gedächtnis, als das Geräusch fernen Berstens und Reißens von Metall ihn erreichte, einer unbekannten Anzahl überlebender Rathars.

10. Kapitel

Die Information erreichte den Stützpunkt des Widerstands auf D'Qar kodiert und verschlüsselt. Gewöhnliche Sendungen wurden einfach direkt an ihre Empfänger weitergeleitet. Jene, die zur allgemeinen Verteilung bestimmt waren, wurden nicht einmal verschlüsselt. Aber wenn etwas von spezieller Bedeutung eintraf, das für ein sehr begrenztes Publikum bestimmt war, wurde es nur an einer einzigen Stelle aufgezeichnet. Manchmal erwies sich etwas so Simples wie eine äußere Trennung als die beste Sicherheitsmaßnahme.

Leutnant Brance sah, wie die Kontrollleuchte seiner Konsole zum Leben erwachte. Es brauchte kaum eine Sekunde, um von Rot auf Gelb zu wechseln und dann zu Grün, als die Sendung empfangen wurde, entschlüsselt und in einen lesbaren Ausdruck verwandelt. Er nahm ihn an sich und überflog die Nachricht. Seine Augen weiteten sich.

Er verließ seinen Arbeitsplatz und ging zu Fuß einen Tunnel entlang und in einen anderen Korridor; dabei ignorierte er alle anderen, während er nach der Empfängerin der Nachricht suchte. Zu dieser Tageszeit war er zuversichtlich, dass er wusste, wo er sie finden würde. Die Gänge, durch die er lief, waren mit allen möglichen Ausrüstungsgegenständen überfüllt: manchmal sorgfältig installiert, dann wieder hastig zusammengeklatscht, doch alles funktionstüchtig. Trotz der Enge wusste Brance, dass es nicht annähernd genug war. Es war nie genug. Die einheimischen Gewächse, die sich einen Weg in die Tunnel bahnten, waren nur ein schwacher Abglanz des Waldes, der seinen grünen Mantel über den Stützpunkt breitete. Gedankenlos und blind waren die Pflanzen des Planeten auf ihre eigene Weise ein aktiver Teilnehmer am Widerstand.

Er fand den General, wo er ihn erwartet hatte, im leisen Gespräch mit Captain Snap Wexley und einem aufmerksamen Droiden. Leia Organa trug eine dunkle Weste über einem schlichten, blaugrauen Overall, ohne jeden Hinweis auf ihren Rang. Gefaltete Ärmel endeten mitten am Unterarm. Die Farbe der Stiefel passte zu ihrer Weste, und ein Gürtel aus dem gleichen dunklen Material wurde mit einer silbernen Schnalle zusammengehalten. Bis auf einen einzigen längeren Zopf war General Organas graues Haar in einem Ring um ihren Kopf zusammengebunden. Obwohl sie keine Uniform trug, würde niemand die zierliche Frau für etwas anderes halten als das, was sie war: eine Prinzessin und ein General.

Alle drei schauten bei seiner Ankunft auf, und er gab ihr den Ausdruck. Er wusste, wenn der General wünschte, die Information geheim zu halten, hätte sie das gesagt, sobald er ihr den Ausdruck gereicht hatte, und sie hätte Wexley bereits entlassen.

Nachdem er ihr einen Moment Zeit gegeben hatte, den Inhalt zu überfliegen, sagte Brance: »General, wie Sie den Details dieser jüngsten Nachricht entnehmen können, wurde die Gemeinschaft auf Jakku ausgelöscht. Sturmtruppler der

Ersten Ordnung.« Brance sah Wexley an. »Lor San Tekka wurde getötet.«

Sie reagierte nicht, sondern fuhr stattdessen fort, den Ausdruck zu studieren. Es gab zusätzliche Informationen: die Zeit des Angriffs, die Dauer, die Anzahl der Angreifer, Beschreibungen der Waffen, die sie benutzt hatten – alles nebensächlich angesichts der ernüchternden Konsequenzen. Das taktische Team würde die Einzelheiten analysieren und alles Nützliche vermerken.

Was wirklich zählte, war das, was nicht da war.

»Wenn sie Luke vor uns erreichen, haben wir keine Chance«, murmelte sie. Ein neuer Gedanke zwang sie zu fragen: »Gibt es sonst noch irgendetwas? Irgendetwas, das ich hier nicht sehe? Was ist mit Poe Dameron?«

»Sie haben seinen zerstörten X-Flügler gefunden. Winkel und Tiefe der Blasterspuren legen die Vermutung nahe, dass er noch am Boden zerstört wurde. Definitiv von der Ersten Ordnung: Die Einheimischen haben keinen Zugang zu solchen Waffen.« Seine Gesichtszüge verkrampften sich. »Es gibt keinen Hinweis darauf, dass er überlebt hat. Es sieht so aus, als hätten wir ihn verloren.«

Leia runzelte die Stirn. Wenn sie weiter Kämpfer wie Dameron verloren, würde der Widerstand keine Chance gegen die Erste Ordnung haben. Sie zwang sich, die andere Hälfte des detaillierten Berichts durchzulesen. »BB-8 wird nicht erwähnt.«

Brance deutete abermals auf den Ausdruck. »Nein, General. Er wurde nicht geborgen. Unsere Leute auf Jakku, die den Bericht vorbereitet haben, sagen, er sei wahrscheinlich zusammen mit dem X-Flügler zerstört worden.«

Sie schaute auf. »Unterschätzen Sie niemals einen Droiden, Leutnant.« Sie sah nach rechts. »Während einige von ihnen äußerst spezialisiert sind – beispielsweise auf linguistische Fähigkeiten –, können andere nur simple, mechanische Sprachen benutzen, besitzen aber verborgene Fähigkeiten. BB-8 ist ein solches Beispiel. Solange keine identifizierbaren Überreste gefunden wurden, dürfen wir noch hoffen.« Sie bedachte ihn mit einem Blick, der weniger widerstandskräftige Männer hatte verwelken lassen. »Oder sind Sie schon bereit aufzugeben?«

»Nein, Ma'am«, sagte er dienstfertig.

General Organa drehte sich zu dem Droiden um. In scharfem Kontrast zu einem Arm in dumpfem Rot glänzte der Rest der goldenen, zweibeinigen Maschine dank einer noch nicht lange zurückliegenden Reinigung.

»Ce-Dreipeo, du hast die Nachricht von Jakku gehört. Spüre sofort BB-8 auf – du weißt, was zu tun ist.«

Der Protokolldroide nickte schwach, gestikulierte mit dem roten Arm und antwortete ohne jedes Zögern. »Ja, General! Natürlich! Das Ortungssystem. Oje, ist dies ein Unglück!«

In einem anderen Raum erwartete Korr Sella, Leias persönliche Gesandte, die Ankunft des Generals. Die junge Frau trug ihr Haar zu einem strengen Knoten zurückgebunden, und ihre dunkelgrüne Uniform bildete einen bemerkenswerten Kontrast zu den gedämpfteren Farben, die der General trug, ebenso wie das Abzeichen, das sie als Fregattenkapitän auswies. Wie gewöhnlich verschwendete Leia keine Zeit mit Smalltalk.

»Sie müssen sofort zum Senat gehen. Sagen Sie ihnen, ich bestünde darauf, dass sie etwas gegen die Erste Ordnung unternehmen. Je länger sie zanken und verzögern, umso stärker wird die Ordnung.« Sie beugte sich zu der anderen Frau vor. »Wenn sie nicht bald etwas unternehmen, wird die

Ordnung so stark, dass der Senat nichts mehr unternehmen kann. Dann wird es auch keine Rolle mehr spielen, was die Senatoren denken.«

Sella deutete an, dass sie verstand. »Bei allem Respekt: Denken Sie, dass die Senatoren auf mich hören werden?«

»Ich weiß es nicht.« Leia biss sich auf die Unterlippe. »Es ist so viel Zeit verstrichen. Früher einmal waren sie zumindest bereit, auf uns zu hören. Und natürlich hat sich die Zusammensetzung des Senats verändert. Einige der Leute, die immer bereit waren, mir Beachtung zu schenken, sind in den Ruhestand getreten. Einige von jenen, die sie ersetzt haben, haben ihre eigenen Agenden.« Sie lächelte kläglich. »Nicht alle Senatoren halten mich für verrückt. Oder vielleicht tun sie's doch. Es schert mich nicht, was sie über mich denken, solange sie zur Tat schreiten.«

Die Gesandte nickte. »Ich werde tun, was ich kann, um dafür zu sorgen, dass der Widerstand die Anhörung bekommt, die wir verdienen. Aber warum gehen Sie nicht selbst, General? Ein solcher Appell ist immer effektiver, wenn er aus erster Hand kommt.«

Leias Lächeln wurde dünn. »Ich würde vielleicht bis zum Senat kommen, ja. Ich könnte vielleicht sogar meine Rede halten. Aber ich würde nie und nimmer lebend aus dem hosnianischen System herauskommen. Ich würde einen schrecklichen ›Unfall‹ haben oder das Opfer eines ›geistesgestörten‹ Radikalen werden. Oder ich würde etwas essen, das mir nicht bekommt. Oder jemandem begegnen, der mir nicht bekommt.« Sie fasste sich. »Ich habe volles Vertrauen in Sie, Sella. Ich weiß, dass Sie unseren Standpunkt klarmachen werden.«

Die Gesandte erwiderte ihr Lächeln, dankbar für das Vertrauen, das der General zum Ausdruck brachte.

In einem selten benutzten Konferenzraum beugte sich C-3PO ängstlich in die Schatten und murmelte.

»Ich habe deine Hilfe noch nie dringender gebraucht als jetzt, R2.«

Der untersetzte Droide, an den er das Wort richtete, saß stumm im Stand-by-Modus da, ohne auch nur ein einziges verräterisches Blinken.

»Wie kann mir ein so vernichtendes Versehen unterlaufen sein?«, fuhr der Protokolldroide fort. »Als wir BB-8 weggeschickt haben, war es meine Verantwortung, seine letzte Funktionsprüfung durchzuführen. Was ich getan habe, auf hervorragende und erprobte Weise. Nur dass – nur dass …« Wenn ein Droide hätte heulen können, hätte C-3PO das auf der Stelle getan. »Ich habe versäumt, seinen Fernortungsmodus zu aktivieren! Ich habe angenommen, dass er immer bei diesem Piloten sein würde und dass es daher nicht notwendig werden würde. Ich verdiene es, dass man mein Gedächtnis löscht. Oh, R2, was soll ich nur tun? Ich wünschte, du würdest endlich aufwachen, ich brauche dich jetzt.«

Nur ein gelegentliches Piepen kam von dem kleineren Droiden und deutete auf seine gegenwärtige Inaktivität hin.

»Was wäre dein Rat? Zweifellos würdest du vorschlagen, einen allgemeinen Ruf an all unsere verbündeten Droiden auszusenden, in der Hoffnung, dass einer von ihnen vielleicht BB-8 oder dessen Identifikationssignal aufspüren wird.« Zwei Hände, eine golden und eine rot, hoben sich leicht, als er begriff. »Wahrhaftig, das ist brillant! Ich werde genau das tun. R2, du bist ein Genie!«

C-3PO drehte sich um die eigene Achse und eilte davon, um den Plan in die Tat umzusetzen, und er ließ einen sehr stillen Droiden zurück.

Die Flotte von Sternzerstörern kreiste im Orbit der weißen Welt. Spektakulär und isoliert, mit einer mittleren Oberflächentemperatur, die von lediglich kalt zu dauerhaft arktisch variierte, war der Planet verändert worden: Man hatte Tunnel in seine Berge gehauen, seine Gletscher weggefräst und seine Täler aufgefüllt, bis von seinen natürlichen Formen nichts mehr übrig war. Diejenigen, die den Planeten neu geschaffen haben, hatten ihm auch einen neuen Namen gegeben.

Basis Sterntöter.

Im Innern eines schneebedeckten Berges lag die zentrale Kontrolleinrichtung. In ihrem Herzen befand sich ein großer Versammlungssaal mit Hunderten von Konsolen und Plätzen für deren Bedienpersonal. Jetzt hielten sich nur drei Personen darin auf. Einer war Kylo Ren. Der zweite war General Hux, der seine Maske quasi innen trug.

Auf dem erhöhten Podest mitten im Saal war das bläuliche Hologramm des Obersten Führers Snoke erschienen. Er war hochgewachsen und ausgezehrt, wirkte humanoid, aber nicht menschlich. Die Kapuze der dunkelroten Robe, die er trug, hing ihm über den Rücken und machte ein rosafarbenes, bleiches Gesicht sichtbar, so alt, dass die Haut beinahe durchscheinend wirkte. Schlecht rekonstruiert machte die gebrochen Nase das verunstaltete Antlitz noch unebenmäßiger. Das Gleiche galt für die Position des linken Auges, das tiefer lag als das rechte. Unter dünnen grauen Augenbrauen waren sie von einem verblüffenden Kobaltblau. Vor langer Zeit verheilt, verunstalteten alte Schnitte und Wunden das Kinn und vor allem die Stirn.

Die große schlanke Gestalt, die in der Dunkelheit saß, ragte über die beiden anderen Männer auf. Abgesehen von dem Gesicht lugten nur lange, spindeldürre Finger unter der dunklen Robe hervor. »Der Droide wird sich bald in den Händen des Widerstands befinden«, führte Snoke aus, seine Stimme tief und besänftigend und ganz und gar die einer Person, die absolute Kontrolle hatte, »und dem Feind die Mittel an die Hand geben, Skywalker aufzuspüren und einen überaus mächtigen Verbündeten für seine Sache zu gewinnen. Wenn Skywalker zurückkehrt, wird es neue Jedi geben.«

Ren saß leidenschaftslos da. Er gab keinen Kommentar, ließ auch nicht durchblicken, was er dachte.

Hux neigte entschuldigend den Kopf und trat einen Schritt auf das Podest zu. »Oberster Führer, ich übernehme die volle Verantwortung für d…«

Snoke schnitt ihm das Wort ab. »Entschuldigungen sind keine Strategie, General. Wir sind jetzt hier. Es zählt, was als Nächstes geschieht.«

In dem Bewusstsein, dass ihm gerade ein unbekanntes, aber gewiss unangenehmes Schicksal erspart geblieben war, ergriff der rothaarige Offizier sofort das Wort. »Ich habe tatsächlich einen Vorschlag. Die Waffe. Wir haben sie. Sie ist bereit. Ich glaube, die Zeit ist gekommen, sie einzusetzen.«

»Gegen?«

»Die Republik. Oder das, was ihre zerstrittenen Befürworter so nennen. Ihr Regierungszentrum, ihr ganzes System. In dem darauffolgenden Chaos wird dem Widerstand nichts anders übrig bleiben, als Ermittlungen über einen Angriff von solch vernichtenden Ausmaßen anzustellen. Sie werden all ihre Ressourcen nutzen, um zu versuchen, seine Quelle zu entdecken. Und dabei werden sie sich zwangsläufig…«

»… offenbaren.« Snoke war sichtlich erfreut.

»Und wenn sie es nicht tun, haben wir sie bereits vernichtet.«

»Ja«, sagte Snoke befriedigt. »Extrem. Kühn. Die Zeit für solche Maßnahmen ist gekommen. Überwache die notwendigen Vorbereitungen.«

»Ja, Oberster Führer.« Mit einer steifen Verbeugung drehte Hux sich um und verließ den Raum. Er machte lange Schritte und ging schnell, sichtlich zufrieden mit sich selbst.

Snoke und Ren schauten dem General schweigend nach.

Als Snoke das nächste Mal sprach, lag eine Intimität in seiner Stimme, eine Vertrautheit, die in scharfem Kontrast zu dem befehlenden Ton stand, den er Hux gegenüber angeschlagen hatte.

»Ich habe noch nie einen so vielversprechenden Schüler gehabt wie dich.«

Ren richtete sich auf. »Es sind Eure Unterweisungen, die mich stark machen, Oberster Führer.«

Snoke zögerte. »Es ist viel mehr als das. Es ist deine Herkunft. Woraus du gemacht bist. Aus der dunklen Seite – und der hellen. Der feinste Bildhauer kann aus schlechtem Material kein Meisterwerk erschaffen. Er braucht etwas Reines, etwas Starkes, etwas Unzerbrechliches, mit dem er arbeiten kann. Ich habe … dich.« Er hielt inne, um in Erinnerungen zu schwelgen.

»Kylo Ren, ich habe mit angesehen, wie sich das Galaktische Imperium erhoben hat und wie es dann gefallen ist. Das leichtgläubige Geplapper über den Triumph von Wahrheit und Gerechtigkeit, von Individualismus und freiem Willen. Als seien solche Dinge solide und real und nicht einfach subjektive Urteile. Die Historiker haben es vollkommen falsch interpretiert. Es waren weder schlechte Strategie noch Arroganz, die das Imperium gestürzt haben. Du weißt nur allzu gut, was es gewesen ist.«

Ren nickte knapp. »Gefühl.«

»Ja. Eine so einfache Sache. Eine solch törichte Fehleinschätzung. Ein kleiner Fehltritt in einem ansonsten vorbildlichen Leben. Wäre Lord Vader nicht im entscheidenden Moment seinen Gefühlen erlegen – hätte der Vater den Sohn getötet –, hätte das Reich obsiegt. Und heute würde nicht Skywalkers Rückkehr drohen.«

»Ich bin immun gegen das Licht«, versicherte Ren ihm zuversichtlich. »Durch Eure Ausbildung bin ich unverführbar.«

»Dein Glaube an dich selbst ist löblich, Kylo Ren, aber lass dich nicht von ihm blind machen. Niemand kennt die Grenzen seiner eigenen Kraft, bis sie auf das Äußerste geprüft wurde, so wie deine noch nicht geprüft worden ist. Der Tag wird vielleicht noch kommen. Es hat ein Erwachen in der Macht gegeben. Hast du es gespürt?«

Ren nickte. »Ja.«

»Die Elemente finden zusammen, Kylo Ren. Du allein stehst im Zentrum des Sturms. Du bist nicht nur mit Vader verbunden, sondern auch mit Skywalker selbst. Leia …«

»Es gibt keinen Grund zur Sorge.« Trotz der Belehrung des Obersten Führers blieb Rens Selbstbewusstsein grenzenlos. »Gemeinsam werden wir den Widerstand zerstören – und den letzten Jedi.«

»Vielleicht«, räumte Snoke ein. »Es ist uns zu Ohren gekommen, dass der Droide, nach dem wir suchen, an Bord des *Millennium Falken* ist, der sich wieder in der Hand deines Vaters, Han Solo, befindet. Selbst du, Meister der Ritter von Ren, hast nie eine solche Prüfung bestehen müssen.«

Ren dachte sorgfältig über seine Antwort nach. »Es spielt keine Rolle. Er bedeutet mir nichts. Meine Gefolgschaft gilt Euch. Niemand wird zwischen uns stehen.«

Snoke nickte. »Wir werden sehen. Wir werden sehen.«

Es war eine Entlassung. Ren wandte sich ab – inzwischen völlig gedankenverloren – und folgte General Hux aus dem gewaltigen Saal. Als er fort war, verzerrte ein groteskes Lächeln Snokes Züge. Dann verschwand es – zusammen mit dem Rest des Hologramms des Obersten Führers.

Ich weiß nicht, was ich tun soll.

Der benommene Pilot, der durch die flachen Sandtäler zwischen turmhohen Dünen stolperte, versuchte, sich darauf zu besinnen, wer er war. Er kämpfte darum, sich daran zu erinnern, warum er gegenwärtig durch etwas stolperte, bei dem es sich um eine leere Wüste zu handeln schien. Sein Kopf schmerzte, und das nicht nur von der Anstrengung des Versuchs, sich zu erinnern. Er berührte ihn mit einer Hand und zuckte zusammen, als seine Finger eine Beule auf seiner Stirn erkundeten, die auf die Größe eines Ponnelx-Eies angeschwollen war.

Er hatte sich den Kopf gestoßen. Heftig. Ihm schien, dass das wahrscheinlich etwas bedeutete. Aber wann? Und warum? Ein Zufall … Nein, das war es nicht. Gehirnerschütterung? Ja! Er hatte eine Gehirnerschütterung erlitten. Wie war das geschehen?

Wie es häufig nach einer Ohnmacht geschah, fluteten jüngste Erinnerungen mit Macht zurück.

Gefangennahme. Verhör. Er hatte ein Schiff gestohlen, mit … mit …

Er sah sich um und begann, den Namen zu rufen, an den er sich erinnerte.

»Finn! Finn!«

Dann fiel ihm wieder ein, dass der abtrünnige Sturmtruppler, der ihm zur Flucht verholfen hatte, sich mit dem Schleudersitz aus ihrem gestohlenen TIE-Jäger gerettet hatte, als dieser außer Kontrolle in die Wüstenwelt von… Jakku gestürzt war. Das war es. Er war auf Jakku. Was den fehlenden Finn betraf, führten die ängstlichen Rufe des Piloten zu keiner Reaktion. Je nach dem Winkel, in dem der Sitz herausgeschleudert wurde, und der Restgeschwindigkeit des Jägers konnte sein neuer Freund überall gelandet sein, das wusste Poe.

Sein Name. Das war sein Name. Poe Dameron, und er war Pilot im Widerstand. Aber wenn er ein Widerstandspilot war, wo war dann seine Fliegerjacke?

Wahrscheinlich immer noch in dem TIE-Jäger, den er nur knapp am Stück heruntergebracht hatte. Jetzt erinnerte er sich an die Bruchlandung. Erinnerte sich an das Wiedererlangen des Bewusstseins gerade rechtzeitig, um den Jäger mehr oder weniger heil aufzusetzen und sich aus dem Cockpit zu befreien, bevor irgendetwas in die Luft flog. An das alles erinnerte er sich durch den Nebel seiner Gehirnerschütterung.

Er lebte und befand sich in einer Wüste auf Jakku. Lebendig und allein. Es ließ sich nicht sagen, ob Finn das gleiche Glück gehabt hatte. Wichtiger noch, wo war BB-8?

Der Droide kam gut allein zurecht, überlegte er. Wenn er nur selbst hier wegkam und Verbindung zum Widerstand aufnehmen konnte, würde man einen Weg finden, den Droiden zurückzuholen. Alles, was er brauchte, war ein Schiff. Er hatte bereits eines gestohlen. Konnte er noch eins stehlen?

Zuerst, rief er sich ins Gedächtnis, würde er eins finden müssen. Und davor musste er Wasser finden.

Der Morgen brachte weder das eine noch das andere, nur eine gnadenlose Sonne an einem wolkenlosen Himmel. Er ging weiter, denn in seiner gegenwärtigen Situation war eine Richtung ebenso gut wie die andere. Die Täler zwischen den hohen Dünen waren oft von Salz bedeckt. Sie bildeten nicht gerade eine Straße, aber doch einen Weg, und die harte Oberfläche bot viel leichteren Tritt als der weiche, nachgebende Sand, der sich zu beiden Seiten erhob.

Bleib unten, sagte er sich, dann kommst du vielleicht zu einer Senke. Wo es eine Senke gab, gab es vielleicht Feuchtigkeit, und wo es Feuchtigkeit gab, konnte er versuchen, nach Wasser zu graben.

Er fand weder eine Senke noch Feuchtigkeit. Stattdessen fand jemand ihn.

Das Heulen des herannahenden Speeders war unverkennbar. Er blinzelte in das grelle Licht und drehte sich um. Ein dunkler Fleck erschien zwischen den Dünen, vergrößerte sich schnell und kam auf ihn zu. Vorn flach und bauchig im Heck war der Speeder keine sehr gefällige Konstruktion, aber auf Poe wirkten seine Linien in diesem Moment so süß wie jene des schnellsten Jägers in der Flotte des Widerstands. Mitten auf einer Salzfläche begann er auf und ab zu springen und mit den Armen zu wedeln.

Zuerst dachte er, der Speeder würde ihn einfach überfahren. Doch dann wurde das Fahrzeug langsamer und hielt an. Er stieß ein schwächer werdendes Jaulen aus und sank langsam zu Boden. Eine Gestalt, die kaum mehr als halb so groß war wie Poe, stieg prompt aus dem offenen Cockpit.

Es war ein Blarina. Verspiegelte Brillengläser zogen sich über das breite Gesicht mit einer kurzen, flächigen Schnauze, und ein fettes Grinsen erschien, als der schuppige Fahrer des Speeders den einsamen Menschen genau untersuchte.

»Es ist viel zu warm, um in diesem Land allein umherzuwandern, mein Freund.«

Poe ächzte seine Zustimmung. »Glaub mir, ich habe mir das nicht ausgesucht.«

»Woher kommst du denn?« Das Grinsen des Blarinas wurde noch breiter und zeigte mehr Zähne als ein menschlicher Mund. »Oder genießt du einfach Jakkus sanften Sonnenschein?«

»Ich habe mich verirrt.« Das zumindest war keine Lüge, das wusste Poe. »Ich habe mir den Kopf angeschlagen, und ich habe mich verirrt.«

Der Blarina stieß ein sanftes Zischen aus. »Verirrt, in der Tat. Wo ist dein Speeder, mein Freund?«

Poe dachte schnell nach. »Weiß ich nicht mehr. Hat sich wohl auch verirrt.«

»Ich bin Naka Iit. Eine Art Sammler.« Einmal mehr musterte er Poe von Kopf bis Fuß. »Ich könnte dich vielleicht einsammeln.«

Poe verkrampfte sich. Er hatte keine Waffe, und im Falle einer Konfrontation war er kaum in der Verfassung, großen körperlichen Widerstand zu leisten, selbst gegen einen Blarina, der nur halb so groß war wie er. Die Spezies, zu der der Pilot des Speeders gehörte, war nicht besonders stark, aber sehr, sehr schnell. Dieser, überlegte er, war außerdem schnell mit Worten.

Nun, mit Worten konnte er sich immer noch verteidigen.

»Es heißt, die Blarina seien ein außerordentlich gastfreundliches Volk.«

Naka Iits Grinsen wich einem erstaunten Stirnrunzeln. »Das hast du gehört? Das muss sich auf einen anderen Blarina beziehen. Es klingt gewiss nicht nach mir.«

Poe spreizte die Hände. »Du würdest bei mir nur deine Zeit verschwenden. Ich habe nichts, das es wert wäre, genommen zu werden.«

Naka hob seine Brille und sah den Piloten aus goldfarbenen Augen mit geschlitzten Pupillen eindringlich an. »Was genau tust du dann in diesem Ödland, mit ›nichts‹?«

Poe taumelte. Ihm war heiß, er hatte Durst, er war erschöpft, sein Kopf tat weh, und bis auf diesen nervigen Blarina war er allein mitten im Nirgendwo in einer Nirgendwo-Welt. Er war außerdem ein klein wenig verrückt von der Hitze. Anderenfalls hätte er wahrscheinlich nicht gesagt, was er als Nächstes sagte.

»Ich bin gerade der Ersten Ordnung entkommen, indem ich einen ihrer modernsten TIE-Jäger gestohlen habe. Ich habe ihn benutzt, um einen ihrer Sternzerstörer zu demolieren, und irgendwo hier in der Nähe habe ich eine Bruchlandung gemacht.«

Naka starrte den Menschen an. Dann blinzelte er, seine schuppigen Wangen fingen die Sonne auf, als sie sich aufplusterten, und er brach in Gelächter aus. Mit einer fünffingrigen Hand wischte er sich die Lachtränen ab.

»Ich werde mir in meinen Zinz machen, wenn du nicht der krasseste Lügner bist, der mir während der zwanzig Jahre Schrottsammeln in diesem Sandkasten begegnet ist!« Er streckte einen leicht bekleideten Arm aus. »Komm mit, mein Freund. Die Blarina sagen tatsächlich, dass jemandem, der den Wahnsinnigen hilft, viel Gutes erwächst. Lügner oder Wahnsinniger, was immer du bist, es amüsiert mich, dir zu helfen.« Er senkte seine Brille und richtete den Blick gen Himmel. »Die Geister haben dich hergebracht, um meine Langeweile zu vertreiben. Komm mit.«

»Wenn es dir nichts ausmacht«, murmelte ein von der Sonne verwirrter Poe, während er sich in Nakas zerbeulten Speeder mühte, »wäre ich mehr als glücklich, wenn du mir einfach einen Becher Wasser geben könntest.«

Auf dem Beifahrersitz, der für einen Blarina bestimmt war, saß Poe mit bis an die Brust angezogenen Knien. Dankbar nahm er die von Naka angebotene, schmale, metallene Trinkflasche mit Nipprohr entgegen.

»Ich muss weg von diesem Planeten.« Er sprach zwischen köstlichen Schlucken. »So schnell wie möglich.«

»Natürlich musst du das«, erwiderte Naka besänftigend. »Jakku ist nicht das Richtige für einen Wahnsinnigen.« Er schaute nach links. »Der Außenposten Niima ist nicht weit von hier, aber dort werde ich dich nicht hinbringen. Der örtliche Handel wird mehr oder weniger von einem korpulenten Schleimsack namens Plutt beherrscht. Ich hatte früher schon Streit mit ihm und möchte mich nicht noch einmal mit ihm auseinandersetzen.«

Jetzt, da er etwas zu trinken gehabt hatte, fühlte Poe sich besser, sodass er die Vorlieben seines Retters zumindest zur Kenntnis nehmen konnte. »Du machst gern viele Worte.«

»Wie alle Blarina.« Naka schien in seinem Sitz eine Spur größer zu werden. »Ich bin einmal in einem Monologwettbewerb auf unserer Heimatwelt Fünfter geworden. Es ist einer unserer bemerkenswertesten Charakterzüge.«

»Irgendwelche anderen?«, erkundigte Poe sich.

Nakas Grinsen kehrte zurück, und seine scharfen Zähne glitzerten im grellen Sonnenlicht. »Wir sind außerdem berüchtigt für unsere geschickten Lügen.« Er sah seinen Beifahrer noch einmal an. »Ich werde dich nach Blowback Town bringen. Dort gibt es einen Blarina, einen Händler namens Ohn Gos, der mit der traurigen Angewohnheit geschlagen ist, mitfühlend zuzuhören. Ich werde euch miteinander bekannt machen. Dann bist du auf dich gestellt.«

Die leichte Berührung einer Klaue auf einem Schalter ließ den Speeder beschleunigen. Danach verstummte Naka lit. Poe hing seinen Gedanken nach – bis die Düne zu ihrer Linken in einer Sandfontäne explodierte. Naka beugte sich aus dem Speeder, sah nach hinten, stieß ein lautes Zischen aus und beschleunigte.

Poe, der in seinem Sitz zurückgeworfen wurde, mühte sich, das Gleichgewicht zu bewahren. »Was gibt es? Was ist los?«

Ohne sich umzudrehen, deutete ein jetzt grimmiger Naka mit dem Kopf leicht hinter sich. »Sieh selbst.«

Poe beugte sich nach rechts aus dem Speeder und spähte hinter sich. Ein viel größerer Speeder verfolgte sie und holte auf. Der nächste Schuss von ihm bohrte einen Krater in die Düne auf Poes Seite.

»Strus-Clan.« Nakas Ton war trostlos. »Ein bunt zusammengewürfelter Haufen von Grunks, die weder sammeln noch reparieren, handeln oder sonst irgendetwas können.« Der Speeder wurde von einem weiteren Beinahetreffer erschüttert. »Also bestehlen sie jene, die es können.«

»Sie sind keine sehr guten Schützen«, bemerkte Poe.

Diesmal sah Naka doch zu ihm herüber. »Dämlicher Wahnsinniger. Wenn sie uns in die Luft sprengen, bekommen sie nichts als Müll. Sie schießen, um uns mürbe zu machen, nicht um zu zerstören.«

»Sie holen auf«, berichtete Poe ihm. »Kann sich dieses Ding nicht schneller bewegen?«

»Ich bin ein Sammler, kein Podracer. Dies ist ein Transportfahrzeug, keine Rennmaschine!«

Poe dachte kurz nach. »Dann lass mich ans Steuer.« Er beugte sich vor.

»Was? Bist du irre?« Naka schlug nach seinen Händen. »Nein, warte mal – du bist es ja. Warum sollte ich dir nicht einfach die Kontrolle über meinen einzigen wirklichen Besitz übergeben?«

»Weil«, antwortete Poe ihm, während ein weiterer Schuss fast direkt unter ihnen in das Salzfeld krachte, »ich der beste Pilot bin, dem du je begegnet bist.«

Sie rangen ein Weilchen miteinander, bevor Naka schließlich nachgab. Immerhin war ihnen ein Speeder des Strus-Clans auf den Fersen, und sie hatten ohnehin kaum eine Chance zu entkommen. Sobald Mensch und Blarina die Plätze getauscht hatten, zog Poe den plumpen, aber soliden Speeder scharf nach links – und drosselte das Tempo.

»Gibst du schon auf?« Nakas Worte troffen vor Sarkasmus. »Das hätte ich auch selbst hinbekommen.«

»Ich deute an, dass wir kapitulieren werden.« Poe studierte die Kontrollen des Speeders. Sie sahen sehr einfach aus.

»Warum nicht? Ist das nicht das, was wir tun?« Der Sammler seufzte. »Ich werde Ohn um ein Darlehen bitten müssen. Ich hasse es, von vorn anzufangen.« Er stand auf und begann dem verfolgenden Speeder Zeichen zu machen. Es kamen keine weiteren Schüsse mehr.

Während Poe im Rückspiegel beobachtete, wie der größere Speeder näher kam, nahm er immer mehr Tempo weg, bis ihr Verfolger nah genug war, dass er die Gesichter und verschiedenen Anhängsel der jetzt triumphierenden Diebe ausmachen konnte. Als das größere Gefährt so nah war, wie er es kommen lassen wollte, zog er die Nase von Nakas Speeder steil nach oben und gab volle Kraft. Der Speeder schoss prompt himmelwärts.

Der plötzliche Stoß des Triebwerkes warf einen beträchtlichen Teil der Düne unter ihnen in einem sandigen Schauer über den großen Speeder, der hinter ihnen schon fast zum Stehen gekommen war. Diejenigen Strus, die keine Schutzbrillen trugen, bekamen heißen Sand in die Augen. Die Masse des Sandes geriet sofort in die diversen Öffnungen des Fahrzeugs. Zwar war das Haupttriebwerk des großen Speeders gegen Sand versiegelt, aber viele Nebenaggregate waren es nicht. Während Nakas Speeder über den Kamm der Düne schwebte, deutete ein scharfes Knirschen hinter ihnen darauf hin, dass das Gefährt der Strus gerade genug Sand verdaut hatte, um zumindest vorübergehend seine Tätigkeit einzustellen.

Neben ihm stieß ein hämischer Naka eine Art gackerndes Zischen aus. So fremdartig der Ausdruck für Poe war, das Entzücken des Sammlers ließ sich nicht verkennen.

»Oh Glück, oh ungeheure Freude!« Er schlug Poe auf die Schulter. »Gerettet von einem Wahnsinnigen!« Der Blarina streckte eine Hand aus. »Unser Ziel liegt in dieser Richtung. Ich habe plötzlich große Lust, dich fahren zu lassen. Gehörst du wirklich zum Widerstand?«

»Ja.« Verglichen mit einem gestohlenen TIE-Jäger war der Speeder leicht zu bedienen.

»Dann bist du wirklich verrückt.«

Poe sah zu ihm hinüber. »Wir vom Widerstand bevorzugen den Ausdruck ›mutig‹.«

»Ich sehe da kaum einen Unterschied.« Naka lehnte sich im Beifahrersitz zurück und knibbelte mit einem Finger, der in einer Kralle auslief, an einem Schneidezahn. »Ich stehe in deiner Schuld, mein wahnsinniger Freund. Darüber hinaus, dass ich dich aus der Wüste aufgelesen habe, schulde ich dir größten Dank. Ich werde mich bei Ohn Gos für dich verwenden. Auf die eine oder andere Weise werden wir dich von Jakku wegbekommen!«

»Ich bin dir sehr dankbar«, antwortete Poe erleichtert.

»Dankbar! Was zählt die Dankbarkeit eines Wahnsinnigen?«, erwiderte Naka.

Aber er lächelte, als er es zischte.

Trotz ihrer Flucht war an Bord des *Millennium Falken* nicht alles friedlich. Nachdem er in seinen Besitz gelangt war, hatte Unkar Plutt nur minimale Wartung durchführen lassen, in der Absicht, das Schiff nur dann voll funktionsfähig zu machen, wenn er einen Käufer fand. Daher muckten jetzt einige Komponenten, die unmittelbar nach dem Start auf Jakku noch funktioniert hatten, und andere, die erst jetzt benötigt wurden, erwiesen sich ebenfalls als störrisch.

Die Alarmfunktion war allerdings nicht beeinträchtigt.

Finn tat sein Bestes, sie zu ignorieren, während er sich weiter um Chewbaccas Verletzung kümmerte. Seine Arbeit wurde durch die Gewohnheit des Wookies erschwert, Finn am Hals oder an der Schulter zu packen und ihn heftig zu schütteln, wann immer ein frischer Krampf des Schmerzes seine haarige Schulter durchzuckte. Jedes Mal gelang es Finn, den Patienten zu beruhigen und weiterzumachen. Aber sein Hals wurde langsam steif.

Oben im Cockpit schien es, als würde sich jedes Mal, wenn Han und Rey ein Problem bewältigt hatten, ein neues ergeben. Die gegenwärtige Schwierigkeit war eine Frage des Grades. Oder vielmehr der Grade.

Rey deutete auf eine Anzeige, deren Ziffern unbehaglich hoch waren und stetig weiterstiegen. »Der Sicherheitstorus des Antriebs überhitzt.«

»Ja«, grunzte Han. »Weißt du, warum?«

Ein zweiter Blick auf ihre Konsole genügte Rey, um die Antwort zu finden. »Feldinstabilität.«

»Jepp.«

Er würde es ihr nicht erklären, begriff Rey. Wenn es eine Art Test ihrer Kompetenz war … nein, befand sie. Was sich innerhalb des Hyperantriebs abspielte, war zu gefährlich für einen Test. Sie betrachtete stirnrunzelnd die Kontrollen.

»Ich muss alles neu berechnen und die relevanten Parameter anpassen.«

»Neu berechnen?« Er beäugte seine eigenen Instrumente. »Ja. Moment mal – anpassen …« Einige Anzeigen wurden plötzlich rot. »Überlastung des Systems!«

»Das kriege ich hin!« Reys Finger flogen über die Kontrollen.

»Die Feldinstabilität nähert sich einem kritischen Stadium! Wenn sie überschießt, werden wir nichts mehr stabilisieren können!«

Sie arbeitete hektisch. »Gibt es vielleicht eine automatische Fluxmodulation? Die noch nicht aktiviert worden ist? Wenn sie nicht mit allem anderen aktiviert worden ist, versuchen Sie, sie mit Hilfsenergie in Betrieb zu nehmen.«

»Hilfsenergie«, rief Han. »Mach ich.«

Einen Moment später kam ein ohrenbetäubendes Brüllen von hinten. Han erhob sich vom Pilotensitz, um nachzusehen. »Bin gleich wieder da. Übernimm du.«

Rey, die sich des gewaltigen Kompliments, das sie gerade bekommen hatte, absolut nicht bewusst war, nickte geistesabwesend, während sie weiter die Kontrollen bediente.

In der Medizinbucht verband Finn Chewbacca gerade die verletzte Schulter. Für jemanden, der so groß war, überlegte er, während er den Reaktionen des brüllenden Wookies auswich, erwies Chewie sich als ein ungewöhnlich schwieriger Patient. Als dessen riesige, zottelige Hand Finn abermals packte, brachte BB-8 sich rasch in Sicherheit. Mit von einem fellbedeckten Arm gedämpfter Stimme versuchte Finn, den Wookie dazu zu bringen, vernünftig zu sein.

»Chewie, du musst mich loslassen. Ich kann diesen Verband nicht richtig anlegen, wenn ich nicht sehen kann, was ich tue. Und mich nicht bewegen kann. Und nicht atmen.«

Der Wookie nickte ängstlich.

»Also schön, dann lass mich los.« Chewbacca schüttelte prompt den Kopf. Verärgert – und inzwischen mit mehr als nur einem steifen Hals – brüllte Finn in Richtung Cockpit.

»Ich brauche Hilfe bei diesem riesigen Fellball!«

Als Chewbacca erneut vor Schmerz brüllte, war Han plötzlich mit grimmiger Miene zur Stelle. »Wenn du Chewie wehtust«, knurrte er, »bekommst du es mit mir zu tun!«

»Ihm wehtun?« Finn fuhr fort, mit den zotteligen Armen und Verbänden des Wookies zu kämpfen. »Er hat mich sechsmal fast umgebracht!« Eine massige Hand packte ihn am Kragen. Finn reagierte mit einem hastigen Lächeln. »Was in Ordnung ist. Wirklich.«

Han zögerte für einen Moment, beäugte seinen verwundeten Kopiloten und kehrte dann ins Cockpit zurück. Er ließ sich auf seinen Sitz fallen, betrachtete eine Anzeige nach der anderen und murmelte unglücklich: »Der Hyperantrieb geht hoch, und unsere Einzelteile wird man in drei verschiedenen Systemen wiederfinden.«

Abrupt verstummten alle Alarme. Eine zufriedene Rey lehnte sich in ihrem Sitz zurück. Han spähte verwirrt zu ihr herüber.

»Was hast du gemacht?«

»Die automatische Fluxkontrolle überbrückt und manuell rekalibriert.« Sie deutete mit dem Kopf auf die Konsole. »Das Feld hat sich stabilisiert. Die Temperatur im Ringbehälter fällt wieder auf einen normalen Wert.« Sie stieß einen langen Atemzug aus und schaute zu ihm hinüber. »Sonst noch was?«

Er ließ ein kurzes, anerkennendes Lachen hören. »Ja.« Er stand wieder auf und machte sich auf den Weg nach hinten. »Überwache weiter die Schiffssysteme und ruf mich, wenn es so aussieht, als würde in den nächsten paar Minuten etwas in die Luft fliegen.«

In der Medizinbucht kniete er sich neben den liegenden Chewbacca. Der Wookie stöhnte immer noch, aber nicht mehr so laut, jetzt, da das Schmerzmittel, das Finn ihm verabreicht hatte, zu wirken begann. Vorsichtig überprüfte Han die verbundene Wunde, während er seinen Kopiloten beruhigte.

»Nein«, murmelte er, »sag das nicht. Du hast dich großartig gehalten. Sie haben bloß einen Glückstreffer erzielt.« Er lächelte. »Man kann in einem Kampf die Augen nicht überall gleichzeitig haben. Kanjiklubber, Guavianer, Rathars – Rathars! Alle zurückzuhalten, mir Deckung zu geben und es dann selbst zum Schiff zu schaffen – es überrascht mich, dass es überhaupt einem von uns gelungen ist.« Er stand auf. »Du wirst schon wieder.«

Er drehte sich zu Finn um, der das Holoschach zu aktivieren versuchte. BB-8 stand neben ihm und sah ihm zu. Han zögerte. Es fiel ihm nicht leicht, aber es musste gesagt werden. Und er meinte es ernst.

»Gute Arbeit bei Chewie. Ich … danke dir.«

»Gern geschehen.« Finn schaute zu der Bettnische hinüber und richtete das Wort an den Patienten. »Danke, dass du mir nicht das Genick gebrochen hast.« Der Wookie antwortete mit einem kehligen, modulierten Dröhnen. Finn entschied sich dafür, es als eine Art Entschuldigung zu deuten.

Ein Wisch mit dem Finger über eine versenkte Kontrollfläche brachte Leben in die Schachfiguren. Sie stellten sich auf und sahen Finn dann fragend an. Da sie keine Anweisungen bekamen, begannen sie auf eigene Faust, miteinander zu kämpfen. Verärgert über seinen Mangel an Kontrolle versuchte Finn, das Spiel wieder auszuschalten, aber das erforderte anscheinend das Finden und Bedienen einer anderen Kontrolle. Han unterdrückte ein Lächeln.

Eigenartiger Typ, dachte Han. *Er kann eine ziemlich üble Schusswunde versorgen, kommt aber mit einem gewöhnlichen Schachspiel nicht klar.* Er zuckte die Achseln. Die Fähigkeiten des Mannes oder deren Mangel gingen ihn nichts an. Stattdessen fragte er: »Also. Flüchtlinge, hm?«

Finn nickte und deutete auf BB-8. »Es geht um die Karte, die er hat. Die Erste Ordnung will sie unbedingt in ihren Besitz bringen, und sie töten jeden, der versucht, sie ihnen vorzuenthalten.«

Rey erschien, als Finn es endlich schaffte, das Schachspiel zu deaktivieren. »Die Schiffssysteme sind stabil. Ich habe mich davon überzeugt, bevor ich alles auf Autopilot zurückgelassen habe.« Sie deutete auf Finn und den Droiden. »Die beiden gehören zum Widerstand. Und ich habe zu ihnen gehört. Also schätze ich, dass ich in den Augen der Ersten Ordnung jetzt ebenfalls zum Widerstand gehöre.«

Widerstandskämpfer? Han betrachtete Finn mit neuem Respekt – und mit nicht geringer Skepsis. Der jüngere Mann hatte sich in der Rauferei an Bord des Frachters durchaus gut gehalten, aber das bewies nur, dass er ein Überlebenskünstler war: kein Kämpfer. Weitere Einschätzungen konnten bis später warten, sagte Han sich. Im Moment …

Er schaute BB-8 an. »Dann lass uns mal sehen, was du hast.«

Der Droide rollte pflichtschuldigst in eine passende Position. Eine Linse leuchtete auf, und abrupt wurde der Frachtraum praktisch mit einer dreidimensionalen, enorm detaillierten und komplexen Sternkarte ausgefüllt. Nebelflecken, einzelne Sterne, transparente Spritzer konzentrierter dunkler Materie und ganze Sonnensysteme wurden vor ihnen ausgebreitet. Selbst Chewbacca richtete sich auf, um besser sehen zu können. Finn war beeindruckt und Rey von Ehrfurcht erfüllt – aber Han runzelte die Stirn.

Er trat in die dreidimensionale Projektion hinein und suchte nach den Positionen größerer Systeme und einzelner Richtsterne. Mit einem Finger zeichnete er die Umrisse eines besonders hellen und gut bekannten Nebel-Clusters nach. Wie alles andere in der Karte war ihre Darstellung brillant.

Sie war aber nur zur Hälfte da.

Er drehte sich zu den anderen um. »Diese Karte ist akkurat, aber sie ist nicht vollständig. Sie ist nur ein Teil des Ganzen. Das kann ich an der Lage der Brüche und an den Gruppen erkennen, die unvollständig sind.« Er stieß einen leisen Grunzlaut aus. »Seit Luke verschwunden ist, suchen die Leute nach ihm.«

Rey sprach, während sie die Details der wunderbaren, aber unvollkommenen Karte in sich aufnahm. »Warum ist er überhaupt fortgegangen?«

Han schürzte die Lippen, dachte zurück und erinnerte sich.

»Er hat eine neue Generation von Jedi ausgebildet. Es war niemand mehr übrig, der das sonst hätte tun können, daher hat er die Last auf sich genommen. Alles lief gut, bis ein Junge, ein Schüler, sich gegen ihn wandte und alles zerstörte. Alles, wofür Luke gearbeitet hatte, war dahin. Luke fühlte sich dafür verantwortlich. Er hat sich von allem zurückgezogen.«

Finns Ton war respektvoll. »Wissen Sie, was aus ihm geworden ist? Weiß das irgendjemand?«

Han drehte sich zu ihm um. »Es hat alle möglichen Gerüchte und Geschichten gegeben. Wenn Leute keinen Zugang zu Tatsachen haben, erfinden sie, was sie glauben wollen oder was sie denken, das andere gern hören würden. Die Leute, die ihn am besten kannten, denken, er habe sich auf die Suche nach dem ersten Jedi-Tempel begeben.«

Rey hatte für eine Weile geschwiegen und alles in ehrfürchtigem Schweigen in sich aufgenommen. Nun konnte sie nicht länger an sich halten.

»Die Jedi hat es wirklich gegeben?«

Han lächelte schwach, ein Lächeln, das ebenso ihm selbst galt wie ihr. »Diese Frage habe ich mir früher auch gestellt. Es klingt nach einem Haufen Unfug. Eine magische Kraft, die Gut und Böse zusammenhält, Hell und Dunkel.« Er brach ab, als seine Stimme verklang. »Das Verrückte ist, es ist alles real. Die Jedi, die Macht – es ist wahr. Alles ist wahr.« Er holte sich selbst in die Realität zurück.

»Genauso wie es wahr ist, was Finn gesagt hat: Die Erste Ordnung wird uns alle wegen dieser Karte töten.«

Ein weiterer Alarm erklang, aber diesmal wesentlich ziviler als die, mit denen sie es zuvor zu tun gehabt hatten. Chewbacca machte Anstalten, sich zu erheben, aber Han streckte eine Hand aus, um ihn daran zu hindern.

»Nein. Du entspannst dich.« Mit einem Seitenblick zu Finn fuhr er fort: »Ruiniere nicht die gute Arbeit unseres Freundes hier, indem du deine Wunde jetzt schon zu sehr belastest.« Er ging ins Cockpit. »Hier ist unser Ziel.«

11. Kapitel

Es gab vielleicht schönere Welten in der Galaxis als Takodana, aber dann waren sie Han unbekannt. Grün und mild, überzuckert mit Bändern weißer Wolken, durchzogen von kleinen Seen und hell glänzenden Flüssen erschien sie vor ihnen, als der *Millennium Falke* aus dem Hyperraum fiel. Mit ihm auf dem Pilotensitz, Rey als Kopilotin sowie Finn und BB-8 hinter ihnen war das Cockpit überfüllt.

»Was machen wir hier?«, fragte Finn.

»Sie wollten meine Hilfe, Sie kriegen sie«, antwortete Han ihm. »Wir werden einen alten Freund besuchen.« Gleichzeitig bemerkte er, dass Rey wie gebannt aus dem Cockpitfenster schaute. Sie schien den Tränen nahe zu sein.

»Hey – bist du okay?«

»Ich wusste nicht, dass es in der ganzen Galaxis so viel Grün gibt«, antwortete sie voller Ehrfurcht.

Er sah sie noch einen Augenblick an, brachte den *Falken* dann sanft herunter und steuerte einen Ort an, der ihm noch gut im Gedächtnis war. Die Wolken flogen in kleinen Fetzen vorbei und gaben den Blick auf einen anscheinend endlosen, immergrünen Wald frei. Als er das Schiff auf suborbitales Tempo abbremste, wurden vor dem Frontfenster weitere Einzelheiten sichtbar: gewellte Hügel, Flüsse und Seen, die wie Bögen aus Alufolie glänzten.

Dann erreichten sie eine hoch aufragende, steinerne Burg, und er bereitete die Landung vor. Finn betrachtete das Bauwerk und konnte nicht sagen, welchem Volk und welcher Epoche es seine Entstehung verdankte. Kunstgeschichte gehörte nicht zum Fächerkanon angehender Sturmtruppler. An einer Seite der Burg schloss sich unmittelbar ein langgestreckter See an. Für ihn von größerem Interesse war der Landeplatz am anderen Ende, auf dem sich kleine, dem *Millennium Falken* nicht unähnliche Frachter drängten. Wie der *Falke* zeigte die Mehrheit der geparkten Schiffe starke Gebrauchsspuren, schien aber gut gewartet zu sein.

Als sie von Bord gingen, staunten Rey und BB-8 über den Wald, den See und die Burg. Chewbacca, der leicht humpelte, aber ansonsten seine Wunden nicht beachtete, ignorierte das ländliche Panorama, um die Unterseite des *Falken* zu inspizieren.

Han, der noch an Bord war, öffnete eine Kiste und begann darin zu stöbern. Aus dem Durcheinander zog er einen benutzten Blaster nach dem anderen hervor und legte sie sorgfältig auf eine Seite. Damit war er immer noch beschäftigt, als Finn hinter ihn trat.

»Solo, ich bin mir nicht sicher, was uns hier erwartet. Einige Details wären willkommen.«

Han drehte sich halb um, schaute zu ihm hinüber und sagte leise: »Hast du mich gerade ›Solo‹ genannt?«

»Tut mir leid – Han. Mr. Solo. Hören Sie, ich bitte nicht leichtfertig um Informationen. Ich bin eine ziemlich große Nummer beim Widerstand. Was eine echte Zielscheibe auf meinen Rücken setzt. Ich muss wissen, dass es hier keine Verschwörer gibt, okay? Keine Sympathisanten der Ersten

Ordnung? Denn sie werden jetzt nach mir suchen, und ich kann keine Überraschungen gebrauchen.«

»Überraschungen«, wiederholte Han nachdenklich. »Ja, du hast recht. Ganz gleich, wohin du gehst, ganz gleich, wem du zufällig über den Weg läufst, die Galaxis ist einfach voller Überraschungen.« Sein Gesichtsausdruck wurde ernst. »Hör zu, große Nummer, du hast noch ein Problem. Ein größeres Problem. Viel ernster als Sorgen wegen der Sympathisanten der Ersten Ordnung. Und zwar folgendes: Frauen finden immer die Wahrheit heraus.« Er überreichte ihm einen Blaster. Finn nahm die Waffe entgegen, drehte sie in den Händen und unterzog sie einer professionellen Untersuchung. Sie war tadellos. »Immer«, bekräftigte Han.

Er stand auf und schob sich an dem jüngeren Mann vorbei aus dem Falken. Finn sah ihm nach, zermürbt von Schuldgefühlen. Aber es gab nichts, was er dagegen tun konnte. Jedenfalls jetzt nicht.

Draußen unterbrach Han die Besichtigungstour. Rey war kaum in der Lage, ihr Entzücken über ihre Umgebung zu bezähmen.

»Ich kann nicht glauben, dass es das hier wirklich gibt. Es riecht nicht einmal wirklich.«

Er nickte verständnisvoll und deutete auf den umliegenden Wald. »Das ganze Grünzeug hier produziert Sauerstoff. Macht einen großen Unterschied, wenn man vorher nur recycelte Schiffsluft geatmet hat.« Er bot ihr einen Blaster an. »Den brauchst du vielleicht.«

Rey sah die Waffe an, dann wieder ihn. »Ich habe bereits ein oder zwei üble Situationen erlebt. Ich komme schon zurecht.«

»Das weiß ich, und deshalb gebe ich dir diese Waffe.« Er hielt ihr den Blaster weiter hin. »Nimm sie.«

Sie betrachtete den Blaster und fühlte sich davon angezogen wie von neuer, unvertrauter Technik. Schließlich nahm sie die Waffe an und hob sie vorsichtig.

»Sie ist schwer«, lautete Reys Einschätzung.

Er dachte nach. Hatte er sie falsch eingeschätzt? »Du weißt, wie man damit schießt?«

»Abzug«, gab sie zurück. »Man zielt und drückt ab.«

»Bei diesem Modell ist es ein wenig mehr als das. Gib dir etwas mehr Mühe, und du erzielst bessere Ergebnisse. Du hast noch eine Menge zu lernen. Hast du einen Namen?«

»Rey.« Sie hob die Waffe hoch und richtete sie auf ein imaginäres Ziel, darauf bedacht, die Mündung weit von Han oder irgendjemandem sonst wegzuhalten.

»Rey«, wiederholte er. »Rey, ich habe daran gedacht, noch jemanden in meine Crew aufzunehmen.«

Sie lächelte ihn an. »Nach dem, was Sie uns erzählt haben, hat das bei Ihrem letzten Job für Ihre Crew nicht besonders gut funktioniert.«

Er tat ihren Einwand ab. »Ich brauchte eine größere Crew für einen größeren Job mit einem größeren Schiff.« Er zeigte auf Chewbacca, der seine Inspektion fortsetzte. »Für den *Falken* brauche ich weniger. Vielleicht eine weitere Person. Ein zweiter Maat. Jemand, der aushilft. Jemand, der mit Chewie und mir mithalten kann und der klug genug ist, um zu wissen, wann er aus dem Weg bleiben muss. Jemand, der den *Falken* und dessen versteckte Fähigkeiten zu schätzen weiß.«

Sie sah ihn an. »Geben Sie mir einen Job?«

Er hielt ihrem Blick ohne einen Wimpernschlag stand. »Der Job zahlt sich nicht sofort aus, und ich werde nicht nett sein, und …«

Ebenso erfreut wie verblüfft unterbrach sie ihn. »Sie bieten mir einen Job an.«

»Ich denke nur darüber nach«, korrigierte Han sie.

»Nun … wenn Sie es täten, würde ich mich geschmeichelt fühlen.« Rey hielt inne. »Aber ich muss woanders sein.«

»Auf Jakku«, sagte Han wissend.

Rey nickte. »Ich war bereits zu lange fort.«

Han legte ihr eine Hand auf die Schulter. »Lass es mich wissen, wenn du deine Meinung änderst.« Er drehte sich um und rief zum Schiff hin: »Chewie! Überprüf ihn, so gut du kannst. Mit ein wenig Glück werden wir nicht lange hier bleiben.« Sein Blick kehrte zu dem Mädchen zurück, das vor ihm stand. »Du lächelst zu viel, Rey.«

Rey nickte pflichtschuldigst. »Ich werde daran arbeiten«, sagte sie mit einem breiten Lächeln.

Sobald Han sich davon überzeugt hatte, dass der *Falke* wenn nötig in aller Eile starten konnte, gingen sie zu der nahen Burg hinüber. Während Chewbacca zurückblieb, um sich um eine Anzahl geringerer Reparaturen zu kümmern und seine Verletzung zu pflegen, genossen die Übrigen den Weg durch den Wald. Als sie sich dem beeindruckenden Bauwerk mit seinen seltsamen, kegelförmigen Türmen näherten, stellte Finn fest, dass er außerstande war, das Alter der Burg zu schätzen.

»Warum sind wir hier?«, fragte er, als sie eine breite steinerne Treppe hinaufgingen.

»Um deinem Droiden ein sauberes Schiff zu besorgen. Denkst du, es war Glück, dass Chewie und ich den *Falken* gefunden haben? Wenn wir ihn auf unseren Scannern finden konnten, konnte die Erste Ordnung das auch.« Han deutete auf die hohen Mauern, die jetzt unmittelbar vor ihnen aufragten. Bunte Fahnen, die zahlreiche Kulturen und Völker repräsentierten, hingen von den Zinnen, einige

Banner verblasster und ausgefranster als andere. »Die Galaxis ist voller Wasserlöcher, aber es geht nichts über diesen Ort. Er wird seit tausend Jahren von einer alten Schmugglerin namens Maz Kanata geleitet. Ihr wollt BB-8 zum Widerstand bringen? Maz ist unsere beste Chance.«

Sanft, aber bestimmt nahm er den Blaster, den er ihr gegeben hatte, aus Reys Händen und schob ihn ihr hinten in den Gürtel. »Hier spaziert man nicht mit einer Waffe in der Hand herein. Der erste Eindruck zählt. Das Wichtigste hier ist es, sich bedeckt zu halten, unter dem Radar zu bleiben. Maz ist ein wenig gewöhnungsbedürftig. Also überlasst das Reden mir. Und was immer ihr tut, gafft nicht.«

Rey und Finn antworteten fast gleichzeitig: »Was sollen wir nicht angaffen?«

»Nichts sollt ihr angaffen«, wies Han sie an.

Die Tore waren unverschlossen. Ein Flur führte zu einer großen, offenen Halle, in der ein buntes Durcheinander von Menschen, Humanoiden und eindeutig nicht menschlichen Kreaturen sich damit beschäftigte, zu essen und zu trinken, sich Glücksspielen hinzugeben, Intrigen zu schmieden, zu verhandeln, zu streiten und gelegentlich zu versuchen, einander die Leber zu spalten. Die Leber oder irgendein äquivalentes Organ. Han ging voran und bahnte ihnen mit Stößen, Bitten oder Schmeicheleien einen Weg.

Die Gestalt, die jetzt vor ihm stand und den Weg versperrte, war klein. Tatsächlich sehr klein, und offensichtlich sehr alt. Abrupt wirbelte dieser entschieden wenig beeindruckende Humanoide herum, als spüre er etwas, ohne es zu sehen.

Der unbehaarte Schädel dieser Gestalt war, wo er unter der schlichten, grauen Kappe hervorschaute, von einem verwitterten, gelblichen Braun. Gewaltige Linsen, die gleichzeitig Brille und Lupe waren, bedeckten ihre Augen. Die Nase war klein, beinahe zierlich, und der Mund schmal. Sie war schlicht und praktisch gekleidet: ausgebeulte, dunkelbraune Hose, die in handgemachten Stiefeln steckte. Eine Weste aus einem anthrazitgrauen Material schloss sich über einem blaugrünen, pulloverähnlichen Hemd, dessen Ärmel bis knapp unter die Ellbogen aufgekrempelt waren und fast goldfarbene Haut sehen ließen. Eine Schnalle aus irgendeinem silbrigen Material hielt einen lederartigen Gürtel, an dem verschiedenes technisches Gerät hing. Im Gegensatz zu der schlichten Kleidung wirkten die zahlreichen Armbänder und Ringe, die die Humanoide trug, beinahe protzig.

Als sie Han erblickte, stieß sie ein Kreischen aus, das von den Wänden widerhallte und ihre Größe Lügen strafte.

»HAAAAAAN SOLO?«

Sämtliche Aktivitäten in der Halle wurden eingestellt, als alle Anwesenden sich zu den Neuankömmlingen umwandten.

»Maz …«, sagte Han erschöpft.

Finn schüttelte den Kopf. »Unter dem Radar bleiben«, murmelte er. »Perfekt.«

»Bist du noch im Geschäft?«, fragte Han sie.

»Mit knapper Not!«, blaffte sie den viel größeren Menschen an. »Dank eines gewissen Schnorrers, der mir mein Geld nach fast zwanzig Jahren immer noch nicht zurückbezahlt hat. Kannst du dir etwas so Grässliches vorstellen?«

»Vielleicht«, gab Han zu.

Wer immer sie war – und was immer sie war –, Finn hatte bereits erkannt, dass sie auf Augenhöhe mit Han Solo sprach, zumindest soweit es beiläufigen Sarkasmus betraf.

Maz sah Han mit großen Augen an. »Wo ist mein Freund?«

»Chewie repariert den *Falken«,* sagte Han ihr.

Maz nickte. »Das ist wirklich ein süßer Wookie. Es tut mir so leid«, bemerkte sie abrupt zu Finn und Rey.

»Was tut Ihnen leid?«, fragte Rey nervös.

»Was immer an Problemen er euch eingebrockt hat«, antwortete Maz. »Kommt! Setzt euch! Ich kann es gar nicht erwarten zu hören, was du diesmal von mir willst«, sagte sie zu Han.

Die Neuankömmlinge folgten Maz aus der Haupthalle. Unter jenen, die ihnen hinterherschauten, waren ein enormer, haarloser und schlampig gekleideter Dowutin-Muskelprotz namens Grummgar und eine gertenschlanke Bohnenstange, die auf den Namen Bazine Netal hörte. Im Gegensatz zu ihrem massigen Gefährten war Bazine ganz menschlich. Sie trug ein exquisites, wenn auch strenges, langärmeliges Kleid, das in einer optischen Illusion aus Schwarz und Grau gemustert war, komplett mit Käppchen, Hals- und Schulterschutz aus schwarzem Leder und einem Gürtel, an dem eine lange, tödliche Klinge hing. Die Lippen und Fingerspitzen hatte sie schwarz geschminkt. Das ungleiche Paar beobachtete Han und seine Gefährten, bis sie außer Sicht waren. Sobald sie verschwunden waren, suchte Netal sich eine stille Ecke.

Mit dem Kommunikator, den sie benutzte, ließen sich verschlüsselte Nachrichten über den zentralen planetaren Kommverstärker senden. Daher dauerte es nicht lange, eine Fernverbindung aufzubauen.

»Ja. Bazine Netal hier. Ich habe sie.«

Sein privates Reich war nicht als solches markiert. Schilder, akustische Warnungen oder schützende Geräte waren nicht nötig. Jeder auf dem Schiff wusste, was es war, wem es gehörte und was er darin aufbewahrte. Niemand würde auf die Idee kommen, das Sanktuarium zu verletzen. Denn das bedeutete Strafe, Schmerz und ziemlich wahrscheinlich Schlimmeres.

Die Beleuchtung war gedämpft. Selbst mit mehr Licht würde nicht viel mehr zu sehen sein. Zwei Konsolen, die von roten Lichtern beherrscht wurden, flankierten die Tür. Eine einzelne aus dem Boden ragende Konsole befand sich in der Mitte des Raums, davor ein leerer Stuhl. Sonst war der Raum nur spärlich möbliert. Die Person, die ihn ihr Eigen nannte, brauchte nichts von dem gewohnten Beiwerk, das empfindungsfähige Wesen bevorzugten. Sie war mit sich selbst und mit dem, wo sie war, zufrieden.

Die Nische, in der Kylo Ren kniete und sprach, war dunkler als der Rest der Kammer. Er hielt es mit Bedacht so, da es ihm passend schien. Er sprach jetzt in einem Tonfall, der sich von dem unterschied, den er normalerweise anschlug, wenn er sich mit anderen unterhielt. Hier gab es keine Befehle zu erteilen, keine jämmerlichen Untergebenen zu instruieren. Der, mit dem er sich gegenwärtig unterhielt, würde alles verstehen, was Ren zu sagen hatte, mit jeder Stimme, die er einzusetzen sich entschied. Hier und jetzt waren Einschüchterung und Furcht nicht nötig. Kylo Ren sprach, und das Ziel seiner Worte lauschte schweigend.

»Verzeih mir. Ich spüre es wieder. Den Sog zum Licht. Der Oberste Führer spürt es. Zeige mir noch einmal die Macht der Dunkelheit, und ich werde dafür sorgen, dass uns nichts im Weg steht.«

Allein im Raum schaute Kylo Ren – von düsterer Erscheinung, schlanker Gestalt, mit gequälter Miene und sorgenschwerem Blick – auf den stummen Empfänger seines Geständnisses.

»Zeig sie mir, Großvater, und ich werde vollenden, was du begonnen hast.«

Leicht zitternd erhob er sich von dort, wo er gekniet hatte, und begab sich in einen anderen Teil seiner privaten Räume. Es gab keine Reaktion von dem, zu dem er gesprochen hatte, weder Widerspruch noch Zustimmung. Nur Schweigen kam von dem Objekt, dem Rens Inbrunst galt: einer geisterhaften, deformierten Maske, die einst einem anderen gehört hatte. Einer berüchtigten Gestalt, die eine legendäre Angst verbreitet hatte.

Sie war so missgestaltet und deformiert, dass niemand, der das Antlitz Darth Vaders erblickt hatte, es jemals wieder vergaß.

Finn, als ehemaliger Sturmtruppler von deren üblicher synthetischer Kost nicht gerade verwöhnt, genoss die Mahlzeit und aß mit gutem Appetit. Der aber nichts war im Vergleich zu dem von Rey. Er konnte nur über die Mengen staunen, die das Mädchen verzehrte. Es war, als hätte sie noch nie in ihrem Leben natürliche Speisen gegessen. Deren Herkunft schien ebenfalls keine Rolle zu spielen. Sie verschlang alles in ihrer Reichweite, ohne sich die Mühe zu machen zu fragen, was es war und woher es kam. Han aß ebenfalls mit großem Appetit, aber viel manierlicher. Finn ertappte sich dabei, dass er den kugelförmigen BB-8 beneidete, für den derart unappetitliche, organische Freiübungen lediglich ein Vorwand waren, um über die Erhabenheit mechanischen Lebens zu meditieren.

»Eine Karte, die zum ersten Jedi-Tempel führt!« Maz staunte, während sie in der Küche werkelte. »Zu Skywalker persönlich! Ich habe die Hoffnung nie aufgegeben, dass er noch lebt.«

»Nun, das ist gut zu hören, denn ich muss dich um einen Gefallen bitten«, erwiderte Han.

Maz sah ihn wissend an. »Du brauchst ein Darlehen. Ich habe von den Rathars gehört. König Prana ist nicht glücklich.« Sie brach ab und sah Rey an. »Wie ist das Essen?«

»Köstlich«, antwortete Rey enthusiastisch zwischen zwei Bissen.

»Du musst diesen Droiden zum Widerstand bringen …«, erklärte Han.

»Ich?«, fragte Maz spitz.

»… und Darlehen klingt ebenfalls gut.«

»Ich sehe, du steckst in Schwierigkeiten«, bemerkte Maz. »Ich werde dir helfen, weiterzukommen und Snokes Jägerstaffeln auszuweichen, aber ich bin nicht diejenige, die sich auf den Weg zum Widerstand machen muss, das weißt du ganz genau.«

»Leia will mich nicht sehen«, sagte Han verlegen.

»Wer kann ihr einen Vorwurf machen!«, rief Maz aus. »Aber bei diesem Kampf geht es um mehr als um dich und diese Frau. Han, kehr nach Hause zurück.«

»Welcher Kampf?«, hakte Rey nach.

»Der einzige Kampf, der gegen die dunkle Seite. Im Laufe der Zeiten habe ich das Böse viele Formen annehmen sehen. Die Sith. Das Imperium. Heute ist es die Erste Ordnung. Ihr Schatten fällt über die Galaxis. Wir müssen uns ihr stellen. Gegen sie kämpfen. Wir alle.«

Finn schnaubte. »Das ist doch verrückt. Sehen Sie sich um. Es besteht keine Chance, dass man uns nicht bereits erkannt hat. Ich wette, die Erste Ordnung ist bereits auf dem Weg …« Er brach ab, als Maz ihre Schutzbrille zurechtrückte und ihre Augen noch größer werden ließ als gewöhnlich. »Was?«, fragte Finn entrüstet.

Statt sofort zu antworten, wurden Maz' Augen irgendwie innerhalb der Schutzbrille noch größer, unvorstellbar riesig.

Dann kletterte sie auf den Tisch und trat direkt vor Finn hin. Er wurde langsam nervös, auf eine Weise, wie er sie nicht mehr erlebt hatte, seit er die Burg betreten hatte. »Solo, was tut sie?«, fragte er.

Han zuckte die Achseln. »Keine Ahnung«, antwortete er, »aber es ist nicht gut.«

Endlich sprach Maz. »Ich habe über tausend Jahre gelebt, Sohn. Lange genug, um die gleichen Augen bei verschiedenen Leuten zu sehen.« Sie rückte ihre Schutzbrille abermals zurecht, und zu Finns Erleichterung wurden die Augen der Freibeuterin wieder normal. »Ich sehe in die Augen eines Mannes, der weglaufen will«, erklärte sie ernst.

»Sie wissen überhaupt nichts über mich«, sagte Finn frustriert. »Woher ich komme. Was ich gesehen habe. Sie kennen die Erste Ordnung nicht so, wie ich sie kenne. Sie werden uns niedermetzeln. Wir müssen alle weglaufen.«

Maz musterte ihn, dann deutete sie zurück zur Haupthalle. »Dicker Kopf, rotes Hemd, glänzende Waffe. Leuchtend roter Helm mit Ohrlaschen. Sie wollen zum Outer Rim. Werden dir gegen Arbeit eine Passage geben. Geh.«

Unbeholfen stand Finn auf. Alles war sehr schnell geschehen. Zu schnell. Das Letzte, was er erwartet hatte, war die Erfüllung seiner Bitte.

Langsam griff er an seinen Gürtel, zog den Blaster heraus, den Han ihm gegeben hatte, und hielt ihn seinem Besitzer hin. »Es war schön, Ihre Bekanntschaft zu machen. Wirklich.«

Han sah ihn nicht an. »Behalt den Blaster.«

Finn zögerte, aber es gab nichts mehr zu sagen. Sinnlose Worte verschwendeten nur gute Atemluft. Er wandte sich ab und ging.

Rey sah ihm nach. Sie war verwirrt und verletzt von

dieser abrupten Wendung der Ereignisse. Sie hatten eine Menge zusammen durchgestanden, sie und dieser fremde, aber nette junge Mann, und sein plötzliches, einigermaßen unerklärliches Verschwinden traf sie hart.

Obwohl seine Gedanken sich überschlugen, schaffte Finn es, sie unter Kontrolle zu halten, während er sich dem Tisch näherte, auf den Maz gedeutet hatte. Es waren keine Menschen in der Gruppe, möglicherweise mit Ausnahme des Captains mit dem roten Helm, aber alle beäugten ihn ohne Vorurteile. Selbst der toplastige, warzenbedeckte, einbeinige gabdorinische erste Maat wartete höflich darauf, dass er erklärte, was er wollte. Nachdem er schon so weit gekommen war, zögerte Finn nicht, das Wort an den Captain zu richten.

»Ich habe gehört, dass ihr noch jemanden für euer Schiff sucht. Ich heuere an, wenn ihr mich dafür in irgendeine zivilisierte Welt im Outer Rim bringt.«

Der erste Maat antwortete ihm, aber Finn verstand kein Wort der Sprache, die der Gabdorin sprach. Der Captain blieb still.

»Ich weiß nicht, was du sagst«, antwortete er, »aber wir haben eine Abmachung.« Er lächelte und hoffte, dass sein Gesichtsausdruck nicht missfiel. Oder als feindselig betrachtet wurde.

Das Gespräch wurde durch Reys Ankunft unterbrochen, begleitet von einem ängstlichen, leise piependen BB-8. Sie war gleichzeitig verwirrt und zornig.

»Was soll das?«

Finn lächelte den Anführer der fremdartigen Crew abermals an. »Gebt mir eine Sekunde Zeit. Oder wie immer ihr die Zeit messt.« Er schob Rey vom Tisch weg und ließ die Aliens zurück, die Unverständliches murmelten.

»Du hast gehört, was Maz gesagt hat«, zischte Rey ihn an. »Du bist Teil dieses Kampfes. Das sind wir beide.« Sie schaute ihm forschend ins Gesicht. »Du musst doch irgendetwas spüren …«

»Ich bin nicht der, für den du mich hältst. Ich bin nichts Besonderes. In keiner Weise.«

Sie schüttelte langsam den Kopf und verstand nicht, was sie hörte. »Finn, wovon sprichst du? Ich habe dich beobachtet. Ich habe dich in Aktion gesehen, ich habe …«

Seine Stimme war gepresst, als er endlich mit der Wahrheit herausplatzte. »Ich bin kein Held. Ich gehöre nicht zum Widerstand. *Ich bin ein Sturmtruppler.*«

Das brachte sie zum Schweigen. Er hätte ihr geradeso gut mit einem Blaster ins Gesicht schlagen können.

»Wie alle anderen Angehörigen dieser Truppe auch wurde ich von einer Familie fortgeholt, die ich niemals kennen werde«, fuhr er hastig fort. »Ich wurde dazu erzogen, eine einzige Sache zu tun. Darauf trainiert, eine einzige Sache zu tun. Den Feind zu töten.« Er verspürte etwas, das nicht hätte da sein sollen, das kein Teil seiner Ausbildung war. »Aber bei meinem ersten Kampf habe ich eine Entscheidung getroffen. Ich würde nicht für sie töten. Also bin ich weggelaufen. Wie der Zufall es wollte, dir direkt in die Arme. Und du hast mich gefragt, ob ich vom Widerstand bin, und mich angesehen, wie das noch nie jemand getan hatte. Also habe ich das Erste gesagt, was mir einfiel und von dem ich dachte, es würde dir gefallen. Ich habe mich dessen geschämt, was ich war. Aber ich bin mit der Ersten Ordnung fertig. Ich werde nie mehr zurückkehren.«

Plötzlich fiel es ihm schwer zu schlucken, geschweige denn zu sprechen. »Rey, komm mit mir.«

Sie schüttelte den Kopf. »Geh nicht.«

»Pass gut auf dich auf«, flehte er sie an. »Bitte.« Er drehte sich um und kehrte zu den wartenden Aliens zurück.

Der Captain mit dem roten Helm schaute zu ihm auf. Finn nickte knapp und hoffte, dass die Geste so universell war, wie man es ihm gesagt hatte. »Ich bin bereit, wann immer Sie bereit sind.« Der Erste Maat antwortete in seiner stolpernden Sprache, und Finn nickte ein zweites Mal. »Was auch immer.«

Die Crewmitglieder erhoben sich und gingen zur Haupttür. Als Finn sich ihnen anschließen wollte, wandte eine gequälte Rey sich von ihm ab und ging, ohne BB-8s beunruhigtes Piepen zu beachten.

Finn hatte mehr sagen wollen, bevor er begriff, dass alles, was ihm einfiel, schlimmer als überflüssig sein würde. Besser es so zu belassen, wie es war, sagte er sich. Sauberer Bruch, keine Szene, kein Gebrüll oder Geschrei. Er ging mit der Crew von Aliens und hielt am Ausgang der Halle nur einmal kurz inne, um zurückzublicken. Sie hatte sich nicht noch einmal nach ihm umgedreht. Was nur gut war, dachte er, als die Tür sich hinter ihm schloss.

Das war es, was er sich sagte. Aber das war es nicht, was er fühlte.

Rey war von Finns vollkommen unerwartetem Geständnis so verwirrt, dass sie die massige Gestalt mit ihren beiden Handlangern nicht bemerkte, die durch die Menge auf sie zukam. Bis eine dicke Hand nach ihr griff. Eine Sekunde später bemerkte BB-8, was geschah und stieß eine Reihe erschrockener Pieplaute aus.

»Hallo, Rey.«

Sie erkannte die Stimme, noch bevor sie das Gesicht sah. *Unkar Plutt.*

Dieses abstoßende Antlitz war unverkennbar. Nachdem

sie einen schnellen Blick auf seine übergroßen Lakaien geworfen hatte, richtete sie ihre Aufmerksamkeit erstaunt auf ihn.

»Wie … wie hast du mich gefunden?«

Er lächelte. Das verbesserte sein Aussehen nicht. »Das Schiff, das du gestohlen hast. Der *Millennium Falke.* Du kannst ein Schiff nicht verfolgen, während es sich im Hyperraum befindet. Aber wenn es wieder auftaucht, und vor allem nachdem es irgendwo gelandet ist, gibt es Mittel und Wege. Teuer, aber im Fall von wertvollem Besitz oft lohnend. Definitiv lohnend im Fall des *Falken.* Er ist zufällig mit einem versteckten imperialen Tracker ausgestattet. Alte Technologie, aber immer noch ziemlich funktionstüchtig. Was meine Anwesenheit hier bezeugen kann. Es hat nicht viel dazugehört, ihn aufzuspüren.«

Niemand in der Halle schenkte ihnen auch nur die geringste Beachtung, bemerkte sie besorgt. An einem Ort, an dem sich alle um ihre eigenen Angelegenheiten kümmerten, wünschte sie sich fieberhaft jemanden, der dazwischenging. Sie wand sich trotzig in Plutts Umklammerung.

»Ich schlage freundlich vor, dass du mich loslässt. Jetzt.«

Trotz ihrer Versuche, sich zu wehren, zog er sie stetig näher heran. Sie kam nicht um die Feststellung herum, dass der Gestank seines Atems dem widerlichen Anblick seiner Fratze in nichts nachstand.

»Ich schlage weniger freundlich vor, dass du mich leise begleitest. Anderenfalls fangen wir gleich hier an, wo du diesem galaktischen Abschaum eine gewisse Unterhaltung bieten kannst.« Er hielt sein Gesicht so nah vor ihres, dass sie sich beinahe berührten, dann senkte er die Stimme. »Ich werde dich und deinen ermüdenden Droiden dafür zahlen lassen, was du getan hast.«

Aus solcher Nähe konnte er ihren Gesichtsausdruck sehen – aber nicht ihre Hände. Sie riss ihren Blaster heraus und rammte ihn ihm direkt gegen die Nase. Seine Lakaien stürzten herbei, nur um von ihrem Herrn zurückgewunken zu werden.

Rey knurrte leise. »Ich denke ernsthaft daran, deinem Gesicht ein weiteres Loch hinzuzufügen.«

Er kicherte unfreundlich, dann packte er mit einer einzigen fließenden Bewegung den Blaster und entriss ihn ihr. Sie machte ein langes Gesicht. Bevor es ihm gelang, den Blaster zu packen, hatte sie abgedrückt – davon war sie überzeugt. Aber aus irgendeinem Grund hatte die Waffe nicht funktioniert.

Er schüttelte in gespieltem Mitleid den Kopf, als er den Blaster hochhielt. »Du musst ihn zuerst entsichern.« Ein Finger bewegte sich zu dem beinahe versteckten fraglichen Schalter. »Hier, ich werde es dir zeigen. Du legst einfach diesen kleinen …«

Der erhobene Blaster verschwand aus Plutts Hand, weggerissen von einer viel größeren Pranke. Erschrocken schaute Plutt zurück – und hinauf in das pelzige Gesicht eines trügerisch ruhigen Wookies.

»Rrrrr …«

Nicht besonders beredt von Chewie, dachte Rey erleichtert, aber es übermittelte die Botschaft.

Plutt allerdings war nicht beeindruckt. Als er die bandagierte Schulter bemerkte, stocherte er mit der gleichen Hand darin herum, mit der er Reys Waffe weggerissen hatte.

»Ein halber Wookie ist kein großer Grund zur Sorge.« Er nahm Kampfhaltung an. »Nicht gegen mich im Ganzen.« Er holte aus und schlug zu.

Chewbacca fing seine Faust ab, drehte sie herum und riss

Plutt den Arm an der Schulter glatt ab. Dann warf er das abgetrennte Glied quer durch den Raum. Plutt schaute an sich hinab und stieß einen Schmerzensschrei aus, während seine Begleiter hastig zurückwichen.

Der Arm landete auf einem Tisch, wo eine Gruppe vierarmiger, langschnäuziger Culisettos sich dem Glücksspiel hingab. Mit einem verärgerten Schnauben griff einer von ihnen das amputierte Glied und warf es geistesabwesend beiseite, damit das Spiel weitergehen konnte. In der Nähe drehte sich ein kleiner, zweifüßiger GA-97-Droide um und hielt Ausschau nach der Quelle des abgetrennten Gliedes. Obwohl er sich zuerst auf Rey konzentrierte, richtete sich seine Aufmerksamkeit schnell auf den rundlichen Droiden an ihrer Seite. Das visuelle Erkennen löste einen kurzen, aber sehr wichtigen programmierten Ablauf aus, der damit endete, dass der GA-97 ein komprimiertes Signal ungerichtet ausstrahlte, das kodiert, dekodiert, verschlüsselt und gezielt in die Tiefen des Alls gesendet wurde.

Wo es sehr bald empfangen, dekodiert und entschlüsselt wurde, um zum Auslöser eines elektronischen Freudenschreis zu werden.

Nur sehr selten verspürte C-3PO das Verlangen, sich schnell zu bewegen. Dies war jetzt der Fall, aber seine Programmierung beschränkte ihn auf eine Gangart, die weniger als befriedigend war. Wenn er, so überlegte er, doch nur so schnell laufen wie reden könnte.

Trotz seiner eingeschränkten Gehgeschwindigkeit fand er schließlich General Organa. Sie war in ein intensives Gespräch mit einem taktischen Spezialisten verstrickt. Der Droide ignorierte die Tatsache, dass sie ein ernsthaftes Gespräch führte, und begann unvermittelt zu sprechen.

»Prinzessin … ich meine, General!« Beim Klang der vertrauten Stimme des Protokolldroiden drehte Leia sich um und winkte den Techniker zur Seite. »Ich hasse es zu prahlen – wie Sie wissen, wurde ich während meiner letzten Überholung mit einem Bescheidenheitsschaltkreis ausgestattet, obwohl ich mir nicht vorstellen kann, warum irgendjemand denken sollte, ich würde dergleichen benötigen –, aber ich muss das Risiko eingehen, einen Moment Ihrer Zeit zu beanspruchen, um mein eigenes Loblied zu singen!«

»Dreipeo!« Sie versuchte nicht, ihren Ärger zu verbergen. »Niemand hat so viel Zeit!«

»Diese Art von Information benötigt aber genau so viel Zeit, General«, beharrte der Droide stolz. »Ich glaube, ich habe erfolgreich BB-8 aufgespürt! Gemäß den Informationen, die ich gerade durch unser lockeres, aber aufmerksames Netzwerk erhalten habe, ist BB-8 gegenwärtig in der Burg von Maz Kanata auf Takodana.«

Leia keuchte aufgeregt auf. »Maz … ich wusste, dass du es schaffen kannst, Dreipeo! Gute Arbeit! Du verdienst ein zusätzliches Ölbad.« Vor sich hin murmelnd ging sie davon, den taktischen Techniker im Schlepptau. »Das ändert alles.«

Derart zurückgelassen hatte der Überbringer guter Neuigkeiten niemanden außer sich selbst, mit dem er reden konnte. Wie gewöhnlich hinderte ihn das nicht.

»Endlich! Die so lange überfällige Anerkennung.« Er hielt einen Moment inne und dachte nicht nach, sondern überprüfte stattdessen etwas in seinem Inneren, bevor er wieder laut zu murmeln begann. »Oje. Ich denke, der Bescheidenheitsschaltkreis könnte eine Fehlfunktion haben.«

12. Kapitel

»Kannst du den Droiden zu Leia bringen?«

Han, der immer noch am Tisch saß, hatte den Aufruhr auf der anderen Seite der überfüllten Halle kaum bemerkt. Als Rey und Chewbacca zurückkehrten und sich nicht dazu äußerten, was geschehen war, hatte er beschlossen, der Sache nicht weiter nachzugehen. Im Moment interessierte er sich mehr dafür, mit Maz zu reden – und sie dazu zu bewegen, ihm den lästigen Droiden abzunehmen.

»Ich weiß, wie wichtig es für sie ist«, beendete er seine Ausführungen.

Maz' Antwort war weniger als hilfreich. »Wenn es so wichtig für sie ist, tu, was ich vorhin gesagt habe, und bring ihn ihr selbst. Ganz gleich, ob du glaubst, dass sie dich sehen will oder nicht. Han, als du das erste Mal zu mir gekommen bist, hattest du deine wichtigste Entscheidung hinsichtlich eurer Verbindung noch nicht getroffen.« Sie schüttelte den Kopf. »Ehrlich gesagt, ich bin überrascht. Du warst immer so gut darin vorauszublicken. Ich denke, jetzt ist deine Zeit gekommen zurückzublicken. Darauf, was und wen du zurückgelassen hast.«

All diese Diskussionen und Debatten machten Rey müde.

Daher fragte sie sich jetzt, nach Finns Geständnis und seinem Abschied, zum ersten Mal wirklich, was sie eigentlich hier tat. Sie fühlte sich verloren und allein.

Nicht anders, sagte sie sich, als sie sich auf Jakku gefühlt hatte.

Allein … allein … es hallte in ihrem Geist wider, als sie dort saß. Unter dem Gewicht ihrer Einsamkeit schien Hans Stimme zu verblassen und die von Maz Kanata ebenfalls, bis sie nichts mehr umgab als eine Stille, die so tief und profund war wie die fernen Tiefen des Weltraums selbst.

Dann kam etwas, verstohlen und nicht identifizierbar, um diese Stille auszufüllen.

Ein Gefühl, unerkannt und doch irgendwie vertraut. Es zog sie an, und sie stand auf. Tief ins Gespräch versunken ignorierten Han und Maz sie, als sie von dem Tisch wegging und ihre Schritte zu einem fernen Flur lenkte, aber BB-8 folgte ihr.

Sie kam an eine Treppe; uraltes Mauerwerk führte nach unten. BB-8 bemerkte ihr Unbehagen und fragte, was los sei.

»Ich weiß es nicht. Ich … ich muss nachsehen.« Sie ging die Treppe hinunter. Mühsam folgte ihr der Droide.

Die Treppe endete in einem verlassenen, schwach beleuchteten unterirdischen Flur. Ohne zu wissen, warum, ging sie weiter. Obwohl der Flur nicht lang war, kam er ihr lang vor. Ganz am Ende war eine Tür. Sie schien beinahe zu vibrieren. BB-8 zirpte nervös, doch sie ignorierte den Droiden. Da war ein Siegel an der Tür, ein Schloss. Sie streckte die Hand aus, zog sie aber wieder zurück, als die Tür sich öffnete, bevor sie sie berühren konnte.

In dem Raum dahinter war es noch dunkler. Inmitten der steinernen Bögen und Nischen konnte sie Kisten erkennen, die unordentlich aufeinandergestapelt waren, und Regale voller Pakete, schwer von Alter und Staub. Eine Büste von einem ihr unbekannten bärtigen Menschen stand auf dem Boden neben einem antiken Schild, der aus einem silbrigen Metall geformt war. Planen und Tücher deckten einen großen Teil der Sammlung ab. Alles schien hier ungeordnet durcheinanderzuliegen. Gegenstände von offensichtlichem Wert lagen neben schlichten geflochtenen Körben und Bündeln unbekannter Pflanzen.

Obwohl sie neugierig war, was ihre Funktionen und Herkunft betraf, ignorierte sie sie alle und ging tiefer in den Raum hinein zu einem Tisch, auf dem eine einzige Holzkiste stand. An dem Behälter war nichts besonders Beeindruckendes, nichts übertrieben Wertvolles oder Bedeutsames. Doch von allen Gegenständen in dem Raum fühlte sie sich davon angezogen. Hinter ihr kam kein einziges Piepen von dem ängstlichen BB-8.

Die Kiste war nicht verschlossen. Rey öffnete sie.

Ein schweres, langsames mechanisches Atmen erfüllte den Raum. Sie drehte sich um und schaute in einen beeindruckenden Flur, dessen Architektur an das alte Imperium erinnerte. Sie spähte eindringlicher und weiter und sah in der Ferne einen Bereich der berühmten Wolkenstadt. Zwei Gestalten kämpften miteinander, fern, fern. Irgendjemand – irgendwo, irgendwann – sagte ihren Namen.

»Hallo?« In die Irrationalität des Augenblicks rief sie hoffnungsvoll, bekam aber keine Antwort.

Ein Junge erschien am Ende des Flurs. Sie ging auf ihn zu – und die Welt stülpte sich von innen nach außen und ließ sie stolpern und fallen.

Auf die Wand, die zum Boden geworden war. Nicht die diamantharte Keramik, die sie gerade gesehen hatte, sondern trockenes Gras. In der Nähe fuhr ein Lichtschwert in den Boden. Ein fehlgegangener Hieb, eine Offenbarung der

Macht – sie wusste es nicht, konnte es nicht erkennen. Eine Hand erschien, um das Schwert hochzuziehen.

Tag wurde zu Nacht, der Himmel war unheilverkündend und voller Regenwolken, es war so kalt, dass es sie bis auf die Knochen fror. Sie stand, sie saß, sie schaute auf – um jemanden zu sehen, einen Krieger, der die volle Wucht des Lichtschwerts zu spüren bekam. Er schrie und fiel.

Dann ein Schlachtfeld, überall um sie herum. Sie hob eine Hand an den Mund, stand auf und drehte sich um. Um sich von sieben großen, in Umhänge gekleideten Gestalten umringt zu finden, dunkel und furchteinflößend, allesamt bewaffnet. Durchnässt und zitternd stolperte sie rückwärts und drehte sich, als sie beinahe fiel. Feuerschein fiel auf sie, Feuerschein von einem fernen, brennenden Tempel.

Die sieben Gestalten waren verschwunden. Ein Geräusch ließ sie herumfahren, und sie blinzelte überrascht beim Anblick einer kleinen blau-silbernen R2-Einheit. Eine neue Gestalt erschien. Der Mann fiel auf die Knie und griff mit einem künstlichen Arm nach dem Droiden. Sie blinzelte, und beide waren fort.

Um sie herum waren jetzt kahle, verschneite Wälder, das Rascheln und Quieken unbekannter Waldkreaturen; und sie war inzwischen überzeugt, dass sie den Verstand verlor. Einmal mehr rappelte sie sich auf, ihr kalter Atem stand vor ihr in der Luft. Von vorn, nicht weit entfernt, kam der Lärm einer Schlacht: die Schreie der Verwundeten und das Klirren von Waffen. Dann hinter ihr eine andere Stimme.

Diese Stimme.

»Bleib hier. Ich werde dich holen kommen.«

Sie wirbelte herum, ihre glasigen Augen suchten verzweifelt die dunklen Lücken zwischen den Baumstämmen ab und versuchten, die Düsternis zu durchdringen.

»Wo bist du?« Sie rannte auf die Stimme zu.

»Ich werde zurückkommen, Liebling. Ich verspreche es.«

»Ich bin hier! Genau hier! Wo bist du?«

Keine Antwort. Sie ging weiter vorwärts, rannte, nur um plötzlich von einer Gestalt zum Stehen gebracht zu werden, die hinter einem Baum hervortrat.

Sie schrie und schrie abermals und fiel nach hinten, fiel, plumpste hart auf …

Sie befand sich in dem unterirdischen Gang und saß auf dem kalten, alten Stein. Das Herz schlug ihr bis zum Hals, als wäre sie gerade den ganzen Weg von ihrem Zuhause bis zum Außenposten Niima gerannt.

»Hier bist du.«

Die Stimme ließ sie zusammenzucken. Aber es war nur Maz Kanata, die allein im Gang zwischen ihr und der fernen Treppe stand.

»Was war … das?«, stammelte Rey, die sich mühte, Luft zu bekommen.

Maz schaute von ihr zu der offenen Tür und dann zurück zu Rey. »Es hat dich gerufen.«

Rey stand unsicher da, immer noch erschüttert von dieser Abfolge sich schnell auflösender Albträume. BB-8 rollte neben sie.

»Ich … ich hätte nicht hier hereingehen sollen.« In dem Bewusstsein, dass sie vielleicht in private Räume ihrer Gastgeberin eingedrungen war, beeilte sie sich, Wiedergutmachung zu leisten. »Es tut mir leid …«

»Hör mir zu.« Maz beobachtete sie eingehend. »Ich weiß, dass es etwas bedeutet. Etwas ganz Besonderes …«

»Ich muss zurück.« Rey schüttelte den Kopf, als könne diese einfache Geste irgendwie alles aus ihrem Gedächtnis vertreiben.

Maz kam näher. »Ja, das hat Han mir gesagt.« Ihre Stimme war jetzt sanft, überhaupt nicht der harte, manchmal sarkastische Ton, den sie bis zu diesem Moment benutzt hatte. »Worauf auch immer du gewartet hast … auf wen du gewartet hast … Ich kann es in deinen Augen sehen, du hast es die ganze Zeit über gewusst … Er kommt nicht zurück. Aber es gibt jemanden, der das immer noch tun könnte. Mit deiner Hilfe.«

Tränen rannen Rey übers Gesicht. Sie hatte genug von alledem. Es war zu viel. »Nein«, antwortete sie schlicht.

»Dieses Lichtschwert hat Luke gehört. Und vor ihm seinem Vater. Es hat nach *dir* gegriffen. Das, wonach du suchst, liegt nicht hinter dir. Er liegt vor dir. Ich bin kein Jedi, aber ich kenne die Macht. Sie ist in jedem lebenden Geschöpf und um es herum. Schließ die Augen. Spüre es. Das Licht. Es ist immer da gewesen. Es wird dich leiten. Das Schwert. Nimm es.«

Reys Stimme wurde stärker, während sie Tränen wegwischte. »Ich werde dieses Ding nie wieder berühren. Ich will nichts damit zu tun haben.«

Ohne ein weiteres Wort lief Rey davon und zur fernen Treppe. BB-8 beschleunigte und hielt mühelos mit ihr Schritt. Maz schaute ihr nach und seufzte.

Man konnte Wissen lehren. Man konnte Fähigkeiten lehren. Man konnte sogar, das wusste sie, einiges über die Macht lehren.

Aber Geduld musste man allein lernen.

Die Massenkundgebung war beeindruckend. Wer sie miterlebte, würde sie niemals vergessen. Das war der Sinn solcher Veranstaltungen.

Ungefähr tausend Sturmtruppler und ihre Offiziere standen in Reih und Glied vor einer großen Zahl von TIE-Jägern und anderem Kriegsgerät. Um sie herum erhoben sich die zentralen Bauten der Basis Sterntöter. Noch höher als die Gebäude ragten die verschneiten Gipfel des umliegenden Gebirgszugs auf, die den zentralen Teil der Basis zugleich schützten und von der restlichen Welt abschnitten.

General Hux, der den Augenblick auskostete, stand mit seinen leitenden Offizieren auf einer erhöhten Plattform, hinter der eine riesige Fahne hing: das Abzeichen der Ersten Ordnung in Schwarz auf blutrotem Feld. Seine von sorgsam verborgener Technik verstärkte Stimme dröhnte über die Massen der auf dem Paradefeld versammelten Soldaten hinweg.

»Heute ist das Ende gekommen! Das Ende einer Regierung, die durch Korruption handlungsunfähig wurde! Das Ende eines illegitimen Regimes, das die Unordnung duldet. In genau diesem Augenblick lebt und ächzt in einem System weit entfernt von hier die Neue Republik, taumelt weiter, verkommen und ineffektiv und in keiner Weise imstande, die Bürger, denen sie zu dienen behauptet, auch nur im Mindesten zu unterstützen. In der Zwischenzeit bleibt eine Unzahl von Systemen sich selbst überlassen, damit sie verwelken und sterben – ohne Hilfe, ohne Fürsorge, ohne Hoffnung. Die Neue Republik, die in ihrer eigenen Dekadenz ertrinkt, ignoriert sie, ohne zu bemerken, dass dies ihre letzten Augenblicke sind.« Eine Hand fuhr scharf nach unten.

»Diese gewaltige Maschine, die ihr gebaut habt, der ihr euer Leben und eure Arbeit gewidmet habt und auf der wir jetzt stehen, wird dem wertlosen Senat und seinen zaudernden Mitgliedern das Ende bringen. Ihrer kostbaren Flotte. Wenn dieser Tag vorüber ist, werden sich alle verbleibenden Systeme zu Hunderten dem Diktat der Ersten Ordnung beugen. Und alle werden sich an diesen Tag als den letzten der Neuen Republik erinnern!«

Hux drehte sich um und gab feierlich das Zeichen, und die versammelten Tausend wandten sich ebenfalls der gebirgigen, verschneiten Landschaft zu. Und warteten.

Tief im Gebirge schlossen Ingenieure und Techniker die letzten Vorbereitungen für den Einsatz der neuen Waffe ab. Die letzte nötige Verbindung wurde hergestellt.

Oben war es totenstill auf dem Versammlungsplatz. Dann schoss in großer Ferne ein unvorstellbarer Lichtstrahl in den Himmel. Trotz der Entfernung der Schusszone war das Licht so hell, dass viele der Soldaten, auch wenn sie Schutzbrillen trugen, die Augen zusätzlich beschirmen mussten. Dem Ausbruch folgte ein schreckliches, erschütterndes Brüllen, als der vom Licht durchstoßene Teil der Atmosphäre verschwand und die umgebende Luft schlagartig das so erzeugte Vakuum füllte. Die Schockwelle ließ die Männer zurücktaumeln, und viele wurden von dem folgenden Beben des Untergrunds umgeworfen. Die Luft füllte sich mit Tausenden von fliegenden Kreaturen, die ihr Heil in der Flucht suchten.

Nachdem sie von einer Phalanx paarweise angeordneter Kollektoren auf der anderen Seite des Planeten stufenweise angesammelt worden war, befand sich jetzt eine ungeheuer kompakte Masse eines Typs dunkler Energie, die als Quintessenz bezeichnet wurde, akkumuliert im Zentrum des Planeten. Festgehalten in einem brodelnden Kern aus geschmolzenem Metall von dem mächtigen Magnetfeld der gefrorenen Welt, verstärkt durch das Eindämmungsfeld des Waffensystems selbst, wuchs sie weiterhin an, bis sie in diesem Bereich der Galaxis alles übertraf. Ein immenser hohler Zylinder ragte eine genau berechnete Länge in das Eindämmungsfeld hinein und bot der konzentrierten Energie einen Weg hinaus. Gleichzeitig stellte er sicher, dass keine allzu gigantischen Erdbeben die zerbrechliche Oberfläche dieser Welt zerrissen, wenn die Waffe ausgelöst wurde. Um die Energie zu entfesseln und auf ein Ziel loszulassen, induzierten die Waffeningenieure eine Lücke im Eindämmungsfeld. Dann brach mit unglaublicher Geschwindigkeit und exponentieller Beschleunigung die konzentrierte Masse von Quintessenz aus, verwandelte sich dabei in eine als Phantomenergie bekannte Phase und folgte dem für sie vorgesehenen Weg. Wenn Rotation und Achsneigung des Planeten, der als Abschussbasis diente, exakt berechnet worden waren, würde der Strahl konzentrierter Phantomenergie sich gradlinig fortpflanzen, einen kleinen Riss im Hyperraum schaffen, bis er schließlich die Galaxis hinter sich ließ …

… oder auf seiner Bahn auf eine Masse traf, die groß genug war, um ihn aufzuhalten.

Sowohl körperlich als auch geistig überwältigt und erschöpft blieb Rey endlich stehen. Weglaufen änderte nichts. Außerdem konnte sie nirgendwohin, und sie konnte sich nicht selbst entkommen. Ein vertrautes, elektronisches Zirpen erklang, und sie drehte sich um.

BB-8 verlangsamte sein Tempo, als er mit einem fragenden Piepen näher kam. Sie war viel zu müde, um die Sorge des kleinen Droiden zur Kenntnis zu nehmen.

»Nein«, antwortete sie mit einer knappen Handbewegung. »Du musst zurückgehen.« Weiteres Piepen, und sie konnte nur müde den Kopf schütteln. »Ich dachte, ich wäre stark genug. Oder zäh genug. Aber ich bin es nicht.«

Der konzentrierte, leuchtende Energieball, der schneller als alles, was jemals mit künstlichen Mitteln erzeugt worden war, durch einen verzerrten, noch nicht ganz verstandenen Teil der Raumzeit raste, erhellte den Nachthimmel über Republic City. Korr Sella, Leias Gesandte, gehörte zu denen, die das unerklärliche Phänomen verständnislos beobachteten. Der verzerrte Raum wurde durch seine Passage mit Energie geladen und beleuchtet. Es war, als wäre plötzlich aus dem Nichts eine winzige Sonne aufgetaucht, die auf direktem Weg der Welt zustrebte, auf der sie stand.

Die Erscheinung traf den Planeten mit genug Wucht, um dessen Kruste und Mantel zu durchdringen. Benommene Wissenschaftler vermuteten, der Globus sei von einem Asteroiden getroffen worden. In Wirklichkeit war es viel, viel schlimmer. Die Kugel aus Phantomenergie war so machtvoll, dass sie bei ihrer Auflösung im Kern des Planeten den freien Fluss von Elysium blockierte. Gravitronen, die normalerweise frei und ohne Wechselwirkung den Planeten durchquerten, wurden plötzlich daran gehindert. Fast sofort setzte der daraus resultierende Gravitronenstrom genug Hitze frei, um den Kern zu zünden …

Das verwandelte den Planten in etwas, das die Astrophysiker eine Taschennova nannten.

Der Hitzeausbruch der planetaren Explosion erfasste alle anderen Welten des hosnianischen Systems, verbrannte alles Leben auf ihren Oberflächen und zerstörte dort alle Siedlungen und jede Infrastruktur. Ebenso alle Raumschiffe, die in diesem System unterwegs waren, darunter viele Hundert Schiffe der Republikflotte. Nach der Detonation des Planeten blieb an seiner Stelle ein Feuerball übrig. Die Heimat der Republik war zu einem neuen Binärsystem ohne jedes Leben geworden.

Einen Alarm wie diesen hatte es auf dem Stützpunkt des Widerstands noch nicht gegeben. Alles was blinken konnte, blinkte, und jede Sirene heulte. Es dauerte eine Weile, bis für die Daten der Beobachtungssysteme eine Erklärung gefunden war. Eine eigentlich undenkbare Erklärung.

Von seiner Konsole aus sah Leutnant Brance zu Leia und C-3PO hinüber. Er war kaum in der Lage, in Worte zu fassen, was seine Instrumente ihm sagten.

»General, die Kommandozentrale der Republik…, das ganze hosnianische System… Alles ist… weg.« Er starrte ungläubig auf seine Anzeigen.

Benommenes Schweigen erfüllte den Kontrollraum. Einige Katastrophen waren einfach zu überwältigend, als dass man sofort etwas dazu sagen konnte. Jeder wusste, dass es für diese Tragödie keine natürliche Ursachen gab: Dazu war es zu schnell geschehen. Das bedeutete…

»Wie ist das möglich?« C-3PO konnte fast alle Instrumente im Raum ablesen, ohne sich von der Stelle zu rühren. »Es gibt keine Unterlagen, keine Daten über eine Waffe von solcher Wirkung.« Er schaute nach rechts, plötzlich erschrocken, als Leia taumelte. »General, geht es Ihnen gut?«

Sie lehnte sich haltsuchend an eine Konsole. »Eine große Störung – in der Macht. Tod und Zerstörung. Viel zu viel von beidem.« Sie straffte sich mit grimmiger Miene und trat an den drahtigen, schlanken Admiral Statura heran. Trotz seiner Erfahrung in der Schlacht erschütterte ihn die Entwicklung mehr als jeden sonst im Raum. Was gerade geschehen war, ließ sich kaum begreifen.

»Admiral«, sagte sie, »wir müssen herausfinden, wo sich diese neue Waffe befindet und von wo aus sie bedient wird. Sobald wie möglich und bevor sie noch einmal eingesetzt werden kann.«

Statura nickte angespannt. »Ich werde sofort ein Aufklärungsschiff losschicken.«

Sie nahm seine Antwort zur Kenntnis, dann sprach Captain Wexley sie an. »General, wir sind bereit für Sie.«

Es würde eine Konferenz über Strategie sein, wie es noch nie eine gegeben hatte, das wusste sie. Um sich einer Bedrohung zu stellen, die alles je Dagewesene überstieg. Sie dachte für einen Moment an Sella, ihre Gesandte, die zusammen mit der Zentralwelt der Republik untergegangen war. Und einen weiteren Moment erübrigte sie für Gedanken an all die anderen, die ums Leben gekommen waren, ungeachtet ihrer persönlichen oder politischen Anschauungen. Zuerst Alderaan, jetzt das hosnianische System. Niemand, das wusste sie, sollte den Tod einer ganzen Welt bezeugen müssen.

Sie hatte den Tod beider Welten mit angesehen.

Es durfte nicht noch einmal geschehen.

Die ungezählten Besucher, die die alte Burg verlassen hatten, richteten den Blick gen Himmel. Ein Licht war dort erschienen, ein neuer Stern, der hell genug war, um tagsüber sichtbar zu sein. Es gab viele Spekulationen, was seine Herkunft betraf. Jemand meinte, dass ein Stern zur Nova geworden sei, aber in dem fraglichen Bereich des Himmels gab es keinen Stern, dessen Entwicklung zu einer Nova derzeit denkbar gewesen wäre. Die Erscheinung war unerklärlich, was wiederum zu Angst und Unsicherheit bei jenen führte, die nach oben schauten.

Chewbacca zog einen Ponipin aus einem Beutel und reichte ihn Han. Han aktivierte das kompakte Gerät und zielte damit auf das Licht am Himmel. Automatisch verband es sich mit den viel machtvolleren Instrumenten zur

Sternennavigation an Bord des *Millennium Falken* und lieferte einen Echtzeitscan des angepeilten Sternenfeldes. Im Okular des Ponipins wurden Statistiken und Anzeigen kombiniert, um ein Bild von dem zusammenzustellen, was in der ausgewählten Ecke des Kosmos geschah.

Bevor er eine Meinung äußern konnte, bestätigte jemand hinter ihm seine Ängste.

»Die Republik wurde getroffen. Die Erste Ordnung… Sie haben es getan.« Finn schaute besorgt an ihm vorbei. »Wo ist Rey?«

Das erregte sofort Hans Aufmerksamkeit. »Ich dachte, sie wäre bei dir.«

Eine Stimme unterbrach sie, vertraut, doch in diesem Moment ungewöhnlich nachdrücklich. Sie drehten sich um und sahen Maz auf sich zukommen.

»Ihr drei kommt mit. Ich muss euch etwas zeigen.«

In dem unterirdischen Gang der Burg war Maz erst gerade gewesen. Und hatte nicht erwartet, dorthin so schnell zurückzukehren. Doch die Umstände hatten sich geändert.

Eine vertraute Tür wurde geöffnet, um sie und die anderen einzulassen. Die dunkle Kiste stand immer noch auf dem Tisch mitten im Raum. »Das werdet ihr brauchen.«

Sie nahm das Lichtschwert aus der Kiste. Finn beäugte es unsicher, aber selbst in dem schwachen Licht erkannte Han es sofort.

Luke Skywalkers Lichtschwert.

»Woher hast du das Schwert?«, fragte Han scharf.

»Lange Geschichte. Eine gute Geschichte – für später.« Zur Überraschung aller reichte sie die Waffe nicht Han oder Chewbacca, sondern Finn. »Deine Freundin schwebt in ernster Gefahr. Nimm es und finde Rey.«

Finn starrte auf die Waffe. Sie fühlte sich gut an in seiner Hand. Leichter als ein Blaster. War er eines solchen Geschenks würdig? Nur Zeit und Umstände würden das erweisen.

Etwas Gewaltiges krachte in die Burg und ließ Staub und Steine von der Decke fallen.

»Diese Bestien«, sagte Maz. »Sie sind hier.«

Für einen so kleinen Droiden war BB-8 bemerkenswert beharrlich. Rey, die neben ihm kniete, fuhr fort, mit ihm zu streiten.

»Nein, kannst du nicht. Du musst zurückkehren. Du bist wichtig. Viel wichtiger als ich. Sie werden dir helfen, deine Mission zu erfüllen, besser, als ich es jemals könnte. Es tut mir leid.«

Sie hätte weitergesprochen, wäre das Dröhnen über ihr nicht gewesen, das ihre Worte ebenso übertönte wie BB-8s erschrockenes Piepen. Schiffe der Ersten Ordnung donnerten über sie hinweg und stürzten sich auf die Burg. Die Burg – wo noch immer ihre Freunde waren.

Rey rannte durch die Bäume zurück zur Burg und verlangsamte auf dem Gipfel einer kleinen Anhöhe das Tempo. Mit großen Augen konnte sie nur hoffen, dass es ihren Freunden gelungen war, aus dem Komplex zu fliehen, bevor der Angriff ernsthaft begonnen hatte. Herabstoßende TIE-Jäger reduzierten die Steinmauern und Türme methodisch zu Staub, während andere Schmuggler und Händler ins Visier nahmen, die hektisch Schutz suchten. Ihre panische Flucht war vergebens, da sie schnell von in der Nähe angelandeten Sturmtruppen abgefangen wurden.

Rey drehte sich um, lief in die andere Richtung und stoppte gerade noch rechtzeitig, als ein Shuttle in der Nähe landete. Ohne das geringste Zögern tauchte der in einen

Umhang gehüllte Kylo Ren auf und stolzierte hinüber, um sich in die Schlacht zu stürzen. Eine benommene Rey konnte ihm nur mit Blicken folgen. Sie hatte diesen Mann gerade erst in einem Tagtraum gesehen. In einem Albtraum.

Neben ihr ging ein Baum in Flammen auf, und gesplitterte Äste flogen durch die Luft. Ein patrouillierender Zug Sturmtruppler hatte sie entdeckt und das Feuer eröffnet. Sie ging in Deckung, zog ihren Blaster, zielte und drückte ab. Als nichts passierte, wäre sie beinahe in Panik geraten, erinnerte sich aber rechtzeitig, dass die Waffe erst entsichert werden musste. Sobald die Waffe aktiviert war, erwies sie sich als ebenso akkurat wie funktional, erledigte zwei der Sturmtruppler und gab den übrigen Anlass, in ihrer Verfolgung Reys innezuhalten. Sie rief nach BB-8, der binnen einer Sekunde an ihrer Seite war, und ging zurück in den Wald und weg von der Kampfszene.

»Geh weiter und sorg dafür, dass man dich nicht sehen kann«, befahl sie dem Droiden. »Ich werde sie abschütteln.« Ein nörglerisches Piepen bekam eine tapfere, trotzige Antwort: »Das hoffe ich auch.«

Die Sturmtruppler tauchten hinter den Felsen und Bäumen auf, wo sie Deckung gesucht hatten vor dem vernichtend präzisen Feuer, das zwei der ihren getroffen hatte, und setzten die Suche fort – aber vorsichtiger als zuvor. Ein Sturmtruppler beobachtete, wie Ren durch die Trümmer ging, und beeilte sich, Bericht zu erstatten.

»Sir, wir suchen immer noch nach Solo. Aber der gesuchte Droide ist bereits entdeckt worden. Er geht zusammen mit einem Mädchen nach Westen.«

Daraufhin sagte Ren nichts, schaute stattdessen nur scharf in die angewiesene Richtung.

13. Kapitel

Während sich der fremdartige Wald um sie herum schloss, zuckte Rey bei jedem Geräusch zusammen, achtete genau auf jedes fallende Blatt und jeden raschelnden Zweig. Sie hielt den Blaster fest umklammert, vermied es aber, auf jede verdächtige Bewegung zu schießen, damit sie ihren Verfolgern nicht ihren Standort verriet. Als sie vor sich etwas spürte, verlangsamte sie ihr Tempo und hob den Blaster. Eine Gestalt trat hinter einem Baum hervor.

Es war der Albtraum, und er schwang ein Lichtschwert. Die Klinge des Schwerts leuchtete in intensivem, brennendem Rot wie eine kontrollierte Flamme, und über dem Griff schossen senkrecht zur Klinge zwei kürzere Strahlen hervor.

Sie feuerte, wieder und wieder. Er wehrte jeden Schuss ihres Blasters mit der Klinge des Lichtschwerts ab. Beinahe so, als wäre es ein Spiel, dachte sie voller Entsetzen, während sie fortfuhr zu schießen. Er spielte mit ihr.

Bis er des Spiels augenscheinlich müde wurde. Er hob eine Hand und streckte sie ihr entgegen. Als sie scharf einatmete, erstarrten ihre Finger am Blaster. Sie versuchte sich umzudrehen und wegzurennen, aber ihre Beine weigerten sich zu reagieren. Sie konnte nur dort zwischen den Bäumen stehen und langsam und tief atmen, während er sich ihr näherte.

Er blieb eine Armeslänge von ihr entfernt stehen und musterte ihr Gesicht. Als er endlich sprach, klang er gleichzeitig beeindruckt und überrascht. »Du würdest mich *töten.* Obwohl du nichts über mich weißt.«

Rey stellte fest, dass ihr Mund und ihre Lippen funktionierten, und sie antwortete trotzig: »Warum sollte ich dich nicht töten wollen? Ich kenne die Erste Ordnung.«

»Das glaube ich nicht. Aber das ist eine Kleinigkeit. Ein wenig Unwissenheit lässt sich leicht beheben.« Während er sprach, ging er langsam um sie herum. Verängstigt versuchte sie, ihm mit Blicken zu folgen, konnte aber ihren Kopf nicht drehen. »So ängstlich«, murmelte er. »Eigentlich sollte ich doch derjenige sein, der Angst hat. Du hast zuerst geschossen. Du sprichst von der Ordnung, als sei sie barbarisch. Und doch hast du mich gezwungen, mich gegen dich zu verteidigen.«

Nachdem er sie umkreist hatte, kam er noch näher und blickte ihr ins Gesicht, in die Augen. Dann hob er das rote Lichtschwert: dicht an ihr Fleisch, dicht genug, um einen roten Schimmer auf ihre Haut zu werfen.

»Etwas.« Er klang verwundert. »Da ist etwas … *Wer bist du?«*

Als sie ins Freie gelangt waren, nachdem sie sich durch Berge von Trümmern gearbeitet hatten, suchten Han und die anderen aus dem Schutz eingestürzter Steinmauern heraus ihre Umgebung ab. Maz drehte sich zu Finn um.

»Geh. Finde das Mädchen und den Droiden.«

Er schaute zurück in die Richtung, aus der sie gekommen

waren. »Ich habe meinen Blaster verloren. Ich brauche eine Waffe.«

Mit überraschender Stärke für eine so kleine Person griff Maz nach seinem Handgelenk und drückte seine Hand hoch, die das Lichtschwert hielt. »Du hast eine!«

Er schaute zuerst auf sie hinab, dann auf das Schwert. Erwartete sie wirklich, dass er diese alte, zeremonielle Waffe benutzte? Blaster kannte er und Pulsgewehre, aber er hatte noch nie im Leben ein Lichtschwert in der Hand gehalten. Noch kannte er irgendjemanden, der es getan hatte. Trotzdem, wenn Maz Kanata solches Vertrauen in ihn hatte… Er aktivierte die Waffe und bewunderte die tödliche Klinge.

Dies gab eine exzellente Zielscheibe für die Sturmtruppler ab, die das Feuer auf sie eröffneten. Han und Chewbacca gingen in Deckung und erwiderten das Feuer. Niemand bemerkte die Sturmtruppler, die sich von hinten angeschlichen hatten – bis auf Finn. Er griff an und überraschte einen Sturmtruppler mit der strahlenden Klinge des Lichtschwerts, dann nahm er sich den nächsten vor. Ein dritter griff mit einer Nahkampfwaffe an, und die beiden Männer fochten miteinander. Finn hatte zwar keinerlei Ausbildung mit einem Lichtschwert, war aber athletisch und mutig. Das zusammen mit dem Schwert machte ihn zu einem ernst zu nehmenden Gegner.

Ren ließ sein Lichtschwert erlöschen und steckte es sich an den Gürtel. Dabei betrachtete er seine reglose Gefangene. Er streckte langsam die Hand aus und berührte ihr Gesicht. Der Druck, den er anwandte, war nicht körperlicher Natur. Sie weigerte sich, ihm in die Augen zu sehen, wandte den Blick ab, alle Muskeln angespannt angesichts der Schmerzen, die dieser Widerstand ihr bereitete, und wagte kaum zu atmen. Wenn sie nur eine Hand befreien könnte, ein Bein – aber beides schien ihrem Willen nicht länger unterworfen zu sein.

Überrascht von dem, was er gefunden hatte, ließ Ren die Hand sinken. Sobald Ren nicht länger mental in sie eindrang, sog sie tiefe Atemzüge in die Lunge. Er zog die Brauen zusammen, und ein Widerstreben, das zu glauben, was er selbst herausgefunden hatte, prägte seine Bemerkungen.

»Dann ist es also wahr? Du bist doch nichts Besonderes? Du bist einfach eine Schrottsammlerin von Jakku?«

Woher wusste er das?, fragte sie sich gequält, während sie ihn ansah. Gewiss hatte sie nicht an Jakku gedacht! Sie hatte versucht, ihren Geist leer zu halten, ihr Gedächtnis verschlossen, und trotzdem hatte er sich eingeschlichen. Er berührte sie von Neuem. Diesmal ließ der Schmerz, den der Versuch, ihn abzuwehren, sie kostete, Tränen über ihr Gesicht strömen. Er war in ihrem Kopf und in ihren Gedanken, und es gab nichts – *nichts!* –, was sie tun konnte, um ihn draußen zu halten. Um Widerstand zu leisten. Aber sie versuchte es weiter, versuchte es …

»Hmm …«, murmelte er leise. »Du hast den Verräter kennengelernt, der unter mir gedient hat. Ein geringfügiges Ärgernis, das größer geworden ist, als er es verdient. Du findest ihn mehr als erträglich.« Verwundert zog er sich ein wenig zurück. »Du bist sogar um ihn besorgt. Eine Schwäche, solche Ablenkungen.«

Plötzlich hielt er sein Gesicht so dicht vor ihres, dass sie einander beinahe berührten. »Du hast sie gesehen! Die Karte! Sie ist in deinem Geist …«

Sie konnte kaum schlucken, während sie sich mühte, von

ihm wegzukommen, alles versuchte, um sich zurückzuziehen, um ihn auszusperren.

Sie wollte schreien, aber er ließ es nicht zu.

Der Sturmtruppler, der Finn angegriffen hatte, war groß, stark und wendig. Finn begriff, dass der Kampf schon lange vorüber gewesen wäre, wenn der Sturmtruppler nicht auf der Hut vor dem tödlichen Potenzial des Lichtschwerts gewesen wäre. Das hinderte ihn nicht daran, Finn zu guter Letzt zu Boden zu schlagen und seine eigene Waffe zu einem tödlichen Hieb zu heben – nur um hintenüber zu fallen, erschossen, bevor er den Schlag führen konnte.

Als Finn sich erleichtert herumrollte, sah er Han Solo, einen Blaster in der Hand, dicht gefolgt von Chewbacca. Der ältere Mann beugte sich vor und half Finn mit einem überraschend kraftvollen Griff auf die Füße.

»Geht es dir gut, große Nummer?«

Finn musste darüber grinsen. »Es geht mir gut, ja – danke.«

Sie wurden durch das plötzliche Erscheinen von einem Dutzend Sturmtruppler unterbrochen, die mit gezückten Waffen auf einem Schutthaufen erschienen. Han war bereits im Begriff, seinen Blaster zu dem neuen Ziel herumzureißen, zögerte jedoch. Die Chancen standen schlecht.

»Lasst die Waffen fallen!«, befahl der Sturmtruppler an der Spitze. »Sofort!«

Angesichts der auf sie gerichteten Blaster hatten sie keine andere Wahl, als zu gehorchen. Ein Sturmtruppler ging zielstrebig zu dem Lichtschwert und hob es auf. Hans Gedanken rasten, als ein zweiter Zug Sturmtruppler hinter ihnen erschien.

»Wie kommen wir aus dieser Klemme heraus? Es sind zu

viele«, murmelte er an Chewbacca gewandt. Als keine Antwort kam, fügte er hinzu: »Irgendwelche Ideen?« Der Wookie stöhnte eine angespannte Erwiderung, auf die Han mit einem Grinsen reagierte. »Sehr witzig.«

»Hände auf den Kopf und vorwärts mit euch.« Der Sturmtruppler an der Spitze deutete in Richtung eines geparkten Transporters. »Versucht irgendetwas, und ich schieße euch die Beine ab.«

Sie versuchten nichts. Es gab eine Zeit, Risiken einzugehen, und eine Zeit, auf Chancen zu warten, das wusste Han. Nicht erwartet hatte er, dass Letzteres sich so bald zeigen würde.

Er war noch nie so glücklich gewesen, eine Staffel von X-Flüglern zu sehen.

Begleitet von einem weiteren Angriffsschiff kamen die vertrauten Jäger mit brüllenden Triebwerken niedrig und schnell heran, über den See und den Wald, und zerlegten die Schiffe der Ersten Ordnung. Die Piloten dieser Schiffe hatten sich sicher gefühlt und waren fast alle in der Nähe der zerstörten Burg gelandet. Ein perplexer Chewbacca bellte seine Überraschung über das unerwartete Auftauchen von Schiffen, die nicht zur Republik gehörten.

»Es ist der Widerstand!«, brüllte Han, in dem wieder Hoffnung auflebte.

Ein schwarz markierter X-Flügler flog gefährlich tief und griff auf Höhe der Baumwipfel an. Explosion um Explosion erledigte geparkte TIE-Jäger, Gruppen von Sturmtrupplern und deren Kampffahrzeuge. Wer immer diesen Jäger flog, verstand sich darauf, multiple Ziele zu bekämpfen, ohne einen einzigen Schuss zu vergeuden.

Während die Gefangenen Deckung suchten, sprengte ein weiterer Schuss die Sturmtruppler auseinander, die vergebens mit ihren Handwaffen versucht hatten, sich zur Wehr zu setzen. Als der Staub sich so weit gelegt hatte, dass sie wieder etwas sehen konnten, erhoben sich die drei Gefangenen. Han und Chewbacca holten sich ihre Waffen zurück. Finn streckte die Hand nach dem Blaster eines Sturmtrupplers aus und zögerte. Er musste einen Moment lang suchen, um das fallen gelassene Lichtschwert wiederzufinden. Dann richtete er den Blick himmelwärts und folgte dem schwarzen X-Flügler, der gerade eine unmöglich enge Kehre flog, um zurückzukehren und seinen Angriff fortzusetzen.

»Das ist ein Höllenpilot!«, bemerkte er.

»Ja«, brüllte Han und bedeutete dem jüngeren Mann, ihm zu folgen. »Wie wäre es, wenn du die Manöver aus der Deckung heraus genießt, bevor du in deiner Bewunderung selbst einen Treffer kassierst?«

Beim Klang naher Explosionen beendete Ren seine Erkundung, aber er nahm die Hand nicht von Reys Gesicht, als er sich zu der jetzt zerstörten Burg umdrehte. Die junge Frau stand weiter da wie angewurzelt, außerstande, sich zu bewegen, und schaute leer in die Ferne. Eine Gruppe von Sturmtrupplern kam schwer atmend durch die Bäume auf ihn zu.

»Sir«, keuchte der Anführer, dessen Erschrecken und Entsetzen unübersehbar waren. »Ein Geschwader des Widerstands!«

Ren dachte nach. Obwohl er technisch gesehen nicht das Kommando über die Truppen hatte, würde kein Offizier irgendeine Entscheidung hinterfragen, die er traf.

»Zieht unsere Truppen ab. Wir haben, was wir brauchen.«

Der Zugführer salutierte und verweilte noch einen Moment, um fasziniert zuzusehen, wie die junge Frau, die reglos vor Ren stand, auf dessen Geste hin zusammenbrach.

Dann beeilte er sich, den von Ren erhaltenen Befehl weiterzugeben, bevor sein Interesse an etwas, das ihn nichts anging, bemerkt wurde. Er hegte nicht den Wunsch, der Frau auf dem Boden in ihrem Zustand der Bewusstlosigkeit Gesellschaft zu leisten.

Der schwarze X-Flügler schoss tief herab, um am Boden einen weiteren TIE-Jäger zu erledigen. Die zurückweichenden Sturmtruppler, die sich beeilten, an Bord ihrer Transportschiffe zu kommen, waren jetzt leichte Beute für die Überlebenden der Burg.

Zwei, die vor den zornigen Verteidigern davonliefen, wurden von Finn erledigt, der einen irgendwo aufgelesenen Blaster benutzte. Während er nach weiteren Nachzüglern Ausschau hielt, wurde Finns Aufmerksamkeit auf eine einzelne Gestalt gelenkt, die am Rand des Waldes entlangging. Kylo Ren. Sein erster Wunsch war, sich so rasch wie möglich abzuwenden und in Sicherheit zu bringen, bis er erkannte, wen der merkwürdige, gefährliche Mann auf seinen Armen zu seinem Shuttle trug. Finn konnte nicht an sich halten.

»REY!!!«

Ohne auf das Feuer der zurückweichenden Sturmtruppler oder die Explosionen zu achten, die die Erde um ihn herum durchpflügten, rannte Finn auf den Shuttle zu – nur um hilflos mit anzusehen, wie es abhob und zu den Wolken emporstieg. Unvernünftigerweise versuchte er, dem dunklen Punkt zu folgen, als dieser sich in den Himmel hinaufschob. Er rannte darunter entlang, bis der Shuttle zu einem Punkt zusammenschrumpfte und dann schließlich verschwand.

»Nein, nein, nein, nein … Rey, *Rey*!«

Die anderen Schiffe der Ersten Ordnung formierten sich im Kielwasser von Kylo Rens Shuttle zu einer engen Eskorte, um jeden Verfolger zu entmutigen. BB-8 sah den feindlichen

Schiffen nach, bis sie sich außerhalb des Orbits selbst seiner Sicht entzogen. Der Droide hielt einen Moment lang inne und dachte nach.

Atemlos und mit Tränen in den Augen blieb Finn vor Han stehen.

»Er hat sie mitgenommen!«, stieß Finn hervor. »Er hat sie mitgenommen! Haben Sie das gesehen? Sie ist fort, Rey ist fort!«

Han stieß Finn beiseite, ohne dem jüngeren Mann in die Augen zu sehen. »Geh mir aus dem Weg!«

Finn, den Hans Geste aus dem Gleichgewicht gebracht hatte, blieb benommen stehen, den Blick auf den entschwindenden Han gerichtet. Er war zu schockiert, um zu wissen, wie er reagieren sollte. In der Nähe bemerkte er Maz, die mit BB-8 sprach.

»Ja, es ist wahr, jetzt haben sie Rey«, sagte Maz. »Aber wir dürfen die Hoffnung nicht aufgeben.« Sie sah den Droiden an, der verloren piepte. »Geh«, befahl sie ihm. »Gib deinen Leuten, was du hast. Sie brauchen dich.«

Finn ging zu ihr hinüber, und gemeinsam beobachteten sie, wie der Droide davonrollte. »Sieht so aus, als stände mir einiges an Aufräumarbeiten bevor, hm?«, bemerkte Maz. Dann sah die winzige Schmugglerin zu ihm auf und lächelte befriedigt. »Oh, wow … Was sehe ich denn da?«

»Was sehen Sie?«, fragte Finn.

»Ich sehe die Augen eines Kriegers.«

Han wartete, bis der Transporter des Widerstands sicher gelandet war, bevor er auf das Schiff zuging. Seine Aufmerksamkeit war auf die Laderampe gerichtet, und er nickte der runden Gestalt von BB-8 kurz zu, der neben ihn gerollt war. Die Anwesenheit des Droiden bestätigte Hans Erwartungen. Es würde ihn überraschen, wenn einer von ihnen falsch lag mit seiner Einschätzung, wer zuerst aus diesem Transportschiff auf das Landefeld treten würde. Er war jedoch bereit, sich überraschen zu lassen.

Er wurde nicht überrascht.

Ehemann und Ehefrau standen einander gegenüber und sahen sich zum ersten Mal seit Jahren an. Inmitten des Rauchs und der umherschwebenden Glutbröckchen sprach keiner von beiden ein Wort. C-3PO tauchte hinter der Gestalt auf und trat hinaus auf das versengte Flugfeld, um den reglosen Droiden neben Han zu begrüßen.

»BB-8! Komm her. Ich bin hier, um für dich zu übersetzen, was …«

Es brauchte etwas länger, bis C-3POs vielbeschäftigtes Bewusstsein den Mann neben dem rundlichen Droiden erkannte. Denn es bedurfte gewisser zusätzlicher visueller Verarbeitungsschritte, damit der Protokolldroide das von der Zeit und von Erfahrung veränderte Gesicht mit den Bildern in seinem Gedächtnis verbinden konnte.

»Oh! Han Solo! Ich bin es, Ce-Dreipeo. Sie werden mich wegen des roten Arms wahrscheinlich nicht erkennen.« Er drehte sich zu der Frau um, die hinter ihm stand, und fuhr aufgeregt fort: »Sehen Sie, wer da ist! Han Solo! Ist das nicht – Entschuldigung, Prin… ähm, General. Tut mir leid. Komm, BB-8. Wir müssen uns auf eine Prozedur zur Informationsvermittlung verständigen.«

Die beiden Droiden entfernten sich. Chewbacca fand einen Vorwand, um einen Hain naher Bäume zu studieren, die jüngst irgendeinen Brand überstanden zu haben schienen.

Han brach das verlegene Schweigen und richtete endlich das Wort an Leia.

»Du hast eine neue Frisur.«

Sie ließ den Blick von seinem Gesicht hinabwandern. »Die gleiche Jacke.«

»Nein. Neue Jacke.«

Chewie, der es keinen Moment länger ertragen konnte, gab seinen Gefühlen nach. Er trat vor und begrüßte Leia mit einer warmen Umarmung, die dazu führte, dass sie sofort in einer Masse von Fell verschwand. Er ließ sie los und stöhnte einige Worte, die mehr Gefühlstiefe enthielten, als ein mit der Wookie-Sprache unvertrauter Außenseiter erkennen würde. Dann ging er an Bord des Transporters.

Jetzt zu zweit, umarmten Ehemann und Ehefrau sich ebenfalls. Han murmelte über ihre Schulter: »Ich habe ihn gesehen. Er war hier.«

Als sie das hörte, schloss sie die Augen. Sie überließen sich dem Schweigen.

Die Welt von D'Qar war grün und blühend, mit Bäumen, die in Größe und Aussehen die Bäume auf den meisten anderen Welten übertrafen.

Darauf bedacht, auch nicht einen der gewaltigen, einzigartigen Bäume zu beschädigen, landete die kleine Luftflotte des Widerstands zwischen ihnen. Grasbewachsene Hügel tarnten Hangars und andere Gebäude. Techniker des Widerstands waren überall zu sehen, reparierten beschädigte Schiffe, verlegten Kabel, reinigten und renovierten. Der Stützpunkt, von oben kaum zu erkennen, war ein Bienenstock der Aktivität. Ein Restaurierungsteam arbeitete hart an dem geparkten *Millennium Falken,* einem hässlichen Entlein inmitten der eleganteren X-Flügler und anderer Reserveraumschiffe.

Der Anblick des Piloten eines gerade gelandeten X-Flüglers brachte Finn in Bewegung. So schnell er rannte, konnte er es doch nicht mit BB-8 aufnehmen. Der Droide, der mit Maximalgeschwindigkeit rollte, warf ihn beinahe um, als er in seiner Hast, den Flieger mit den schwarzen Insignien zu erreichen, an ihm vorbeischoss. Seine Cockpithaube war bereits geöffnet; der Pilot hatte seinen Helm abgenommen und plauderte mit einem der Techniker, während er ausstieg.

Poe Dameron.

Kein Wunder, dachte Finn, er und die anderen hatten im Laufe des Gegenangriffs bei Maz' Burg über die Fähigkeiten des Piloten gestaunt. Dies war offensichtlich und unbestreitbar der beste Pilot des Widerstands. Der Umstand, dass er noch lebte, widersprach jedoch aller Logik.

Finn starrte ihn nur an und konnte kaum glauben, was er sah.

Der Pilot, der auf dem Boden kniete und mit BB-8 plauderte, nickte zu den Worten des Droiden. Er brauchte einen Moment, um aufzuschauen und nach rechts zu sehen. Sein Gesichtsausdruck, als er Finn erkannte, war nicht weniger erstaunt als der des ehemaligen Sturmtrupplers. Lächelnd stand er auf und gestikulierte, als Finn auf ihn zukam.

Für einen Moment sahen sie einander nur an, ein jeder überwältigt, dass der andere noch lebte. Finn konnte nur staunend den Kopf schütteln.

»Poe«, sagte er. »Poe Dameron. Der beste Pilot des Widerstands. Ich kann das bezeugen, denn ich habe ihn in Aktion gesehen. Hölle, ich war mit ihm in Aktion!«

»Finn!«, rief der andere Mann mit einem Grinsen. »Mutigster Sturmtruppler im … nun, ehemaliger Sturmtruppler.«

Sie umarmten sich, dann traten sie voneinander weg.

»Du lebst noch!« Finns Bemerkung kam von Herzen.

»Genau wie du«, konterte Poe unnötigerweise.

Finn musterte ihn eindringlich. »Du siehst aus, als wärst du unversehrt geblieben. Ich kann es kaum glauben. Ich habe dich für tot gehalten: erschossen in diesem TIE-Jäger, den wir gestohlen hatten. Ich habe mich mit dem Schleudersitz gerettet. Als ich die Trümmer endlich fand, habe ich nach dir gesucht. Ich habe deine Jacke aus dem Jäger gezogen, bevor der Sand ihn verschlungen hat. Was ist mit dir passiert?«

»Ich war nicht tot, nur zeitweilig bewusstlos«, erklärte der Pilot. »Ich bin lange genug wieder zu mir gekommen, um zu sehen, dass du rausgekommen warst. Konnte den Sturzflug gerade noch abfangen, um das Ding irgendwie zu landen. Der Aufprall hat mich dann rausgeschleudert. Ich bin in der Nacht aufgewacht; kein Finn, kein Schiff, kein gar nichts. Habe mich auf die Suche gemacht – in der falschen Richtung. Bin von einem wandernden Händler aufgegriffen worden.« Er grinste. »Irgendwann werde ich dir die ganze Geschichte erzählen.« Ein klagendes Piepen veranlasste ihn, sich umzudrehen und hinabzuschauen. »BB-8 sagt, du hättest ihn gerettet.«

Finn beäugte den Droiden. »Das war nicht nur ich.« Ein träges Lächeln breitete sich auf seinen Zügen aus, und seine Augen funkelten. »Irgendwann werde ich dir die ganze Geschichte erzählen.«

»So oder so, du hast meine Mission zu Ende gebracht.« Poe deutete auf ihre Umgebung. »BB-8 ist hier, genau wo er sein sollte. *Und* du hast meine Jacke gerettet.«

Finn streifte das Kleidungsstück ab. »Oh, Entschuldigung – hier.«

Poe grinste abermals. »Nein, nein. Ich mache nur Witze. Behalt sie. Sie steht dir gut.«

Er hob einen Arm. »Ich hab eine neue. Steht mir gut.« Sein Ton wurde ernst. »Du bist ein hervorragender Mann, Finn. Der Widerstand braucht die Hilfe von Leuten wie dir.«

»Poe … Ich brauche deine Hilfe.«

Der Pilot zuckte die Achseln. »Was immer du willst.«

»Ich muss General Organa sprechen«, sagte Finn. »Kannst du das einfädeln?«

Die in der einheimischen Vegetation verborgene Kommandozentrale des Stützpunkts wurde auf verschiedenen Ebenen gut bewacht. Allerdings hatte Poe, den jeder sofort erkannte, kein Problem, weit in den Komplex vorzudringen und dabei seinen Freund mitzunehmen.

Als sie den Konferenzraum erreichten, führte Leia gerade ein ernstes Gespräch mit einer Anzahl ranghoher Offiziere des Widerstands. Von seiner Ausbildung erkannte Finn unter ihnen die prominenten Admirale Statura und Ackbar. Alle sahen zu ihnen herüber, als die beiden jüngeren Männer eintraten. Ohne zu zögern ging Poe direkt auf Leia zu.

»General Organa. Entschuldigen Sie die Störung, aber« – er deutete auf seinen Gefährten – »dies ist Finn, und er muss mit Ihnen reden.«

Leia entschuldigte sich und wandte sich von den Offizieren ab und direkt an Finn. »Und ich muss mit ihm reden.« Sie ergriff Finns Hand.

Ihre dunklen Augen, dachte Finn, während er Leia ansah, hatten entschieden zu viel gesehen.

»Was Sie getan haben, war unglaublich mutig. Es ist fast beispiellos, dass jemand sich von der Ersten Ordnung lossagt. Dass Sie das getan und dabei auch noch die Gefahr auf sich genommen zu haben, diesem Mann das Leben zu retten, weist Sie aus als …«

Offensichtlich war sie voll im Bilde über Finns Taten. Nicht dass irgendetwas von alledem eine Rolle gespielt hätte, nicht jetzt. Wie dem auch war, er war immun gegen Komplimente geworden, von denen er dachte, dass er sie nicht verdiente. Wichtig war, dass jeder verstreichende Moment für ihn kostbar war. Anderenfalls hätte er sich niemals vorstellen können, jemanden wie General Organa zu unterbrechen.

»Vielen Dank, Ma'am, aber ich bin hier, um über eine Freundin von mir zu reden, die während des Zusammenstoßes auf Takodana gefangen genommen wurde.«

Sie nickte verständnisvoll. »Han hat mir von dem Mädchen erzählt. Es tut mir leid.«

Das verblüffte Finn, aber bevor er eine weitere Bemerkung machen konnte, sprang Poe ihm bei. Es gab wenig, was er nicht tun würde, um Finn zu helfen, aber die Bedürfnisse des Widerstands mussten schwerer wiegen als die persönlichen Belange aller einzelnen Personen.

»Finn ist vertraut mit den Waffen, die das hosnianische System zerstört haben. Er hat auf der Welt gearbeitet, auf der diese Waffe stationiert ist.«

Leias Aufregung war mit Händen zu greifen. »Sie haben an der Waffe selbst gearbeitet?«

»Nein«, gab Finn zu. »Ich bin ein Sturmtruppler, kein Ingenieur oder Physiker. Aber ich habe eine gewisse technische Ausbildung erhalten, und im Zuge dieser Ausbildung hat man allen gesagt, was der Zweck des Stützpunkts war. Ich kann Ihnen nicht erklären, wie die Waffe funktioniert; Wissenschaft übersteigt mein Fassungsvermögen. Aber ich weiß, wo sie ist. Oder vielmehr, von wo aus sie kontrolliert wird.«

»Die Erste Ordnung sieht keinen Anlass, dergleichen vor ihren Soldaten geheim zu halten, die sie bewachen«, bemerkte Poe mit stiller Häme, »da Sturmtruppler niemals desertieren.«

»Wir sind verzweifelt«, sagte Leia zu Finn, »und brauchen alles, was Sie uns sagen können. Bis das hosnianische System vernichtet wurde, wussten wir nicht einmal von der Existenz einer solchen Waffe.«

»Sie befindet sich auf der Welt, die der Ersten Ordnung als Hauptstützpunkt dient«, berichtete Finn ihr. »Ich bin mir sicher, dorthin haben sie meine Freundin gebracht. Ich muss ebenfalls dorthin, und zwar schnell.«

»Ich werde versuchen, Ihnen zu helfen«, antwortete sie. »Sie haben mein Wort. Ich bin mir sicher, Sie verstehen, dass der Widerstand wegen der Dinge, die in dem hosnianischen System passiert sind, im Moment andere Prioritäten hat. Aber falls sie zufällig zusammentreffen …« Leia hielt inne, und Finn gewann den Eindruck, dass sein Verlangen, jemanden zu finden, etwas war, das Leia nur allzu gut verstand. »… dann werden wir unser Bestes tun, Ihre Freundin zu finden«, sagte sie abschließend. Sie deutete auf die nahe Gruppe von Offizieren. »Im Moment müssen Sie Admiral Ackbar alles erzählen, was Sie wissen. Alles, woran Sie sich, den Stützpunkt der Ersten Ordnung betreffend, erinnern können, bis hinab zu den kleinsten und scheinbar belanglosesten Einzelheiten.« Sie hielt für einen Moment abermals inne, ganz verloren in Gedanken.

»Die junge Frau?«, fragte sie, und ihre Stimme wurde wieder stärker. »Was können Sie mir über sie erzählen, das uns helfen könnte, sie aufzuspüren? Wie heißt sie?«

Finn rang mit seinen Gefühlen. »Rey.«

Eine starke Stimme, nicht menschlich, grummelte hinter Finn. Als er sich umdrehte, starrte er in die weit auseinanderliegenden Augen Admiral Ackbars.

»Kommen Sie mit mir, junger Mann. Ich möchte absolut alles hören, was Sie zu sagen haben, und ich selbst habe sehr viele Fragen an Sie.«

Chewbacca, der auf dem Scannerbett im medizinischen Zentrum saß, war still, während Dr. Kalonia an der verletzten Schulter des Wookies arbeitete. Die Ärztin mit den dunklen Haaren und Augen und dem freundlichen Wesen war viel geschickter, als Finn es gewesen war, und das Gerät, das sie benutzte, war nicht zu spüren, selbst während sie sich damit an ihm zu schaffen machte. Als der letzte Schmerz verblasste, knurrte Chewie die Ärztin anerkennend an.

»Es war mir eine große Freude.«

Der Wookie schaute an sich hinab. Alle Spuren der Wunde waren fast ausgelöscht, ein Anblick, bei dem er leise stöhnte.

»Das klingt sehr Furcht einflößend«, bemerkte Kalonia, während sie weiterarbeitete. Eine weitere Reihe sanfter Ächzlaute. »Ja, du bist sehr tapfer.«

14. Kapitel

Die Suche hatte BB-8 einige Zeit gekostet, aber schließlich fand er das, nach dem er Ausschau gehalten hatte. Oder vielmehr den, nach dem er Ausschau gehalten hatte. Oder vielleicht beides, da ein intelligenter Droide technisch gesehen sowohl als ein »Wer« wie auch ein »Was« durchging. In dem dunklen, staubigen Lagerraum rollte er zu der R2-Einheit und piepte zur Begrüßung die Transmissionssequenz zu schnell, als dass irgendein Mensch ihr hätte folgen können. Es spielte keine Rolle. Von der unbeweglichen R2-Einheit kam keine Reaktion.

BB-8 versuchte es abermals und benutzte eine andere Droidensprache. Als das ebenfalls scheiterte, versetzte er dem anderen mechanischen Gerät einen mächtigen Stoß. Wie alles andere rief auch dies keine Reaktion hervor.

C-3PO, der die erfolglose Interaktion beobachtet hatte, kam aus der Dunkelheit dazu.

»Ich fürchte, du verschwendest deine Zeit. Es ist sehr zweifelhaft, dass R2 den Rest der Karte in seinen Backup-Daten hat.« Als BB-8 den Protokolldroiden befragte, antwortete C-3PO ohne zu zögern.

»Er hat sich selbst in einen Energiesparmodus versetzt.

Er ist nicht mehr derselbe, seit Master Luke weggegangen ist.«

Eine neue Stimme, die eines Menschen diesmal, rief nach ihnen. »BB-8!«

Daraufhin rollte der kugelförmige Droide zu dem Offizier hinüber, der sie gestört hatte.

»Der General braucht dich!«

BB-8 piepte C-3PO ein höfliches Lebewohl zu und einen letzten Gedanken an den stummen R2-D2, dann folgte er dem Offizier aus dem Lagerbereich. Hinter ihnen beugte C-3PO sich über seinen alten Freund.

»Oh, versuche doch, ein wenig fröhlicher zu sein, R2. Diese erzwungene Unbeweglichkeit tut dir nicht gut. Deine kognitiven Kreisläufe werden durch Mangel an Benutzung verkümmern.«

Sein freundliches Drängen erwies sich als ebenso unwirksam wie BB-8s Fragen. Die R2-Einheit blieb, wie sie war: stumm, reglos und teilnahmslos.

Im Hauptkonferenzraum machte sich C-3PO an BB-8s Flanke zu schaffen, während Han und mehrere Offiziere zuschauten. BB-8, der die Befehle des Protokolldroiden ausführte, öffnete gehorsam einen verschlossenen und versiegelten Port an seiner Seite.

»Ah, danke. Das ist es.«

C-3PO griff hinein und entfernte ein winziges Gerät. Er drehte sich um und schob es in einen passenden Schlitz des Tischprojektors, der die Mitte des Raums beherrschte. Sofort füllte eine dreidimensionale Karte die Luft über dem flachen Apparat mit Sternen, Nebeln und anderen stellaren Phänomenen. Leia studierte die Darstellung genau. Aber obwohl ihr Blick kenntnisreich durch den kompakten Kosmos wanderte, fand sie nicht, wonach sie suchte. Ihre Unzufriedenheit war unübersehbar.

Obwohl genauso enttäuscht, war C-3PO nicht darauf programmiert, das zur Schau zu stellen. Stattdessen drückte er lediglich ein rationales Bedauern aus.

»General, obwohl ich bereits eine vorläufige Analyse durchgeführt habe, werde ich Sie von meinem endgültigen Ergebnis erst in Kenntnis setzen, wenn ich die auf dieser Karte zur Verfügung stehenden Informationen restlos mit der in unserer gesamten Datenbasis verglichen habe. So. Ich bin so weit. Bedauerlicherweise muss ich zu der Schlussfolgerung gelangen, dass diese Karte keine Daten enthält, die mit irgendeinem System in unseren Unterlagen übereinstimmen.«

Aus einer Ecke ergriff Han das Wort. »Hab's euch ja gesagt.«

Leia ignorierte ihn. »Was für eine Närrin ich war zu denken, wir könnten Luke einfach finden und zurückholen.«

Er ging auf sie zu. »Leia …«

Sie knurrte ihn an. »Tu das nicht.«

Er hielt jäh inne. »Was soll ich nicht tun?«

Ihre Stimme war energisch. »Nett zu mir sein.« Sie wirbelte herum und stolzierte davon. Ziemlich verwirrt folgte er ihr. Auch als er sie einholte, blieb sie nicht stehen, noch schaute sie in seine Richtung.

»Hey, ich bin hier, um zu helfen«, sagte er ihr.

Sie marschierte weiter, den Blick starr geradeaus gerichtet. »Wann hat das jemals geholfen? Und sag nicht: auf dem Todesstern.«

Frustriert versperrte er ihr den Weg. Als er wieder zu sprechen begann, wurde sein Ton sanfter, bis er beinahe flehte – insofern als Han Solo fähig war zu flehen.

»Würdest du bitte einfach stehen bleiben und mir eine Minute lang zuhören? Bitte?«

Die Veränderung in seinem Ton trug mehr als alles dazu bei, sie zu beschwichtigen. Sie musterte ihn ungeduldig. »Ich höre, Han.«

»Ich hatte nicht vor hierherzukommen«, erklärte er. »Ich weiß, wann immer du mich ansiehst, wirst du an ihn erinnert. Also habe ich mich ferngehalten.«

Sie starrte ihn an und schüttelte langsam den Kopf. »Das ist es, was du gedacht hast? Dass ich nicht an ihn erinnert werden wollte, dass ich ihn vergessen wollte? Ich will ihn wiederhaben.«

Was konnte er darauf sagen? Welche mögliche Antwort konnte er auf eine willentliche Leugnung jeder Vernunft geben? »Er ist fort, Leia. Er hat sich immer von der dunklen Seite angezogen gefühlt. Wir hätten es nicht verhindern können, ganz gleich wie sehr wir uns bemüht hätten.« Seine letzten Worte waren die härtesten. »Es war zu viel von Vader in ihm.«

»Deshalb wollte ich, dass er von Luke ausgebildet wird«, erwiderte Leia. »Ich hätte ihn niemals wegschicken sollen. Dadurch habe ich ihn verloren. Dadurch habe ich euch beide verloren.«

Han senkte den Kopf. »Wir mussten beide auf unsere eigene Weise damit umgehen.« Er zuckte die Achseln. »Ich bin zu der einzigen Beschäftigung zurückgekehrt, in der ich jemals gut war.«

»Das haben wir beide getan«, gestand Leia.

Er sah ihr fest in die Augen. »Wir haben unseren Sohn für immer verloren.«

Leia biss sich auf die Unterlippe und weigerte sich, klein beizugeben. »Nein. Es war Snoke.«

Han zog sich ein klein wenig zurück. »Snoke?«

Sie nickte. »Er wusste, dass unser Kind stark in der Macht sein würde. Dass er mit einem großen Potenzial sowohl für das Gute wie für das Böse geboren werden würde.«

»Du hast das von Anfang an gewusst? Warum hast du mir nichts davon gesagt?«

Sie seufzte. »Aus vielen Gründen. Ich hatte gehofft, dass ich mich irrte, dass es nicht wahr war. Ich hatte gehofft, ich könnte ihn umstimmen, ihn von der dunklen Seite wegholen, ohne dich miteinbeziehen zu müssen.« Ein kleines Lächeln erschien. »Du hattest – du hast – wunderbare Eigenschaften, Han, aber Geduld und Verständnis haben nie dazugezählt. Ich hatte Angst, dass deine Reaktionen ihn nur weiter auf die dunkle Seite treiben würden. Ich dachte, ich könnte ihn vor Snokes Einfluss bewahren und dich vor dem, was geschah.« Ihre Stimme wurde leiser. »Jetzt ist klar, dass ich mich geirrt habe. Ob es einen Unterschied gemacht hätte, wenn ich dich mit einbezogen hätte, werden wir nie erfahren.«

Er hatte Mühe zu glauben, was er hörte. »Also hat Snoke unseren Sohn beobachtet.«

»Immer«, antwortete sie ihm. »Aus den Schatten, am Anfang, noch bevor ich selbst begriff, was geschah, hat er alles manipuliert und unseren Sohn auf die dunkle Seite gezogen. Aber nichts ist unmöglich, Han. Nicht einmal jetzt, zu diesem späten Zeitpunkt. Ich habe das Gefühl, wenn irgendjemand ihn retten kann, dann bist du das.«

Er wollte höhnisch lachen. Wenn er es tat, wusste er, dass sie nie wieder mit ihm sprechen würde. »Ich? Nein. Wenn Luke ihn nicht erreichen konnte mit all seinen Talenten und seiner Ausbildung, wie könnte ich es dann schaffen?«

Sie nickte langsam. »Luke ist ein Jedi: aber du bist sein Vater. Es ist immer noch Licht in ihm. Ich weiß es.«

Ein komplexer Haltemechanismus hielt Rey halb aufrecht auf einer breiten, schrägen Plattform in der Zelle fest. Sie erwachte langsam. Desorientiert dachte sie zuerst, sie sei allein. Ihr Irrtum war verständlich, da die andere Person in dem Gefängnis sich nicht bewegte, keinen Laut von sich gab und bisweilen kaum zu atmen schien.

Wenn auch erschreckt von seiner beunruhigend stummen Gegenwart, nahm sie sich einen Moment Zeit, um ihre Umgebung in Augenschein zu nehmen. Sie unterschied sich erheblich von der vorangegangenen. Das Letzte, woran sie sich erinnerte, war die Konfrontation im Wald auf Takodana, der Lärm der Schlacht und dass sie den Droiden BB-8 weggeschickt hatte. Das und dann das Eindringen in ihren Geist. Der Schmerz. Ihre Anstrengungen, den Schmerz auszublenden, und die verächtliche Mühelosigkeit, mit der ihre geistigen Schutzmechanismen beiseitegewischt worden waren. Selbst jetzt klang der Schmerz hinter ihren Augen nach.

Der Wald war fort. Ebenso Maz' Burg. Eines Bezugspunktes beraubt, hatte sie keine andere Wahl als zu fragen.

»Wo bin ich?«

»Spielt der physische Ort wirklich eine so große Rolle?« In Kylo Rens Stimme lag unerwartete Sanftheit. Nicht ganz Mitgefühl, doch auch nicht die Feindseligkeit, mit der er ihr im Wald begegnet war. »Du bist mein Gast.«

Mit einer Mühelosigkeit, die furchteinflößender war als jede körperliche Tat, winkte er lässig in ihre Richtung. Einige Klicklaute, und die Fesseln fielen von ihren Armen. Sie versuchte, die Demonstration gelassen zu nehmen, und rieb sich die Handgelenke. Auf keinen Fall sollte er denken, dass er sie noch mehr einschüchtern konnte, als er es bereits getan hatte. Sie schaute sich im Raum um und stellte fest, dass sie allein waren.

»Wo sind die anderen? Die, die auf meiner Seite gekämpft haben?«

Er schniefte geringschätzig. »Du meinst die Verräter, Mörder und Diebe, die du deine Freunde nennst? Denk jetzt sorgfältig nach: Ich könnte dir leicht sagen, dass sie alle getötet wurden, zu recht in der Schlacht erschlagen. Aber ich würde es vorziehen, von Anfang an ehrlich zu dir zu sein. Du wirst erleichtert sein zu hören, dass ich keine Ahnung habe, was ihren gegenwärtigen Aufenthalt und ihr Wohlergehen betrifft.«

Sie sah ihn an. Obwohl er im Moment gelassen war, konnte sie das Gefühl nicht loswerden, dass ein falsches Wort, eine unbefriedigende Antwort ihn in Rage bringen würde. *Sei vorsichtig mit dieser Person,* sagte sie sich.

Er schaute sie an, als hätte sie gerade laut gesprochen. Sie hatte so wenig eine Chance, ihre Gefühle vor ihm zu verstecken, begriff sie, dass sie ihre Gedanken geradeso gut hätte laut aussprechen können.

»Du willst mich immer noch töten«, murmelte er.

Ihr wahres Ich gewann die Oberhand, und sie antwortete taktlos und trotz der Gefahr: »So ist das eben, wenn man von einer Kreatur in einer Maske gejagt wird.«

Sie hatte einen Moment Zeit, um über seine mögliche Reaktion nachzudenken und sie zu fürchten. Aber er tat nicht, was sie erwartete. Stattdessen hob er die Hand und nahm seine Maske ab. Sie starrte ihn nur schweigend an.

Für sich genommen war sein schmales Gesicht nicht weiter bemerkenswert. Es wirkte beinahe sensibel. Wäre da nicht die Intensität seines Blickes gewesen, hätte Ren jemand sein können, dem sie vielleicht einmal auf den staubigen Straßen des Vorpostens Niima begegnet war. Aber da war … dieser Blick. Dieser Blick und das, was dahinter schimmerte.

»Ist es wahr?«, fragte er schließlich. »Du bist nur eine Schrottsammlerin?« Sie antwortete nicht, und er wechselte, vielleicht weil er ihre Verlegenheit spürte, das Thema. »Erzähl mir von dem Droiden.«

Sie schluckte. »Es ist eine BB-Einheit mit einem Seleniumantrieb, einem thermalen Hyperscanschutz, einem intern selbstverbessernden Vortriebssystem, einer optischen…«

»Ich bin vertraut mit den allgemeinen technischen Spezifikationen von Droiden. Ich will keinen kaufen: Was ich will, befindet sich in seinem Gedächtnis. Es enthält einen Teil einer transgalaktischen Navigationskarte. Wir haben den Rest, geborgen aus den Archiven des Imperiums. Wir brauchen das letzte Stück. Irgendwie hast du den Droiden dazu gebracht, es dir zu zeigen. Dir. Einer einfachen, einzelgängerischen Schrottsammlerin. Wie kommt das?«

Sie schaute weg. Woher wusste er das? Auf die gleiche Weise, wie er alles andere erfahren hatte?

»Ich weiß, dass du die Karte gesehen hast«, wiederholte er. »Das ist es, was ich brauche. Im Moment ist das alles, was ich brauche.« Als sie weiter schwieg, seufzte er beinahe. »Ich kann mir nehmen, was immer ich will.«

Ihre Muskeln verkrampften sich. »Dann brauche ich dir nichts zu sagen.«

»Richtig.« Er erhob sich resigniert. »Ich hätte das lieber vermieden. Trotz allem, was du vielleicht glaubst, macht es mir kein Vergnügen. Ich werde so schonend wie möglich sein – aber ich werde mir nehmen, was ich brauche.«

Sie wusste, dass körperlicher Widerstand gegen Ren nicht nur nutzlos wäre, sondern wahrscheinlich zu Unannehmlichkeiten von einer Art führen würde, die sie sich lieber nicht vorstellen wollte. Sie blieb reglos und stumm, ihre

Arme an den Seiten, während seine Hand sich zu ihrem Gesicht hob. Er berührte sie abermals, wie er es im Wald auf Takodana getan hatte.

Und zögerte. Was war das? Da war etwas. Etwas Unerwartetes.

Während sie sich mühte, sich der Untersuchung zu widersetzen, drängte er in sie hinein, schob ihre unbeholfenen Versuche, ihn draußen zu halten, beiseite. Während er ihren Geist auskundschaftete, sprach er leise.

»Du bist so einsam gewesen«, murmelte er auf der Suche nach dem, was er brauchte. »Und hattest solche Angst davor fortzugehen.« Ein dünnes Lächeln glitt über seine Züge. »Bei Nacht, wenn du so verzweifelt versucht hast einzuschlafen, hast du dir ein Meer vorgestellt. Ich kann es sehen ... Ich kann die Insel sehen.«

Tränen strömten ihr übers Gesicht aufgrund der Anstrengung, ihm zu widerstehen. Zunehmend verzweifelt versuchte sie, nach ihm zu schlagen. Aber genau wie auf Takodana weigerte sich ihr Körper zu gehorchen.

»Und Han Solo«, fuhr Ren unbarmherzig fort. »Er fühlt sich wie der Vater an, den du nie hattest. Eine Sackgasse, diese Vision. Lass sie los. Ich kann dir mit Bestimmtheit sagen, dass er dich enttäuschen würde.«

All der Zorn und das Entsetzen, die sich in ihr aufgestaut hatten, brachen sich Bahn, als sie sich zu ihm umdrehte und ihn ansah.

»Verschwinde – aus – meinem – Kopf.«

Es führte nur dazu, dass er sich noch näher zu ihr beugte. Ihr Gefühl absoluter Hilflosigkeit verstärkte sich. »Rey, du hast die Karte gesehen. Sie ist in deinem Geist. Und ich werde sie mir nehmen. Hab keine Angst.«

Sie wusste nicht, woher die Kraft kam, ihm zu trotzen,

aber wenn überhaupt, wurde ihre Stimme ein wenig stärker. *»Ich gebe dir gar nichts.«*

Seine Reaktion spiegelte seine Sorglosigkeit wider. »Das werden wir ja sehen.«

Er kniff die Augen zusammen und sah sie fest an. Sie begegnete seinem Blick, ohne zu versuchen wegzuschauen. Sie hätte wegschauen sollen. Es wäre vernünftig gewesen. Klug. Stattdessen funkelte sie ihn nur an und versuchte, nicht zusammenzuzucken, nicht zu blinzeln.

Ah, dachte er bei sich. *Da ist etwas, etwas Interessantes.* Nicht das Bild der Karte. Das würde noch einen Moment dauern. Aber definitiv etwas, dem auf den Grund zu gehen sich lohnte. Er richtete seine Konzentration darauf und versuchte zu identifizieren, zu analysieren, zu …

Die Schranke, an die er stieß, machte seiner Suche unerwarteterweise ein Ende. Und er war es, der nun blinzelte. Das ergab keinen Sinn. Er drängte mit der ganzen Kraft seines Geistes dagegen – aber er kam nicht weiter.

Ein Ausdruck von Erstaunen ersetzte den der Angst auf Reys Gesicht, als sie sich nun ihrerseits in *seinem* Geist fand. Und unwiderstehlich angezogen wurde von … von …

»Du«, hörte sie sich deutlich sagen, »du hast Angst. Dass du niemals so stark sein wirst wie … Darth Vader!«

Er nahm die Hand jäh von ihrer Wange, als wäre ihre Haut plötzlich glühend heiß geworden. Verwirrt stolperte er von ihr weg. Ihr Blick folgte ihm. Ihre Augen waren dieselben, aber etwas hatte sich verändert – etwas hinter ihnen, in ihrem Blick und in ihrer Haltung. Er machte Anstalten zu gehen und deutete im letzten Moment in ihre Richtung. Die Fesseln, die um ihre Handgelenke gelegen hatten, schnappten wieder zu und banden sie an die schräg stehende Plattform. Dann streifte er sich seine Maske wieder über und war fort.

Im Flur stellte Ren verblüfft fest, dass er schwer atmete. Das allein war beunruhigend. Er wusste nicht, was sich gerade in der Zelle abgespielt hatte, daher hatte er keine Ahnung, wie er weitermachen sollte. Ihm blieb neuerliche Verwirrung erspart, als ein Sturmtruppler erschien und auf ihn zukam. Ren richtete sich auf und riss sich zusammen.

Der Sturmtruppler blieb stehen. Sein augenscheinliches Unbehagen darüber, mit Ren reden zu müssen, baute dessen erschüttertes Selbstvertrauen wieder ein wenig auf.

»Sir! Der Oberste Führer hat um Eure Anwesenheit gebeten.«

Ren nickte und folgte dem Sturmtruppler. Aber er sah sich noch ein letztes Mal zu der Zelle um.

In der Gefängniszelle entspannte Rey sich auf der Plattform. Dass sie sich überhaupt entspannen konnte, bedeutete etwas. Es war soeben etwas von großer Wichtigkeit geschehen. Wie und was, wusste sie nicht. Selbst in ihrer gegenwärtigen Situation fühlte sie neuen Mut, obwohl sie sich immer noch unsicher war, warum das so war. Eines war klar.

Sie würde Zeit bekommen, um darüber nachzudenken.

Im Hauptkonferenzraum des Stützpunkts auf D'Qar hatten sich die Anführer des Widerstands zu einer Strategiesitzung zusammengefunden. Leia, Poe, C-3PO, Han und etliche ranghohe Offiziere, darunter Statura und Ackbar, versammelten sich um eine dreidimensionale Karte eines einzelnen, frostkalten Planeten, der bis zu diesem Zeitpunkt nicht einmal den Besuch eines der kleinsten Handelsschiffe wert gewesen war. Finn war ebenfalls zugegen, da seine Informationen über die fragliche Welt diese Zusammenkunft veranlasst hatten.

»Die Scandaten von Captain Snap Wexleys Erkundungsflug bestätigen alles, was Finn uns gesagt hat«, erklärte Poe der Gruppe.

Wexley ergriff das Wort. »Sie haben im Innern des Planeten eine neue Art von Hyperraumwaffe gebaut. Etwas, das nahezu in Echtzeit über interstellare Entfernungen feuern kann.« Sein Gesichtsausdruck zeigte seine Ungläubigkeit. »Ich habe zwar einmal eine technische Ausbildung genossen, aber es ist mir absolut unverständlich, wie das möglich sein soll.«

Diesmal antwortete Finn. »Das geht mir nicht anders. Aber diejenigen von uns, die dem Stützpunkt zugewiesen wurden, haben Gerüchte gehört, nach denen diese Waffe nicht in dem, was wir den normalen Hyperraum nennen, funktioniert. Sie feuert durch ein Loch im Kontinuum, das sie selbst erzeugt. Alle haben es ›Subhyperraum‹ genannt. So kann die Waffe binnen Sekunden eine Entfernung wie die zwischen dem Stützpunkt und dem hosnianischen System überwinden. Die Menge an Energie, die dafür benötigt wird, ist…« Seine Stimme wurde leiser. »Nun, wir haben gesehen, wie viel Energie aufgewendet wurde. Ich weiß nur, dass es eine Zahl mit sehr vielen Nullen ist.«

Wexley nickte langsam. »Wir sind uns nicht sicher, wie wir eine Waffe von dieser Größenordnung und ihre Wirkung beschreiben sollen. Unsere Leute haben einige Ideen zur schnellen Überhitzung und der daraus resultierenden Implosion eines Planetenkerns entwickelt, aber der Mechanismus, um das auszulösen, ist ihnen noch völlig unverständlich.«

Einer der ältesten Offiziere im Raum gestikulierte scharf, einen entsetzten Ausdruck auf dem Gesicht. »Es ist ein neuer Todesstern!«

Poes Züge verkrampften sich. »Ich wünschte, es wäre so,

Major Ematt. Aber nachdem wir alles, was Finn uns berichtet hat, analysiert und mit unseren Informationen abgeglichen haben, ergibt sich folgendes Bild.« Er wischte über eine Schaltfläche. Ein Bild des Todessterns erschien neben dem der gefrorenen Welt.

»Dies war der Todesstern«, bemerkte der Pilot. Er ließ das Bild auf ein Minimum zusammenschrumpfen, bis der Todesstern nur noch eine kleine Kugel neben dem kalten Planeten war. »Finn hat uns gesagt, sie bezeichneten es als Basis Sterntöter.«

Leia starrte auf das verhasste Bild. Ohne die harsche Tatsache, dass es um mehr als zehn Millionen Tote ging, wären die Seite-an-Seite-Vergleiche lächerlich gewesen. Einmal mehr fluteten Erinnerungen an die Zerstörung Alderaans zurück, und einmal mehr musste sie sie verdrängen.

»Wie können sie eine Waffe dieser Größenordnung mit Energie versorgen?«, fragte sie.

Poe und Ackbar sahen Finn an. Er war sich nicht sicher und zögerte. Er war kein Wissenschaftler, kein Ingenieur, nicht einmal ein Techniker. Ja, er hatte eine Anzahl relevanter Gespräche mit angehört, aber wenn man bedachte, wie viel von dem abhing, was er bestenfalls vom Hörensagen wusste, widerstrebte es ihm, dies hier weiterzugeben.

Leia, die sein Zögern spürte, ermutigte ihn. »Finn, bitte, sprechen Sie.«

Er schaute zu ihr herüber. »Ich bin mir nicht sicher, wie authentisch das ist, was ich gehört habe oder was man mir erzählt hat.«

»Was immer es ist, es ist weitaus mehr als alles, was wir wissen«, versicherte sie ihm. »Erzählen Sie es uns, und lassen Sie unsere Techniker dann Ihre Worte beurteilen.«

Mit einem tiefen Atemzug deutete er auf das Bild des

Stützpunkts. »Wie Sie bereits wissen, war ich dem Stützpunkt zugewiesen. Im Zuge meiner Pflichten wurde ich an wechselnden Stellen auf dem Planeten eingesetzt. Eine befindet sich auf der Seite gegenüber der Stelle, an der die Waffe sich entlädt.«

Statura fiel ihm ungläubig ins Wort. »Das Waffensystem befindet sich auf beiden Seiten des Planeten?«

Finn sah den Admiral an. »Es befindet sich nicht nur auf beiden Seiten, das System verläuft tatsächlich durch den Planetenkern.«

Ungläubiges Gemurmel erhob sich rund um die Projektionskonsole.

»Soweit ich es verstehe«, fuhr Finn fort, »benutzen gewaltige Felder von speziell gefertigten Kollektoren die Energie einer Sonne, um dunkle Energie anzuziehen und sie in eine Speichereinheit im Kern des Planeten zu transferieren, wo sie in dieser Speichereinheit konzentriert und angereichert wird, bis die Waffe schussbereit ist.«

»Unmöglich«, beharrte Ackbar. »Obwohl wir wissen, dass es im Universum mehr dunkle Energie gibt als irgendetwas sonst und dass sie überall um uns herum existiert, ist sie doch so diffus, dass man sie kaum nachweisen kann. Geschweige denn sammeln.«

Finn ließ nicht locker, trotz des Unbehagens, das ihn dabei erfüllte, jemandem von Ackbars Rang und Erfahrung zu widersprechen. »Es ist möglich, und es wird getan«, antwortete er mit Gewissheit.

Statura zumindest schien bereit, es zu glauben. »Wenn das technisch zu machen wäre«, bemerkte er, »hätte man Zugang zu einer buchstäblich grenzenlosen Energiequelle.«

Finn nickte. »General Hux hat uns gesagt, es sei die mächtigste Waffe, die je gebaut wurde. Ihre Reichweite erstrecke sich über die halbe Galaxis.« Neuerliches ungläubiges Gemurmel erhob sich auf diese letzte Behauptung hin. »Und in Echtzeit. Denn die Waffe wirkt nicht durch das Raumzeitgefüge der Galaxis, sondern durchtunnelt es.« Er schüttelte den Kopf, der zu schmerzen begann von der Anstrengung, erklären zu müssen, was er nur mitangehört, aber nicht verstanden hatte.

Doch Han Solo verstand es. Verstand, was getan werden musste.

»In Ordnung, es ist also unmöglich, und es ist groß. Wie sprengen wir es in die Luft?« Die Aufmerksamkeit im Raum richtete sich auf ihn. Auf seinem Gesicht stand ein wissender Ausdruck. »Ganz gleich wie groß etwas ist – in die Luft jagen kann man es immer.«

Nachdem er dem wissenschaftlichen Geplänkel ein Ende gesetzt hatte, wartete er auf Vorschläge. Es kamen keine.

»Wir müssen abwarten, bis die Techniker ihre detaillierten Analysen durchgeführt haben«, erklärte Wexley. »Sobald sie das getan haben …«

Leia fiel ihm ins Wort. Han grinste, aber nicht so, dass sie es sehen konnte. Sie war gut darin, Leuten ins Wort zu fallen, das wusste er.

»Wir haben keine Zeit, auf Analysen und wissenschaftliche Hypothesen zu warten. Han hat recht. Wir müssen handeln, und zwar sofort.« Er musterte sie überrascht – und verbarg auch diese Reaktion.

»Denn es ist dieser Augenblick, der zählt«, fuhr sie fort. »Alles, wofür wir je gekämpft haben, steht auf dem Spiel. Wir können nicht auf Theorien warten. Wir brauchen etwas, irgendetwas, um uns zur Wehr zu setzen!« Sie straffte sich. »Wir müssen diese Waffe außer Kraft setzen, bevor sie noch einmal benutzt werden kann.«

Es überraschte sie nicht, dass es Statura war, der ranghöchste Offizier im Raum mit wissenschaftlicher Ausbildung, der schließlich einen Vorschlag machte.

»Ich kann es nicht beweisen, aber für eine Speicherung einer solchen Menge Energie bis zur Freisetzung oder zum Abschuss muss es eine neue, fortgeschrittene Art von Speicherfeld geben.« Er nickte Finn zu. »Unser Freund hier bestätigt das so weit. Die Frage ist: Um welche Art von Feld handelt es sich?«

»Ich habe gehört, dass das Magnetenfeld des Planeten selbst dafür benutzt wird«, antwortete Finn ihm, »und noch etwas anderes.«

»Ja, ja.« Statura versank tief in Gedanken. »Ein planetarisches Magnetfeld, selbst ein starkes, würde nicht genügen, um die Menge an Energie festzuhalten, deren Wirkung wir gesehen haben. Wie Sie sagen, Finn, muss es noch etwas anderes geben. Ich denke an eine Art von oszillierendem Feld. Wenn es schnell genug schwingt, wäre viel weniger Energie nötig, um es aufrechtzuhalten, als für ein statisches Feld.«

»Ich weiß nichts über solche Dinge.« Finn beugte sich in die holografische Karte und vergrößerte einen Teil der Planetenoberfläche, bis ein gewaltiges, sechseckiges Gebäude in Sicht kam. »Aber hier ist das Kontrollsystem für das Speicherfeld untergebracht.«

Statura war überaus erfreut. »Exzellent, Mr. Finn!« Der Admiral blickte seine Kollegen der Reihe nach an. »Aber ein erfolgreicher Angriff darauf würde – obwohl ein naheliegender Gedanke – die Waffe nicht zwangsläufig zerstören, es würde sie nur vorübergehend unbenutzbar machen, bis das Kontrollsystem wieder aufgebaut ist.«

»Wir würden wahrscheinlich nur einen Versuch haben«, warf Poe ein. »Admiral Ackbars Vorschlag zur Geheimhaltung kann nur so lange funktionieren, wie das Angriffsziel unbekannt bleibt. Sobald die Erste Ordnung begreift, dass wir den Standort der Feldkontrolle kennen, würden sie alles, was sie haben, für dessen Verteidigung einsetzen. Schiffe, mobile Basen und Langstreckendetektoren. Wir würden nie wieder nah herankommen.«

Leia nickte zustimmend. »Dann *muss* unser erster Angriff Erfolg haben.« Sie sah zu Statura hinüber. »Was empfehlen Sie, Admiral?«

»Vorausgesetzt, dass meine eiligen Vermutungen einigermaßen korrekt sind, wäre die Waffe am wertvollsten, wenn sie voll geladen ist.« Wieder betrachtete er die anderen im Raum. »Wenn der Oszillator des Speicherfelds in diesem Moment zerstört würde, würde er die gesammelte Energie freisetzen, aber nicht auf ein fernes Ziel gerichtet, sondern im Kern des Planeten, wo sich das Feld befindet. Wenn das nicht zur restlosen Zerstörung des Stützpunkts führt, würde es zumindest die Waffe dauerhaft lahmlegen.«

Sein Schopf weißen Haares und sein Bart verliehen Major Ematt das Aussehen eines Propheten, als er das Wort ergriff. »Vielleicht würde sogar der ganze Planet zerstört, auf dem sich die Basis befindet.«

Während die Diskussion weiterging, erschien ein Offizier und reichte Leia einen Ausdruck. Sie musterte ihn genau.

»Nichts davon ist möglich«, erklärte Ackbar bedrückt. »Auch wenn der fragliche Planet gegenwärtig absichtlich unterverteidigt ist, wird die Erste Ordnung, sobald wir unsere Streitkräfte losschicken, begreifen, dass wir den Standort ihrer Waffe kennen. Sie werden alles, was sie in der Nähe haben, mobilisieren, um die Basis zu schützen. Ihre Flotte ist zu groß, als dass wir uns hindurchkämpfen könnten. Außerdem würde ich trotz Poes Theorien wetten, dass der

Planet zumindest über einen minimalen Schutzschild verfügt. Sie brauchen ja nur die vorhandene Energie anzuzapfen, um einen solchen Schild aufrechtzuhalten.« Er sah Finn an, dessen Antwort nicht ermutigend ausfiel.

»Ja, ein solcher Schild existiert tatsächlich.«

»Die Situation könnte nicht schlimmer sein«, murmelte C-3PO.

Leia hob eine Hand, um sich Aufmerksamkeit zu verschaffen, und hielt den Ausdruck hoch. »Dem hier zufolge haben wir keine Zeit, die Situation zu studieren, selbst wenn wir uns dafür entscheiden sollten. Unsere Techniker haben festgestellt, dass eine gewaltige Menge an dunkler Energie sich um die Welt zusammenzieht, die Finn für uns identifiziert hat. Das kann nur eines bedeuten.« Sie hielt inne, um ihre Worte zu betonen. »Sie laden die Waffe wieder. Ich denke, wir können alle erraten, was ihr nächstes Ziel sein wird.«

C-3PO senkte seinen goldenen Kopf. »Ich habe mich geirrt. Es konnte noch schlimmer sein.«

Als Poe die niedergeschlagenen Mienen um sich herum sah, deutete er auf das sechseckige Kontrollgebäude. »Sie werden vielleicht ihre Schilde hochfahren, aber wenn wir einen Weg an ihnen vorbei finden, können und werden wir diesen Oszillator mit allem angreifen, was wir haben.«

Han grinste breit. »Ich mag diesen Burschen.«

Ackbar blieb pessimistisch. »Jeder Plan ist sinnlos, solange ihre Schilde aktiv sind. An einem ordnungsgemäß eingerichteten planetaren Verteidigungssystem, wie diese Welt es gewiss haben wird, gibt es keinen Weg vorbei.«

Han ließ sich nicht so leicht entmutigen. »Gut, dann setzen wir als Erstes die Schilde außer Kraft.« Er drehte sich zu Finn um. »Junge, du hast dort gearbeitet. Was hast du für uns?«

Finns Augen weiteten sich langsam, als er zurückdachte. »Ich kann es tun. Ihre Schilde abschalten. Ich …« Er nickte heftig. »Ich weiß, von wo aus die Schilde kontrolliert werden.« Als er begriff, was er da sagte, dämpfte das etwas von seiner anfänglichen Begeisterung. »Aber ich muss natürlich vor Ort sein. Auf dem Planeten, und einen Zugang zu dem Gebäude haben.«

»Ich werde dich dort hinbringen.«

Leia schaute Han an und sah etwas, das lange, lange Zeit in ihrem Leben gefehlt hatte: Solo den Draufgänger. »Wie, Han?«

Er grinste sie breit an. Sie hatte auch das vermisst, begriff sie.

»Wenn ich es dir sagen würde, würde es dir nicht gefallen.«

Poe übernahm energiegeladen das Kommando. »Also gut, wir schalten ihre Schilde ab, greifen die Kontrolle des oszillierenden Speicherfeldes an und zerstören ihre große Waffe. Selbst wenn sie durch die halbe Galaxie feuern kann und zu groß für uns ist, um sie zu zerstören, können wir dafür sorgen, dass sie sich selbst in Stücke sprengt. Klingt nach einem Plan. Also los!«

15. Kapitel

In dem riesigen, verdunkelten Versammlungssaal auf der Basis Sterntöter befanden sich nur zwei Gestalten: eine groß und unsicher, die andere hoch aufragend und beherrschend. Obwohl sie allein waren, schienen sie den Raum auszufüllen.

Es lag große Neugier in der Stimme des Obersten Führers Snoke, als wäre er enttäuscht. »Diese Schrottsammlerin – dieses *Mädchen* – hat sich dir widersetzt?«

»Das ist alles, was sie ist, ja. Eine Schrottsammlerin von diesem belanglosen Planeten Jakku. Ohne jede Ausbildung, aber stark in der Macht. Stärker, als ihr klar ist.« Ren, der seine Maske abgelegt hatte, antwortete mit gewohnter Sicherheit. Niemand sonst hätte einen Unterschied bemerkt. Snoke tat es.

Die Stimme des Obersten Führers war tonlos. »Du hast Mitleid mit ihr.«

»Nein – niemals. Mitleid? Für einen Feind der Ordnung?«

»Ich sehe das Problem«, erklärte Snoke. »Es ist nicht ihre Stärke, die dich scheitern lässt. *Es ist deine Schwäche.«* Der Tadel schmerzte, aber Ren ließ es sich nicht anmerken. »Wo ist der Droide?«

Glatt und salbungsvoll erscholl die Stimme von General Hux in der Versammlungshalle, bevor Ren antworten konnte. »Ren glaubte, der Droide sei nicht länger von Wert für uns.« Der in stillem Zorn entbrannte jüngere Mann drehte sich um und beobachtete, wie der zunehmend selbstbewusste Offizier näher trat.

»Er glaubte, das Mädchen wäre alles, was wir brauchten. Dass er alles Notwendige von ihr bekommen könne. Als Folge davon befindet sich der Droide wahrscheinlich wieder in den Händen der Feinde.«

Obwohl sichtlich verärgert, blieb Snokes Ton unverändert. »Haben wir den Hauptstützpunkt des Widerstands ausfindig gemacht?«

Hux war offensichtlich dankbar, der Überbringer guter Neuigkeiten zu sein. »Wir konnten ihren Aufklärer bis zurück in das Ileenium-System verfolgen und sind gerade dabei, in Zusammenarbeit mit unseren eigenen Aufklärungsschiffen in dem Gebiet, den genauen Standort ihres Stützpunkts zu ermitteln.«

Snoke antwortete mit kalter Befriedigung. »Das brauchen wir nicht. Bereitet die Waffe vor. Zerstört ihr System.«

So gelassen und gefasst Hux auch war, war er doch nicht gefeit gegen jede Überraschung. »Das *System?* Oberster Führer, der jüngsten Galografie zufolge umkreisen mindestens zwei und möglicherweise drei bewohnbare Welten Ileenium. Wäre es nach der Zerstörung der hosnianischen Welten nicht lohnend, einfach ihren Stützpunkt zu zerstören und den Rest in die Neue Ordnung einzugliedern? Wir werden binnen Stunden den genauen Ort des Stützpunkts kennen und …«

Snoke fiel ihm ins Wort. »Wir können nicht warten. Nicht einmal einige Stunden. Stunden, in denen vielleicht ein kleines Schiff mit der Information über den Aufenthaltsort Skywalkers starten und das System verlassen kann. Das wäre ein Schiff zu viel. Je mehr Zeit wir ihnen geben, umso wahrscheinlicher ist es, dass sie Skywalker finden und ihn dazu bewegen werden zurückzukehren, um uns herauszufordern. Sobald die Waffe voll geladen ist, will ich, dass das ganze Ileenium-System zerstört wird.«

Ren wagte es zu widersprechen und trat einen Schritt vor. »Nein … Oberster Führer. Ich kann die Karte von dem Mädchen bekommen, und damit wird die Sache erledigt sein. Ich brauche lediglich Eure Anleitung.«

»Und du hast mir versprochen, mich nicht zu enttäuschen, wenn es darum geht, den Widerstand zu zerstören.« Die drohende Gestalt Snokes beugte sich zu Ren vor. »Wer weiß, ob nicht bereits Kopien der Karte angefertigt und aus dem System geschickt worden sind, zu Vorposten des Widerstands? Aber diejenigen, die sich der Bedeutung der Karte am ehesten bewusst sind, werden alle wahrscheinlich in ihrem Hauptstützpunkt versammelt sein. Zerstört diesen Stützpunkt, zerstört sie, und wir werden uns vielleicht ein wenig zuversichtlicher fühlen, dass der Weg zu Skywalker für immer in der Versenkung verschwunden ist. Selbst wenn Kopien angefertigt und exportiert wurden, wird die Vernichtung ihrer Führung allen Überlebenden zu denken geben, ob sie uns weiter Widerstand leisten sollten.« Er lehnte sich zurück. »Aus diesem Grund allein würde ich die Zerstörung des Systems anordnen, selbst wenn es keine Sicherheit gäbe, dass es auch dieser verfluchten Karte ein Ende machen würde.« Er drehte sich zu Hux um.

»General, bereiten Sie die Waffe vor. Mit der gleichen Effizienz, die Sie immer gezeigt haben.«

»Ja, Oberster Führer!«

Getragen von dem Lob drehte Hux sich um und verließ schnell die Halle. Snoke richtete den Blick auf die einzig weitere im Raum verbliebene Person.

»Kylo Ren. Es scheint, dass es an der Zeit ist für eine Auffrischung. Also werde ich dir die dunkle Seite zeigen. *Bring mir das Mädchen.*«

Ein wenig abseits der übrigen Aktivität auf dem Stützpunkt des Widerstands hakte ein ungleiches Paar die Punkte der Checkliste vor dem Abflug eines alten, aber erstaunlich schnellen Frachters ab. Chewbacca und Finn beeilten sich, Hans Anweisungen nachzukommen.

»Chewie, überprüf den horizontalen Booster.« Eine knurrende Antwort provozierte eine ebenso angespannte Entgegnung von dem Besitzer des *Millennium Falken.* »Es ist mir egal, was die Kontrollinstrumente an Bord anzeigen: Es gibt keinen Ersatz für eine letzte visuelle Inspektion. Das weißt du. Finn, Vorsicht mit diesen Dentonen. Sie sind explosiv.«

Finn hielt inne und starrte auf die Ladung, die er trug. »Ach ja?« Er zauderte. »Warum haben Sie mir das nicht gleich gesagt?«

»Ich wollte dich nicht nervös machen«, antwortete Han. »Wenn du sie verstaut hast, sprich mal mit einem der Techniker der X-Flügler und schau, ob du einen Thermalregulator als Reserve für uns auftreiben kannst.«

Währenddessen hatte Leia sich zu ihnen gesellt und wandte sich an Han.

»Ganz gleich, wie viel wir uns gestritten haben«, begann sie, »ich habe es immer gehasst, dich fortgehen zu sehen.«

Er grinste. »Das ist der Grund, warum ich fortgegangen bin. Damit du mich vermisst.«

Zum ersten Mal seit einiger Zeit lachte sie rundheraus. Es war ansteckend und in diesen Tagen allzu selten. »Nun, trotzdem danke dafür.«

Er wurde nachdenklich. »Es war nicht alles schlecht, nicht wahr? Ich weiß, dass wir uns oft gestritten haben.« Er lächelte voller Zuneigung. »Vielleicht liegt es daran, dass wir beide so schüchterne, zurückhaltende Persönlichkeiten sind. Natürlich, wenn du nur getan hättest, was ich gesagt habe …«

»Und du nur getan hättest, worum ich dich gebeten habe«, gab sie immer noch lächelnd zurück.

Er kicherte leise. »Ich meine, einiges davon war … gut.«

»Ziemlich gut«, stimmte sie zu und nickte.

»Einige Dinge verändern sich nie.«

»Ja.« Sie schaute zu Boden und erinnerte sich, dann sah sie ihm wieder in die Augen. »Du treibst mich immer noch in den Wahnsinn.«

»Wahnsinn wie wahnsinnig gut oder wie reif für die Anstalt?«

»Wahrscheinlich ein wenig von beidem«, gestand sie.

Er legte ihr die Hände auf die Schultern, und dreißig Jahre lösten sich im Nu in Luft auf. »Leia, es gibt etwas, das ich dir schon lange sagen wollte.«

Sie mühte sich, gegen die Tränen anzukämpfen, und legte ihm einen Finger auf die Lippen. »Sag es mir, wenn du zurückkommst.«

Er wollte Einwände erheben, fing sich aber. Es hatte über die Jahre zu viel Streit gegeben, das wusste er. Diesmal würde er vielleicht wirklich nicht zurückkommen; auf keinen Fall wollte er, dass auch nur der Hauch einer Uneinigkeit zurückblieb, wenn er sich jetzt von ihr trennte. Stattdessen nahm er sie in die Arme, was wirklich viel besser war als ein Streit oder selbst als Worte. Sie standen lange so da und hielten einander fest umfangen.

»Wenn du unseren Sohn siehst«, flüsterte Leia, »bring ihn heim.«

Er nickte, ohne zu sprechen. Wenn schon nichts anderes, hatte er in dreißig Jahren gelernt, wann er still sein musste.

Was war geschehen? Gefesselt und außerstande, sich zu bewegen, lag Rey auf der schrägen Plattform in ihren Fesseln und grübelte über die Begegnung mit Kylo Ren nach. Zuerst waren da der gleiche Schmerz und die Angst gewesen, die sie in dem Wald auf Takodana verspürt hatte. Beides hatte sich verschärft, als er tiefer in sie eingedrungen war und sie versucht hatte, sich ihm zu wiedersetzen. Dann – *hatte* sie sich ihm widersetzt. Mehr als das, es war, als hätte ihr Widerstand ihr irgendwie den Zugang zu seinem Geist geöffnet. Für einen flüchtigen Moment. Sie erinnerte sich deutlich an seinen Schrecken, dem Sorge und schließlich sein Rückzug gefolgt waren. Er hatte sich aus ihr zurückgezogen, aus ihrem Geist, mit einer Plötzlichkeit, die nicht von Angst, sondern von etwas anderem kündete. Besorgnis, beschloss sie. Was immer sie getan hatte, hatte ihn übel aus dem Gleichgewicht geworfen. Er hatte sich zurückgezogen: Zweifellos nicht nur, um darüber nachzudenken, was geschehen war, sondern auch, um zu entscheiden, wie er weiter mit ihr verfahren sollte. Das bedeutete, dass er höchstwahrscheinlich zurückkommen würde. Sie würde alles tun, um eine weitere Begegnung zu vermeiden.

Und machte sich an die Arbeit.

Wenn sie ihn aus ihrem Geist hinauswerfen und in seinen eindringen konnte, was konnte sie dann noch tun? Was würde sie im Hinblick auf jemand anderen tun können?

Jemanden, der weniger begabt war und nicht ausgebildet im Umgang mit der Macht? Etwa mit dem Wachposten, der als einziger in ihrer Zelle zurückgeblieben war?

»Du da!«

Der Mann drehte sich zu ihr um, sichtlich unbesorgt und ziemlich gelangweilt. Sie musterte ihn eingehend. Als er etwas sagen wollte, richtete sie klar und fest das Wort an ihn – und nicht nur mit ihrer Stimme.

»Du wirst diese Fesseln lösen. Und du wirst diese Zelle verlassen, die Tür offen lassen und dich in dein Wohnquartier zurückziehen.«

Der Wachposten beäugte sie stumm. Er wirkte nicht im Mindesten eingeschüchtert. Ihre Zuversicht geriet ins Wanken, während sie sich in ihren Fesseln leicht bewegte. Sie wiederholte mit so viel Autorität, wie sie aufbringen konnte, was sie gesagt hatte:

»Du wirst diese Fesseln lösen. Und du wirst diese Zelle verlassen, die Tür offen lassen und dich in dein Wohnquartier zurückziehen. Du wirst mit niemandem über diese Begegnung sprechen.«

Er hob das schwere, schwarz-weiße Gewehr, das er in der Hand hielt, und kam auf sie zu. Mit hämmerndem Herzen beobachtete sie ihn. Würde sie jetzt getötet, befreit oder vielleicht ausgelacht werden? Er blieb vor ihr stehen und schaute ihr in die Augen. Als er wieder sprach, war ein merkliches Zögern in seiner Stimme.

»Ich werde diese Fesseln lösen. Und ich werde diese Zelle verlassen, die Tür offen lassen und mich in mein Wohnquartier zurückziehen. Ich werde mit niemandem über diese Begegnung sprechen.«

Er öffnete methodisch ihre Fesseln. Dann stand er auf und sah sie für einen Moment an, bevor er sich umdrehte und wortlos zur Tür ging. Rey, die erschrocken auf der harten Plattform lag, wusste kaum, was sie als Nächstes tun sollte. Sie war frei. Nein, korrigierte sie sich: Sie war nur frei von ihren Fesseln. Das stellte kaum echte Freiheit dar.

Aber es war ein Anfang.

Als der Wachposten zur Tür ging, sagte sie hastig: »Und du wirst deine Waffe ablegen.«

»Ich werde meine Waffe ablegen«, antwortete er mit tonloser Stimme. Er machte sich daran, es tatsächlich zu tun, und ließ das Gewehr auf den Boden sinken, dann wandte er sich nach links in den Außenflur, um schweigend fortzugehen.

Für einen langen Moment starrte sie auf die offene Tür. Dann kam sie zu dem Schluss, dass das kein Scherz war und der Wachposten nicht direkt draußen vor der Zelle auf sie wartete. Sie hob die Waffe auf und ging.

Normalerweise hatten Reisen im Hyperraum etwas Entspannendes, überlegte Finn. Es gab keine Kämpfe im Hyperraum und sehr selten irgendeine Art von Überraschung. Hyperraumreisen gaben einem Zeit für Reflexion, für beiläufige Gespräche mit Kameraden, Zeit, um die Ausrüstung zu überprüfen und vorzubereiten.

Nicht diesmal.

Da er es müde war, nur mit seinen eigenen Gedanken zu leben, verließ er den Frachtraum und ging ins Cockpit, wo er Han und Chewbacca auf ihren Plätzen fand.

»Ich habe Sie nicht danach gefragt«, sagte er zu dem Piloten. »Wie kommen wir rein?«

Han erklärte es, ohne von seiner Konsole aufzublicken. »Jede Verteidigung wird auf einen Massenangriff ausgelegt sein. Sie sollte weniger auf den Versuch eines einzelnen

Schiffs hineinzuschlüpfen vorbereitet sein. Das wäre offensichtlich Selbstmord.«

Finn nickte, als er darüber nachdachte. »Ja, das macht mir wirklich Mut. Aber angenommen, Ihre optimistische Einschätzung ist falsch und sie sind sogar darauf vorbereitet, ein einzelnes Schiff wahrzunehmen und zu zerstören. Wie vermeiden wir das?«

»Kein planetares Verteidigungssystem kann auf konstantem Niveau betrieben werden. Das würde zu viel Energie kosten. Außerdem ist es nicht notwendig. Alle planetaren Schilde arbeiten mit fraktionierten Wiederholungsraten. Sie sind nicht durchgehend aktiv, sondern werden nach einer bestimmten Taktrate ein- und wieder ausgeschaltet. Hindert alles, was mit weniger als Lichtgeschwindigkeit unterwegs ist, durchzukommen. Theoretisch könnte ein Schiff die Nase hineinbekommen, wenn ein Schild ausgeschaltet ist. Einen Sekundenbruchteil später wird der Schild wieder eingeschaltet und – nun, das wäre nicht gut für irgendjemanden auf diesem Schiff.«

»Okay, das kapiere ich«, sagte Finn ihm. »Was mich zu meiner ersten Frage zurückbringt: Wie kommen *wir* rein? Ohne von einem oszillierenden Schild entzweigeschnitten zu werden?«

»Ganz einfach.« Die Art, wie Han diese beiden Worte sagte, ließ es so klingen, als wäre es das Leichteste auf der Welt. »Wir werden nicht langsamer als das Licht sein.«

Unsicher, ob er richtig gehört hatte, starrte Finn ihn an. »Wir werden unseren Landeanflug mit Lichtgeschwindigkeit machen? Das hat noch nie jemand getan! Zumindest habe ich noch nie davon gehört, dass jemand es getan hätte.«

Man brauchte die Sprache der Wookies nicht fließend zu

beherrschen, um die Quintessenz von Chewbaccas Bemerkung zu verstehen.

Han lächelte freundlich. »Wir nähern uns dem System. Ich würde mich hinsetzen, wenn ich du wäre. Chewie, mach dich bereit.«

Als Finn mit großen Augen nach einem Sitz und einem Sicherheitsgurt tastete und sich eine Anzahl sehr großer, weicher Polster wünschte, tat Chewbacca mit einem Stöhnen kund, dass er bereit war. Han studierte die Sichtanzeigen vor ihm. Der Wookie hielt eine Hand über seine eigene Konsole.

»Und …« Han beobachtete die fallenden Zahlen auf dem Schirm. »Jetzt!«

Menschen- und Wookiehände flogen über die Hauptkonsole und ergänzten, so gut sie konnten, die Informationen für den Landeanflug, die sie dem *Falken* vorher einprogrammiert hatten. Nicht unerwartet war der eine oder andere manuelle Eingriff notwendig, damit das Schiff etwas tat, das gegen seine Natur war, und Manöver vollführte, für die es niemals entworfen worden war.

Aber es brachte sie heil durch die Schilde.

An diesem Punkt flogen sie weit unterhalb der Lichtgeschwindigkeit, verlangsamten ihr Tempo weiter in einer unglaublichen Rate über schneebedecktem Grund und steuerten direkt auf einen Wald zu, der nicht so hoch war wie der auf D'Qar, aber viel dichter. Chewbacca heulte laut genug, dass Finn ihn deutlich über den wild plärrenden Alarmen hören konnte.

»Ich ziehe doch hoch!«, brüllte Han, während er mit den stummen Kontrollen rang.

Die Bäume waren auch nicht so dick wie die auf dem Stützpunkt des Widerstands. Der *Falke* pflügte durch sie hindurch, während Pilot wie Kopilot sich mühten, das Schiff hochzubringen. Einen Moment später reagierte es und schoss wieder himmelwärts – ein gleichermaßen wenig wünschenswertes Ergebnis.

»Noch höher und sie werden uns sehen!«, schrie Han. Natürlich würde man sie wahrscheinlich trotzdem sehen, falls die Umgebung um den Stützpunkt der Ersten Ordnung von Satelliten überwacht wurde.

Sie gingen wieder hinunter, während Han und Chewbacca darum kämpften, die Kontrolle zurückzuerlangen und das Schiff auf gleicher Höhe zu halten. Sie hätten beinahe Erfolg gehabt. Wieder zwischen den Bäumen mühte Han sich mit dem Antrieb ab, während Chewie darum rang, den Rest des Schiffes funktionsfähig zu halten. Sie verlangsamten weiter das Tempo. Am Ende war es der Wald, der sie bremste, während Hunderte von Bäumen splitterten und um sie herumflogen. Der sich herabsenkende *Falke* flog immer noch weiter. Glücklicherweise bestand das Weiß, durch das er pflügte, aus relativ frischem Schnee, nicht aus Eis. Als das Schiff endlich liegen blieb, hatte es sich halb eingegraben.

Um sie herum war alles kalt und still.

Ren rang um Selbstbeherrschung. Ein großer Teil seiner Ausbildung hatte sich darum gedreht zu lernen, wie man ohne Emotionen lebte und voranschritt. Im Moment brauchte er jedes Fitzelchen dieser Ausbildung, um Ruhe zu bewahren. So schlimm es gewesen war, dass das Mädchen sein Eindringen in ihren Geist abgewehrt hatte, noch schlimmer war, was sie in ihm gesehen hatte. Im Augenblick fühlte er sich nicht mächtig.

Er fühlte sich ziemlich klein.

Als Ren bewusst wurde, dass ein Offizier geduldig darauf

wartete, dass er seine Anwesenheit zur Kenntnis nahm, winkte Ren den Mann herbei.

»Wir haben das Mädchen noch nicht gefunden, Sir. Im ganzen Stützpunkt ist Alarm ausgelöst worden, und alle Sturmtruppler sind im Einsatz.«

»Ja.« Rens Stimme wirkte beinah gleichgültig, als wäre der Großteil seiner Gedanken anderswo. Er sah den Offizier an. »Der Sturmtruppler, der Wache gestanden hat?«

»Wird immer noch verhört, Sir. Er erinnert sich nicht daran, was passiert ist. In der einen Minute war er noch auf seinem Posten. In der nächsten fand er sich in seinem Quartier wieder und zog seine Uniform aus. Erste Einschätzungen lassen darauf schließen, dass er die Wahrheit sagt.« Der Offizier zögerte. »Wenn Ihr wollt, dass wir intensivere Methoden ausprobieren, kann ich …«

»Nein – nein. Befragen Sie ihn weiter. Nur … fragen. Er wird sich vielleicht an etwas erinnern.« Sein Ton verdüsterte sich. »Das Mädchen. Sie ist hier irgendwo. Sie kann nirgendwohin. Wenn Sie sie finden, bringen Sie sie …« Seine Stimme verlor sich, ebenso wie seine Aufmerksamkeit.

Der Offizier wartete: Darauf, weiter befragt zu werden, zusätzliche Instruktionen zu erhalten, brüsk entlassen zu werden. Aber Kylo Ren starrte einfach in die Ferne, sah etwas, von dem der Offizier nichts wusste, und bewahrte Stillschweigen.

Nichts regte sich im Wald. Einige Schneeflocken drifteten lautlos zu Boden. Inmitten der Bäume, am Ende einer geradlinigen Bahn der Zerstörung, erhob sich ein unnatürlicher Hügel von Schnee. Von irgendwo aus dessen Innerem kam ein Stöhnen, tief dröhnend und verstimmt.

»Ach ja?« Die Stimme, die antwortete, war scharf und absolut keine Wookiestimme. »Versuch du es doch mal!«

Unter dem Schnee und im Kern des Hügels, den der *Millennium Falke* bildete, sprühten in dem Gang hinter dem Cockpit irgendwo Funken. Chewbacca, der seine Meinung zur fliegerischen Leistung des Schiffskapitäns sehr prägnant kundgetan hatte, stand auf und ging nach hinten, um sich des Problems anzunehmen. Er ließ Finn allein mit einem nachdenklichen Han im Cockpit zurück.

»Das hätte besser laufen sollen.« Han studierte die Sichtanzeigen, die noch funktionierten. Er schüttelte den Kopf und beugte sich vor, um ein bestimmtes Instrument abzulesen. »Das hätte nicht so rau sein dürfen. Es wäre beinahe schlimmer als rau geworden.«

Finn begriff, dass Han Mühe hatte, sich mit ihrer mehr als unsanften Landung abzufinden, und versuchte, ihn zu beruhigen. »Na ja, Sie haben gerade das Unwahrscheinliche vollbracht, indem Sie das Unmögliche getan haben. Ohne irgendeinen Präzedenzfall, an dem Sie sich hätten orientieren können. Ich meine, ich bin kein Pilot, aber ich war mit vielen Piloten zusammen, und ich habe niemals auch nur davon gehört, dass jemand versucht hätte, was Sie gerade getan haben. Sie haben Ihre Sache großartig gemacht.« Er gestikulierte: Er zeigte auf das immer noch intakte Cockpit, auf den Himmel, den man durch einen Teil der Frontscheibe sehen konnte, der nicht von Schnee bedeckt war, und auf sich selbst. »Wir sind gelandet, wir leben, wir sind alle unversehrt. Ich verstehe nicht. Was könnten Sie mehr verlangen?«

Hans Gesichtsausdruck veränderte sich nicht, als er aufstand und Anstalten machte, Chewie zu helfen. »Es gab eine Zeit, da wäre die Landung nicht so rau gewesen.«

Da Finn nicht wusste, wie er auf diese Bemerkung reagieren sollte, sagte er klugerweise gar nichts.

In der Kommandozentrale auf D'Qar waren die Gespräche gedämpft. Offiziere unterhielten sich im Flüsterton, wenn überhaupt, während alle auf die Nachricht warteten. Sobald sie kam – niemand sagte »wenn« –, würden die Gespräche zur Normalität zurückkehren. Aber für den Moment wagte keiner auszusprechen, was er dachte. Was er befürchtete.

Die verschlüsselte Bestätigung würde über eine Reihe hastig verlinkter Hyperraumrelais kommen. Sie würde notwendigerweise komprimiert sein und auf eine mathematische Formel reduziert, um das Risiko zu vermindern, dass sie unterwegs abgefangen wurde. Während immer mehr Zeit verging, erlahmte die ursprüngliche Hoffnung.

Dann durchbrach Admiral Statura die Spannung, schaute von seiner Konsole auf und lächelte Leia an. »Der *Falke* ist gelandet, Ma'am.«

Sie trat neben ihn und schaute auf seinen Monitor. Was er verriet, war nicht viel, aber genug. »Ich wünschte, wir hätten mehr Informationen. Ich wünschte, wir wüssten …« Sie unterbrach sich. Dass der Falke durch die planetaren Schilde der Ersten Ordnung geschlüpft und sicher gelandet war, würde nichts wert sein, wenn der *Falke* entdeckt wurde. Sie wusste, dass es keine weitere Kommunikation geben durfte, bis sie ihre Aufgabe vollendet hatten. »Sagen Sie mir, dass sie die Schilde abschalten werden.«

Staturas Antwort war fest. »Sie werden die Schilde abschalten.«

»Das war nur knapp überzeugend«, sagte sie ihm.

Er lächelte abermals. »Damit arbeiten wir, Ma'am. Mit dem knappsten Hauch einer Chance.«

Sie nickte und drehte sich zu einem anderen Offizier um. »Schicken Sie die X-Flügler los.«

»Ja, General!« Unmittelbar nach der Nachricht vom *Mil-*

lennium Falken schaffte der Offizier es, ein wenig echte Begeisterung aufzubringen. Der Operator, der neben ihr saß, übermittelte den förmlichen Befehl.

»Freigabe zum Start für alle Jäger.«

»Los, Staffel Blau. Los, Staffel Rot«, fügte der Offizier hinzu.

Im Nu war das erste Dutzend Jäger, das nur noch auf den Befehl gewartet hatte, gestartet und unterwegs. Droiden berechneten wieder und wieder den Weg zur Basis der Ersten Ordnung, reduzierten die Möglichkeiten auf diejenigen, die am ehesten Erfolg versprachen, während die Piloten ihr Bestes taten, um sich zurückzuhalten und ihre Energie für den tatsächlichen Angriff aufzusparen.

Die Führung hatte ein mit schwarzen Mustern versehener X-Flügler übernommen. Poe saß aufmerksam vor den Instrumenten, während BB-8 sich um Dinge kümmerte, die man besser einem Roboter überließ. Hinter ihnen verschwand rapide die Oberfläche von D'Qar.

»An alle Staffeln, hier ist Staffelführer Schwarz«, meldete sich Poe über die Freisprechanlage des Cockpits, »Höhe bestätigt. Entfernung bestätigt. Ankunftskoordinaten bestätigt.« Er aktivierte mehrere Kontrollen, und der Hyperraumantrieb des X-Flüglers bereitete sich darauf vor, Raum und Zeit zu verzerren. »Bereit zum Sprung auf Lichtgeschwindigkeit!«

Als er von allen Rückmeldung erhalten hatte, gab er das Signal. Wie verlöschende Flammen verschwanden die Jäger einer nach dem anderen in einem Lichtstreifen aus der normalen Raumzeit.

Er musste es mit eigenen Augen sehen. Als er den Gang hinunterstolzierte, wo Wände aus entblößtem Vulkangestein sich mit Kontrollen und Konsolen aus Metall und synthetischen Materialien abwechselten, kochten Rens Gefühle über. Seine gegenwärtige Gemütsverfassung widersprach seiner ganzen Ausbildung, aber er konnte nicht anders. Er hatte schlecht auf das reagiert, was zuvor geschehen war, und das hatte sich in dem Urteil des Obersten Führers widergespiegelt. Um sein Unbehagen noch zu verstärken, schien Hux, dieser schleimige Speichellecker, immer im denkbar peinlichsten Augenblick aufzutauchen.

Er knirschte mit den Zähnen, voller Zorn auf sich selbst. Es war ein Gradmesser für seine gegenwärtige Schwäche, dass so etwas wie Eifersucht auf einen unbedeutenden Gimpel wie Hux überhaupt in sein Denken eindringen konnte. Es war nichts als eine Verschwendung physischer Energie und mentaler Konzentration. Hux war solcher Aufmerksamkeit nicht würdig.

Das Mädchen dagegen …

Als er die Zelle betrat, fand er sie wie erwartet verlassen. Die kupferfarbene Plattform inmitten des Raums war leer, ihre vielfachen Fesseln standen offen und schienen ihn unter der gedämpften roten Beleuchtung zu verspotten. Außerstande, sich länger zu beherrschen, zog er sein Lichtschwert, schaltete es mit dem Daumen ein und zertrümmerte die Zelle und ihre Einrichtung mit einer Folge wilder Hiebe.

Zwei Sturmtruppler, die sein entrüstetes Heulen gehört hatten, als sie am Ende des Flurs vorbeikamen, machten kehrt und gingen dem Lärm nach. Als sie rotglühende Trümmer aus der Zelle fliegen sahen, hielten sie inne und zogen sich schnellstens wieder in die Richtung zurück, aus der sie gekommen waren.

16. Kapitel

Dank des Schnees und des dichten Waldes hatte der Patrouillendroide sie nicht bemerkt, und der Wärmeverzerrer, den Chewbacca in einem Beutel trug, diente dazu, ihre Thermalsignaturen zu maskieren. Von Zeit zu Zeit hatte Finn die primitivere, aber ebenfalls effektive Vorsichtsmaßnahme getroffen, einen Zweig zu benutzen, um ihre Fußabdrücke zu verwischen. Wo sie konnten, hielten sie sich an felsigen Grund, um keine Spuren zu hinterlassen. Der Wookie trug quer über dem Rücken eine Tasche mit den modernsten Dentonen, deren Sprengkraft ihre Größe um ein Vielfaches überstieg.

Finn gelang es mit sehr langen Schritten, zu Han aufzuschießen. Er deutete auf einen Hang. »Jenseits dieses Kamms endet ein Fluttunnel. Durch den kommen wir hinein.«

Han blickte ihn an. »Bist du dir sicher, dass er nicht mit einer Schutzwand verschlossen ist? Gewöhnliche Materialien können wir aufschneiden, aber …«

Finn schüttelte den Kopf. »Es gibt überhaupt keine Wand. Sie würde dem Zweck des Tunnels zuwiderlaufen.«

Han runzelte die Stirn und sah ihn an. »Du hast gesagt,

du hättest hier gearbeitet. Du hast uns nie gesagt, in welcher Abteilung.«

Finn wandte den Blick ab, als er antwortete. »Sanitäranlagen und Kanalisation.«

Han starrte ihn an. »Sanitäranlagen? Woher willst du dann wissen, wie man die Schilde abschaltet?« Er deutete auf Chewies Rucksack. »Wir haben genug Knaller dabei, um den Job zu erledigen, aber wir müssen wissen, wo wir sie anbringen sollen. Wir haben nur eine Chance. Wenn wir scheitern und die Schilde nicht abschalten, können wir geradeso gut zusammenpacken und die Staatsbürgerschaft in der Ersten Ordnung beantragen.« Er senkte die Stimme. »Und auf D'Qar werden alle sterben.«

»Ich weiß nicht, wie man die Schilde ausschaltet, Han«, gestand Finn. »Ich bin hier, um Rey zu holen.«

Han drehte sich langsam im Kreis herum. »Gibt es sonst noch etwas, das du übersehen hast? Sonst noch etwas, das du vergessen hast, uns zu erzählen?« In der Nähe fügte Chewbacca seinen eigenen gestöhnten Kommentar hinzu. »Die Leute verlassen sich auf uns! Die Galaxis verlässt sich auf uns!«

»Solo«, schoss Finn zurück, »wir werden es schaffen! Wir sind hierhergelangt, nicht wahr?«

»Ja? Und wie?«

Finn lächelte ermutigend. »Mithilfe der Macht!«

Han verdrehte die Augen. »Wieder die Macht. Immer die Macht.« Sein Blick kehrte zu dem hoffnungsvollen Finn zurück. »Ich habe keine Zeit, es dir zu erklären, Junge, aber ... so funktioniert die Macht nicht.« Er schaute auf und sah sich um. »Wo ist dieser Patrouillendroide?« Chewie knurrte ihm etwas zu. »Oh, wirklich? Dir ist *kalt*?«

Rey rannte, das Blastergewehr ihres ehemaligen Wächters mit beiden Händen fest umfasst, einen langen Korridor entlang. Als sie eine Atempause brauchte, duckte sie sich in eine Nische, die zumindest theoretisch ein gewisses Maß an Sichtschutz vor jemandem lieferte, der durch den Flur käme. Zwar hatte sie sich aus ihrer Zelle befreit, aber noch kein nächstes Ziel ins Auge gefasst. Eine kurze Musterung ihrer Umgebung bot ihr eins.

Ein langer Gang wurde auf einer Seite von einer Wand aus Stein und Stahl flankiert. Möglicherweise eine Außenwand, aber ohne einen Ausgang. Doch auf der anderen Seite des Gangs ...

Am gegenüberliegenden Ende war eine Tür, die in einen offenen Hangar führte. Obwohl sie nicht weit darüber hinausschauen konnte, legten Reihen von geparkten TIE-Jägern die Vermutung nahe, dass sie hier eine Fluchtmöglichkeit vor sich hatte. Alles, was sie überwinden musste, war der schmale, geländerfreie Laufsteg, der durch ein riesiges, offenes Atrium führte – und am gegenüberliegenden Ende eine Gruppe von Sturmtrupplern, die in ein müßiges Gespräch verstrickt waren. Niemand sah in ihre Richtung.

Sie schob sich dicht an der Wand vorwärts und war bald am Ende des Korridors, nicht weit vom Anfang des luftigen Laufstegs entfernt. Ein vorsichtiger Blick über die Kante nach unten offenbarte einen riesigen, scheinbar bodenlosen Schacht, dessen Wände mit von Hunderten Lichtern sanft beleuchteten Instrumententafeln bedeckt waren. Allerdings reichten selbst diese Lichter nicht, um auch die dunkle Tiefe zu erhellen. Darüber hinwegzugelangen, ohne die Wachen des Hangars auf der anderen Seite auf sich aufmerksam zu machen, stellte sie vor ein schier unlösbares Problem. Der

Laufsteg selbst war vollkommen offen, bot also jemandem, der ihn benutzte, nicht die geringste Deckung.

Sie konnte nicht zurückgehen. Und sie hatte vielleicht nur einen Versuch, von hier wegzukommen. Und ganz gleich, was sie bisher geschafft hatte – sie bezweifelte, dass Kylo Ren ihr noch einmal erlauben würde, ihn oder schlichtere Geister zu manipulieren.

Die Entscheidung wurde ihr abgenommen. Das Echo herannahender Schritte veranlasste sie, sich umzudrehen, um zurück in die Richtung zu schauen, aus der sie gekommen war. Eine Gruppe von Sturmtrupplern kam in ihre Richtung. Und zweifellos würden sie sie in ihrer nicht sonderlich tiefen Nische entdecken.

Sie verließ ihre Deckung und rannte zu dem nahen Ende des Korridors. Aber statt weiter den Laufsteg quer über das Atrium zu nehmen und gewiss die Aufmerksamkeit der Sturmtruppler auf der anderen Seite zu erregen, ließ sie sich über den Rand des Schachtes gleiten. Und das gerade rechtzeitig. Die schnell herannahende Gruppe erreichte den Gang, gerade als sie sich fallen ließ. An den Fingerspitzen baumelnd, gerade eben außer Sichtweite, überlegte sie, dass sie nichts anderes tat, als auf Jakku an den Innenwänden von klapprigen Sternenschiffen hinaufzuklettern. Der Unterschied war, dass es dort erheblich wärmer war und es hier Passanten gab, die auf sie schießen würden.

Wenn sie losließ oder den Halt verlor, würde das natürlich all ihre Probleme lösen. Dauerhaft.

Wie viele Soldaten waren in der Gruppe?, fragte sie sich, als sie über ihr vorbeigingen. Wie lange würden sie brauchen, um hinüberzukommen? Während sie da hing und wartete, nahm sie ihre unmittelbare Umgebung in Augenschein. Und begriff, dass es vielleicht einen weiteren Ausweg gab. Einen, den sie nehmen konnte ohne die selbstmörderische Notwendigkeit, sich an den Hangarwachen vorbeizukämpfen.

Indem sie sich langsam seitwärtshangelte und dabei in regelmäßigen Abständen flache Trittsteine aufspürte, erreichte sie schließlich eine in die Wand eingelassene Serviceluke. Sie ließ sich lautlos und durch bloße Berührung öffnen. In dem Servicebereich, in den sie durch die Luke gelangte, gab es bessere Trittsteine und Handgriffe über der gleichen, unauslotbaren Tiefe. Wenn sie Glück hatte und weder die Orientierung noch ihren Halt verlor, würde sie sich vielleicht bis zu dem entsprechenden Servicebereich für die TIE-Jäger unter dem Hangar vorarbeiten können. Auf diese Weise würde sie den Wachen oben aus dem Weg gehen. Dann würde sie sich Zutritt zu dem Hangardeck selbst verschaffen müssen, ohne Aufmerksamkeit zu erregen. Vorausgesetzt, sie brachte das fertig, konnte sie versuchen, einen Jäger zu stehlen.

Immer schön eine Schwierigkeit nach der anderen, sagte sie sich.

Zunächst einmal musste sie auf die andere Seite des Schachts gelangen. Einmal begegnete sie einem kleinen Servicedroiden, der auf sie zukam. Sie hielt den Atem an, aber der Droide ignorierte sie, ganz auf die ihm einprogrammierten Aufgaben konzentriert.

Gut, dachte sie voller Erleichterung, während sie ihren Weg fortsetzte, dass nicht alle Droiden die Hirnkapazität von BB-8 hatten.

Der Sturmtruppler, der darauf wartete, dass die Tür sich öffnete, erwartete ein leeres Transportabteil. Stattdessen fand er sich zwei Menschen und einem Wookie gegenüber, von denen keiner geneigt war, ein zwangloses Gespräch mit ihm zu führen. Als er das spürte, reagierte der Sturmtruppler sofort und griff nach seinem Blaster. Mit von jahrelanger Erfahrung geschärften Reaktionen feuerte Han und schickte den Sturmtruppler zu Boden. Während Chewbacca den Leichnam außer Sicht zerrte, spähten Han und Finn wachsam um die erste Ecke des Gangs.

»Je weniger Zeit wir hier verbringen«, befand Han schnell, »umso mehr Glück werden wir haben. Tatsächlich werden wir umso mehr Glück haben, je weniger Zeit wir überhaupt verschwenden.«

»Ja, ich weiß.« Finn überprüfte den Gang draußen vor dem Transportabteil und deutete nach rechts. »Ich habe eine Idee, was das betrifft.« Er lief los, und Han und Chewbacca folgten ihm.

Mit Finn an der Spitze gelang es ihnen, ein beträchtliches Stück in den Stützpunkt vorzudringen. Als er eine Gestalt näherkommen sah, weiteten sich Finns Augen. Die Rüstung des herannahenden Offiziers war stark verspiegelt und das schwarze Cape mit dem roten Rand, das ihm an der linken Seite herabhing, war unverkennbar.

»Hier kommt unser Schlüssel«, flüsterte Finn.

Han betrachtete die herannahende Gestalt, dann sah er Finn an. »Du kennst ihn?«

»Nicht ihn, sie. Und ja, wir kennen uns.«

Han, der den Ton des anderen Mannes richtig interpretierte, nickte verstehend. »Eine alte Freundin, hm?«

»Etwas in der Art.« Finns Gesichtsausdruck veränderte sich nicht. »Ich wünschte, es wäre anders, aber wir brauchen sie lebend.« Er begann, an seinem Blaster herumzufummeln. »Ich bin nicht wirklich vertraut mit diesem Modell. Kann man es auf Betäuben stellen?«

Han grinste. »Wir haben etwas anderes, das immer auf Betäuben steht.«

Als weit hinten im Gang eine Gruppe von Sturmtrupplern in Sicht kam, versteiften die drei Eindringlinge sich. Aber die Sturmtruppler bogen nicht ab, um dem näher kommenden Offizier zu folgen, sondern marschierten stattdessen geradeaus weiter. Mit anderen Dingen beschäftigt, sah der Offizier den behaarten Berg nicht, bis es zu spät war. Chewbacca schlang seine massigen Arme um sie und zerrte seine Gefangene in den schmalen Quergang, wo seine Gefährten warteten. Während sie in dem unnachgiebigen Griff zappelte, wurde sie umgedreht, um direkt in die Mündung eines Blasters zu schauen.

Ein ernst dreinblickender Finn musste den Finger zügeln, der auf dem Abzug der Waffe lag.

»Hauptmann Phasma. Erinnern Sie sich an mich?« Er bewegte seine Waffe leicht. »Hier ist mein Blaster, wollen Sie ihn immer noch inspizieren?«

Phasma bewahrte ihre Würde. »Ja, ich erinnere mich an Sie. FN-2187.«

Finn schüttelte knapp den Kopf. »Nicht mehr. Mein Name ist Finn. Ein richtiger Name für eine richtige Person. Und ich habe jetzt das Sagen.«

Hinter dem ehemaligen Sturmtruppler ergriff Han das Wort. »Wir sind nur zu Besuch. Finn beschert uns eine schnelle Führung, und es hat wirklich Spaß gemacht, aber wir haben den Kontrollraum für den planetaren Schild noch nicht gesehen.« Er zeigte ein breites, freundliches Lächeln. »Wir würden den Kontrollraum für den planetaren Schild wirklich sehr gern sehen.«

»Sofort«, fügte Finn drohend hinzu.

Phasma schnüffelte geringschätzig. »Warum sollte ich

euch irgendetwas zeigen?« Hinter ihr stieß Chewbacca ein drohendes Stöhnen aus und griff fester zu. Sie keuchte kurz auf.

»Weil wir den Raum, wenn Sie es nicht tun«, sagte Han, »trotzdem finden werden. Aber Sie werden das nicht wissen, weil Sie dann tot sein werden.« Er deutete mit dem Kopf auf seinen Kopiloten. »Chewie hier mag Leute nicht, die seine Freunde bedrohen.«

Sie schaffte es, schwach den Kopf zu schütteln. »Nicht einmal ein Wookie kann eine Rüstung der Ersten Ordnung zerbrechen.« Zur Antwort fasste Chewbacca noch fester zu. Aus ihrer Maske kam ein schwaches, aber wahrnehmbares Schnaufen.

»Nun«, sagte Han lässig, »das können wir herausfinden.«

»Oder«, ergänzte Finn und kam mit der Mündung des Blasters ein wenig näher, »ich kann Sie einfach erschießen. Ich bin gut ausgebildet, wissen Sie. Ich weiß genau, wohin ich zielen muss, um Sie zu töten. Vor allem auf diese Entfernung.«

»Was führen Sie hier im Schilde?«, konterte sie. »Gehören Sie zum Widerstand? Sind Sie Unabhängige?«

»Vielleicht werden wir Ihre Fragen beantworten«, sagte Finn ihr. »Später.« Er trat einen Schritt zurück und gestikulierte mit dem Blaster, während Chewie Phasma entwaffnete. »Im Moment sind Sie unser Reiseführer. Lassen Sie uns gehen.«

Es gelang ihnen, einigen Technikern und Sturmtrupplern auszuweichen, denen sie begegneten, in dem sie sich in Nischen oder Nebenflure zurückzogen. Ein Wachposten stand vor dem Raum, der ihr Ziel war. Finn zeigte sich offen, winkte und lächelte, als er auf den Mann zuging.

»Hey, hallo! Wann hast du dienstfrei, Kumpel?«

»Noch nicht allzu bald, erst …« Der Sturmtruppler draußen betrachtete den Neuankömmling. »Warum trägst du nicht deine Uniform? Tatsächlich frage ich mich, warum du überhaupt in diesem Sektor bist?« Er hob sein Gewehr. »Halt die Hände so, dass ich sie sehen …«

Ein einzelner Schlag von der massigen Rechten des Wookies schickte den Sturmtruppler zu Boden, bewusstlos. Han gestikulierte mit seinem Blaster, während er Phasma etwas zumurmelte, die vor ihm stand. »Was haben Sie vorhin noch über die Rüstung der Ersten Ordnung und Wookies gesagt?« Der Hauptmann antwortete nicht.

Der Kontrollraum für den Schild war nicht groß. Wenn alles normal funktionierte, war es nicht notwendig, dass Techniker dort Dienst taten. Die Instrumente überwachten sich selbst. Wenn sich ein Problem ergab, das sie nicht allein korrigieren konnten, würde das sofort dem Zentralen Kommando gemeldet werden. Falls die Schwierigkeit nicht von dort aus behoben werden konnte, würde man ein oder zwei Techniker schicken, um das Problem zu lösen. Ein planetarer Schild war eine ziemlich einfache Sache, daher gab es kaum jemals ein Problem mit dem System.

Ein solches Problem würde gleich künstlich herbeigeführt werden.

Phasma, die vor der Hauptkonsole Platz nahm, hielt inne. Was gerade jetzt geschah, ergab keinen Sinn. Trotzdem schmerzten ihre Brust und ihre Schultern von der Aufmerksamkeit des Wookies, und sie hatte nicht die Absicht, sinnlosen Widerstand zu leisten. Die Narren, die gegenwärtig mit ihren Waffen auf sie zielten, würden bald genug ihrem unausweichlichen Schicksal begegnen. Sie spürte, wie sich etwas Hartes gegen die Seite ihres Helms drückte.

»Tun Sie es«, befahl Finn ihr.

Widerstrebend bediente sie die Schalter. Begleitet von den dazugehörigen Geräuschen, erwachte eine Folge von Anzeigen zum Leben. Eine loderte besonders hell auf, sodass alle sie deutlich sehen konnten.

DEAKTIVIERUNG DER SCHILDE EINGELEITET

Finn beugte sich zu Han vor und murmelte besorgt: »Solo, falls dies funktioniert und ich mich richtig an das erinnere, was man uns über das Schildsystem erzählt hat, haben wir nicht viel Zeit, um Rey zu finden.«

»Keine Sorge, Junge«, antwortete Han, ohne die Mündung seiner Waffe auch nur einen Millimeter von Phasma zu entfernen. »Wir werden nicht ohne sie gehen.«

Der Hauptmann lehnte sich zurück. »Ich kann das nicht allein tun. Es bedarf zweier Sicherheitscodes, um vollen Zugang zum System zu erhalten und es abzuschalten.«

»Ich habe mein Leben lang mit Lügnern und Dieben Geschäfte gemacht. Ich weiß, wann jemand die Wahrheit sagt – und wann er es nicht tut.« Er drückte das Ende seines Blasters gegen Phasmas Helm und senkte die Stimme. »Wie gut hören Sie mit nur einem Ohr?«

Weitere Anzeigen leuchteten auf. Als Phasma fertig war, erschien vor ihnen eine zweite Nachricht.

SCHILDE DEAKTIVIERT

»Sie können nicht so dumm sein zu denken, dass es so einfach sein wird«, sagte Phasma. »Meine Truppen werden diesen Block stürmen und Sie alle töten. Was immer Sie vorhaben, es wird nicht funktionieren.«

»Da bin ich anderer Meinung«, antwortete Finn, ohne zu

zögern. »Es hieß auch, eine Flucht aus dem Korps sei unmöglich, doch hier bin ich. Es hieß, die Ausbildung hindere jeden daran, sich gegen die Ordnung zu wenden, doch hier bin ich. Es hieß, ich würde auf Jakku sterben, doch hier bin ich. Und hier sind Sie.« Er schaute zu Han hinüber. »Was machen wir mit ihr?«

Han grübelte einen Moment lang nach. »Gibt es hier einen Müllschlucker? Eine Müllpresse? Ich habe eine ziemlich gute Vorstellung davon, wie sie funktionieren.« Als Finn ihm einen fragenden Blick zuwarf, zuckte Han die Achseln. »Sagen wir einfach, ich habe praktische Erfahrungen.«

Finn nickte. »Ja, es gibt einen Müllschlucker.«

Die Warnmeldung, die auf dem Monitor im Kontrollraum der Kommandozentrale erschien, war für den überwachenden Techniker neu. Obwohl es nach seinem besten Wissen diese Warnung noch nie zuvor gegeben hatte, wusste er ganz genau, was sie bedeutete. Nach einer schnellen Überprüfung, um sich davon zu überzeugen, dass weder ein Systemfehler noch ein Test dahintersteckte, fühlte er sich sicher genug, sie an die anwesenden Offiziere weiterzugeben.

»Hauptplanetenschilde sind ausgefallen.«

Der Offizier, der sich gerade mit Hux unterhielt, kniff die Augen zusammen. »General, haben Sie das autorisiert? Ich habe es gewiss nicht getan, auch keiner meiner Untergebenen.«

Hux drehte sich zu dem Monitor mit der ominösen Meldung um. »Nein, das habe ich ganz eindeutig nicht angeordnet.« Er blaffte den Techniker an. »Ursache? Mögliche äußere Ursache?«

»Das ist von hier aus nicht feststellbar, Sir«, antwortete der Techniker.

Hux runzelte die Stirn. »Schicken Sie einen technischen Trupp zur Schildkontrolle. Könnte etwas so Einfaches sein wie ein defektes Relais oder …«

»Oder, Sir?«, fragte der Offizier. Der General antwortete nicht.

In einem anderen Kommando- und Kontrollzentrum, auf einem anderen Planeten in einem anderen System herrschte erregte Spannung.

»General«, rief der Leiter der Technik, »ihre Schilde sind unten!«

»Ach herrje.« Dreipeo beugte sich über die entsprechende Konsole. »Das sind sie!«

»Sie hatten recht«, sagte Leia zu Statura. »Schicken Sie sie rein!«

»Geben Sie Poe volle Freigabe zum Angriff«, informierte Ackbar einen jüngeren Offizier, der an einer anderen Konsole stationiert war. »Alle verfügbaren Schiffe, kein Zögern. Er weiß, dass er wahrscheinlich keine zweite Chance bekommen wird.«

»Staffekführer Schwarz«, sagte der Offizier ins Mikrophon, von dem der Befehl über die bekannten Relais weitergeleitet werden würde. »Unter Lichtgeschwindigkeit gehen. Angriff! Angriff! Erwarte Ihre Meldung!«

Es war der Befehl, auf den Poe gewartet hatte. Obwohl er sich nicht sicher gewesen war, ob er kommen würde, hatte er trotzdem den Angriffsplan ein Dutzend Mal im Geist durchgespielt. Das Timing war entscheidend. Nachdem er den Vektor zu dem Planeten, der die Basis Sterntöter beherbergte, zunächst als Bogen berechnet hatte, um sowohl die Langstreckensensoren des Feindes zu täuschen als auch die Ankunft hinauszuzögern und mehr Zeit zu gewinnen für die Rückkehr aus dem Hyperraum, konnte er jetzt die Flugroute ändern und das Ziel direkt ansteuern.

»Roger, Stützpunkt.« Poe drückte auf die Schalter, mit denen sich der Kurs im Hyperraum ändern ließ, und richtete das Wort an den Rest seiner Angriffsstreitmacht. »Staffel Rot, Staffel Blau – folgt mir.« Er tippte einmal mit dem Finger, daraufhin wurde der Vektor in die Bordcomputer aller Jäger der Staffeln eingespeist, und prompt formierten sich die X-Flügler zu einem großen Schwarm.

»Verstanden, Staffekführer Schwarz«, antwortete Wexley, während sein eigenes Schiff die Richtung wechselte.

In der Kommandozentrale auf der Basis Sterntöter wuchs die Sorge. Hux lief nur deshalb nicht im Raum auf und ab, weil er das für Energieverschwendung hielt.

»Der Technikertrupp«, murmelte er. »Ist er noch nicht bei der Schildkontrolle eingetroffen?«

»Sie kommen gerade erst dort an, Sir«, erwiderte der Offizier, der die Situation überwachte. Er verstummte und lauschte, und ein seltsamer Ausdruck trat in seine Züge. Er schaute wieder zu Hux hinüber. »Sir, der leitende Techniker berichtet, dass die Tür versiegelt worden ist.«

Hux verzog das Gesicht. »Versiegelt? Wie versiegelt? Von wem?«

»Er weiß es nicht, Sir.« Der Offizier hörte zu. »Hitzeversiegelt, rings um den ganzen Rahmen. Möglicherweise durch einen Blaster. Sollen sie einen Schneidbrenner holen?«

Hux schüttelte den Kopf. »Lassen Sie die Tür sprengen.«

»Sir?« Die Antwort des Offiziers ließ darauf schließen, dass er sich nicht sicher war, ob er den Befehl richtig verstanden hatte.

»Sprengen Sie die verdammte Tür!«, schrie Hux. »Sagen Sie ihnen, sie sollen zusehen, dass sie endlich reinkommen!«

»Ja, Sir!« Es trat eine kurze Pause ein. Dann kam eine Antwort von der technischen Einheit. Der Offizier schluckte zögerlich.

»Was?«, knurrte Hux.

»Sir, der Leiter der Einheit berichtet, dass es ... dass das Schildkontrollsystem beschädigt wurde.«

»Wie groß ist der Schaden?«, fragte ein zunehmend verärgerter Hux.

Diesmal trat eine längere Pause ein, nach der der Offizier den plötzlichen, intensiven Wunsch verspürte, überall sonst zu sein, nur nicht in dieser Kommandozentrale.

»Es ist zerstört, General. Der leitende Techniker meldet, dass die Funktionsfähigkeit der ganzen Zentrale durch Blasterfeuer mindestens um neunzig Prozent reduziert worden ist.«

Hux hatte seinen Rang und seine Position nicht erlangt, indem er problematische Situationen in Gruppenarbeit bewältigte. »Überbrücken Sie die Schildzentrale. Wo nicht bereits Redundanzen bestehen, übertragen Sie alle Kontrollen hierher.«

»Ja, Sir.« Die Finger des Offiziers flogen über die Konsole. »Das wird einen Moment dauern, Sir.«

Hux kratzte sich praktisch die Haut von den Handflächen, während er wartete.

»Schilde?«

»Noch nicht«, antwortete ihm der Offizier, der immer noch arbeitete.

»Warum nicht?«

»Ich muss alle möglicherweise noch aktiven Befehle von der Schildzentrale blockieren, damit sie unsere Bemühungen hier nicht zunichtemachen können – Sir.«

»Beeilen Sie sich. Im Namen der Ordnung, beeilen Sie sich.«

»Ja, Sir. Ich sollte es bald haben, Sir.«

Hux wusste, dass er mehr nicht tun konnte. Weitere Schikanen würden den Offizier und die anderen Techniker in der Kommandozentrale nur durcheinanderbringen. Er konnte die Stille kaum ertragen, während sie arbeiteten.

Weil er befürchtete, dass sie trügerisch war.

Auf dem schneebedeckten Boden hatten sich zwei TIE-Jäger und ein Truppentransporter um die zerbeulte, halb vergrabene Scheibe des *Millennium Falken* niedergelassen. Die Landung des Schiffes war unverkennbar alles andere als präzise gewesen. Emsige Sturmtruppler beendeten bedächtig ihre Inspektion des Schiffsinnern. Man konnte nie wissen, wann ein scheinbar harmloser Frachter vielleicht mit einer Sprengladung ausgestattet war, die einem uneingeladenen Besucher um die Ohren flog. Schließlich aktivierte ein Unteroffizier sein Komm.

»Das Schiff ist sauber. Niemand an Bord. Keine Personenfallen festgestellt.« Erschrocken über das plötzliche Auftauchen einer hochgewachsenen, in ein Cape gewandeten Gestalt trat der Sturmtruppler beiseite und nahm Haltung an. »Sir!«

Kylo Ren ignorierte ihn, als er vorbeistolzierte und jede Ecke des abgestürzten Schiffes inspizierte, auf der Suche nach … Er war sich nicht sicher, wonach.

Da war nichts in dem verlassenen Cockpit, aber er zögerte trotzdem, es zu verlassen, und setzte sich auf den Pilotensitz. Irgendetwas …

Seine Überlegungen wurden von einem donnernden Brüllen unterbrochen, als Staffeln von X-Flüglern vom Himmel fielen und auf das sechseckige Gebäude mit dem Kontrollsystem für das Speicherfeld und den Oszillator herabschossen. Er stand auf und eilte hinaus, gerade rechtzeitig, um zu sehen, wie die Jäger des Widerstands mit der Bombardierung begannen.

In der Kommandozentrale schauten Offiziere voller Entsetzen zu, wie ein Angriff nach dem anderen das sechseckige Gebäude erschütterte. War den Angreifern nicht bewusst, was sie riskierten? Hux, der den Luftangriff mit grimmiger Miene auf den Monitoren und durch die Panoramafenster beobachtete, wusste, dass sie es wahrscheinlich taten – und dass es keine Rolle für sie spielte. Er drehte sich um und blaffte einen Offizier in mittlerem Rang an.

»Alle Staffeln in die Luft. Vernichtet jeden Angreifer, ganz gleich, was es kostet. Ich will, dass kein einziger X-Flügler mehr übrig bleibt.«

»Ja, General«, erwiderte der Offizier.

»Und setzen Sie die Flugabwehrraketen ein.«

Der Offizier zögerte. »Bei einem atmosphärischen Luftkampf, Sir, werden deren Suchköpfe kaum zwischen unseren Jägern und denen des Feindes unterscheiden können.«

Hux zuckte mit keiner Wimper. »Jetzt ist nicht die Zeit, um sich über Kollateralschäden den Kopf zu zerbrechen.« Seine Stimme war stählern. *»Erteilen Sie den Befehl.«*

»Ja, Sir.«

»Fast in Reichweite!«

Als er mit seinem X-Flügler in den Sturzflug ging, wusste Poe, dass es bei diesem Angriff kein Versagen geben durfte. Der ganze Widerstand verließ sich auf ihn und sein Geschwader. Wie auch immer musste diese Waffe der Ersten Ordnung nicht nur beschädigt oder vorübergehend außer Betrieb gesetzt, sondern unbedingt restlos zerstört werden. Automatische Waffensysteme, Zielsuchgeräte und Controller mochten gut und schön sein, aber wenn es um alles oder nichts ging, kam es letzten Endes auf die Maschine und den Piloten an. Darauf, wie gut beide waren.

»Mitten auf das Ziel mit allem, was ihr habt und so oft es geht. Fackeln wir es ab!«

Während er aus allen Rohren feuerte, bemerkte er, dass Wesley Snap es ihm gleichtat und Nien Nunb, der Veteran der Rebellenallianz, ebenfalls mit von der Partie war.

Wenn sie mit dem Gebäude fertig waren, das den Oszillator beherbergte, schwor Poe sich im Stillen, würde davon nicht mehr übrig sein als ein Fleck in der winterlichen Landschaft.

Man brauchte kein Fernglas, um vom Kontrollraum der Kommandozentrale zu beobachten, was in einem anderen Teil der Basis vor sich ging. Gewaltige Explosionen erschütterten das Dach der Oszillatorhalle. Eine weitere Bestätigung, welches Ziel mit welcher Vehemenz angegriffen wurde, gab es in Gestalt von plärrenden Alarmen und wild blinkenden Warnlichtern.

Eine Flut von Aktivität entfaltete sich auf der Basis, als sämtliche Kräfte aufgeboten wurden, um den Angriff abzuwehren. Schwarz gewandete Piloten rannten zu ihren TIE-Jägern, während in der Ferne X-Flügler des Widerstands enge Kehren flogen, um weitere Bomben ins Ziel zu bringen. Inmitten der Verwirrung rief ein Offizier in sein Komm: »Alle Piloten unverzüglich zu ihren Schiffen. Alle Piloten unverzüglich zu ihren Schiffen. Alle Schiffe so schnell wie möglich in die Luft!«

Wände aus grauem Metall, die von innen beleuchtet wurden, erhoben sich über den drei Eindringlingen, die einen Flur entlangliefen, nur um von Sicherheitstüren gestoppt zu werden, die sich vor ihnen hydraulisch schlossen – eine bedauerliche Sicherheitsmaßnahme wegen des Angriffs auf die Basis, mit der Finn jedoch gerechnet hatte. Als Chewie begann, einige kleine, aber mächtige Sprengladungen aus der Tasche zu holen, die er bei sich getragen hatte, erklärte Finn, was sie von jetzt an erwarten konnten.

»Wir werden diese Sicherheitstüren aufsprengen.« Er deutete darauf. »Die Zellen für Gefangene befinden sich im Flur dahinter. Ich werde hineingehen, aber der Flur wird meist schwer bewacht, je nachdem, wer dort festgehalten wird. Ich werde Deckung brauchen.«

Han musterte ihn eindringlich. »Bist du dir sicher, dass du dem gewachsen bist?«

»Nein«, antwortete Finn ihm. »Aber dieser ganze Einsatz ist mein Spiel, daher ist es auch meine Sache, das jetzt zu übernehmen. Ich werde Rey finden.« Er sagte es mit so viel Selbstvertrauen, dass Han geneigt war zu glauben, der ehemalige Sturmtruppler könnte es vielleicht tatsächlich schaffen. »Es gibt da einen Steg über das Atrium, über den müssen wir gehen. Sturmtruppler werden uns auf den Fersen sein, daher sollten wir den Steg sprengen, sobald wir auf der anderen Seite sind. Das wird unsere Verfolgung nicht verhindern, aber die Verfolger aufhalten. Sie werden dann um den Schacht herumgehen müssen, und das wird uns Zeit verschaffen. Es gibt da einen Zugangstunnel, der uns zum Haupthangar führen wird … denke ich.« Seine Züge verkrampften sich. »Ich hoffe nur, dass sie noch lebt.«

Eine Bewegung erregte Hans Aufmerksamkeit. Blinzelnd begann er zu lächeln und streckte die Hand aus. »Irgendetwas sagt mir, dass sie es tut.«

Und da war sie, kletterte an der Wand eines Innenschachts direkt auf sie zu. Finn riss vor Erstaunen den Mund auf, nicht ganz in der Lage zu akzeptieren, was er sah. Chewbacca stöhnte; er war erleichtert, auf so engem Raum nicht mit Sprengstoff arbeiten zu müssen.

Sie brauchte einen Moment – lange genug, um das Gewehr, das sie bei sich hatte, auf das Trio anzulegen –, bevor sie die drei erkannte und die Waffe sinken ließ. Ihr Erstaunen darüber, sie zu sehen, war nicht geringer als das Erstaunen der beiden Männer und des Wookies. Sie rannte auf Finn zu und warf sich ihm in die Arme. Keiner von beiden konnte den anderen fest genug oder lange genug drücken. Schließlich lösten sie sich voneinander, und sei es auch nur, um sich in die Augen zu schauen.

»Geht es dir gut?«, fragte Finn erleichtert. »Was ist passiert?« Seine Stimme verdüsterte sich. »Hat er dir wehgetan?«

»Denk nicht darüber nach«, antwortete sie. »Was macht ihr hier?«

Er lächelte sanft. »Wir sind zurückgekommen, um dich zu holen.«

Sie versuchte, eine Erwiderung darauf zu finden, etwas, das des Risikos würdig war, das sie auf sich genommen hatten. Sie scheiterte kläglich. Chewie dagegen hatte etwas hinzuzufügen. Was immer der Wookie geäußert hatte, ließ

Rey die Tränen in die Augen schießen. Da er sich noch nie zuvor in einer solchen Position befunden hatte, war Finn sich nicht sicher, wie er reagieren sollte. Er kannte ihre innere Stärke und fragte sich, was Chewbacca gesagt haben mochte, das eine solche Reaktion auslösen konnte.

»Was hat er gesagt?«

Sie schniefte und wischte sich das Gesicht ab. »Dass es deine Idee war.«

Wenn er auch zuvor schon außerstande gewesen war, die richtigen Worte zu finden, um zu antworten, führte ihre Erwiderung kombiniert mit dem Blick, den sie ihm zuwarf, erst recht zu einem vorübergehenden Sprachverlust.

Das ist ja alles sehr süß und entzückend, dachte Han, während er das glückliche Wiedersehen beobachtete. Wenn er nur hätte vergessen können, dass sie sich auf einer feindlichen Welt befanden, auf einem Stützpunkt der Ersten Ordnung, inmitten von Regimentern dienstbeflissener Sturmtruppler, die geneigt waren, auf Anhieb zu schießen.

»Die Party beginnt später«, sagte er ihnen schließlich. »Ich bringe den Kuchen mit. Jetzt lasst uns sehen, dass wir hier herauskommen.«

17. Kapitel

Zahllose TIE-Jäger erhoben sich von ihrem Stützpunkt und nahmen den Kampf gegen das Geschwader von X-Flüglern auf. Die präzise geplante Folge von Angriffen verwandelte sich in chaotische Einzelkämpfe, zu denen die Piloten der X-Flügler gezwungen wurden. Immer mehr von ihnen lösten sich aus ihrer Formation, um ihre Angreifer abzuwehren. Wo der Himmel über der Basis Sterntöter zuvor nur vom Brüllen der Triebwerke der X-Flügler erfüllt gewesen war, verwandelte sich das Blau, in dem sie operiert hatten, jetzt in einen Zyklon von Energieblitzen und Explosionen.

Poe, der beinah mit einem entgegenkommenden TIE-Jäger kollidiert wäre, feuerte aus allen Rohren auf einen anderen.

»Gebt einander Deckung! Es sind viele, aber das bedeutet nur mehr Zielscheiben. Lasst euch von diesen Burschen keine Angst machen!«

»Blau Drei«, rief Snap, »du hast einen am Bein! Zieh hoch, damit wir freie Schussbahn haben!«

»Verstanden!«, antwortete die Pilotin von Blau Drei. Jess Para zog ihr Schiff scharf nach oben, sodass Poe das Feuer auf ihren Verfolger eröffnen konnte, ohne sie zu gefährden. Einen Augenblick später waren von dem TIE-Jäger nur noch Trümmer übrig.

»Ich schulde dir was!«, rief sie, während sie ihr Schiff wieder herunterbrachte.

»Ja, du bist mir einen weiteren Angriff schuldig! Versucht, dicht beieinanderzubleiben, alle Staffeln! Folgt mir zum Ziel!«

Trotz der TIE-Jäger, die jetzt überall um sie herumschwirrten, schaffte es ein Schwarm von X-Flüglern, tief genug zu kommen, um einen weiteren Angriff auf den sechseckigen Bau zu fliegen. Nach einer Abfolge von Treffern loderten ringsum Flammen, und Rauch stieg auf, aber als sie hochzogen und sich entfernten, sah Poe, dass das Gebäude immer noch nicht zertsört war. Schlimmer noch, bemerkte er: Es schien überhaupt keinen Schaden genommen zu haben.

»Wir hinterlassen nicht mal eine Beule!«, brüllte er, zuversichtlich, dass die Freisprechanlage des Cockpits seine Beobachtungen an den Rest des Schwarms weiterleiten würde. »Woraus besteht dieses Ding eigentlich?«

Eine Anzeige auf seiner Konsole verlangte nach seiner Aufmerksamkeit. Als er sich auf den zugehörigen Monitor konzentrierte, weiteten sich seine Augen.

Flugabwehrraketen mit Suchköpfen. Hunderte, die aus Abschussbatterien unter der Erde und dem Schnee kamen. Unterwegs zu ihm und seinen Kameraden. Das ließ ihnen wenig Raum, um zu manövrieren – oder zu fliehen.

»Wir kriegen reichlich Gesellschaft!« Mehr konnte er nicht loswerden, bevor er gezwungen war, selbst ein Ausweichmanöver einzuleiten. Während er alles vom Himmel sprengte, was vor ihm war, und allem auswich, was von hinten kam, gelang es ihm mit knapper Not, in der Luft zu bleiben.

Andere Kameraden hatten nicht so viel Glück.

Einer nach dem anderen wurden sie von zu vielen Raketen gleichzeitig verfolgt. Einer nach dem anderen stürzten die X-Flügler ab – zusammen mit zahlreichen TIE-Jägern, für die die Raketen ebenfalls ein Problem waren.

Dank der beiden Erkundungsdroiden, die immer noch auf der Oberfläche des Planeten operierten, war in der Kommandozentrale des Widerstandsstützpunkts auf D'Qar jedermann in der Lage, der Schlacht über Hyperraumrelais zu folgen.

»Auf so etwas waren wir nicht vorbereitet«, murmelte Admiral Statura. »Unsere Piloten werden vernichtet.«

Eine Außentür öffnete sich, und vier Personen rannten heraus in den Schnee. Ihre Aufmerksamkeit wurde unverzüglich zum Himmel gelenkt, und unwillkürlich blieben sie stehen. Man brauchte kein Experte für Luftkampf zu sein, um den Ausgang der über der Basis tobenden Schlacht vorauszusehen. Die Anwesenheit zahlreicher TIE-Jäger, unterstützt von in scheinbar endloser Folge abgeschossenen Luftabwehrraketen, sprachen eine deutliche Sprache. Selbst der hartgesottenste Optimist würde das Unausweichliche einräumen.

Han drehte sich mit ernster Miene zu Finn um. Aber sein Ton war der gleiche wie immer: bereit für alles. Er deutete auf Chewbacca.

»Mein Freund hier hat eine Tasche voller Sprengladungen, die wir bisher nicht gebraucht haben. Es wäre eine Schande, wenn er sie zum *Falken* zurückschleppen müsste.« Der Wookie fügte ein knappes Ächzen der Zustimmung hinzu. »Wo können wir sie am besten einsetzen?«

»Der Oszillator ist das einzig vernünftige Ziel«, erklärte Finn ihm. »Aber es gibt keinen Weg, dort hineinzukommen.«

»Es gibt einen Weg.«

Alle drehten sich zu Rey um. Es war Chewie, der die Frage äußerte, die gestellt werden musste.

»Ich habe diese Art von Wänden von innen gesehen«, erklärte Rey, während am Himmel über ihnen weiter Feuerbälle erblühten. »Die Mechanik und die Ausstattung sind die gleichen wie in den Sternzerstörern, die ich jahrelang ausgeschlachtet habe. Bringt mich zu irgendeinem Versorgungszugang, und ich kann uns hineinbringen.«

Han nickte mit einem Lächeln. »Bring uns hinein. Wenn du das kannst, werden wir bereit sein.«

Eine hastige Suche führte sie auf einen Parkplatz mit ein paar Fahrzeugen. Sie entschieden sich für einen Schneespeeder. Dank Finns Ausbildung und Reys Händchen für Maschinen schafften sie es, ihn anzuwerfen. Während Han und Chewie sich zu Fuß auf den Weg zu dem sechseckigen Gebäude machten, nahmen Finn und Rey den Schneespeeder. Gerade rechtzeitig, wie sich herausstellte, als ein Sturmtruppler, der das Gebiet überwachte, sie abheben sah. Nachdem sein Schuss das sich beschleunigende Gefährt um Längen verfehlt hatte, machte er seinem Vorgesetzten Meldung.

»Speeder gestohlen aus Bereich Achtundzwanzig.«

Die Antwort enthielt mehr als einen Anflug von Ungläubigkeit. »Gestohlen?«

»Ja, Sir. Ein nicht genehmigtes Verlassen.«

Eine Pause, dann: »Wir gehen der Sache nach und schicken sofort eine Einheit zur Verstärkung.«

Sie sausten über eine Schneeverwehung, während Rey

sich abmühte, die Kontrolle über die fremde Maschine zu behalten, und scheuchten kleine, einheimische Kreaturen vor ihnen auf, als sie auf das Zentrum der Feldkontrolle zurasten. Schon ragte das große Sechseck vor ihnen auf. Gelegentlich kam es noch zu Explosionen auf dem Dach und an den Wänden, wenn ein X-Flügler angriff. Aber Finn fiel auf, dass die Anzahl der Treffer merklich abgenommen hatte.

Und der Himmel fuhr fort, sich zu verdüstern, während der Vorhang zunehmend undurchsichtiger dunkler Energie in die Kollektoren auf der anderen Seite des Planeten gezogen wurde. Mehr und mehr blockierte dieser Vorgang das Sonnenlicht, während das Speicherfeld im Planetenkern sich weiter füllte.

»Schnee ist kalt!« Rey zwängte den Speeder zwischen eine Phalanx von weidenähnlichen, fremdartigen Bäumen. »Das hier ist das absolute Gegenteil von Jakku.«

»Versuch mal, hier zu leben«, sagte Finn ihr. »Es gibt nur zwei Jahreszeiten: Winter und tiefster Winter!«

Ein plötzliches *Peng* und der Speeder drohte auszubrechen. Sie waren getroffen worden! Rey hantierte an den Instrumenten mit der Fingerfertigkeit eines Berufsspielers, der in einer Nacht mit viel Betrieb Karten ausgibt, und schaffte es, ihre Geschwindigkeit zu halten. Ein zweiter Schuss verfehlte sie nur knapp.

Ein Blick zurück zeigte einen zweiten Schneespeeder, der sie verfolgte und näher kam. Finn begriff, dass ihr Verfolger beim nächsten Schuss in der Lage sein könnte, sie zur Strecke zu bringen. Sie mussten etwas tun, und zwar schnell. Rey war eine begabte Fahrerin, und er konnte schießen …

»Plätze tauschen!«, brüllte er.

Sie vollzogen den schwierigen Wechsel, nur weil sie es mussten. Rey behielt die Kontrolle über den Speeder, aber

Finn konnte von seinem neuen Platz aus das Feuer viel besser erwidern. Trotzdem gingen zahlreiche Schüsse fehl, während Rey das Gefährt im Slalom zwischen den Bäumen hindurchsteuerte und Finn sich bemühte, den Verfolger unschädlich zu machen. *Der Hurensohn weiß, was er tut,* dachte Finn mit widerwilliger Bewunderung. Der Mann war vielleicht ein ehemaliger Kamerad aus seiner Einheit. Er versuchte, nicht daran zu denken, als er zielte und schoss.

Diesmal traf sein Schuss und ließ den Sturmtruppler durch die Luft fliegen. Ob er ihn getötet hatte oder nicht, wusste Finn nicht, aber der Speeder des Verfolgers krachte in die Bäume und explodierte.

»Erwischt!« Als er sich wieder nach vorn drehte, richtete Finn den Blick abermals gen Himmel. Diesmal nicht auf den umkämpften Luftraum über dem Sechseck, sondern in die Ferne, zum Horizont. In breiten Bahnen schien dort ein intensives, dunkelpurpurnes Licht zu fließen. Ein Vorhang von Energie, der von den Kollektoren der Waffe nach unten gezogen wurde. Er beugte sich zu Rey vor.

»Sie laden die Waffe auf! Uns geht die Zeit aus!«

»Wir werden hineinkommen!«, brüllte sie zurück, aber sie begriff, dass sie nur eine winzige Chance hatten, die Zerstörung des Stützpunkts des Widerstands und des ganzen Systems von D'Qar zu verhindern.

Han und Chewie waren in Deckung gegangen und sahen jetzt, wie ein Trio von Sturmtrupplern sich einem breiten, für Schwerlasten bestimmten Tor näherte. Es war kleiner als eines der großen Haupttore, die sie bisher gesehen hatten. Und das bedeutete, wie Han hoffte, dass es wahrscheinlich nur leicht bewacht wurde. Als die Tür sich öffnete, erschoss Chewbacca sofort den mittleren Sturmtruppler mit seiner Armbrust. Erschrocken erwiderten die überlebenden Sturmtruppler das Feuer, nur um zu Zeugen von Hans Zielgenauigkeit zu werden. Alarmsirenen erklangen und übertönten selbst die Kakofonie des nahen Luftkampfs. In dem offenen Eingang huschte ein weiterer Sturmtruppler außer Sicht und aktivierte eilig seinen Kommlink.

»Feind gesichtet und zum Kampf gestellt an Oszillatorzugang sechs. Drei Männer kampfunfähig, erbitte Verstärkung!«

Rey brachte den Schneespeeder an einem kleinen, schwarzen Gebäude zum Stehen. Für Finn sah es wenig beeindruckend aus.

Nachdem sie eine Wartungsklappe geöffnet hatte, musterte Rey kurz, was darunter lag, bevor sie sich an die Arbeit machte. Ein Teil nach dem anderen wurde von ihren geschickten Fingern herausgelöst.

»Das habe ich mein ganzes Leben lang gemacht. Aber bis jetzt nie viel darüber nachgedacht. Ich habe es einfach jeden Tag getan, um zu überleben. Eine Routine, wie das Atmen.« Wie um sich selbst zu demonstrieren, dass sie mit den fraglichen Komponenten mehr als vertraut war, schloss sie die Augen, während sie weiter das Innere des Kastens auseinanderbaute. Als sie die Augen wieder öffnete, war sie dankbar zu sehen, dass sie keine einzige Verbindung übersehen hatte.

»Nettes Teil«, bemerkte sie geistesabwesend. »Ich hätte dafür mindestens drei Portionen bekommen.«

»Was?« Ganz versunken in das Spektakel der anhaltenden Schlacht über ihnen und eines Himmels, der um sie herum immer dunkler wurde, war Finn ihren Erinnerungen nicht gefolgt.

»Vergiss es.« Sie arbeitete weiter. »Ich habe nur darauf

hingewiesen, dass ein einziges kleines Teil wichtig sein kann. Wie dies hier zum Beispiel.« Mit der linken Hand zog sie hart und hatte dann ein kleines Stück leuchtend bunter Fasern in ihren Fingern.

Als sie im Innern des Sechsecks waren, gestattete Han sich einen Seufzer der Erleichterung. Vor ihnen lag ein verlassener Gang, und von dem letzten verbliebenen Sturmtruppler, der ihre Anwesenheit gemeldet hatte, war nichts mehr zu sehen. Er hatte sich wohl zurückgezogen, um auf die erbetene Verstärkung zu warten. Chewbacca stieß ein erregtes Stöhnen aus.

»Ja«, stimmte Han ihm zu. »Im Ernst.«

Eine rasche Überprüfung der näheren Umgebung ergab, dass niemand, weder ein organisches Wesen noch ein Droide, im Hinterhalt lag. Obwohl Han dankbar dafür war, wusste er, dass ihre Umgebung wohl kaum lange friedlich bleiben würde. Hastig teilten er und Chewie die Sprengladungen aus der Tasche des Wookies unter sich auf.

»Lass sie uns an jeder zweiten tragenden Säule anbringen, die wir finden«, schlug Han vor. Als Chewie mit einer Reihe nachdrücklicher Ächzlaute antwortete, besann Han sich noch einmal.

»Du hast recht. Eine bessere Idee.« Er deutete auf den nächsten der soliden Tragpfeiler des Gebäudes. »Wir haben nicht das, was notwendig wäre, um mehr als einen davon zu erledigen. Ich hoffe nur, dass wir genug mitgenommen haben, um wenigstens das zu schaffen.« Er gestikulierte. »Wir werden alles, was wir haben, an diesem Pfeiler einsetzen. Du gehst nach oben, ich nach unten. Hier treffen wir uns wieder.«

Unbeabsichtigt begegneten sich ihre Blicke – und hielten einander fest. Mann und Wookie begriffen, dass es vielleicht das letzte Mal war. Es wurde nichts weiter gesagt. Es brauchte nichts weiter gesagt zu werden. Es hatte im Laufe der Jahre niemals viel oberflächliches Geplauder zwischen den beiden gegeben, wann immer eine Aufgabe erledigt werden musste. Jeder kannte seinen Job und machte ihn.

Das hinderte Han nicht daran, einen Moment lang innezuhalten, um zurückzuschauen. Als er das tat, bemerkte er, dass Chewbacca in seine Richtung blickte. *Die gleiche Ethik, verschiedene Spezies, der gleiche Gedanke,* überlegte Han.

Er streckte steif die Hand aus. »Geh! Bevor es hier ungemütlich wird.«

Chewie gehorchte, diesmal ohne zurückzuschauen. Han beobachtete ihn lange. Dann machte auch er sich auf den Weg.

Ihm ging allerhand durch den Kopf, aber wenn man mit Sprengstoff hantiert, ist es im Allgemeinen eine gute Idee, sich auf die Arbeit zu konzentrieren. Alles andere konnte warten, bis sie getan war. Er überprüfte eine gerade angebrachte Ladung und stieg dann weiter hinunter.

Im Gegensatz zu Hans entschlossenen Bemühungen, die Sprengladungen zu platzieren, waren Kylo Rens Gedanken ganz darauf konzentriert, die bisher unbekannten Eindringlinge zu lokalisieren. Er erreichte gerade den Haupteingang zu dem Sechseck und ignorierte die Abteilung Sturmtruppler, die dort wartete, selbst als die Soldaten in Reaktion auf sein Erscheinen Habtachtstellung annahmen. Ohne auf einen Befehl zu warten, drückte ein unternehmungslustiger Sturmtruppler auf die Schalter, die das Hauptportal aktivierten. Auf eine Geste von Ren hin folgten er und seine Gefährten ihrem Führer hinein.

Die beängstigende Atmosphäre in dem Hexagon machte die Anwesenheit der Sturmtruppler beinahe vergessen. Überall summte es leise, von Instrumenten und Komponenten, die sicherstellten, dass die wachsende Menge dunkler Energie, die im Zentrum des Planeten angesammelt wurde, weiter in einem stabilen Zustand gehalten wurde, bis es Zeit war, sie auf ein Ziel gerichtet zu entladen.

Ren blieb stehen und ließ den Blick langsam rundum schweifen. Obwohl sie wussten, was er tat, staunten die Sturmtruppler. Nach kurzer Überlegung schickte Ren sie in den oberen Teil des Gebäudes.

»Sie sind hier. Findet sie. Dort oben.«

Die Abteilung wurde sofort aktiv und bewegte sich schnell in die Richtung, in die er gewiesen hatte. Sobald sie außer Sicht waren, drehte Ren sich langsam um – und ging nach unten.

Die Waffen im Anschlag, stiegen die Sturmtruppler hinauf. Sie hatten ihre Vorschriften für solch eine Suche und hielten sich daran, gaben einander Deckung und widmeten schwer einsehbaren Ecken besondere Aufmerksamkeit.

Aus den Schatten beobachtete Chewbacca, wie sie vorbeizogen, und bewunderte die Präzision, mit der sie sich bewegten. Sobald sie außer Sicht waren, brachte er eine weitere Sprengladung an.

Unten hatte Han gerade eine Ladung befestigt und wollte weiter hinabsteigen, um die nächste zu platzieren, als ein Geräusch ihn zögern ließ. Es gab hier viele nicht identifizierbare Laute, aber dieser war etwas anderes. Er ging kein Risiko ein und schob sich hinter eine breite, senkrechte Strebe. Entweder würde sich das Geräusch nicht wiederholen, oder …

Ein Blick aus seiner Deckung heraus offenbarte die Quelle des Geräuschs, und Hans Haltung änderte sich schlagartig.

Die Gestalt, die stehen geblieben war, um über ein Geländer und hinunter in die Tiefen des Gebäudes zu spähen, war ihm bekannt.

Hier, sagte Ren sich mit wachsender Gewissheit. *Er ist hier.* Er hob den Blick und konzentrierte sich auf eine tragende Säule. Langsam ging er darauf zu, vorbereitet auf alles, was folgen mochte.

Es geschah nichts. Es war niemand hinter der Säule.

Von seinem Versteck in der schmalen, in eine Wand eingelassenen Nische beobachtete Han, wie die in ihren Umhang gewandete Gestalt vorbeischritt. Deren Lippen bewegten sich, während er zuschaute, und formten ein einziges Wort. Vielleicht einen Namen. Dann sah er, wie Ren auf den Laufsteg trat, der sich über einen gewaltigen, offenen Raum spannte. Dort hielt er inne und schaute sich zögerlich und unsicher um, bevor er seinen Weg fortsetzte. Der metallische Klang seiner Stiefel auf Stahl – das Geräusch, das Han Sekunden zuvor auf Rens Anwesenheit aufmerksam gemacht hatte – entfernte sich.

Han kam aus seinem Versteck hervor und blickte dorthin, wo er hergekommen war. Wenn er sich jetzt zurückzog und es schaffte, seine Gedanken und Gefühle unter Kontrolle zu halten, bestand eine gute Chance, aus dem Gebäude zu kommen. Wenn er wirklich Glück hatte, würde er hinausschlüpfen können, ohne die Aufmerksamkeit irgendwelcher Sturmtruppler zu erregen – oder die Aufmerksamkeit irgendeiner anderen Person. Draußen würden, wenn alles nach dem hastig entworfenen Plan verlief, Rey und Finn mit einem Transportmittel auf ihn und Chewie warten. Eine Chance also, den *Falken* zu erreichen, bevor alles auf diesem Planeten zur Hölle ging. Und später eine Chance auf ein weiteres Wiedersehen, auf einer anderen Welt. Ein

Gesicht trat ihm vor Augen, die Züge gealtert, aber immer noch weich, die Stimme, die zwischen so vertrauten Lippen hervorkam, bestimmend und doch immer voller Zuneigung. Wie sie Worte formte, die in seinen Gedanken nachklangen. Wie sie beim letzten Mal eine Bitte formten.

Eine Bitte, die bleiben würde, das wusste er. Sie würde immer bleiben. Er traf einen Entschluss. Statt sich zurückzuziehen, rückte er vor. Statt sich in Sicherheit zu bringen, ging er das Risiko ein. Er hatte eigentlich keine Wahl, sagte er sich, als er zum Anfang des Laufstegs schritt. Und rief.

»Ben!«

Der Name hallte durch das gewaltige Gebäude.

Auf der gegenüberliegenden Seite drehte sich eine hochgewachsene Gestalt um und kam zurück.

»Han Solo.« Kylo Ren schaute zu dem älteren Mann herüber. »Ich habe lange auf diesen Tag gewartet.«

»Nimm die Maske ab.« In Hans Ton lag sowohl Bestimmtheit als auch Mitgefühl. »Du brauchst sie nicht. Nicht hier. Nicht für mich.«

»Was denkst du, was du sehen wirst, wenn ich die Maske abnehme?«

Han trat einige Schritte vor. »Das Gesicht meines Sohnes.«

»Deinen Sohn gib es nicht mehr. Er war schwach und töricht, wie sein Vater.« Rens Stimme war voller Mitgefühl. Und Zorn. »Also habe ich ihn vernichtet. Aber eine solch kleine, bedeutungslose Bitte lässt sich leicht gewähren.«

Er hob die Hände und nahm langsam die Maske ab. Zum ersten Mal sah Han das Gesicht seines Sohnes als erwachsener Mann – und es erschütterte ihn.

Beide Männer war so sehr aufeinander konzentriert, so sehr mit ihrer Begegnung beschäftigt, dass keiner die Neuankömmlinge an einem Geländer über ihnen bemerkte. Nachdem sie hineingeschlüpft waren, um nach Han und Chewbacca zu suchen, spähten Finn und Rey von hoch oben hinab auf Vater und Sohn, die einander gegenüberstanden.

»Das ist es, was Snoke dich glauben machen will«, erwiderte Han. Er flehte nicht – stellte nur eine Tatsache fest. »Aber es ist nicht wahr. Mein Sohn lebt noch. Ich sehe ihn gerade jetzt an.«

Der Wortwechsel lockte einen weiteren Zuschauer an. Ein Stockwerk darüber trat Chewie an die Brüstung, um zuzuschauen und zu lauschen.

Rens Augen blitzten auf. »Nein! Der Oberste Führer ist weise. Er weiß, wer ich bin und zu wem ich werden kann. Er weiß, was *du* wirklich bist, Han Solo. Kein General, kein Held. Nur ein armseliger Dieb und Schmuggler.«

Die Spur eines Grinsens zuckte über Hans Züge. »Nun, in dem Fall hat er recht.«

Gleichermaßen angezogen von den Geräuschen wie von dem Gespräch war eine dritte Gruppe von Zuschauern hinzugekommen. Gebannt von der Konfrontation beobachtete die Abteilung Sturmtruppler die beiden, genau wie Finn, Rey und Chewbacca. Darauf bedacht, sich wegen Eigeninitiative keinen Tadel und keine Strafe einzuhandeln, warteten sie auf Befehle von Ren.

Han ging weiter auf seinen Sohn zu. Weder in seinem Schritt noch in seiner Stimme lag Zögern. »Snoke benutzt dich wegen deiner Macht und manipuliert deine Fähigkeiten. Wenn er alles von dir hat, was er will, wird er dich zerquetschen. Dich wegwerfen. Du weißt, dass das wahr ist. Ich weiß, dass du über die Fähigkeiten und das Wahrnehmungsvermögens verfügst, um zu erkennen, dass ich dir die

Wahrheit sage. Denn im Gegensatz zu ihm habe ich keinen Nutzen davon.«

Ren zögerte.

»Es ist zu spät«, sagte er.

»Nein, ist es nicht.« Inzwischen in der Mitte des Stegs angelangt, setzte Han seinen Weg lächelnd fort. »Es ist nie zu spät für die Wahrheit. Komm mit mir, weg von hier. Komm mit nach Hause.« Ohne die leiseste Spur von Bosheit oder Täuschung fuhr er schwereres Geschütz auf. »Deine Mutter vermisst dich.«

Ein seltsames Gefühl berührte die Wangen des jüngeren Mannes. Etwas lange Vergessenes. Feuchtigkeit. Tränen.

»Ich werde in Stücke gerissen. Ich will ... Ich will frei sein von diesem Schmerz.«

Han machte noch einen Schritt, dann hielt er inne und wartete. Es musste eine Entscheidung getroffen werden, und ausnahmsweise einmal war es nicht an ihm, diese Entscheidung zu treffen.

»Ich weiß, was ich tun muss, aber ich weiß nicht, ob ich die Kraft dafür habe.« Ren kam seinem Vater entgegen. »Wirst du mir helfen?«

»Ja«, antwortete Han. »Was immer du brauchst.«

Ren blieb um Armeslänge von seinem Vater entfernt stehen, hakte sein Lichtschwert vom Gürtel, schaute für einen Moment darauf hinab und streckte es dann Han entgegen. Für eine Sekunde, die sich zu einer Ewigkeit zu dehnen schien, geschah nichts. Lächelnd griff Han nach der Waffe. Dann, als das Licht von draußen vollends von dem Strom angesaugter dunkler Energie blockiert wurde, zündete Ren das Lichtschwert – und der feurige, rote Strahl fuhr Han vom Brustbein bis zum Rücken durch den Leib.

»Ich danke dir«, murmelte Ren, und wahrhaftig, die Dunkelheit über ihm äffte die Dunkelheit in seiner Stimme nach.

Von ihrem Ausguck hoch oben keuchten Finn und Rey gleichzeitig auf.

»Solo. Solo.« Finn legte einen Arm um das Mädchen neben ihm. »Rey.«

»Nein«, flüsterte sie. »Nein, nein, nein …«

Han, der das Geschehene akzeptierte, ohne es wirklich zu glauben, starrte in das Gesicht der Kreatur, die sein Sohn gewesen war. Da war nichts zu sehen. Nur Dunkelheit in der Form eines Gesichtes: fremdartig, gedankenlos, gefühllos. Seine Knie gaben unter ihm nach, der Strahl des Lichtschwerts senkte sich mit ihm. Ren löschte ihn. Noch einen Moment lang hielt Han sich am Rand des Stegs fest. Ein Strom von Erinnerungen blitzte vor seinen Augen auf: Welten und Zeiten, Freunde und Feinde, Triumphe und Misserfolge. Worte, von denen er wünschte, er hätte sie gesagt, und andere, die er bereute. Alle fort jetzt, verloren in einem Augenblick, genau wie die, die er nie wieder in den Armen halten würde. Dann fiel er und verschwand in der Tiefe.

Auf einer anderen Welt, weit, weit entfernt, verspürte eine Frau ein Beben in der Macht, das sie durchbohrte wie ein Messer. Sie sackte in einen Sitz, ließ den Kopf sinken und begann zu weinen.

Benommen von seiner eigenen Tat fiel Kylo Ren auf die Knie. Einer Tat, die ihn hätte stärker machen sollen, wie ein Teil von ihm geglaubt hatte. Stattdessen fühlte er sich geschwächt. Er hörte nicht das Brüllen des erzürnten Wookies über sich, aber er spürte das Brennen des Armbrustprojektils, als es ihm in die Seite krachte und ihn zurück auf den Steg warf.

Feindlicher Beschuss war etwas, auf das die Sturmtruppler reagieren konnten, ohne einen Befehl abwarten zu müssen, und sie nahmen augenblicklich den Wookie aufs Korn. Chewie erwiderte das Feuer, zog sich in den Gang zurück und drückte im Vorbeilaufen auf den Schalter, der die Sprengladungen auslöste.

Zuerst zündete eine Ladung, dann zwei, dann vier und schließlich der Rest. Gewaltige Explosionen erschütterten das Sechseck. Laufstege wurden weggerissen und stürzten in die Tiefe. Ein Beben war zu spüren, als die Wände erzitterten, zunächst noch hielten – und dann doch versagten, als ein Hauptpfeiler und dann weiteres Tragwerk wegbrachen. Inmitten des wachsenden Chaos und der allgemeinen Verwirrung quälte Kylo Ren sich auf die Beine. Als er wieder stand, richtete er den Blick nach oben.

Und sah Finn und Rey, die auf ihn herabstarrten.

Der Schock des Wiedererkennens half ihm, wieder Tritt zu fassen. Er erhob sich zu seiner vollen Größe und ging entschlossen über den immer noch intakten Steg.

Diejenigen Sturmtruppler, die nicht Chewbacca folgten, hatten Finn und Rey nun ebenfalls entdeckt und nahmen sie unter Beschuss. Eine vor Kummer halb wahnsinnige Rey erwiderte das Feuer. Sie wäre dort geblieben und hätte weitergekämpft, hätte Finn sie nicht halb weggezerrt, halb weggetragen.

Hoch oben und eingehüllt in den Schatten des Vorhangs aus dunkler Energie bemerkte Poe Dameron die Explosion auf dem Dach des sechseckigen Gebäudes. Deren Gewalt und Wirkung verrieten ihm, dass sie nicht das Ergebnis eines Treffers von einem Flieger seines Geschwaders war, sondern sich im Gebäude selbst ereignet haben musste. Er konnte zum ersten Mal in das Innere des scheinbar uneinnehmbaren Hexagons blicken.

Es war eine Öffnung. Eine kleine. Die einzige Chance vielleicht. So wie der Kampf sich entwickelte, wahrscheinlich die letzte.

»An alle Einheiten, hier spricht Staffelführer Schwarz. Das Ziel ist aufgebrochen. Ich wiederhole: Das Ziel ist aufgebrochen. Das Dach hat eine Öffnung. Das ist unsere Chance! Werft alles hinein, was ihr habt!«

Angeführt von dem schwarzen Jäger und ohne auf verfolgende TIE-Jäger oder Flugabwehrraketen zu achten, lösten sich die verbliebenen X-Flügler aus ihren Luftkämpfen und flogen auf das Sechseck zu. Einige Schüsse und Bomben verfehlten ihr Ziel und detonierten harmlos an den immer noch intakten Seiten des Gebäudes. Aber die anderen, die meisten, trafen. Während Poe und seine Kameraden ihre Maschinen hochzogen und abdrehten, erschütterte eine Detonation nach der anderen den großen Bau. Allmählich und beinahe in Zeitlupe stürzte er ein, die Mauern sackten in sich zusammen. Wichtiger noch, Flammenstöße schossen von unten empor, erhoben sich aus ungesehenen Räumen tief unter der Erde.

Poe stieß einen Triumphschrei aus, beschleunigte himmelwärts und jagte auf den Rand der Atmosphäre zu. Sicher in seiner Position hinter dem Cockpit gab BB-8 einen stetigen Strom aufgeregter Pieplaute von sich.

»Alle Teams, gut gemacht!«, gab Poe seinen Pilotenkameraden durch. »General, das Ziel ist zerstört!«

Leias warme Stimme füllte seine Ohren, aber der Befehl, den sie ihm übermittelte, kam unerwartet: »Gut. Jetzt zieht euch sofort zurück! Der Planet könnte instabil werden. Entfernt euch sofort.«

Selbst über die Relais dauerte es einen Moment, bis er den Befehl empfing. »Wenn wir jetzt abhauen, lassen wir unsere Freunde zurück!«

Leia hatte diese Antwort von Poe erwartet und ihre eigene Antwort parat. »Poe, abgesehen von uns hier ist ihre Gruppe alles, was vom Widerstand noch übrig und in der Lage ist, unseren Gegnern einen Kampf zu liefern. Wenn Sie bleiben, um sie zu finden, verlieren wir euch alle.«

»General, bei allem schuldigen Respekt«, erwiderte er gelassen, »wir lassen unsere Freunde nicht zurück. Staffeln, wer ist dabei?«

Er erwartete eine verzögerte Reaktion. Er irrte sich: Sie kam sofort, von Snap. »Wir alle sind dabei, Poe. Das weißt du doch.« Ein zustimmendes Jaulen kam von dem Schiff, das der Sullustaner Nien Nunb steuerte, gefolgt von den anderen.

»Dann lasst uns etwas Gutes tun und sie finden.«

18. Kapitel

In den Korridoren und Fluren, den Verwaltungsräumen und technischen Kontrollsektoren der Basis Sterntöter herrschte Panik. Techniker reagierten mit Verzweiflung, als trotz ihrer Bemühungen ein Monitor nach dem anderen nur noch Rot zeigte, weil kritische Systeme versagten.

»Die Basiszellen überhitzen«, erklärte ein Techniker in der Kommandozentrale. »Die Notfallcrew kann nicht dorthin gelangen. Das gesamte Ladesystem schaltet ab.« Als er sich wieder zu Hux umdrehte, stand ein Ausdruck in seinen Augen, den der General noch nie bei einem seiner Techniker gesehen hatte. »Der Oszillator versagt. Wir verlieren das Speicherfeld.«

»Der Oszillator ist getroffen worden.« Ein weiterer Offizier bemühte sich, die Furcht aus seiner Stimme zu halten. »Wir schätzen den Schaden ab. Versuchen, die Energieversorgung aufrechtzuhalten.«

Hux beobachtete alles schweigend, während er langsam zurückwich. Es hatte keinen Sinn, irgendetwas anderes zu tun, das wusste er. Die Techniker würden die Schwingung des Speicherfelds stabilisieren. Anderenfalls würde nichts mehr helfen.

»Komm schon.« Finn, der im Schnee den zunehmend dunklen Wald zu durchdringen suchte, drosselte endlich das Tempo. Wohin liefen sie? Jedenfalls waren sowohl er als auch Rey außer Atem. Als er sie ansah, wusste er, dass ihr die gleiche Erkenntnis kam. Es war gut, stehen zu bleiben. Selbst in der künstlichen Dunkelheit, im Schatten des Vorhangs aus dunkler Energie, fühlte sich der Wald … sauber an.

Zumindest tat er es, bis eine einzelne Gestalt sie erreichte und ein einzelnes Wort sprach.

»Halt.«

Die drei starrten einander an: Finn und Rey sowie Kylo Ren etwa zehn Meter entfernt. Als Ren nach seinem Lichtschwert griff, zog Rey ihren Blaster, trat vor und zielte.

Bevor sie schießen konnte, hob Ren eine Hand und hielt sie auf. Sie stemmte sich gegen ihn, und ihr Zorn verlieh ihr Kraft. Aber sie konnte nicht schießen. Er kämpfte ebenfalls gegen ihre neu entdeckte Fähigkeit, ebenso wie gegen die Wunde, die Chewbacca ihm mit seinem Armbrustgeschoss zugefügt hatte. Zähneknirschend warf er den Arm in einer einzigen mächtigen Geste seitwärts – und der Blaster flog ihr aus der Hand. Ren atmete tief ein, gestikulierte abermals, und diesmal war es Rey, die durch die Luft flog, um gegen einen nahen Baum zu prallen und zu Boden zu rutschen, benommen und verletzt.

»Rey – Rey!«

Finn machte einen Schritt auf sie zu, aber das Geräusch von Rens Lichtschwert, das entzündet wurde, veranlasste ihn, sich umzudrehen. In der Dunkelheit waren das Summen und Leuchten der strahlend roten Waffe hypnotisierend. Da Finn nichts anderes hatte und an Reys Blaster nicht herankam, griff er zu der einzigen Verteidigung, die ihm zu Gebote stand: Er zog Skywalkers Lichtschwert und aktivierte es.

Aus irgendeinem Grund war der Anblick des Schwerts genug, um Ren stutzen zu lassen. Er starrte es einen Moment lang an, bevor er reagierte.

»Diese Waffe – gehört mir.«

Finn knurrte seine Antwort beinahe. »Dann komm und hol sie dir.«

Ren richtete sich auf, eine turmhohe Gestalt im Schnee, und machte sich nicht die Mühe, auch nur zu gestikulieren. »Dafür werde ich dich töten.«

Er stürmte vorwärts.

Trotz seiner Angst hob Finn das Schwert, um sich zu verteidigen. Ren machte einen Ausfallschritt und stieß zu – und Finn parierte. Lichtfunken beleuchteten den Schnee und die umliegende Vegetation. Ren zog sich etwas zurück, betrachtete seinen unerwartet entschlossenen Gegner und nahm seinen Angriff dann mit Macht wieder auf.

Finn blockierte ihn wieder und wieder und ließ einmal die Strahlenklinge des anderen Mannes an seiner abgleiten und harmlos nach unten fahren. Er holte zum Gegenangriff aus, ohne Erfolg. Je länger der Kampf andauerte, umso stärker schien Ren zu werden. Es war, als genösse er die Herausforderung. Als würde er sich daran laben.

Zumindest wirkte es so, bis Finn einmal parierte, einen Hieb antäuschte, dann aber zustieß. Die Spitze seiner Lichtklinge kratzte über Rens Arm. Das verstärkte die Herausforderung. Ren trat einen Schritt zurück und betrachtete seinen Gegner noch einmal. Als er abermals die Entfernung zwischen ihnen überwand, geschah es mit einer Zielstrebigkeit, die zuvor gefehlt hatte. In Erwartung einer Exekution stand er plötzlich einem Gegner vis-à-vis. Jetzt war er getroffen worden. Es war Zeit, dem Spiel ein Ende zu machen.

Gnadenlos vorrückend, wurde er von etwas angetrieben, das Finn nicht einmal spüren, geschweige denn kontern konnte. Noch immer setzte sich der ehemalige Sturmtruppler zur Wehr, bis Ren einen Hieb landete, der Finn die Brust aufschnitt und ihm das Lichtschwert aus der Hand schlug. Das Schwert flog sechs Meter weit entfernt in den Schnee.

Es war vorüber.

Ren schaltete seine eigene Waffe aus und streckte einen Arm nach dem im Schnee liegenden Schwert aus. Es zuckte und begann zu vibrieren, als die Macht nach ihm rief. Ren streckte die Hand noch weiter aus, strengte sich an, winkte kraftvoll – und das Lichtschwert erhob sich und flog auf seine ausgestreckten Finger zu.

Und an ihnen vorbei.

Er stutzte und wirbelte herum – um zu sehen, wie die Waffe in der Hand eines Mädchens landete, das an einem Baum stand. Rey wirkte gleichermaßen schockiert, dass ihr Griff nach dem Gerät seinen an Wirkung übertroffen hatte. Sie schaute auf die Waffe hinab, die jetzt in ihren Händen lag.

»Du bist es tatsächlich«, murmelte Ren.

Seine Worte brachten sie aus dem Gleichgewicht: Nicht zum ersten Mal schien er mehr über sie zu wissen, als sie über sich selbst wusste. Aber sie hatte keine Zeit, über seine Bemerkung nachzugrübeln, noch war sie geneigt, das überhaupt zu tun; ihr Zorn war einfach zu groß. Sie hielt den Griff des Lichtschwertes mit beiden Händen, zündete die Klinge – und griff an.

Ren begegnete ihr mit ebenfalls brennender Waffe. Obwohl er Schwäche erwartete, traf er auf Kraft. Ihr Talent mit der Waffe war bestenfalls roh, aber es wurde von einem Zorn gestärkt, der für ihn ebenso neu wie unerwartet war.

Als die Strahlen ihrer Lichtschwerter sich kreuzten, entzündete der Ausbruch von Energie einen ganzen Teil des Waldes.

Auf der Basis herrschte Chaos, denn die Gebäude stürzten nicht nur ein, sondern verschwanden in einer Reihe tiefer Gruben, als der Grund selbst dem langsam versagenden Speicherfeld nachgab. Ein junger Techniker beobachtete die Katastrophe aus dem Fenster der Kommandozentrale und wollte in die mutmaßliche Sicherheit fliehen, die ihm das Innere des Gebäudes zu bieten schien. Ein ranghöherer Offizier hielt ihn auf und stellte ihn zur Rede.

»Leutnant, zurück auf Ihren Posten!«

In dem vollen Bewusstsein, dass ein Rang in der gegenwärtigen Situation nichts mehr bedeutete, hielt der Techniker nur lange genug inne, um zu antworten.

»Hören Sie, wir werden hier nicht überleben. Selbst Hux ist verschwunden.«

Er schob sich an dem verblüfften Offizier vorbei, der nicht mehr versuchte, ihn aufzuhalten.

In der Dunkelheit des höhlenartigen Versammlungsraums stand Hux vor dem Hologramm Snokes. Sosehr er sich bemühte, erwies es sich als zunehmend schwierig, einen Hauch von Kontrolle zu bewahren.

»Oberster Führer, der Oszillator versagt. Der Kollaps hat begonnen.« Er schaute zu Boden. »Wir können es nicht mehr verhindern.«

So zornig er war, wusste Snoke doch, dass er nichts daran

ändern konnte. So viele sorgfältig geschmiedete Pläne, so viele Absichten, die jetzt unerfüllt bleiben mussten …

»Sie werden Sterntöter sofort verlassen und mit Kylo Ren zu mir kommen. Brechen Sie sofort auf.« Dann fügte er grimmig hinzu: »Es scheint, dass er vielleicht recht hatte, was das Mädchen betrifft.«

Für einen etwas weiter entfernten Beobachter musste es so aussehen, als würde in der Tiefe des Waldes eine Abfolge kleiner Explosionen gezündet. Hieb um Hieb landete, während Lichtschwert auf Lichtschwert traf. Obwohl Ren größer und stärker war als Rey, hatte ihr Kampf nichts mit Körpergröße zu tun. Was ihr an Masse fehlte, machte sie an Wildheit wett.

Für eine Weile trieb sie ihn tatsächlich zurück, bis er sein Selbstbewusstsein wiederfand und seinerseits sie bedrängte. Der Kampf wogte hin und her; zuerst errang er einen Vorteil, dann holte eine erzürnte Rey ihn sich zurück.

Dann erscholl ein gewaltiges Dröhnen, wie das Seufzen eines Kontinents, und ein großer Teil des Waldes stürzte hinter Rey einfach in die Tiefe, sodass sie plötzlich am Rand eines Abgrunds kämpfte, der so tief war, dass sein Grund durch die aufstiebende Staubwolke nicht mehr erkennbar war.

Ren hielt seinen Lichtschwert zum Angriff bereit. »Ich könnte dich auf der Stelle töten. Aber es gibt eine andere Möglichkeit.«

Schwer atmend schaute Rey angewidert zu dem Mann auf, der sie überragte. »Du bist ein Monster.«

»Nein. Du brauchst einen Lehrer.« Er war flehentlich und beharrlich zugleich. »Ich kann dir die Wege der Macht zeigen!«

Sie schüttelte langsam den Kopf. »Die Macht?« Darum ging es hier? Statt sich zu verteidigen, schloss Rey die Augen. Ren zögerte, verwirrt von ihrem Tun. Ein langer Moment verstrich, in dem Ren eine Veränderung in der Luft spürte, eine Veränderung in Rey. Dann öffnete sie die Augen und griff grimmig an, auf eine Weise, von der sie nicht gewusst hatte, dass sie dazu in der Lage war. Sie griff wieder und wieder an, während Ren langsam zurückgetrieben wurde. Die auflodernde Energie der aufeinandertreffenden Lichtschwerter war stärker denn je in diesem Kampf. Und … Ren ging zu Boden.

Er war im Nu wieder auf den Beinen, aber nicht rechtzeitig, um einen Folgehieb von Reys Waffe ganz abzuwehren. Es gelang ihm, den Hieb zu blockieren, aber ihre Klinge traf mit aller Kraft das Heft seines Schwertes. Es flog in den Schnee. Unbewaffnet hob er eine Hand und nutzte die Macht, um einen Hieb nach dem anderen abzuwehren, bis ihr Zorn endlich seine verbliebenen Verteidigunganstrengungen durchdrang. Er kassierte einen Hieb auf Kopf und Brust und ging zu Boden, eine klaffende Brandwunde zog sich quer über sein Gesicht. Geschwächt griff er nach seinem Lichtschwert und versuchte, es zu sich zu rufen.

Ein einziger Hieb, erkannte sie. Ein schneller, letzter Hieb, und sie konnte ihn töten. Die Landelichter eines Shuttles erschienen in der Ferne und näherten sich ihr über den Bäumen. Sie musste eine Entscheidung treffen, jetzt.

Töte ihn, sagte eine Stimme in ihrem Kopf. Sie war amorph, nicht identifizierbar, roh. Pures, rachsüchtiges Gefühl. *So einfach,* sagte sie sich. *So schnell.*

Sie prallte davor zurück. Vor der dunklen Seite.

Die Welt erzitterte unter ihr, als der Boden aufplatzte. Rey wandte sich von der verletzten Gestalt ab und rannte dorthin zurück, wo Finn schwer verwundet auf dem Boden lag. Eine tiefe Schlucht formte sich und trennte sie von General Hux und den ankommenden Sturmtrupplern. Mithilfe eines winzigen Positionssensors in Rens Gürtel hatte Hux ihn hier aufgespürt. Er hätte Rey und Finn ebenfalls mitgenommen, hätte der Oberste Führer nicht einen bestimmten Befehl gegeben. Dieser hatte Vorrang vor allem. Es war einfach keine Zeit mehr.

Die beiden Abtrünnigen würden ohnehin hier sterben, sagte er sich, während er den Sturmtrupplern folgte, die Ren in den nahen Shuttle trugen. Sobald er an Bord war, erhob der Shuttle sich in die Luft. Die Leute darin waren verzweifelt darauf bedacht, von dem sterbenden Planeten zu fliehen.

Unter ihnen kauerte Rey neben dem bewusstlosen Finn. Sie drehte ihn auf den Rücken und schrak vor der Wunde zurück, die Ren ihm mit seinem Lichtschwert zugefügt hatte. Der Schnitt hatte die Wunde sofort kauterisiert. In dem fahlen Licht konnte sie deren Tiefe nicht abschätzen, noch konnte sie feststellen, ob irgendwelche lebenswichtigen Organe verletzt waren. Den reglosen Mann in den Armen, begann sie zu weinen. Es gab schlimmere Arten zu sterben, sagte sie sich, während der Boden weiter zitterte und die Bäume um sie herum abknickten.

Nein, korrigierte sie sich bitter. Es gab nur eine Art zu sterben. Sie riss sich zusammen.

Das Licht, das sie und Finn umschlang, kam nicht aus dem Planetenkern. Es war zu hell, zu eng umrissen. Rey hob eine Hand, um die Augen gegen den herannahenden, grellen Schein zu beschirmen, und blinzelte in das strahlende Licht. Es dauerte einen Moment, bis sie ein Raumschiff ausmachte. Ein Schiff, das sie kannte.

Der *Millennium Falke* kam auf sie zu. Er schien beinahe aus der Schlucht aufzusteigen, die sich im Laufe ihres Kampfes mit Kylo Ren hinter ihr gebildet hatte. Wenn man die allgemeinen Bedingungen und die instabile Oberfläche bedachte, gelang seinem Piloten eine überraschend glatte Landung.

Sie hätte sich in Chewies Arme geworfen, hätte er sich nicht sofort gebückt, um den erschlafften Finn vom Boden aufzuheben.

Wenn sie die Möglichkeit gehabt hätte, wäre sie in der Medizinbucht geblieben, wo der Wookie seine Last niedergelegt hatte. Aber trotz seiner Modifikationen flog der *Falke* immer noch besser, wenn jemand auf dem Sitz des Kopiloten saß. Binnen Sekunden hatten sie die Atmosphäre des implodierenden Planeten hinter sich gelassen. Der Sprung auf Lichtgeschwindigkeit verlief ohne Zwischenfall und hinderte sie daran, den endgültigen Kollaps mit anzusehen. Was nur gut war.

Einen Augenblick nach ihrer Flucht erblühte in dem System, das die Basis Sterntöter beherbergt hatte, eine zweite Sonne.

Poe, der seine Staffeln zurückgerufen hatte, nachdem der *Falke* aus dem Orbit des kollabierenden Planeten verschwunden war, wartete bereits auf das Schiff, als es auf D'Qar inmitten der verbliebenen X-Flügler des Widerstands sicher landete. Noch bevor die Laderampe auf dem Boden aufschlug, kam Chewbacca heraus, mit dem noch atmenden Finn in den Armen. Medizinisches Personal und Offiziere erwarteten sie bereits und eskortierten das Paar in das Hauptgebäude.

Die erschöpfte Rey, die dem Wookie folgte, wurde von

einer jubelnden Menge begrüßt. Leia Organa führte sie an, begleitet von zwei Droiden. Rey erkannte BB-8 sofort und fragte sich, was das für ein glänzender goldener Protokolldroiden an seiner Seite war. Instinktiv ging sie auf Leia zu.

Kein General jetzt, umfasste Leia das Gesicht des jungen Mädchens mit beiden Händen. Wenn auch mit gebrochenem Herzen angesichts des Todes von Han und so vielen tapferen Piloten, war Leia dankbar für die Rettung des Widerstands aus der tödlichen Gefahr. Trotz der zahlreichen Zuschauer umarmten die beiden Frauen einander unbefangen und ohne zu zögern. Dann gingen sie mit tränenüberströmtem Gesicht hinein.

Stunden verstrichen ohne eine Nachricht aus dem medizinischen Zentrum. Als Dr. Kalonia endlich aus der Intensivstation kam, wäre Rey beim Anblick des Lächelns auf deren Gesicht beinahe ohnmächtig geworden. Die Worte der Ärztin bestätigten Reys Hoffnung.

»Ihrem Freund wird es bald wieder blendend gehen.«

»Vielen Dank.« Mehr konnte Rey im Moment einfach nicht sagen.

Kalonia schaute auf sie herab. »Ich bekomme nicht die Gelegenheit, viele Lichtschwertwunden zu behandeln. Es ist eine solch alte Waffe. Heutzutage ziehen die Leute es vor, mit Gewehren und Blastern zu kämpfen auf größere Distanz.« Sie zuckte die Achseln. »Ich nehme an, es spielt keine Rolle. Tot ist tot, ganz gleich, wie der Zustand herbeiführt wurde.« Ihr Lächeln kehrte zurück. »Aber nicht für Ihren Freund. Nicht diesmal.«

Ein wenig abseits der Hauptaktivitäten im Stützpunkt des Widerstands gelegen, war der Konferenzraum perfekt für strategische Zusammenkünfte. Leia war dort, außerdem

Poe, C-3PO, BB-8, eine Handvoll ausgewählter Offiziere und einiges an Gerätschaften und Ausrüstung, das man für wichtig erachtete, aber wenig benutzte.

Niemals der Typ, in der Anwesenheit von Vorgesetzten kleinlaut zu werden, ergriff Poe als Erster das Wort.

»Kylo Ren hat gesagt, das Fragment, das BB-8 enthält, sei das letzte Stück der Karte, die den Weg zu Skywalkers Aufenthaltsort zeigt. Also, wo ist der Rest davon?«

»Den hat die Erste Ordnung.« Rey sah ihn an. »Sie haben ihn aus den Archiven des Imperiums.«

Poe starrte sie an. »Des Imperiums?«

Admiral Statura nickte zustimmend. »Das macht Sinn. Das Imperium muss nach den ersten Jedi-Tempeln gesucht haben. Um alle Heiligtümer der Jedi zu zerstören, müssen sie sehr viel an peripheren Information erlangt haben.«

Sie waren alle sehr konzentriert auf das Gespräch und seine möglichen Konsequenzen. So bemerkte niemand, dass auf der kleinen R2-Einheit, die zusammen mit anderen Gerätschaften im Raum in eine Ecke geschoben worden war, ein Licht aufleuchtete. Noch sahen sie, dass der halbkugelförmige Kopf dieser Einheit sich in ihre Richtung gedreht hatte.

»Wir liegen immer noch im Krieg mit der Ersten Ordnung«, stellte Leia fest. »Es ist ein Krieg, der nicht enden wird, bis entweder sie oder wir vernichtet sind. Das nächste Mal werden wir ohne Luke keine Chance haben.«

Das folgende Schweigen wurde durch einen Reigen von Piep- und Pfeiflauten unterbrochen, wie die ernste Versammlung sie seit einiger Zeit nicht mehr gehört hatte. Im Falle dieser speziellen Piep- und Pfeiflaute seit Jahren nicht mehr.

Niemand war überraschter als C-3PO, als R2-D2 herangerollt kam, um sich der Versammlung anzuschließen.

»R2! Was – was gibt es? Ich habe dich nicht mehr so funktionsfähig gesehen seit …« Er wurde unterbrochen von einem neuen Mischmasch aus Pieplauten, die seine Stimme praktisch übertönten. »Immer mit der Ruhe! Sonst kann ich die Daten nicht mehr verarbeiten!« Ob die mechanische Hand, die sich zur Seite des goldenen Kopfes hob, um auf Kopfschmerzen hinzuweisen, wahrhaft widerspiegelte, was der Protokolldroide fühlte, oder einfach eine Geste für die ihn beobachtenden Menschen war, wusste nur C-3PO.

Leia trat aufgeregt näher. Von allen Wesen aus Fleisch und Blut im Raum hatte niemand eine persönlichere Beziehung zu dem kleinen Droiden als sie.

»Was sagt er?«, fragte sie.

Der Protokolldroide erklärte: »Wenn die Information, nach der Sie suchen, sich in den imperialen Archiven befand, glaubt er, dass er diese Daten vielleicht katalogisiert hat. Er scannt sie gerade.«

Rey betrachtete den winzigen Droiden. »R2 hat den Rest der Karte?«

»Er deutet an, dass die Möglichkeit besteht!«, antwortete C-3PO ihr. »Ich habe ihn noch nie zuvor mit so viel Energie piepen hören.«

R2-D2 stieß ein lang anhaltendes Pfeifen aus und projizierte ein dreidimensionales Bild einer riesigen Sternkarte in den Raum. Niemand konnte übersehen, dass ihr ein beträchtliches Fragment fehlte. In Reaktion auf die Projektion begann BB-8 aufgeregt zu piepen.

»Ja, Kumpel, sofort«, sagte Poe zu ihm. »Ich hab sie.«

Der Pilot trat neben den kugelförmigen Droiden und entfernte aus einem versiegelten Fach in seiner Kleidung den winzigen und sehr alten Datenspeicher, den er ursprünglich von Lor San Tekka erhalten hatte. Er schob ihn in den entsprechenden Slot von BB-8 und trat zurück. Einen Moment lang geschah gar nichts. Dann schob sich ein Objektiv aus dem Leib des Droiden und projizierte ein großes Sternenfeld in den Raum. BB-8 ließ es zusammenschrumpfen, sodass seine Proportionen denen des fehlenden Stücks in R2s Karte entsprachen, und drehte sich etwas.

Die beiden ungleichartigen Teile verschmolzen perfekt und ergaben eine vollständige Karte.

»Oh, meine Sterne!« Dreipeos Ausruf war nicht weniger erstaunt als die Ausrufe der organischen Konferenzteilnehmer. »Das ist es!«

Leia schwankte leicht, aber das hatte nichts mit der Macht zu tun, sondern mit dem, was sie in ihrem Herzen fühlte.

»Luke …«

»Die Karte.« Rey konnte nur verwundert den Blick über das prächtige Abbild eines Teils der Galaxis wandern lassen. »Sie ist vollständig!«

»R2!« C-3POs Ton war der eines stolzen Verwandten, der einem Familienmitglied ein Kompliment machte. »R2, du hast es geschafft!«

Jubel und spontane Umarmungen erfüllten den Raum mit so viel Freude, dass niemand darauf achtete, wer einen Repräsentanten welcher Spezies umarmte. Rey und Poe wurden nicht ausgeschlossen, obwohl ihre plötzliche Umarmung zu einem Moment beiderseitiger Verlegenheit führte.

»Ähm, hallo«, murmelte der Pilot. »Ich bin Poe.«

Sie nickte langsam, schaute ihm forschend ins Gesicht und stellte fest, dass es ihr gefiel. »Ich kenne den Namen. Du bist also Poe. Poe Dameron, der X-Flügler-Pilot. Ich bin Rey.«

»Ich weiß.« Er lächelte zurück, ein wenig entspannter

jetzt. »Freut mich, dich kennenzulernen.« Inmitten all der Rufe und des spontanen Beifalls bemerkten nur wenige der Anwesenden den Protokolldroiden, als dieser sich über die jetzt verstummte Astromecheinheit beugte.

»Mein lieber Freund, wie sehr ich dich vermisst habe.«

Auf der Intensivstation des medizinischen Zentrums lag Finn in einem künstlichen Koma. Er war noch nicht über den Berg, auch wenn Dr. Kalonias erste Prognose günstig, ja sogar positiv gewesen war. Aber sicher wusste man es erst, wenn der Heilungsprozess abgeschlossen war.

Eine zutiefst besorgte Rey saß neben ihm und bemerkte, wie spät es war. Es war Zeit zu gehen. Sie beugte sich so dicht über ihn, wie die Maschinen rings um das Bett es zuließen, und küsste ihn sanft, ihre Worte voller Entschlossenheit.

»Wir werden uns wiedersehen. Daran glaube ich. Danke, mein Freund.«

Frisch gereinigt und überholt nach seiner langen Zeit der Inaktivität ging R2-D2 als Erster die Laderampe des *Millennium Falken* hinauf. Chewbacca war noch mit seinem üblichen Last-Minute-Check der externen Systeme des Schiffs beschäftigt. Normalerweise war es ein Job für zwei Personen, aber er bestand darauf, es allein zu tun.

Am Fuß der Rampe nestelte eine unsichere und unbehagliche Leia an den Verschlüssen auf der Vorderseite der Jacke, die Rey trug. *Törichter Unfug,* sagte sie sich, noch während sie weitermachte. Ihres Status und ihrer Position unwürdig. Aber es fühlte sich so richtig an und so natürlich, es zu tun.

»Ich bin stolz darauf, was du tun wirst«, sagte sie dem Mädchen.

Rey antwortete sehr ernst. »Aber Sie haben auch Angst. Indem Sie mich wegschicken, werden Sie … erinnert.«

Leia straffte sich. »Du wirst das Schicksal unseres Sohnes nicht teilen.«

»Ich weiß, das wir das Richtige tun. So muss es sein. So sollte es sein.«

Leia lächelte sanft und beruhigend. »Ich weiß es ebenfalls. Möge die Macht mit dir sein.«

Sie schaute zu, bis Rey in dem Schiff saß und die Rampe sich hinter ihr geschlossen hatte. Dann gesellte sie sich zu Poe, BB-8 und C-3PO, die in sicherer Entfernung warteten.

Im Cockpit wollte Rey zum Kopilotensitz gehen, nur um festzustellen, dass eine gewaltige, behaarte Gestalt ihr den Weg versperrte.

»Chewie, der *Falke* fliegt besser mit zwei Leuten an den Kontrollen, das weißt du. Ich habe bereits auf diesem Sitz gesessen. Ich bin bereit, es wieder zu tun.«

Von dem Wookie kam eine Reihe von Stöhnlauten. Dann drehte er sich um – und setzte sich. Auf den Kopilotensitz.

Rey war den Tränen nahe. »Du meinst es ernst, nicht wahr?«

Chewie ächzte, und um sicherzustellen, dass sie begriff, was er meinte, deutete er nach links. Auf die Position des Piloten.

Rey setzte sich und machte es sich bequem. Sie konnte das schaffen. Wenn Chewbacca das Gefühl hatte, dass sie es schaffte, wer war sie dann, daran zu zweifeln? Als sie zögerte, beugte der Wookie sich vor und zerzauste ihr das Haar. Grinsend tat sie so, als wolle sie seine Hand wegschlagen. Er hatte keine Ahnung, wie viel ihr diese unschuldige, familiäre Geste bedeutete. Hinter ihnen piepte R2-D2 glücklich.

Wieder nach vorn gewandt, beendete sie einen letzten Check der Konsole und überzeugte sich, dass sie wusste, wo alles war. Denn sie wollte dem *Falken* gerecht werden. Dann streckte sie die Hand aus und ließ die Finger über den Kontrollen spielen. Neben ihr tat Chewie es ihr gleich, während er stöhnend seine Zustimmung zeigte.

Der *Millennium Falke* hob ab.

Der Planet bestand größtenteils aus Ozean, gesprenkelt mit turmhohen Inseln aus schwarzem Gestein: Schlote der Vulkane, deren Hänge vor langer Zeit erodiert waren. Grün bedeckte die steinigen Flanken und fiel in smaragdgrünen Wellen zum azurblauen Meer hin ab. Über dem ruhigen Wasser schwebten fliegende Kreaturen auf breiten Flügeln aus durchscheinendem Weiß.

Ein großer Aufruhr brach unter den kreisenden Schwärmen aus, als etwas, das größer und lauter war als jeder von ihnen, sich auf die Oberfläche dieser Welt herabsenkte. Der *Falke* hielt auf eine der größeren Inseln zu und verlangsamte dabei sein Tempo.

Ein breiter, flacher Bereich am Fuß des Berges, der das Zentrum der Insel bildete, bot gerade genug Platz für das Schiff, um zu landen. Es blieb eine Weile ruhig liegen. Langsam begannen erst einzelne, dann immer mehr kleine, verstohlene Landtiere aus dem Wald zu spähen, der den Berg bedeckte, getrieben von Neugier.

Die Rampe senkte sich, und die Crew des Schiffs kam zum Vorschein. Wookie und der Droide schauten zu, als Rey, die ihren alten Stab auf dem Rücken trug, den Anstieg auf dem steilen, von Dschungel bedeckten Hang in Angriff nahm. Gelegentlich hielt sie inne, um Luft zu holen und um zurückzublicken. Jedes Mal winkte Chewbacca ihr zu. Wäre er dazu ausgestattet gewesen, hätte R2-D2 es ebenfalls getan.

So alt waren die steinernen Stufen, die sie hinaufging, dass der Tritt Tausender Schritte Rillen in die vorderen Ränder geschliffen hatte. Die Kletterpartie war steil, die Luft feucht, und sie spürte, dass sie müde wurde. Aber stehen zu bleiben kam nicht in Frage.

Schließlich fand sie sich auf einer kleinen Lichtung wieder, auf der mehrere bescheidene, steinerne Gebäude standen. Sie wirkten unerträglich primitiv. Innerhalb der Gebäude gab es keine Bewegung, abgesehen vom raschen Rückzug kleiner, verstohlener Kreaturen in ihre Verstecke.

Sie blieb abrupt stehen. Da war – etwas. Sie drehte sich scharf um.

Ein Stück von ihr entfernt stand am Rand des Waldes eine Gestalt in einem simplen Umhang und einer Robe. Sie wusste sofort, wer es war. Doch konnte sie nichts tun, als schweigend hinüberzustarren.

Ob von ihrem Blick motiviert oder von etwas Unbekanntem, drehte die Gestalt sich endlich zu ihr um und zog ihre Kapuze zurück.

Luke Skywalker.

Sein Haar und sein Bart waren weiß, sein Gesichtsausdruck war gehetzt. Er sprach nicht, und ebenso wenig tat sie es.

Rey erinnerte sich, griff in ihr Bündel und nahm sein Lichtschwert heraus. Dann ging sie einige Schritte auf ihn zu und hielt es ihm hin. Ein Angebot. Eine Bitte. Die einzige Hoffnung der Galaxis.

Sie fragte sich, was als Nächstes geschehen würde.

»James Luceno hat wieder einmal gezeigt, dass *Star-Wars*-Bösewichte genauso unterhaltsam sind wie die guten Kerle.«

New York Daily News

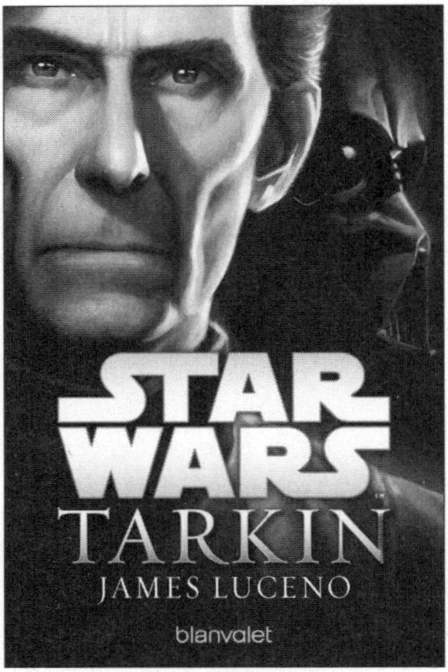

384 Seiten. ISBN 978-3-7341-6061-5

Großmoff Wilhuff Tarkin überwacht den Bau einer mobilen Kampfstation, als seine Basis plötzlich von Separatistenschiffen angegriffen wird. Die mysteriösen Angreifer hacken das HoloNet und fliehen, bevor Tarkin ihnen auf die Schliche kommt. Umgehend wird er nach Coruscant beordert, wo er vom Imperator beauftragt wird, gemeinsam mit Darth Vader der Sache auf den Grund zu gehen. Es folgt eine Jagd durch die halbe Galaxis und eine Reise zurück in Tarkins Vergangenheit: zu seinen Jugendjahren auf Eriadu und den Ereignissen auf dem Carrion Plateau, die ihn für immer veränderten …

Lesen Sie mehr unter: **www.blanvalet.de**